# 22世紀から回顧する
# 21世紀全史

A HISTORY OF TWENTY-FIRST CENTURY

ジェントリー・リー&マイクル・ホワイト
高橋知子・対馬 妙 訳

アーティストハウス

# 22世紀から回顧する21世紀全史

# 目次

# はじめに――21世紀が、人類に与えた最大の影響はなにか？

『22世紀から回顧する21世紀全史』は、私にとってはじめての著書ではない。しかし、最も意欲的に取り組んだ一作である。歴史学者として、多くの学術書を著してきたが、歴史のおもしろさをもっと多くの人に伝えたいと思うようになった。これまでに上梓した歴史書では、特定の概念や個人に焦点を合わせたが、この本では、一世紀全体を総括的に捉えた。

同僚の歴史学者のなかには、世紀が変わってわずか十年しか経っていない時点で、前世紀の歴史的意義を捉えるのは無理だと言う者もいる。が、私はそうは思わない。この取り組みが容易ではないことは認めるが、二一一二年の今、終わったばかりの二十一世紀を振り返り、歴史的に重要な要素を特定することは可能だと信じている。

二十一世紀に起きたことを書き記すにあたり、主眼とした事柄はふたつある。ひとつは、二十一世紀において人間の暮らしや考え方をかたちづくった事件や進歩――特に、人間の行動を根本から変えた出来事――は何か。そしてもうひとつは、二十一世紀の人間の暮らしはどのようなものであり、それ以前と比べて著しく変わったのはどのような点か、ということだ。

この本には、人間の物語がたくさん登場する。なかには、アショカ・クマール医師やゲルハルト・ランゲルやベニータ・コルデロのような、二十一世紀を代表する英雄たちの話もある。が、そのほかに普通の人々、一般の歴史書ではけっして取り上げられることのない人々の話もある。そういった話を書いたのは、本書にこれまでと異なる広がりを持たせたかったからであり、また、政治的指導者や世界を変える人物にはならない一般の読者に歴史の意義を知ってもらい、歴史をより身近に感じてもらいたかったからだ。そのため、一般的な歴史書に記されるような政治上の事件を数多く省くことになった。

第一章は「バイオ革命の明暗」である。二十一世紀、人類の歴史は生物学の進歩によって劇的に変化した。作家H・ライリー・ブラウンは、二〇七七年にピュリッツァー賞を受賞した著書『生物学が歴史になったとき』で、このバイオ革命の重要性を簡潔かつ雄弁に述べている。「地球ができてから現在にいたるまでの歴史全体を捉えている作家ならば」とブラウンは語る。「二十一世紀が、最も意義深い進化を遂げた世紀であると考えるはずだ。およそ四十億年のあいだ、地球上の生命は自然の法則に従って進化してきた。ところがあるとき突然、進化の所産のひとつ——ホモサピエンス——が、進化の基本的なメカニズムを見出して、そのメカニズムをコントロールする術（すべ）を学び、進化の舵をとる唯一の存在となった。その支配力はホモサピエンスのみならず、地球上のありとあらゆる動植物にまでおよぶ。これが、二十一世紀の主たる遺産であることはまちがいない」

第二章から第四章では、歴史的な重大事件を年代順に記している。二〇一六年にインド・パキスタン間で起きた核ミサイルの応酬、現在〝大いなるカオス〟と呼ばれている時代の世界経済の瓦解、その後十年間の広範な地政学的変化である。そして、これらの事件が一個人や一家族におよぼした影響についても、可能なかぎり取り上げている。

第五章「ネットワークワールドに暮らす」では、ある一家を題材にして、技術および社会の発展が二十一世紀の人々の生活をどのように変化させたかを説く。最終章「二十一世紀、宇宙への旅」では、地球を管理するという点において、二十一世紀に人類が遂げた進歩と、活動範囲を大気圏外にまで広げ、宇宙に関する知識を深めようとする努力について考察する。

歴史家が存在できるのは、歴史をつくってきた人々のおかげである。どの世紀にも英雄がいて、偉業を成した人がいて、重要な役割を果たした人がいる。しかし、私にとって、歴史に名を残した人と同様に大切なのは、歴史的事件だけに焦点を合わせた場合、およそ光が当たらないであろう人々である。そういった人々の人生は、歴史のなかで語られることはけっしてない。が、まちがいなく、彼らも英雄と同じように大切な存在だ。人類の歴史という観点から見れば、この世に生を受けた人はすべて大切なのである。私はこのことを読者に知ってもらいたい。取るに足りない人などいない。我々は皆、巨人である。

二〇一二年三月、ロサンジェルスにて

# 第一章　バイオ革命の明暗

## 遺伝子の時代のはじまり

人類の長い歴史のなかで、人類とほかの動物とのあいだに明確な区別が生じたのはごく最近のことだ。言語、文化、社会、芸術、科学の発達にともない、両者のちがいはきわだっていったが、それでも、人類が自分の体の構成物質を自在に操る術を探りはじめるのは、一九五〇年代になってからのことだ。

一九五三年、ふたりの生物学者――イギリスのフランシス・クリックとアメリカのジェイムス・ワトソン――がＤＮＡの基本構造を解明し、遺伝情報を伝達する物質の特定に成功した。これは遺伝子の性質と機能を理解するためのきわめて重要な第一歩であり、おそらくは二十世紀最大の発見だろう。

〝生命の分子〟ともいうべきこのＤＮＡは、二重に絡み合った螺旋のそれぞれに塩基が並んだもので、そこにアミノ酸が結合して、遺伝子を構成している。そして、その遺伝子が多数集まったものが染色体だ。染色体には、機械や建築の設計図のように、それぞれの生命体をかたちづくるための、ありとあらゆる情報が書き込まれている。ヒトの細胞には二十三対の染色体があり、そのなかに十万の遺伝子が存在している。きわめて複雑な構造をしているために、小さな細胞一個ぶんのＤＮＡでも、直線にするとおよそ百八十センチの長さになる。

当初の五十年、つまり、一九五〇年代から二十世紀末にかけての遺伝学は、同じ時期のコンピューターと同じように、めざましい速度で進歩し、さまざまな分野に影響を与えていった。一九九〇年代には、人間の遺伝子をすべて解読するヒトゲノム計画が立ち上げられた。それは巨大なプロジェクトであると同時に、人類史上、最も壮大な目標が掲げられた科学的な試みでもあった。しかし、ゲノムの分野をリードする世界的な研究者たちの共同によって、予定よりも早い二〇〇一年一月、当初の予算を下回るコストで概略配列の解読が完了した。

ヒトゲノム計画のそもそもの目的は、それぞれの遺伝子の細胞内での役割を突き止めることにあった。そしてそれは、人間の体に問題を引き起こす遺伝子、特に、病気を引き起こす遺伝子を特定するための重要な一歩だった。ゲノムが完全に解読されると科学の世界は熱狂に包まれた。しかし、進歩を続ける遺伝学にとって、それは単なる通過点にすぎなかった。遺伝子の位置が特定されたことで、ある種の遺伝病の発症が瞬時に予測できるようにはなった。が、疾病を引き起こす遺伝子を突き止めただけでは治療法を見つけたことにはならない。ほどなく、分離した遺伝子には機能を失う傾向があることや、遺伝形質にはふたつ以上の遺伝子が補足しあって現われるものが多いことがわかってきた。また、単独の遺伝子によって現われるさまざまな遺伝形質や遺伝病についても研究が進み、原子のレベルでＤＮＡを操作する技術力が求められるようになった。この高度な専門技術の開発には、さらに数十年を待たなければならなかった。

二〇一〇年の科学者は、これまでにおこなわれた研究とそれが人類にもたらしたものの意義に誇りと興奮を感じながら、のちに〝遺伝子の時代〟と呼ばれることになる新時代――科学的な発見のチャンスが無数に転がってはいるが、急激な科学の進歩につきものの落とし穴もあちこちで口を開けている時代――へと向かっていった。

## 二〇〇〇～二〇二五年――パンドラの筐を開ける

遺伝学は、クリックとワトソンの発見から一世紀以上が経つ今も加速度的に進歩を続けている。遺伝学がダーウィンの進化論以来はじめて、一般大衆の想像力に大きな刺激を与えた科学と言われるのは、二十一世紀が幕を開けた頃から、専門知識を持たない人々にも理解できる明解な役割を果たすようになったためだ。二〇四〇年代を迎える頃には、途上国でも、遺伝子分析や遺伝子治療を一度も経験したことがない家庭はまれになっていたし、欧米諸国では、人間のクローンに出会うことさえあった。また、遺伝学への理解を深め、その研究開発の過程で生じる生命倫理の問題に対して自分なりの意見を持つことは、科学者だけでなく一般の人々にも、早い時期からある種の義務として捉えられていた。こうした風潮が生まれたのは、遺伝学が、〝人間とは何か〟という根源的な問題を扱う、最も身近な科学と見なされていたからだ。

ゲノムの解読技術は、二〇〇〇年から二〇二五年の二十五年間に、猛スピードで進歩していった。倫理問題や社会問題を憂慮している暇もないほどだった。二〇一九年には、個人の遺伝子特性データが薬局で入手できるようになった。客はいくつかの細胞をサンプルとして提供するだけでいい。サンプルは分析にまわされ、一週間もしないうちに、遺伝子特性データのディスクができあがってくる。データには、素人にもわかるようにそれぞれの特性が何を示しているのかということも記載されていた。

人々はこぞって遺伝子特性データを札入れやハンドバッグに入れて持ち歩くようになった。そのきっかけは、二〇一六年のアメリカ大統領選挙のスキャンダルにある。それは、政治のありかたを問うという意味で、ブッシュとゴアで争われた二〇〇〇年の大統領選挙と、それに続く法廷闘争以上に大きな波紋を投げかけた。投票の一週間前、身元不明の人物が《ワシントン・ヘラルド》の政治部に現われ、きわめて特殊な情報が記録されたディスクを置いていった。そこには、優勢と目されてた共和党の候補、ランディ・ホランドの遺伝子特性データが記録されていた。ホランド候補の毛髪から分析されたその特性データには、同性愛者になる確率が高いと言われる遺伝子と、なんらかの習癖に耽溺する確率が高いと言われる遺伝子の存在がはっきりと示されていた。さらに悪いことに、ほどなく自由の国アメリカの指導者になろうというその人物は、しばしば統合失調症を引き起こすと言われる遺伝子も持っていた。この事実が暴露されると政府は混乱に陥った。内外の新聞やウェブサイトはその話題で持ちきりになった。ホランドはただちに出馬をとりやめ、副大統領に任命されるはずだった人物が共和党選出候補として選挙戦に臨むことになった。一週間後、共和党は大敗を喫した。それは史上初めて、科学が政策を凌駕し、遺伝学という生物学の新しい一分野に計りしれない力があることを人々に気づかせた選挙だった。

ホランドのスキャンダルが大衆の関心を惹きつけたことで、遺伝学はビジネスの世界にも積極的に応用されるようになっていった。遺伝子特性データの業界で市場を牽引したのは、〈ジーンマート〉という企業だった。〈ジーンマート〉が、個人向けに遺伝子特性データの分析サーヴィスを提供する最初の直営店を他社に先駆けてオープンしたのは二〇一八年のことだ。もっと早い時期に始めることもできたのだろうが、おそらく、業績は伸び悩んでいたはずだ。というのも、遺伝子特性データを営利目的で使用する場合、ヒトに共通する何百種類という遺伝子すべてについて、データの使用料を支払わなければならなかったからだ。特性データを提供するうえで欠かせない遺伝子は、二〇一〇年までにはその働きが解明されていたもので、その情報を使用する特許権はすべて当初の分析者が手にしていた。しかし、二〇一七年、アメリカとヨーロッパの最高裁判所で、一個人、一企業が遺伝情報に関する特許権を持つことは認めない、という判決が下された。〈ジーンマート〉が本格的な営業を始めたのはこのあとのことだ。

遺伝子特性データは倫理上の問題を孕むものでもあった。欧米人のほとんどが自分の遺伝子特性データを知るようになった頃には、五千種類ほどの遺伝病について、その原因となる遺伝子が特定されていた。しかし、ほとんどの遺伝病は複数の遺伝子の相互作用で発症する。このことからも、ヒトゲノムの解読完了は複雑な遺伝子の機能を理解する長い道のりの一歩にすぎなかった、ということがわかる。

遺伝子特性データは、予防医学に大きな進歩をもたらした。遺伝病を発症する可能性がある遺伝子、あるいは、持ち主に過酷な人生を強いる可能性がある遺伝子の有無を調べることができるようになったためだ。しかし、たとえ病気や特異な形質に結びつく遺伝子を持っているとしても、それは単なる素因にすぎず、素因を持つ者のすべてに、その病気や生物学的特徴が現われるわけではない、という事実はあまり知られていなかった。

## 二〇三〇年代―遺伝学への不信

遺伝学の知識の有用性に疑いの余地はなかったが、遺伝学の初期の進歩で、それまで完全に理論だけのものだった問題が現実のものになると、社会は大きな課題を突きつけられることになった。〝遺伝子の時代〟が幕を開けたばかりの頃にも、生まれてくる子供の性別を選ぶことはできた。が、二〇三〇年代のなかばには、誕生まえの子供の容姿や性格を、将来を見据えて多面的に選べるようになっていた。つまり、身体能力や知能はもちろん、情緒的な面についても設計が可能になったということだ。しかし、そこまでの遺伝子操作には前例がなかったため、親の多くは自分たちの子供の〝出来栄え〟に眼を見張ることになった。両親以外の遺伝子が使われているという事実を忘れていたのだ。

二〇一六年のアメリカ大統領選は、遺伝子特性データのように個人的な情報がいかに簡単に入手できるかということを物語るものだった。しかし、多くの国でデータの流出を防ぐ保護法の施行が遅れたために、人々のあいだに不信感が広がった。しかし、従来から存在する個人の医療記録を手に入れることと遺伝子特性データに無制限にアクセスすることには、大きなちがいがふたつあった。ひとつは、遺伝子特性データは医療記録に比べてはるかに個人的なものだということ、もうひとつは、〝遺伝子の時代〟の初期（二〇〇〇年～二〇四〇年）の遺伝学は、その人物に関する決定的な情報を提供するまでにはいたっておらず、遺伝子特性データもおよそ信頼性を欠くものだったということだ。

## 二〇四〇年以降──遺伝学から新遺伝学へ

二十一世紀の後半には、こういった問題の大半が解決を見ることになった。二〇四〇年代、遺伝学は〝新遺伝学〟と呼ばれる新たな時代を迎え、複数の遺伝子の相互作用のしくみが原子のレベルで解明されるようになった。遺伝子を多遺伝子(ポリジーン)として捉え、原子のレベルで見ていくことで、遺伝子特性データの信頼性は格段に向上していった。そして、その後十年ちょっとのあいだに、さまざまな病気の発症のしくみが解明され、治療法や予防法があきらかになっていった。

二十一世紀前半、人々の生活を急速に変えた〝遺伝子の時代〟については、すでに廃刊になっている《グローバル・ニューズ》が二〇五三年、つまり、ワトソンとクリックの画期的な発見からちょうど百年めにあたる年に掲載した一連の記事を読むと、その全体像をつかむことができる。「ゲノムと暮らす」と題されたその特集記事は、ブレット・ドナルドソンという記者がさまざまな人物を取材して、自分自身について語らせたもので、そこには、その百年のあいだに世界の人々の生活や仕事がどれほど急速に変わったかがはっきりと浮かび上がっている。

### 「ゲノムと暮らす」　聞き手：ブレット・ドナルドソン

### ジョン・スリヴェナー　開業医　イギリス、サウス・ロンドン

ぼくと弟のゲオフは、スリヴェナー医院の三代め。だから、冗談めかして〝家業を継いだ〟と言っている。父は今も現役の医師だが、今年九十歳になる祖父は少しまえに引退した。とはいえ、今も最新の研究には大いに興味を持っていて、ぼくらはしょっちゅう、祖父が開業した二〇〇四年から今日(こんにち)までの

あいだに、医学がどんなふうに変わってきたかという話をしている。

医学の発達は、はっきりと三つの段階に分けられる。第一段階は、とんでもなく原始的なことをしていた時代で、これが何千年も続いた。治療といっても薬草やいんちき臭い薬を飲ませるだけ。ヒルに血を吸わせたり、静脈から血液を捨てたりしていたらしい。が、抗生物質の登場で医師の仕事は様変わりした。それが第二段階。抗生物質は多くの人命を救ったというだけではなく、医師の信用と地位を向上させた。そして、第三段階は祖父が若かった頃に始まる。ここで医学を変えたのはバイオ革命だ。でも、祖父がやっていたことと、ぼくがやっていることはまるでちがう。

祖父はよく、二〇〇四年当時の医療を、車の修理の話になぞらえる。あまり優秀とはいえない修理工に、エンジン音だけで〝問題なし〟と判断されて修理工場を出る。ところが、道を走り出したとたん、エンジンが止まってタイヤがパンクする。その手の話だ。二十一世紀初頭の医師の診察も、心音を聞き、体温や血圧を測るだけですませることが多かった。特に慎重な医師でなければ、採血もしなかったという。

今はまったくちがう。まず、ぼくの場合、実際に患者に会うことはめったにない。たいていはホログラフィック・ウェブ・カムで撮った三次元画像を使って診察している。カメラはインターネットを使って遠隔操作できるから、患者の様子を任意の角度から見ることができる。この装置が開発されてからは、祖父が医師になった二十世紀末のように、具合の悪い患者が診療所に足を運ぶ必要はなくなった。それに、診察に時間がかからなくなり、多くの患者を診られるようになった。コンピューターが発達したおかげだ。でも、父や祖父の時代と比べて何よりも進歩したのは、おそらく、患者の体調について、大量の情報を入手できるようになったことだと思う。

バイオメトリーが患者の異変を知らせてくれることもある。バイオメトリーは、この二十年ほどのあいだにネットワーク上に蓄積されたデータを使って、患者の日々の健康状態を効率的にモニターする技術だ。この技術に使われるネットワークの中枢は、たいていの家庭に置かれているスキャナーと分析装置で、体内に埋めこまれた、肉眼では確認できないほど小さなナノ・プローブを使って、臓器と体液の状態をモニターしている。モニターされた情報はすべて専用のコンピューターが分析し、異常が見つかると、ぼくのオフィスのコンピューターに知らせてくれる。そこでぼくの出番となる。

ぼくはすべての患者の遺伝子特性データをコンピューターに記憶させている。また、ある特定の形質を発現するポリジーンについての正確な情報を集めることもできる。父が医師になりたての頃には、遺伝子に原因がある病気は、わかっているすべての病気の十五パーセントほどと言われていた。ただし、そこに含まれているのは、単一の遺伝子が、単独で引き起こしているものだけで、実は、病気の七十五パーセントが遺伝病だ。遺伝子を原子のレベルで分析できるようになるまでは、複数の遺伝子の相互作用で発症する多数の遺伝病が見落とされていたのだ。

遺伝子についてさまざまなことがわかってくると、ほんの二十年前まで毎年多数の死者を出していた病気も治療できるようになった。祖父の時代には、天然痘、ポリオ、ハンセン病がゆっくりと姿を消していったし、父の時代になると、ある種の癌や囊胞性繊維症、多発性硬化症、アルツハイマー病のように、複数の遺伝子によって引き起こされる病気の治療法が見つかりはじめた。そして、分子医学の時代が幕を開けた今は、遺伝子を構成する原子がどのようにやりとりされているか、遺伝子と遺伝子のあいだにはどのような関係があるのかがわかってきて、さまざまな癌や心臓疾患など、最も煩雑なルートをたどって発症する遺伝病のいくつかについても、その謎が解明されつつある。

父や祖父の仕事とぼくの仕事のちがいは、ちょっとした病気への対応にも見られる。以前、祖父に昔の診療所の写真を見せてもらったことがある。二〇〇八年に撮られたもので、受付のまえには風邪やインフルエンザをはじめ、さまざまな体調不良に苦しむ気の毒な患者たちが列をつくって待っていた。その頃の医師には、治療法がないことを説明したり、抗生物質を渡したりするくらいのことしかできなかったという。

二十年前の父の診療所に、これほどの数の患者がやって来ることはなかった。二〇二六年には、予防接種によって、ほぼすべてのタイプのインフルエンザと細菌による感染症が鳴りをひそめていたからだ。予防接種に使われたワクチンは、最も一般的なウイルスや細菌の遺伝子特性データをもとに、それらの弱点を割り出して開発されたものだ。今の先進国ではインフルエンザはもちろん、ごく普通の風邪もほとんど見られない。

今は人間の体を適切に使用するための〝取扱説明書〟があるようなものだから、ぼくの仕事も、そのほとんどが病気の予防だ。また、父が医師になったばかりの頃に比べると、患者自身も自分の健康維持に責任を持つようになってきている。その昔、喫煙や過度の飲酒が蔓延していたことは、ぼくらの世代の人間にとって驚き以外の何ものでもない。遺伝子特性データのおかげで、ぼくたちはより適切なライフスタイルを選べるようになり、元気で長生きができるようになった。

ただし、予防と早期発見の段階で失敗があれば、従来同様、外科医が大きな役割を果たすことになる。この五十年の研究がもたらした外科手術の技巧と手順は、祖父の世代の人々にとっては夢でしかなかったものばかりだ。たとえば、同じ遺伝子型を持つ臓器や皮膚や眼球といったパーツを、ゼロからつくり出すことができるようになった。従って、臓器等の移植には患者自身の細胞からクローン培養されたパーツが使われている。早期発見の機会を逸してしまった癌患者に対しては、変異を起こしている細胞に対して遺伝子治療をおこなうことができる。このとき、正常な細胞に影響がおよぶことはない。癌患者が化学療法や放射線療法の副作用に苦しんでいた祖父の時代とは大ちがいだ。

だからといって、今の医学は完全無欠で、どんな病気も治すことができるなどとは考えないで欲しい。たしかに、以前に比べれば多くの人々を救えるようにはなった。カオスの時代には、資金不足で遺伝学の研究が停滞したが、それでも、今日、二十年早く生まれていたら死んでいた病人の命を救ったり、悲惨な怪我を治したりできるのは遺伝学の進歩のおかげにほかならない。しかし、ぼくたちは神ではない――同僚のなかにはそう思いたがっている連中もいるけれど――し、より高度な知識が求められるようになった結果、最近は遺伝学の進歩も鈍化している。

原子のレベルで遺伝学の理解を深めようという時代は、まだ始まったばかりだ。すでにわかっていることにも胸をときめかせてくれるものはあるが、さまざまな発見に出会うのはまだ先の話になるだろう。ぼくはある意味で、今世紀の初めに今のぼくの年頃だった祖父と同じ気持ちを味わっているのかもしれない。当時は、遺伝学が医療に用いるツールのひとつとして登場したばかりだった。この五十年間、科学の世界に起きたことを、ぼくは誇りに思っている。しかし、今現在、遺伝学の発達がきわめて重要な局面を迎えていることも理解している。ぼくたちは医学をさらに進歩させて、今はまだ人々を死にいたらしめている悲惨な病気を克服していかなければならない。

## マリア・アモレット　科学捜査官　イタリア

イタリアの警察で科学捜査官として働くようになって十年になるが、その間、わたしたちの仕事に使われている遺伝学の知識にはきわめて大きな進歩が見られた。

警察の科学捜査には早くから遺伝学が応用されており、今やその技術は、さまざまな用途を持ったしかな捜査ツールとして定着している。七十年前、イギリスの遺伝学者アレック・ジェフリーが〝ＤＮＡフィンガープリンティング〟と名付けたその技術に、人々は想像力をかきたてられた。原理はいたって単純だが、当初は技術的に困難と言われ、疑問視する向きもあった。ＤＮＡフィンガープリンティングとはどのようなものか。ジェフリーは人間のＤＮＡにＶＮＴＲと呼ばれる塩基配列の連続が存在していることに着目した。ＶＮＴＲはＤＮＡの分子を構成する基本単位にすぎないが、その塩基配列と、それがDNAのどこに存在するかは、ひとりひとりちがっていて、指紋（フィンガープリンティング）と同じように、同一のものはこの世にふたつと存在しない。つまり、犯行現場から採取したDNAのサンプルと容疑者のDNAのサンプルとを照合すれば犯人かどうかを確かめることができる、ということだ。

かつての科学捜査では、五個のVNTRを比較する方法が使われていた。五個すべてが他人のものと一致することは絶対にありえないと考えられていたからだ。しかし、個人の遺伝子特性データが入手できるようになった今は、すべてのゲノムを比較することができる。わたしがバッグに入れて持ち歩いている小型コンピューターには、GDD（グローバル・DNA・データバンク）のデータベースを使って、現場に残された何者かのゲノムと容疑者のゲノムに存在する三十億個の塩基の並び方を比較する機能が搭載されていて、たとえひとつでも一致しない部分があれば、それを見つけ出してくれる。つまり、誤認逮捕の確率は限りなくゼロに近づいたということだ。

かつてこの職業に従事していた人々は、サンプルの汚染という問題に悩まされていた。DNAフィンガープリンティングに懐疑的な人々からも、サンプルの収集や分析にあたる技術者のDNAが現場で採取したサンプルに混入する可能性が指摘されていた。それも一部はあたっていた。不要なDNAの混入は充分に考えられることだ。が、一九九〇年代初頭に、事件と関係のないDNAを取り除く技術が確立し、さらに二〇一五年にDNA分析が完全に自動化されると、この問題はすっかり解決した。もちろん、ゲノムのすべてを比較することができるようになった今では、コンピューターによってほとんど瞬時に、余分なDNAを検知することができる。

GDDの倫理的な側面について意見を求められることがある。率直にいって、それについてはかなり長いあいだ心を決めかねていた。イタリアの警察にそのシステムが導入されてから、もうかなりになる。自国のデータベース・バンクに遺伝子特性データを登録することが法律で義務づけられたのはニュージーランドが最初だった。それが二〇二三年のことで、ヨーロッパ連合はその直後だったと記憶している。

国際的なデータベース・バンクのコンセンサスが決まるまでには、もうしばらくかかったが、二〇三四年にはオンライン化されている。GDDによって、プライヴァシーが侵害されたり重大な情報が悪用されたりする可能性があるという問題をきちんと考えはじめたとき、わたしはまだ学生だった。が、今はGDDを支持している。

GDDを人権侵害と考える人々は、GDDがなかった頃には身に覚えのない罪で有罪判決を受けた人々がいたことを忘れている。今はそういった冤罪がなくなった。また、事件が迅速に解決されるようにもなった。そうして節約された時間と人材は、より有効なかたちで地域社会に還元されている。GDDを恐れるのは、隠さなければならないことがある連中だけだ。わたしが味方をするのは被害者であって、加害者ではない。

科学捜査に関する話で、遺伝学の力が発揮された事件といえば、わたしも捜査にかかわった、マルカス・ディーノとセイザーレ・ディーノという双子の兄弟の事件だろう。ご記憶の方もおられると思うが、二〇四二年に国際ニュースのヘッドラインで取り上げられた事件だ。ディーノ兄弟はミラノに住む一卵性双生児で、地元のギャングのリーダーという、およそろくでもない若者だった。彼らが逮捕されたのは、二〇四二年四月、ふたりが住んでいるアパートメントの近くの路地で、キャロリーナ・モンティーニという十六歳の少女がレイプされて殺された夜のことだった。ふたりはミラノ市内のクラブで被害者と一緒にいるところを目撃されていた。また、双子のどちらかが、犯行時刻の直前に殺人現場の近くの通りで被害者と口論をしているところを見たという者もいた。が、その目撃者にはそれがマルカスなのかセイザーレなのかはわからなかった。

逮捕のあと、科学捜査班は現場に残されていた唾液と精液を、双子の遺伝子特性と比較した。が、結論は出なかった。ふたりのゲノムは酷似していて、どちらかの有罪を裏づける証拠にならなかったのだ。警察はディーノ兄弟にふりまわされっぱなしだった。ふたりは無実を主張した。犯行時刻には友人が一緒だったと言って憚らなかった。しかし、科学捜査班もあきらめなかった。ふたりのゲノムはまったく同じというわけではなかった。一万個の遺伝子のなかには、誕生後、それぞれちがうものに変異するものが何個かはあるからだ。彼らは同じ家に住み、ほぼ同じものを食べて、毎日、同じような化学物質や放射線にさらされていたが、遺伝子にはわずかながらもちがいがあることがわかった。科学捜査班は兄のマルカスを犯人と断定したが、遺伝子のちがいは証拠として採用されるにはあまりにも小さすぎた。

兄弟は証拠不充分で釈放された。殺人事件から一年が経ち、誰もがあきらめかけていた頃、科学捜査班のメンバーのひとりが驚くべき事実を発見した。捜査官の名前はシルヴィア・バレスクッジ。現在は、ここローマにある科学捜査研究所の所長を務めている。ディーノ兄弟が釈放されて一、二カ月が経った頃、イタリアの警察は、遺伝子をごく単純な原子のレベルに分解して調査する、DNAチップと呼ばれる装置を導入した。この装置を使うと、DNAの二重螺旋上にある塩基を三次元のイメージ画像に変換して見ることができる。ある夜、通常の勤務を終えたドクター・バレスクッジは、遅くまでラボに残って仕事をしていた。まずはその装置の性能を試し、それから、ディーノ兄弟の事件で集めた試料を使って、殺人があった現場に残されていたDNAと双子のDNAの相関関係を探るつもりだった。その結果、ふたりの遺伝子のちがいについて、さらに詳しいことがわかった。が、その直後、彼女はそれをはるかに凌ぐ大きな発見をすることになる。

計りしれない幸運に助けられて、バレスクッジはマルカス・ディーノの第十五染色体上に非常に珍しい変異を示す遺伝子があることに気づいた。それは、ごく初期の段階のＨＩＶ感染を示す変異だった。ドクター・バレスクッジの頭にある考えが浮かんだ。これが感染の初期を示すものだとすれば、キャロリーナ・モンティーニをレイプしたときに彼女からこの病気をうつされた可能性がある。これが証拠として使えるのでは？　直感に従って、バレスクッジはＧＤＤに登録されている被害者の遺伝子特性データを調べてみることにした。しかし、その段階で、彼女の期待は打ち砕かれる。キャロリーナがＨＩＶ

に感染している形跡はまったく見あたらなかった。

あきらめて帰り支度を始めたそのとき、バレスクッジはコンピューターが読み込んだ被害者の遺伝子特性データが、殺される五年前のものだということに気づいた。バレスクッジは帰宅をとりやめ、現場に残されていた被害者のＤＮＡサンプルが残っていることを祈りながら、脇目もふらずに保管庫に向かった。

バレスクッジにはつきがあった。サンプルはきちんと保管されていた。十分後、ホログラフィック画像に変換されたキャロリーナ・モンティーニのＤＮＡ切片には、今しがたマルカス・ディーノのＤＮＡ切片に見つけたものと同じ変異がはっきりと映し出されていた。

この画期的な発見は、原子レベルでの遺伝子分析という、産声を上げてまだまもないこの技術にとって非常に大きな実績となり、バレスクッジは関係者のあいだで広く認められるようになった。わたしもそんな事件を解決する幸運にめぐり合える日がくることを期待している。

## エリ・アキモト　株式会社〈ヤシカ〉の食品流通コーディネーター　日本、東京

わたしは〈ヤシカ〉という食品会社で、首都圏に四百万人ほどいる顧客の注文を電算処理するシステムの管理をしている。三十年前には存在しなかった類いの仕事だ。受注から発送までのプロセスはそのほとんどが完全に自動化されていて、家庭の冷蔵庫とリンクしているハウスコンピューターから注文が送られてくると、ここヤシカタワーにあるコンピューターで処理され、商品は、自社の電子輸送システムと配送車両を使って顧客のもとに届けられる。そのすべてが円滑に流れるようにするのがわたしの仕事だ。

でも、何よりもおもしろいのは、そういった食品流通のしくみではなく、わたしたちが扱っている商

品の多彩さだ。実をいうと、大学でのわたしの専攻は遺伝学で、遺伝子工学の学位がなければこの仕事に就くことはできない。今はほとんどすべての食材になんらかの遺伝子操作が施されている。

学生時代〝遺伝子工学の歴史〟は好きな授業のひとつだった。特に、初期の頃のこの技術が生命倫理や環境といった問題に縛られていたということには、とても興味をそそられた。二〇〇〇年前後の資料映像で、遺伝子組み換え作物に反対する人々の姿を見たことがある。遺伝子組み換え作物を試験的に育てている農場で野営をし、収穫された作物に火をかけたり、農場主に襲いかかったりしていた。遺伝子組み換え食品の開発は大きな議論となり、決着にはかなりの時間がかかった。政治家や科学者のなかには、大幅な生産コストの削減と増産が見込めるという理由で、遺伝子組み換え技術の導入に熱心な者もいたが、そのいっぽうで、農作物のゲノムをいじりまわすことが、環境の破壊や人間の遺伝子の変異を引き起こすのではないかと危惧する者もいたのだ。

今は遺伝子組み換え農業をめぐる倫理上の問題の大半が解決を見ている。技術の進歩で、動植物の遺伝子操作の精度が飛躍的に向上し、遺伝子の働きがより明確に理解されるようになったことで、副作用の危険が大幅に削減されたからだ。

二〇二〇年前後、人々が自分の遺伝子特性を知るようになると、食品の購入方法に大きな転機が訪れた。消費者のそれぞれについて、有害な食べものが特定できるようになったためだ。それから十年もしないうちに、先進国の人々は自分の遺伝子特性データが記憶されたＩＣカードを持ち歩くようになった。このカードは、身分証明書、キャッシュカードなどの機能を兼ね備えたもので、今はそこに鍵の機能も加わっている。たしかに、ゲノムをまるごと偽造するのは大変かもしれない。

今のわたしの仕事は遺伝子特性データがあってこそのものだが、ＩＣカードができたばかりの頃は、ほとんどの人が地元のスーパーマーケットで食品を買っていた。そこで使われていた方法は、カードで商品のバーコードに触れて、自分の体に有害なものが含まれていないかどうかを確かめるというものだった。たとえば、スープのなかに遺伝子が変異したモヤシがはいっていたとする。遺伝子が組み換えられたモヤシは肝臓ガンを引き起こす可能性があると言われているが、それを食べる危険を冒すかどうかは、その人しだいだった。今はそういった過程がすべて自動化されている。わたしのコンピューターには、四百万人の顧客全員の食に関するデータがはいっていて、顧客のコンピューターから注文が届くと、それぞれの食品が顧客の遺伝子特性データと照合される。そこで問題がないことが確認されてはじめて配送となる。

今は顧客の黄金時代だ。カオスの時代には多くの人々が耐乏生活を強いられていたが、ありがたいことに、それも過去のことになった。今は誰もが――少なくとも先進国に暮らしていれば誰もが――食べたいものを食べられる。動物でも植物でも、交配できないものはない。ランプステーキのような味のチキンでもコーヒーのように苦いオレンジジュースでも、簡単につくることができる。もっとも、今はそんな注文が来ることはめったにない。当初は、物珍しさで遺伝子組み換え食品を買う者も少なくなかったが、ほどなくその傾向は薄れ、今は大多数の人々が単によい食品――自分の口に合い、体に害をおよぼす危険ができるだけ小さな食品――を求めて遺伝子組み換え食品を購入している。

もちろん、遺伝子組み換え食品には、単なるはやりもの以外の顔もある。この技術が貧しい国で暮らす人々に与えた力はとても無視できるものではない。遺伝子組み換え技術は、一九九〇年代、第三世界における農作物の生産効率を飛躍的に向上する技術というふれこみで登場した。が、反対派は、政治家や科学者はきれいごとを言っているだけで、実は貧困がどんなものかを知るつもりもないと、これを一蹴した。

反対派が頑なになるのもある意味ではもっともな話だったが、結局のところ、遺伝子組み換え技術を利用することで、途上国の農業生産高はめざましい伸びを示すことになった。二〇一二年、各国の申し合わせにより、アフリカとアジアの一部地域で遺伝子組み換え作物の生産が始まると、単位面積あたりの収穫量が増え、これらの地域に蔓延していた飢餓の問題が解消された。が、遺伝子組み換え農業を画期的に進歩させたのは、なんといっても、ホー・チャンミーの研究だろう。

覚えている方もおられるだろうが、ホーはカオスの時代が始まったばかりの二〇三九年に〝ゴールデン・ライス〟をつくり出した中国の遺伝学者だ。彼が、通常の二割程度の水分で発芽し、四倍の熱量を持つ米を短期間で実らせるイネの開発を始めたのは二〇二〇年代前半で、その結果生まれたゴールデン・ライスは、二〇三七年から二〇三八年にかけてアフリカを襲った飢饉にこそまにあわなかったが、続くカオスの時代には何百万もの人命を救い、今も、かつて米をつくることができなかった貧しい国々の主食でありつづけている。

わたしは食品流通コーディネーターという仕事を愉しんでいる。自分の仕事が人々の暮らしを便利にしているという実感もある。でも、このホー・チャンミーの話は、自分の仕事が人類のたゆまぬ努力を継承するものだということを思い出させてくれる。わたしは機械の歯車のひとつにすぎないけれど、その役割を担っていることに大きな誇りを感じている。

## ファビアン・タウンゼンド　クローン　アメリカ、ニューヨーク

私が生まれたのは二〇一九年七月二十日、ニール・アームストロングが月面に立ってから、ちょうど五十年が経った日のことだ。今年、三十四歳。クローンとしては最年長ということになる。クローンとして生きた三十四年間、寂しさや疎外感に苦しむこともあったが、自分が世界中の注目を集める特別な存在だということは、前向きに愉しむようにしてきた。

私は人類初のクローンというわけではない。まずはクローンの歴史をざっと振り返ってみよう。私の同胞である人類が初めてつくり出した人間のクローンは、二〇一一年に中国で生まれたウー・ミンクワ

ンだ。人類初のクローンが中国で誕生したことは、驚きとともに世界に伝えられた。一九九七年、哺乳類最初のクローンとしてヒツジのドリーが誕生して以来、欧米の科学者は政治家の態度に苛立ちをつのらせていた。しかし、政治家のなかには、人間のクローン誕生は不可避の問題であり、遺伝子という精霊を壜に戻すことはできないと考えている者もいた。彼らは、政府が規制を加えていれば、いずれ、倫理的に恥ずべきところのある過激な一匹狼、あるいは、財力のあるカルト教団がクローンをつくり出すことになるだろうと懸念していた。皮肉にも、ふたりめのクローンを生み出したのは、〈神の見張り人（ゴッド・ウォッチャーズ）〉と名乗る怪しげなカルト教団だった。彼らは、クローン人間には異星人からの指令が送り込まれる、と考えていた。教団の金蔓であるサイモン・ジェファーソンは、ノーベル賞受賞者であるデイモン・フェンダー教授と彼の研究チームを雇い入れ、キューバ沖に個人所有している島に先端技術の粋を集めて建設した研究所に送り込んだ。ＦＢＩも彼らの動静をつかんではいた。が、キューバ政府の協力、ジェファーソンの金、フェンダーのノウハウを手にしている彼らは、超然と人類初のクローンをつくり出す環境を整え、中国の例に遅れること数カ月という時点で目標を達成した。

このあとまもなく、欧米の識者の見解に急激な変化が見られるようになった。政治家は、遅まきながらも、クローン研究の規制が悲惨な結果を招く可能性を認め、政府の息のかかった科学者に奇蹟を起こすよう呼びかけた。こうして、欧米諸国の一致団結による技術開発が始まった。

当初、態度を決めかねていた一般の人々も、この技術の持つ可能性を理解すると、真っ向から対立する二派にわかれていった。ひとつは、クローニング技術の早急な普及を望む人々のグループで、そこには、虚栄心を満足させる目的で自身のクローンをつくりたがっている途方もない金持ちや、もはやこの世にいない近親者をクローンとして生き返らせたいと素朴に願う人々のように、クローン技術の利用に具体的な計画を持っている人々が含まれる。そしてもうひとつは、クローン人間をつくり出すことは暴力も同然、と考える人々のグループだ。両者の勢力は拮抗していたが、反対派の考え方は、ウー・ミンクワン誕生後の政治的な意向には逆行するものだった。欧米の科学がすでにトップの座を追われていたことは、この風潮からも伺える。

欧米の科学者もクローニングの方法はわかっていた。少なくとも理論の上では。が、いざ実践となると、ほぼ十年の遅れが逃れようのない事実として立ちはだかった。誤解を避けるために言っておくが、ウーの誕生から四十年以上が経った今でも、クローニングでヒトを発生させるのは簡単なことではない。今世紀初頭の科学者のなかには、霊長類にはクローニングに向かない遺伝子があり、それが人間のクローンをつくり出せない原因ではないかと考える者もいた。もちろん、それはまちがいだ。それでも、ウー・ミンクワンの誕生に、十年近い歳月と二千例におよぶ試行錯誤を要したことを考えれば、人間のクローンをつくり出すのがいかに難しいかはわかる。〈ゴッド・ウォッチャーズ〉のケースにも同じことが言える。信仰という情熱がなければとてもできなかったはずだ。サイモン・ジェファーソンが死んで二十年になるが、最近出版された彼の日記によると、彼はこのプロジェクトに莫大な財産のほぼすべてを投じ、史上ふたりめのクローン人間であるリンダ・ゴードンをつくり出すまでに千回は失敗を繰り返した、ということだ。

私は、〈ニューヨーク・クローニング研究所〉の所長を務めるローレンス・タウンゼンドが提供した胚から、欧米の法律に則って生まれてきた四十例めのクローンだ。私たちは研究所を〝孵化場〟と呼ぶことがある。オルダス・ハクスリー（一八九四〜一九六三、イギリスの作家・批評家）の名著『すばらしい新世界』に描かれた薄気味悪い創造物にちなんだジョークである。私はその研究所で、国家予算を使ってつくり出された〝第二波〟のクローンのひとりだ。

今日まで生きてこられたのは運がよかったのだと思う。われわれの歴史に見られる皮肉のひとつに、初期のクローンは短命だ、というものがある。ウーは十二歳で死んだし、リンダも二十歳の誕生日を迎えることができなかった。それでも、彼らの存在にショックを受け、遅れを取り戻そうとした欧米各国の政府は、突貫工事並みの計画でクローン研究を推進し、二十人ほどのクローン人間を合法的に誕生させた。クローニングの過程に技術的な問題があったことが判明したのは、彼らが幼くして世を去ったあとのことだった。

一九九〇年代、ドリーのニュースがヘッドラインを飾ったときには、すでにその問題を予測する声があがっていた。成体の細胞からつくられるクローンは、誕生の時点ですでに成熟しているのではないか、という疑問だった。核に移された染色体のなかには、それなりの年齢に達していることを示す情報が組み込まれている。つまり、生まれたときにはすでに細胞を提供したヒツジの年齢に達しているのではないか、ということだ。

残念なことに、私はこの問題に苦しむ世代に属しており、おそらく、四十までは生きられないだろう。三十四にしてすでに重い関節炎を患い、髪はほぼ真っ白、皮膚も老人のものだ。それに、代謝機能が落ちていて、抗老化治療を受けることもできない。私の父、ローレンス・タウンゼンド博士がクローニングに使う細胞を提供したのは、三十九歳のときだが、私がそっくりなのは、若い頃の彼ではなく、七十三歳になった今の彼だ。

私が生まれたのち、クローン技術はめざましい進歩を遂げた。二〇三〇年代後半には、クローンの老化を阻止する方法も発見されている。染色体の末端にあるテロメアと呼ばれる一群の塩基を使っておこなうものだ。テロメアは、染色体の末端でキャップのような機能を果たしている。年齢とともにこのテロメアが磨り減ると、染色体と染色体がくっついて、細胞の死を引き起こす。が、二〇三六年、ボンベイ大学のサンジット・スリハラッティが、細胞分裂のごく初期の段階で、脱落したテロメアをもとに戻す方法を発見した。したがって、三〇年代後半以降に誕生したクローンは、ごく普通の寿命で人生を謳歌できるものと期待されている。今はまだなんとも言えないが、この方法が正しければ、十四歳以下のクローンは加速度的に進行する老化を経験せずにすむかもしれない。

私は自分を何者と考えているのだろう？　見方によっては無意味な疑問だ。私は私でしかない。それを変えることはできないし、変えられるとしても、変えたいとは思わないだろう。たしかに、私がつくられたときに科学者が老化の問題を解決していてくれたら、と思ったことはある。でも、現実には、まだ解決されていなかった。二、三年もすれば、脱落したテロメアをもとに戻すことができるようになるだろうと言われている。そうすれば、私も長生きができるし、〝若返る〟こともできるだろうと。そういう日は必ずやって来るはずだ。

体や脳は老人なのに、三十四歳の男の平均的な経験しかしていないというのは、なんとも不思議なものだ。だから、ほかの人たちとまったく同じかたちで社会参加ができると思ったことはない。私には常に、自分がよそ者だという感覚がある。実際、いろいろな意味でよそ者なのだろう。

私の顔かたちは、いわば一卵性双生児である父親と瓜ふたつだが、彼とはまったくの別人だ。似ているところもあるし、共通の興味も多い。しかし、育った環境や経験のちがいは、私たちにまったく別の人格を与えていった。私はいろいろなところで教育を受け、十八歳のときに初めて父に会った。それまで、父親のことなど、考えたこともなかった。

現在、クローニングの研究では驚くべき実験がおこなわれている。ルーシーの例でお話ししよう。ロンドン生まれの彼女の脳にはコンピューター・チップが埋め込まれていて、彼女の身に起きたことはすべてそのチップに記憶されている。記憶のコピーをとっておけば脳の老化は避けられる、というのがこの研究の考え方だ。肉体的な老化が始まるのは三十歳とも三十五歳とも言われているが、その時点で代わりのクローンをつくってチップを移植する。チップに蓄積された情報――ルーシーが経験したり感じたりしたこと――を脳にダウンロードしたら、また別のチップに情報を蓄えていく。この実験は、今後三、四十年のうちに、〝新しい〟ルーシーの生物学的な脳とそこに移植されたチップとのあいだで情報のやりとりが完璧にできるようになることを目指しておこなわれている。つまりルーシーは、理論上、記憶の喪失や肉体の衰えといった苦しみを味わうことなく、永遠に生きつづけるというわけだ。

クローニングに薄気味の悪さを感じている人は少なからずいるだろう。が、人間のクローンを認めない人も含めて、クローン研究が人類にもたらす大きな恩恵を否定する者はいないはずだ。当初から、科学者はクローンの体で臓器や皮膚、体の器官ができていく過程を懸命に見きわめようとしていた。クローン技術でつくった臓器等が移植に使えると考えられていたからだ。現在、その技術は日常的に使われ、何百万もの命を救っている。臓器等の移植は二十世紀からおこなわれているが、他人の臓器は拒絶反応を起こしやすく、移植後の処置が難しかった。しかし、クローンの臓器、つまり、患者自身の遺伝子からつくり出した臓器を移植できるようになった今は、この問題も解消されている。

知人の大半は私がクローンだということを知らないが、親しくなった人には話すことにしている。それでつきあいがうまくいかなくなることもある。私の長年の恋人ナイルズは、クローンだからといって別の感情を抱くのは、見当ちがいもいいところだと言っているし、私自身、最近はそういうことをあまり考えなくなってきているような気がする。私もクローニングという行為にある種の不快を感じることがある。たとえば、これは二〇三〇年代のことだが、死んだ有名人をクローン技術でよみがえらせようという話があった。エルヴィス・プレスリー、ハモンド・アーチャー、マリリン・モンロー、レスター・スミスを復活させようというのだ。そんなことをしたところで何がどうなるわけでもないのだろうが、それが示唆するものは、なぜか私を嫌な気持ちにさせた。

クローンであるがゆえに私の身に起きた最悪の出来事は、十年ほどまえに襲われたことだ。なぜ私が選ばれたのかはいまだにわかっていないが、遺伝子技術の利用に異議を唱えるふたりの男――そう、少数ながらも残っていたのだ！――が私の医療記録を手に入れて、抹殺することにしたようだ。ほんとうに恐ろしい経験で、私はとても傷ついた。当時は私も働いていた。広告代理店で責任ある仕事を任されていたのだが、その事件から一カ月もたたないうちに、辞職せざるをえなくなった。公の場に出てきちんと職分を果たす自信をなくしてしまったのだ。今は、〈ニューヨーク・クローニング研究所〉で父の仕事を手伝っている。研究所で働くことにしてほんとうによかった。最近は緊張もほぐれ、研究所のために貢献することと、父やナイルズと一緒に暮らしている家のことに専念できるようになった。私はこの世に生を受けたことに感謝している。そして、自分とまわりの人々とのちがいも、恥じることなく愉しむことにしている。

## 遺伝子の達人

二十一世紀の医学の歴史は、二十一世紀の遺伝学の歴史そのものでもある。どの分野にしろ、医学がなんらかの発達を遂げるときには、必ず、ゲノムに関する知識が関与していた。その事実が何よりもよく現われているのが、ともにスタキスという姓を持つ従兄弟についての物語だ。〝遺伝子の達人〟の異名をとるふたりの名は世界中に轟いている。しかし、同じ遺伝学者でありながら、ふたりの科学に対するスタンスは、まったくちがっていた。

コスタ・スタキスとデミス・スタキスは二〇〇〇年、ギリシャのキクラデス諸島最大の島ナクソスの中心部に程近い、モニという山あいの小さな村に生まれた。ふたりの父親はともに農業に従事し、一族が代々所有する広大なオリーヴの林から生活の糧を得ていた。二所帯が三寝室の家に同居していたので、幼少期のコスタとデミスは仲のいい兄弟のようにいつも一緒だった。ゲームを思いつくのはたいてい、数カ月年長のコスタだった。村の女の子とデートをしたのも、ナクソスの町で漁師の手伝いをして数ドラクマの金を稼いだのも、コスタのほうが先だった。

ふたりがすばらしく聡明な少年だということには、家族も気づいていた。コスタもデミスも数学が得意だったし、デミスには芸術の才能もあった。が、彼らを虜にしたのは生物学だった。コスタとデミスは、夏になると毎日のように山にはいって標本を集め、島に残る手つかずの自然が育んだ野生生物の研究に没頭した。学校では群を抜いて優秀な生徒だった。クラスのトップの座を競い合うふたりに、ほかの生徒はついていくこともできなかった。

彼らが十五歳になると、地元の学校の校長はふたりの父親に、子供たちを奨学金でアテネの学校に通わせてはどうか、と勧めた。コスタとデミスはナクソスにある学校の小さなホールで、机を並べて試験を受けたが、どちらも、自分たちの努力が報われることはあまり期待していなかった。しかし、その二カ月後、スタキス家の人々は校長が携えてきたニュースに仰天した。コスタとデミスには、共にアテネにある専門学校で二年間学び、その後、希望すればアテネ大学に進学できる奨学金が授与されることになった。

二〇二〇年、アテネ大学の学生として交換留学生制度の適用を受けたふたりは、揃ってアメリカの大学に籍を置くことになった。彼らが生まれて初めてギリシャを離れて一年間学ぶことになったのは、イリノイ州にあるミリガン大学だった。ふたりはそこで、それぞれの人生の進路を見出すことになる。

## 二〇二〇年――壮大なゲノム計画の幕開け

二〇二〇年は、ヒトゲノムの解読が完了して二十年めにあたる年だった。ヒトゲノムの解読は、遺伝学者が一九九〇年代の大半を費やして推進していった壮大なゲノム計画のなかでも、最も大きな話題を呼んだ出来事だった。そしてその後の数十年は、遺伝学に関心を抱く者にとって、興奮の連続だった。交換留学生であるコスタとデミスの指導（といってもふたりとは五歳しかちがわない）にあたることになったジョン・リースも、当時、最先端の研究に携わっていた若者のひとりだった。彼が遺伝子研究の可能性に取り憑かれたのはまだ学部学生の頃だった。遺伝病の領域で博士号の学位を取ることにしたのも、その後の研究テーマに遺伝学を選ぶことにしたのも、それがきっかけだった。リースは、優秀な生物学者であると同時に、熱心な教師でもあった。彼の遺伝学への愛情には感染性があった。リースの指導を受けたふたりのスタキスも、留学期間を終える頃には、帰国後の職業訓練過程での専攻について迷うことはなくなっていた。彼らはアテネに戻ると、一般医学の勉強を続けながら遺伝子治療という専門分野での研究ができるよう、スーパーヴァイザーを探し出した。

その後何年かのあいだ、医療における遺伝学の分野にまさに洪水のように押し寄せた発見や進歩は、彼らに大きな刺激を与えることになった。当時は、世界中の研究チームが毎日のように、ひとつ、またひとつと疾病と遺伝子の関係を見出していた。ロンドン、ボストン、ローマ、東京など遺伝子研究の中心と言われる都市でひとつの遺伝病が発症するメカニズムが発表されると、ほかのチームはそれを足がかりに別の遺伝病を攻略しようと戦術を練った。

ほどなく、コスタとデミスの人生に大きな転機が訪れた。それまでの二十二年間、ほとんどずっと一緒にすごしてきたふたりのなかで、不意に何かが変わったのだ。口に出して言ったわけではないが、自分たちが大人になったということを、ほぼ同時に悟った。同じ分野の科学者としてやっていくことや、ナクソスの学校や専門学校の頃のように仲のよいライバルとして競い合うということが、重荷に感じられるようになり、それまでプラスに働いていた力がマイナスに働くようになっていた。

ある朝、コーヒーを飲みながら、コスタが衝撃的な告白をした。それは、ボストンにあるタフツ大学の奨学金の審査試験に受かったというものだった。彼はその学期が終わった時点で、ギリシャを離れることになった。

手紙や電話でのやりとりはあったが、ほぼ五年間にわたって、彼らは一度も顔を合わせなかった。大学の夏休みには会えないこともなかったのだが、きまってどちらかの都合が悪くなり、会わないことになった。が、医学部を修了し、ドクター・スタキスとなったふたりは、家族の祝福を受けるために、揃ってモニの丘に建つ家に帰省した。

二〇二七年のこの再会は悲しい結果に終わった。始まりは上々だった。初日の朝は愉快な時がすぎていった。ふたりは昔の思い出やこれからの仕事について語り合った。そして、これまでの互いの健闘を称え合った。しかし、家族が顔を揃えた昼食の席で今後の抱負や目標について話しはじめたところで、彼らは不意に気づいた。自分たちが選んだ道はあまりにもちがいすぎて、もはやまともに話をすることも、相手の意気込みを理解することもできそうにない、ということに。コスタはアメリカで遺伝学の商業価値に目覚め、遺伝学に計りしれない可能性を感じている企業家の存在を知った。コスタ自身、医学部の最後の年には、すでにとあるベンチャー・キャピタリストと手を組み、ロサンジェルスで会社を始めていた。彼が商業ベースに乗せようとしていたのは、生まれてくる子供の遺伝子特性データを受精卵の段階で調べるというサーヴィスだった。

デミスの目指すものはその対極にあった。遺伝学をビジネスに応用する話を耳にする機会はあったが、彼にはどうしても受け入れることができなかった。自分はあくまでも医者であり、遺伝学者という肩書きは副次的なものだと考えていたし、自分の役割は専門知識を使って人々を救うことであって金を儲けることではないと信じていたのだ。手紙のやりとりから、コスタがビジネスの世界に向かおうとしていることには気づいていた。それでも、従兄の冷ややかさにはショックを受けた。ふたりが口論を始めると、家族は困惑した。やがて、口論は罵り合いになった。自家製ワインの飲みすぎがふたりの諍いに拍車をかけ、双方の父親が割ってはいらなければ、あわや殴り合いというところにまで発展した。その午後から四十五年間、ふたりのあいだに対話が持たれることは一度としてなかった。

## 遺伝子ビジネスの冒険

遺伝学をビジネスとして捉えたコスタ・スタキスの最初の冒険は、技術的な問題もあって、ごく限られたものだった。彼は出生の最適化という分野の先駆的企業である〈プロジェニックス〉を立ち上げた。〈プロジェニックス〉は、生まれてくる子供の遺伝病を案じる親たちの悲願に応えて、受精卵の遺伝子特性調査に関する総合的なサーヴィスを提供した。そこで使われていた技術は羊水穿刺に毛の生えたようなもので、分析はたった一個の細胞でおこなわれた。よって、百パーセント確実なデータとは言えなかったが、これを使って異常がないことがわかれば、それまでの方法とは比べものにならないほど大きな安心が得られるということで大きな反響を呼んだ。〈プロジェニックス〉は業界トップの座に君臨する企業に成長した。が、遺伝学はもっと金になると確信していたコスタは、友人や同僚に〝遺伝の世界のビル・ゲイツになる〟と豪語していた。

チャンスはすぐにやって来た。コスタは、二〇二八年以来四年間、下等霊長類の胚を使って遺伝子操作の実験をおこなっていた。そして二〇三二年、遺伝子操作は人間の胚で実施してもよい時期にきていると感じた。彼は、生まれてくる子供を自在にデザインする技術の提供を目的として、〈バイオトロニクス〉という会社を立ち上げた。このギアチェンジで、コスタ・スタキスは彼が常々なりたいと思っていた人間、つまり、《タイム》の表紙を飾り、あちらこちらのウェブサイトで話題にされる人間に変貌していった。

遺伝子操作の技術的な問題を克服したスタキスと〈バイオトロニクス〉の研究員は、卵子や精子を集める技術の開発にも成功して、顧客に提供する胚を大量につくり出した。それらは、専用のコンピューターソフトでさまざまな形質の組み合わせに分類され、膨大な選択肢として顧客に提供された。比較的安い費用で驚くべき成果が期待できるため、このサーヴィスは欧米の中流階級に広く浸透していった。二十一世紀の科学が成し遂げた夢の技術だと賞賛する者もいれば、母なる自然に手を加えて神を愚弄する不届きな行為以外の何ものでもないと非難する者もいた。コスタ自身は、旺盛な知識欲を満たしてくれるもの、そして、莫大な富をもたらしてくれる可能性を秘めたもの、と考えていた。

## 遺伝子操作ベビーの誕生

革新的な技術を手頃な価格で中流階級に提供したことで、コスタ・スタキスの名前は世界中に知られるようになった。が、彼自身は、ごく初期におこなった〝著名人の胚〟の遺伝子操作が立て続けに驚異的な成功を収めたこともきっかけになったと考えていた。その最初の例が、二〇三四年、石油王ジーン・フォレスターとその四番めの妻ミランダが遺伝子操作を使ってもうけた子供だった。コスタは、その子が受け継いだある遺伝形質――その後、婉曲的に〝不適切な〟遺伝形質と言われるようになる――を、遺伝子操作で完全に排除することに成功した。

フォレスター夫妻の場合、そこには眼に見える形質とそうでない形質がひとつずつ含まれていた。まず、ポルノ女優として人気があった妻のメリンダは見事なブロンドの美しい女性だったが、血友病の保因者だった。血友病はX染色体に由来する遺伝病で、生まれてくるのが女の子の場合、保因者になる確率が五十パーセント、男の子の場合、その劣性遺伝子を継承して血友病を発症する確率が五十パーセントということになる。その昔、血友病は激しい衰弱と死をもたらす恐ろしい病気だった。ヴィクトリア女王から受け継がれていった遺伝子のせいで、英国王室の男性の多くがこの病気の犠牲になった。最も恐れられていたのは血が止まらなくなることだった。この病気に苦しむ人々の血液には、凝固因子のひとつが存在しない。二十世紀が終わりに近づく頃には、献血された血液から抽出した凝固因子を使った薬剤が開発され患者に注射されるようになったが、その治療には常に感染症という危険がついてまわった。

コスタは〈プロジェニックス〉時代に、血友病を発症する遺伝子の特定に成功し、それまで二十年近く使われていたものより数段精度の高い早期発見用のキットを開発していた。しかし、フォレスター夫妻の子供については、遺伝子操作という方法で血友病の遺伝子を完全に取り除き、凝固因子をつくり出す能力がある子供を誕生させることにした。むろん、その子が生まれた二〇三四年には血友病の治療法も見つかっていたのだが、コスタは、自分がはじめて脚光を浴びることになるこの試みのために、親となる人間を選んでいた。自分の能力を世に示すためだ。

人類史上はじめての遺伝子操作ベビーを誕生させることは、それだけでも大きな偉業といえる。しかも、世間の注目を集める人物の子供ということで、そのニュースはヘッドラインを飾ることになった。特に、コスタがその子に施したもうひとつの遺伝子操作は、世界中のメディアに一大旋風を巻き起こした。ジーン・フォレスターは擬軟骨発育不全症、俗に小人症と呼ばれる遺伝病を持っていた。身長は百十四センチ、初の遺伝子操作ベビーの父親になるまでのほぼ十年間を、彼は車椅子の上ですごしてきた。この病気を引き起こす遺伝子は、四十年近くまえの一九九五年に特定されていたが、それをヒトの胚から取り除いたのはコスタがはじめてだった。

二〇三四年十二月、チャールズ・ジェローム・フォレスターは、病的なまでの熱狂に沸くメディアの視線にさらされながら、この世に生を受けた。誕生後一時間のうちに、原因遺伝子が特定されているすべての遺伝病とふたつの〝不適切な〟遺伝形質について、ゲノムの検査がおこなわれた。チャールズのゲノムは完全に正常で、小人症の遺伝子も血友病の遺伝子も見あたらなかった。チャールズがこれらの遺伝子を受け継がなかったのは偶然ではないかと疑う者もいたが、ふたつの形質がたまたま受け継がれずにすむ確率はきわめて低かった。これは神の業ではなかった。巧みに自然を模倣したドクター・スタキスの偉業だった。

著名な医師となったコスタは、二〇三五年、ロサンジェルスの社交界の名士で莫大な資産を持つドーン・スペンサーに出会い、恋に落ちた。ふたりは〈リージェント・ビヴァリー・ウィルシャー〉で催された慈善晩餐会の席で紹介されて三カ月と経たないうちに結婚した。結婚まえ、コスタはこれまでに二度の流産を経験しているドーンの遺伝子を調べ、通常の妊娠期間を実質的にまっとうすることができないという珍しい遺伝病があることを知った。しかし、コスタはこれを問題にしなかった。彼には医学の力で解決できるという確信があった。

結婚後、ふたりは従来の治療法のなかで見込みのありそうなものをあれこれ試しはじめた。が、二〇三六年、ドーンは妊娠六カ月の時点でまたしても流産する。妻同様、子供が欲しくてたまらなくなっていったコスタは、月並みな治療法に疑問を抱きはじめた。例によって、彼はこの生殖障害に、挫折ではなく新たな挑戦を見出していた。そして、自分に言い聞かせた。自分の妻の生殖障害も治せなくて何が遺伝学者だ、と。自ら問題の解決に踏み出したコスタは、彼の最新の遺伝子操作技術を使ってドーンを救うことを本人に申し入れた。

コスタは障害を引き起こしている遺伝子を特定した。そして、二〇三六年十一月、その遺伝子をドナーからもらった正常な遺伝子に置換する治療がおこなわれた。しかし、コスタはそこで満足しなかった。自分がおこなってきた実験に大きな可能性が秘められていることはわかっていた。ドーンの揺るぎない協力に支えられながら、コスタは自分たちの精子と卵子でつくった四細胞期の胚に遺伝子操作を施すことにした。夫妻は可能なかぎり完璧な子供にしようと考えた。彼らは女の子を選んだ。そして、類いまれなアスリートにも世界的な数学者にもなれるような、最良の組み合わせのゲノムを持たせることにした。コスタはその子の胚のゲノムから大量の遺伝子を取り除き、そこに著名な数学者クレメンタイン・ブライスウェイト――彼女はドナーに指名されたことを喜んだ――とウガンダ人の短距離走者オタベ・ウタヴェの遺伝子を配置した。

ルイーズ・スタキスは二〇三七年十月、ロサンジェルスのベテスダ病院で生まれた。遺伝子を操作したからといって、夫妻が望んだ才能をルイーズが発揮するようになるとは限らない。それはコスタが誰よりもよく理解していた。たしかに彼女のゲノムには、そういった才能を発現する遺伝子が含まれている。すでに知られている五千種類の遺伝病を発症する遺伝子が含まれていないこともわかっている。が、通常、特殊な能力というのは、その子供が環境に適応できていなければ発揮されることはない。子供に特別な才能があるとわかったら、周囲の者が本人に気づかせ、伸ばしてやる必要がある。コスタにはわかっていた。人間はゲシュタルト——遺伝子と環境によって与えられた部分の総和を超える存在——だということが。

ルイーズは、コスタが十年前にこの仕事を始めたときから目指していた理想の化身だった。衆目にさらされながらも、とびきり優れた肉体と知能を持つ、快活な子供に育っていった。コスタは回想録で、ある夜の出来事について振り返っている。二〇七一年五月、とある夕食会に出席したコスタの眼は、テーブルを挟んだ向かいの席にいるルイーズに釘付けになっていた。「あの子から眼を離すことができなかった。あの子はそれまでに私が眼にしたどんな創造物よりも美しい、自慢の娘だった。十九歳にして数学で博士号を取り、群論という何やら難しそうな分野で、最高水準と言われる研究者のひとりになった。オリンピックの陸上競技の百メートルと二百メートルで金メダルをとり、四百メートルでは世界記録も樹立した。結婚して母親にもなった。あの子ほど完璧な創造物はどこを探してもいない。あの子は神と私の合作——私はそう思っていた」

## 遺伝子ビジネスの罠

コスタの転落が始まったのは、彼が神と共同でつくり出し、惜しみない愛情を注いでいる創造物の輝きに見とれた夕食会の翌朝、早い時間のことだった。いつものように車でビヴァリーヒルズのオフィスに出かけ、八時四十五分に仕事を始めようとすると、コンピューターがチャールズ・ジェローム・フォレスター、つまり彼にとって最初の患者——ロサンジェルス屈指の弁護士になっていた——の体に異変が起きていることを告げた。

コスタはコンピューターに詳細なデータを請求した。白血球数の低下が見られ、背中に初期の腫瘍らしきものができていた。血糖値は前夜のうちに急激に落ち込み、心拍数も異常に高い数値を示していた。そこまでわかったところで秘書が声をかけてきた。少しまえにチャールズ・フォレスターから電話があって話をしたがっている、ということだった。

コスタはすぐに電話をかけて、不安をつのらせながら、青年の説明に耳を傾けた。チャールズはひどい背中の痛みと眼のかすみ、食欲の減退、不眠など、数日前から続くさまざまな症状を訴えた。彼のかかりつけの医師はその日、町を離れていた。チャールズは言った。「ご迷惑とは思ったのですが、今朝起きたら、茶色い奇妙なしみが手の甲にできていて、心配になってしまって……。これから伺ってもよろしいでしょうか？」

チャールズをひと目見て、コスタはショックを受けた。ひと月ほどまえに、とある祝賀会で会ったときの彼は健康そのものだった。それがどうだろう、体が縮んだかのように衰弱して、皮膚は色を失い、眼は充血していた。コスタは無言のまま診察を続けた。虹彩の色が薄くなり、手の甲に茶色いしみができていることがわかった。手動の小型スキャナーを使ってＭＲＩを撮り、採取したＤＮＡのサンプルをコンピューターに分析させているあいだに、眼の状態を調べた。さらに、背骨に沿って手を動かして、痛みのある箇所を突き止めた。

症状はコスタの理解を超えるものだった。予備的な検査の結果を見るかぎり、関連のない症状が不協和音を奏でているとしか思えなかった。が、コスタが胚の段階で操作した遺伝子の基本構造を調べてみたところ、恐ろしいことに、六つの遺伝子のうちの三つで、その分子構造が変わっていた。コスタは、問題の遺伝子のひとつに含まれる塩基対をホログラフィック画像に変換して、さらに詳しく調べた。オフィスにいるふたりのまえに、チャールズのＤＮＡの一部が高さ一メートルほどの３Ｄ画像となって現われた。経験豊かなコスタの眼には、塩基対の配列に変異が起きていることがすぐにわかった。

コスタが次に調べたのは脊髄の繊維に関するゲノムだった。さらに眼の組織に関連するゲノムを、そして、手の皮膚に関連するゲノムを画像データに呼び出した。いずれの遺伝子にも変異が起きていた。操作によって差し替えられた遺伝子が、まるでたちの悪い癌のように、ほかの遺伝子をゆがませ、まったく別のものに変えていた。チャールズの体では急速なＤＮＡの破壊という危機的な状況が進行していた。このまま放置すれば、彼の体を構成する細胞はひとつ残らず破壊されることになるだろう。

チャールズを安心させようと努めながらも、コスタの内心は不安でいっぱいだった。コスタは、夜にまた電話をするので、それまで安静にしているようにと言った。車を手配してチャールズを送り出すと、電話をつながないよう、秘書に命じた。そして、塩基対の分析作業にとりかかろうとした。と、そのとき、スタキスの思考の流れを遮るように、インターネット経由でメッセージが届いた。

「ディミトリ・ストグノヴィッチ様からメッセージが届いています」とコンピューターは言った。〈バイオトロニクス〉モスクワ研究所の所長だった。コスタは無視するつもりだったが、考え直して、コンピューターに報告を命じた。その三十秒後、コスタが感じていたのはもはや不安などという生易しいものではなく、まぎれもない恐怖だった。ストグノヴィッチのＥメールは、モスクワの〈バイオトロニクス〉がおこなった初期の遺伝子操作で誕生したふたり――二〇四一年に十四例めの遺伝子操作ベビーとして世に送り出されたミッツィ・グレゴノヴィッチと、その少しあとに生まれたグレゴール・ティポフ――の体に、不可解な症状が現われていることを報告してきたものだった。症状はそれぞれちがっていた。チャールズの症状ともちがっていた。が、ミッツィには歩行困難、グレゴールには聴覚の急速な衰えというように、身体機能の衰弱が共通して見られた。コスタはストグノヴィッチにＤＮＡの分析結果を早急に送るよう依頼した。そしてその数分後には、チャールズのＤＮＡのものと同じような変異の連続が映し出されたホロ・プロジェクターを見つめていた。

これほど一時にランダムな変異が起きることはまずありえなかった。コスタはすぐに最悪の事態を疑った。もしや、置換した遺伝子が、たとえば癌を発症する遺伝子のようなものに変異し、これがほかの染色体のほかの遺伝子にもぐりこんで引き起こした新たな変異が、そもそもの遺伝子とは無関係の細胞を機能不全に陥らせているのではないだろうか？　正午、コスタは人生最大の危機に直面していた。仮にこの症状が〈バイオトロニクス〉の遺伝子操作で生まれてきた何千人という人々のなかに数例以上見られるようなことになれば、彼が築きあげた帝国は音を立てて崩れ、遺伝学は何十年か後退することになるだろう。しかし、朝から彼の頭の片隅を離れようとしない気掛かりは、それとは別のものだった。コスタは考えた。ルイーズに同じ症状が現われる確率は？　遺伝学者であるコスタはこの深刻な問題の解決策を自ら見出さなければならなかったが、彼の心にあるのは不安ではなく恐怖だった。〈バイオトロニクス〉では、遺伝子が変異を起こした原因とそれをもとに戻す方法の究明が、夜を徹しておこなわれた。コスタはありとあらゆる方法を試した。技術に関する情報源や秘密を守ってくれそうな専門家の頭脳はすべて利用した。が、努力は空まわりするばかりだった。今回の遺伝子の変異にはこれまで誰も見たことがない謎の過程があり、いかなるツールを使って分析を試みても、変異の原因はわからなかった。変異をもとに戻す方法も、変異を食い止める方法も見つからなかった。

コスタのオフィスで最初の診察を受けてからちょうど六週間後、チャールズ・ジェローム・フォレスターが死んだ。ルイーズから電話があったのは、チャールズが死んだ日の午後のことだった。ルイーズは努めて落ち着いた声を保ちながら、父親に右腕の痛みを訴えた。彼女の左手の甲には、すでに茶色いしみが浮かび上がっていた。

## 二〇二〇年代―遺伝子研究と医学の進歩

四十四年前の二〇二七年七月二十三日、家族が一堂に会した食事の席で従兄と大喧嘩をしたその翌朝、デミス・スタキスは医学や遺伝学に対する自分の姿勢がまちがっていないことを証明してみせると宣言して、アテネに戻った。彼は自分に言い聞かせた。コスタはすぐに金持ちになるかもしれないが、より大きなことを成し遂げ、人々の生活を向上させた人間としてみんなの尊敬を集めるのは自分のほうだ、と。

二〇二七年にはすでに、それまで人々を死にいたらしめていた病の多くで、その治療法が見つかっていた。また、嚢胞性繊維症、ハンティングトン舞踏病、糖尿病、筋ジストロフィー、アルツハイマー病、統合失調症などについても治療ができるようになっていた。二〇一八年には、ほぼすべてのタイプのＨＩＶに対応するワクチンが開発され、三十年来初めて、ＨＩＶの流行は終息に向かった。

それでも、医師のまえには難題が立ちはだかっていた。二〇二〇年代の後半には、抗生物質を細菌と戦わせることには意味がないとされ、医師が治療に抗生物質を使うことはまれになっていた。また、ウイルスの遺伝子特性データを分析しようという遺伝学者の試みに抗うかのように新型のＨＩＶが発生し、アフリカとアジアの一部で新たな脅威になっていた。癌についても、大半はその治療法や予防法が解明されていたが、原因遺伝子が特定できていないそれ以外のものについては、免疫力を高める薬や最新の外科手術に頼るしかなかった。

そのいっぽうで、幹細胞を使った遺伝学的な技術が、医学に劇的な進歩をもたらそうとしていた。この分野の遺伝学者は、それまでの議論や嫌疑を振り払い、倫理上の問題の大半を押しのけながら、医学の発達に新たな道を切り開いていった。

一九九〇年代の後半に始められたヒトの幹細胞研究は、クローニング技術と密接なかかわりを保ちながら進められてきた。研究の中心は、幹細胞が持つ自己複製能と分化能にあった。肝細胞を人工的に培養することで、体のパーツのレプリカをつくり出すのが目的だった。

傷んだパーツを人工的につくった新しいパーツと交換する――自然の奇蹟は口で言うほど簡単に再現できるものではない。が、二十一世紀の最初の十年が終わる頃には、十五年にわたって続けられた動物実験によって高度な技術が開発され、すでに、ラットの脊髄、犬の気管、猫の耳については交換ができるようになっていた。が、ヒトの胚を幹細胞実験に使うことは、大多数の国と地域で禁止されていた。

アメリカでもヒトの幹細胞研究はなかなか認められなかった。しかし、二〇一一年、異常なまでの熱狂をともなって中国から人類初のクローン誕生のニュースが届くと、政治家が自らのスタンスを考え直すようになった。そして、二〇一四年、厳しい規制のもとでではあるが、人間のクローンをつくることが認められた。ちなみに、その二年前の二〇一二年には、少なくとも動物実験で確認されていることについては、人間の胚を使った肝細胞実験をおこなうことが認められていたのだが、皮肉なことに、この政治家の態度の変更は数週で意味をなさなくなった。二〇一二年四月、胚ではなく、成人の骨髄から採取した幹細胞を使う技術が、科学雑誌《ネイチャー》に紹介されたからだ。

この技術の開発で、幹細胞医療への反対意見はおおむね撤回されていった。患者自身の細胞を使って臓器等をつくり出すのだから、モラリストも文句は言えなかった。反対者は、この医療技術を〝神の真似事をして神を侮辱する行為〟と考える者に限られていった。

デミスがアテネで博士号取得後の研究にとりかかろうとしていた頃、幹細胞研究は医学のなかでも最も重要な研究のひとつになっていた。が、きわめて人気の高い分野でもあり、青二才がインパクトのある壮大な夢を実現する余地は見あたらなかった。そうとわかると、デミスは、病気と格闘できるもうひとつの重要な分野――癌の遺伝子治療の研究に取り組むことにした。

## 癌の完全予防

二〇二〇年代の後半には、二百種類以上の癌が完全に予防できるようになっていた。遺伝子特性データとその知識が用いられるようになった結果、それぞれの癌について、個々人の罹患しやすさを調べて警告する方法が進歩したためだ。これにもとづいて、ライフスタイルの修正、免疫力の強化、場合によっては、ごく簡単な遺伝子の交換をすることで、効率のよい治療や予防ができるようになった。しかし、最もたちの悪い癌のいくつかについては、多くのことが謎に包まれたままだった。

医師のあいだでは、長年、癌は二種類のルートのいずれかをたどって発症する、と考えられてきた。

ひとつは、腫瘍遺伝子と言われる遺伝子が実権を握って変異細胞の増殖を促すというルート、もうひとつは、腫瘍抑制遺伝子と言われる遺伝子が機能を失い、腫瘍の成長を阻止することができなくなるというルートだった。一九九〇年代にはすでに何種類かの腫瘍遺伝子と腫瘍抑制遺伝子が特定されていた。その後の三十年で、その数はさらに増え、腫瘍抑制遺伝子の機能を回復させる技術や、腫瘍遺伝子の機能を抑える技術が開発されていった。

二〇一五年、最も重要度の高い腫瘍遺伝子ｐ‐５３の特性が完全に解明され、研究者は、その正確な構造と、癌が生じるメカニズムについての重要な情報を知ることになった。これは、癌との闘いにおける画期的な前進と言われ、治療法が見つかったも同然と考える科学者もいた。ところがその七年後、ｐ‐５３は重要な遺伝子ではあるが、実際には別の遺伝子に働きかけて細胞を破壊させているにすぎないということが、プラハの研究チームによってあきらかにされると、当初の楽観的な空気は跡形もなく消えていった。ちなみにこの〝別の遺伝子〟とは、Ｌｅｘｕｓ‐９１１と言われるもので、途方もなく複雑な塩基配列を持ち、分析が難しいばかりか、ゲノム上にランダムに分布する謎の遺伝子と連携して機能することが知られていた。二〇二三年には、癌が生じるメカニズムについて、かなりいろいろなことがわかっていると考えられていた。が、実のところ、癌の撲滅という彼らの試みは後退が続いていた。しかし、デミスにはそんな困難さえたまらなく魅力的な挑戦に感じられた。彼は、学部学生だった頃から、ｐ‐５３とＬｅｘｕｓ‐９１１についての研究を追いかけていた。自分が貢献できるのはこの分野だという確信があった。そして、二〇二七年秋、アテネ大学の特別研究員となったデミスは、ついにその研究に着手した。

作業は複雑をきわめ、遅々としてはかどらなかった。科学や医学の歴史に名を残す多くの革新的な研究者と同じように、デミスの心はその当時の技術がけっして届かないところで空まわりしていた。彼には癌に冒された細胞で起きていることを生化学的に思い描くことができた。その過程に必要なメカニズムの大半を理論化することもできた。しかし、その仮説を証明するツールがなかった。証明には、遺伝子を構成する塩基の分子構造を詳しく調べる必要があったが、遺伝子を原子のレベルで分析する最初の装置がいくつかの大学に導入される二〇四一年までは、それもかなわなかった。ついにその機械が使えるようになっても、癌の発生と成長のしくみを解き明かすこの驚くべき仮説を証明するためには、さらに四年にわたって一心不乱に働く必要があった。

デミスは、複雑な遺伝子Ｌｅｘｕｓ‐９１１とヒトのゲノム上にランダムに分布する謎の遺伝子との関連に、すでに二〇三〇年には気づいていた。その謎の遺伝子は〝ジャンクＤＮＡ〟と言われる遺伝子で、たとえば密生した体毛や大きな犬歯のように、進化の結果、使われなくなり機能を失ったものの遺伝子だった。

数値上の調査を続けていくうちに、Ｌｅｘｕｓ‐９１１とジャンクＤＮＡとのあいだには生化学的な関連があることがわかってきた。そして、原子のレベルで遺伝子を分析できる装置が導入されて、それらの分子構造と屈曲のパターン（遺伝子の塩基配列の三次元的な折れ曲がり方）が比較できるようになると、Ｌｅｘｕｓ‐９１１とあきらかな関連を示すジャンクＤＮＡのひとつ、Ａｎｃｉｅｎｔ‐１０１が発見された。ふたつの遺伝子の分子構造にはそれぞれが鍵と錠のようにぴたりとはまる箇所が存在していた。

そこから導き出される結論はひとつしかなかった。この太古の遺伝子Ａｎｃｉｅｎｔ‐１０１は、元来、自己破壊型の遺伝子で、原初の人間は老化に悩むことがなかったのかもしれない。進化にともなって不要になったものの、わずかに力は残っていた。それがｐ‐５３によって変異させられたＬｅｘｕｓ‐９１１と提携して、健康な細胞に癌を引き起こしているのだ。

この学説は一大センセーションを巻き起こした。二〇四六年、《ネイチャー》に掲載されたデミス・スタキスの論文は、その年の科学の世界における最大のトピックとなった。その少しまえに従兄のコスタ・スタキスが有名になっていたこともあって、ふたりは時の研究者として賞賛され、彼らの個人的な話が紹介されるようになるのにたいした時間はかからなかった。翌二〇四七年、デミスはノーベル医学賞を受賞した。

遺伝学の研究は、常になんらかの発見があることを科学者に予感させていた。癌の治療法を発見し、四十代でノーベル賞を受賞してからも、デミスは医学のまえに立ちはだかる問題の解決方法を探りつづけた。アテネに遺伝学研究所を設立すると、彼の名声と業績に惹かれて、何人かの優秀な研究者が集まってきた。デミスは太古の遺伝子とほかの疾病を引き起こす遺伝子の関係についての研究を続けながら、常にメディアに大々的に取り上げられるコスタの斬新な発想と革新的な仕事ぶりを感心して眺めていた。

デミスはコスタの技術を密かに称えていた。しかし、二〇二七年に家族のまえでしでかした口論を忘れることはできなかった。口論の原因についても同じだった。デミスはコスタのように財を築いたわけではなかった。もともと金にはさほど興味がなかったし、メディアの注目がおさまり、スポットライトから遠く離れたアテネでひとり静かに研究にいそしめるようになったのも、彼にとってはありがたいことだった。が、二〇七一年六月、デミスのもとに、チャールズ・ジェローム・フォレスターが死亡し、〈バイオトロニクス〉モスクワ研究所の患者ふたりにも急激な衰弱が見られているというニュースが届くと、デミスは仕事が手につかなくなった。従兄の身に起きていることを考えずにいることはできなかった。

## 遺伝子治療の行方

チャールズ・ジェローム・フォレスターの死は、すぐにニュースで取り上げられた。皮肉にも、先に伝えられたのはロシア人の患者についての噂だった。二〇七一年六月九日、フォレスターが逝き、ルイーズに最初の症状が現われた朝、《グローバル・インターネット・ニュースサーヴィス》が、衰弱したふたりのロシア人患者の写真を配信した。〈バイオトロニクス〉モスクワ研究所の従業員が隠し撮りをして、通信社に売った写真だった。同じ日の朝、〈バイオトロニクス〉がおこなった最初の遺伝子操作で生まれた、誰よりも有名な患者の死が、ロサンジェルスを拠点に活動している医事評論家を通じて公になると、世界中のメディアがトップニュースで伝えた。

コスタ・スタキスはニュースを見なかった。持てる時間のすべてを患者たちの体に起きている謎の現象の究明にあてた。そのあいだも、自分が警告を見落としたという事実——痛みや手の痣のような物理的な症状がはっきり現われるまで、ルイーズのナノ・プローブが発する情報に気づかなかったという事実——が頭を離れることはなかった。彼は何度も何度も自分に言い聞かせた。娘にもしものことがあったら、それはこの見落としのせいだと。

彼は研究室にベッドを運び入れ、食事はドアのところに置いておくよう助手に頼んだ。妻以外の人間からかかってきた電話には出なかった。ルイーズを集中治療室に入れた。記者と話をすることを固く拒んだ。そのようにして世間との接触を断っていたコスタに、不意の来客があった。深刻な事態が明るみに出た二日後の六月十一日、コスタの部屋のドアを遠慮がちにノックした助手の口から、デミス・スタキスと名乗る男が受付にきていることが告げられた。

デミスはコスタの容貌にショックを受けた。ふたりはともに七十歳になっていた。が、抗老化治療の甲斐あって、雑誌で見かける写真のコスタは、いつも四十代なかばの溌剌とした男にしか見えなかった。が、こうして再会したコスタは、げっそりとやつれていた。眼の下の隈と三日ぶんの無精髭に彼の苦しみが滲んでいた。コスタのほうはといえば、四十年以上、一度として会うことがなかったデミスが、ロサンジェルスの自分のオフィスに来ているということが、ほとんど信じられなかった。

無駄話をしている暇がないことはふたりともよくわかっていた。ふたりはすぐに患者たちの症状とそれに関連する遺伝子を調べる作業にとりかかった。コスタは、変異を起こしているのは胚の段階で交換した遺伝子だと説明した。四人の遺伝子がどのように交換されたのかも知らされた。

当初、コスタは問題はテロメアにあると考えていた。テロメアとは、染色体の末端を保護するキャップのようなもので、年齢とともに脱落していく。二〇三〇年代には、このテロメアの脱落がクローンの老化を促進する原因だったことが判明していた。コスタは、自分の患者がそれに似た症状に苦しんでいることから、テロメアが痛みや衰弱の原因であるという仮説に沿って調査を進めていた。が、今はそれも完全に暗礁に乗り上げていた。患者のテロメアは、ルイーズのものも含めて、年齢に見あった正常な状態で存在していた。

次はデミスが仮説を披露する番だった。このニュースを耳にしたときから、デミスは、患者を苦しめているのは変種の癌ではないかと考えていた。胚の段階で遺伝子が操作されたときに、Ｌｅｘｕｓ‐９１１とＡｎｃｉｅｎｔ‐１０１、もしくは、その手のジャンクＤＮＡとの連携で機能するなんらかのメカニズムが動き出したのではないかと疑っていた。

デミスの直感に従って、ただちに調査が開始された。それは遺伝子を原子のレベルで分析すれば確かめられることだった。仮にＡｎｃｉｅｎｔ‐１０１のような遺伝子がＬｅｘｕｓ‐９１１と結合していれば、それが患者の衰弱の原因だった。

そして三十六時間後、ふたりの遺伝学者は、まさに錠と鍵のように結びついた二種類の遺伝子のホログラフィック画像のまえに立っていた。

ひとたびメカニズムがわかれば、理論上、治療法は比較的簡単に見つかるはずだった。すでに二十五年にわたって使われている癌の治療技術に若干の変更を加えればいい。が、コスタにしてみれば、どれほど急いでも急ぎすぎにはならなかった。メカニズムの解明から二週間、〈バイオトロニクス〉の研究員が遺伝子治療の〝魔法の銃弾〟をまもなく完成させようというとき、ルイーズは昏睡状態に陥った。この二カ月、コスタは技術的にも体力的にも極限までがんばっていた。それでも、デミスとともに考え出した治療法を技術者が仕上げているあいだ、娘のそばを離れようとはしなかった。
一週間後、最初の治療の準備が整った。サンプルはモスクワにも送られた。ルイーズへの薬剤の投与はコスタ自身がおこなった。その夜もコスタには眠れぬ夜となった。彼は娘を見守りつづけていたが、疲労が限界に達したところで浅い眠りに落ちた。午前四時十分、ルイーズの生命維持装置の警報が彼の眠りを引き裂いた。反射的に装置を見たコスタは、すぐに助けを呼んだ。が、四時十二分、ルイーズは帰らぬ人となった。

コスタは打ちのめされた。そんなコスタを見て、この喪失からは二度と立ち直れないだろうと言う者もいた。皮肉なもので、ルイーズよりも先に症状が現われていたロシアのふたり、ミッツィ・グレゴノヴィッチとグレゴール・ティポフは全快した。週末までに新たに見つかった十四人の患者も、全員、〝魔法の銃弾〟を使った治療でたちどころに回復していった。

デミスは最善を尽くしてコスタを慰めたが、数日がすぎたところで、いったんギリシャに戻ることにした。コスタのために。そして、三カ月がすぎた。ある明るく晴れわたった秋の朝、デミスに感謝の気持ちを伝えたいという強い衝動に駆られたコスタが、アテネの研究室に現われた。

コスタは心の平安を取り戻しはじめていたが、彼を知る者は皆、ルイーズの死が彼の心の奥にある灯火をかき消してしまったことをよく知っていた。しかし、スタキス夫婦の身にふりかかったこの悲劇は謙虚さを忘れるなというよい教訓になったと考える者もいた。デミスもそのひとりだった。娘の命を救うためにもがき苦しみながら、コスタは理解しはじめていた。科学は巨大な力を持つ道具ではあるが、人類はそれよりももっと大きな力――つまり自然の僕(しもべ)だということを。

## 遺伝学研究への批判

遺伝学とコンピューターは、科学史上、最強の組み合わせだった。二十一世紀を生きる人々の生活を向上させたのは、この組み合わせの妙にほかならない。しかし、当然のことながら、遺伝学の根本的な役割が人々に理解されていく過程は平坦なものではなく、遺伝学の医学への応用に対しては、異議を唱える者が多数現われた。

遺伝学が発達すると、それに対する批判の声が高まり、遺伝学研究を支持する人々のまえに強力な反対者や敵対者が立ちはだかった。そのため、さまざまな理論が実践されるようになるまでには、かなりの時間を要した。遺伝学の知識は、SF作家があたためている類いの、コアな愛好家だけが理解できるものと言われていた。ところが、〝遺伝子の時代〟が夜明けを迎えると、科学的な知識を持たない一般大衆が、遺伝学の潜在価値に詳しくなっていった。人々がいささかなりとも興味を抱いているあいだは、クローニングや遺伝子操作といった遺伝学のさまざまな応用例のメリットやデメリットについての議論があちこちで続けられた。テレビはクローニングの技術が確立するまでの二十年間を解説する番組を放送し、新聞や雑誌はありとあらゆる病気が遺伝子治療で治せるようになる時代がくるかどうかを詳細に分析する記事を掲載した。

むろん、これらはさまざまな意味で有意義なことだった。おそらく、人々は自分がその渦中にいることに気づかないまま幕を開けてしまった〝核の時代〟に懲りていたのだろう。第二次世界大戦で核兵器が使われたときに、ロスアラモスでそれが開発されていたという事実を知る者はほとんどいなかった。一九四五年八月六日、世界中の市民が不意に気づかされた。自分たちが暮らす惑星には核兵器というものが存在することに。が、バイオ革命はまったくちがっていた。ことが起きるまえに、人々がそれに気づく段階があった。よって、この科学が孕んでいる倫理上の厄介な問題も、そして実質的な問題も、納得のいくまで議論することができた。

とはいえ、すべての人々が遺伝学をすばらしい学問、あるいは研究が必要な学問と考えていたわけではなかった。遺伝学に反対する勢力は巧みに情報をねじ曲げて、人々を混乱に陥れた。遺伝学のまえには列をなして反対勢力が立ちはだかった。自分たちのプライヴァシーを危険にさらすことになると訴える者もいた。フランケンシュタインのような怪物が産み出されるのではないか、あるいは、どこかの狂った独裁者がクローンの軍隊や生物兵器をつくろうとするのではないかと怯える者もいた。反資本主義思想の人々は、富める者が貧しき者を打ち据える杖になりかねないものだと考えていたし、信仰心の篤い保守的な人々は、この科学が力を持ちすぎると、伝統的な価値観が意味をなさなくなると考えていた。

遺伝学に対して不支持を表明する人々の大多数は、理性的な議論や思慮深い行動による説得を続けていたが、そのいっぽうで、徐々にその勢力を伸ばしつつあった過激派が、時代のニューウェイヴとして国際社会に浸透し、人々の心に揺さぶりをかけようとしていた。こうした過激派のなかで最も悪名が高かったのが〈遺伝子の戦士(ジーン・ウォリアーズ)〉と名乗るグループだった。そして、揺るぎない信念のもとに暴力行為をおこなうそのグループのリーダー、カーラ・マクドナルドとルーファス・オドネルは、〝現代版ボニーとクライド〟と呼ばれた。

カーラ・マクドナルドは一九九八年に生まれた。彼女は父親を知らない。母親のリリスは、さまざまな仕事をしてどうにか食いつなぎながらサンフランシスコで暮らしてきた。母と娘はとてもよく似ていて、カーラは若い頃の母親そっくりに育っていった。学校にはあまり通わなかった。が、類いまれな美術の才能の持ち主で、二〇一六年には、〈サンフランシスコ・アカデミー・オブ・アート〉への入学が許された。

リリスは反体制的な女性で、カーラは嫌でもそんな母親の政治的な意見を聞かされて育った。しかし、そういった意見のもとになんらかの行動を起こすのは、美術学校にあるさまざまな反体制サークルに参加するようになってからのことだった。彼女はロックバンドに参加した。そして、そのバンドのギタリストで、カーラの最初のボーイフレンドでもあるロブ・グレイナーとともにプロテスト・ソングを書き、地元のミュージック・シーンでちょっとした注目を集めた。

二〇一七年は、一九六〇年代に見られたカウンター・カルチャー・ムーヴメントにとって最も重要な年の五十年めにあたる年で、《セカンド・サマー・オブ・ラブ》が発売された。つくり手自身、その意味をきちんと理解しているわけではなかったが、ブームに便乗して売り出すことになったのだ。こうして《ファースト・サマー・オブ・ラブ》の名曲が大手音楽メディアから再リリース（最も示唆的だったのは、マイクロ・インタラクティヴ・ディスク（MID）版の《サージェント・ペパーズ・ロンリー・ハート・クラブ・バンド》だった）されると、インターネットにビートルズやビーチボーイズの演奏を真似たバンドのホログラフィック画像が氾濫するようになった。同じ頃、〝ヌーヴェル・ヒッピー〟を地でいくカーラは、母親とともにアズベリー高地のコミューンに移り住み、公園で〝ハプニング〟（あらかじめ期待された効果と偶発的効果とを結びつけていく現代芸術の表現手段のひとつ）を演じていた。美術学校にはたまに顔を出すだけだったので、まさか自分たちが大手音楽メディアのプロデューサーと同じように歴史を再現しているとは、夢にも思っていなかった。

二〇一七年、カーラは、特に西海岸の大学で学生のあいだに浸透していた新マルクス主義の活動に参加し、欧米諸国の過剰な商業主義など、常日頃、自分が眼にしているものに対する抗議活動を始めた。動物の権利を守るグループに参加し、デストロイ・ワシントン・ナウ（DWN）という非合法組織の秘密の資金源となっているコンサートで演奏した。そして十九歳のカーラは、その年の後半、つまり〝二度めの夏（セカンド・サマー）〟のあとに訪れた冬のあいだに、彼女を単なる反体制ヒッピーから自称アナーキストの戦士へと変貌させた出来事に遭遇する。

二〇一七年といえば、リリスはまだ四十九歳だった。しかし、彼女は穏やかな人生を歩んできた女性ではなかった。十代になったばかりの頃から大酒を飲み、はやりのドラッグに手を出したことも一度や二度ではない。カーラを身ごもっていた時期を含む十年間はヘロイン中毒に陥り、ドラッグを買う金のために、サンフランシスコの路上に立って客を取ることもしばしばだった。四十代後半になると、そんな暮らしの影響が現われてきた。そして、二〇一七年十一月のある晩、コミューンで痛飲した彼女はただならぬ寒気に襲われ、できたばかりのストロベリーヒル病院に担ぎ込まれた。肺炎にかかっていた。

肺炎は簡単に治すことができる病気だったが、医師はリリスの胸部レントゲン写真を見て驚いた。左肺がグレープフルーツ大の腫瘍に冒され、右肺の気管の半分が朽ち果てていたのだ。リリスは集中治療室に移され、癌に冒された範囲を小さくする新薬を投与された。さらに、カーラの承諾を得て、癌を完全に消し去るための遺伝子治療が施された。

二日後、リリス・マクドナルドは死んだ。カーラは、自分の母親はストロベリーヒル病院の医師に殺された、と考えるようになった。非難の矛先は、そっくりそのまま、医師が用いた最新の医療技術――なかでも、苦しんでいる母親に対して、劇的な効果を期待して強引に用いられた遺伝子治療に向けられた。そういった科学技術への反感をどのように訴えていけばいいのかもわからないまま、カーラは、当時、最も野心的で過激と言われていた反テクノロジー組織〈姉妹の道（シスターフッド）〉のメンバーになった。〈シスターフッド〉は、二十一世紀の初頭に見られた反資本主義の組織のなかでも、ひときわ大きな成長を遂げたグループだった。当初、メンバーは女性に限られていたが、結束して行動することを通じて〝姉妹〟であることに誇りを持てる男性には入会が認められるようになった。二〇一二年の設立以来、〈シスターフッド〉の会員は大幅にその数を増やしていった。カーラが入会した二〇一七年には世間が注目する有名人も名を連ね、彼らの野心的なプランの資金繰りに一役買うようになっていた。俳優のシドニー・ホールデンや、世界的なインターネット・アーティストのミランダ・ドノヒューも、そんなメンバーのひとりだった。〈シスターフッド〉は抗議集会やデモをおこなった。キャピトル・ヒルで坐り込みをし、さまざまな反体制運動をサポートすると同時に、当時、不穏なまでに増殖していた動物愛護や反資本主義を訴える過激派の団体に対しても非公式な支援を展開していた。カーラは、情熱的で雄弁な活動家だった。有名人を操り、懐疑主義者の信用を勝ち取る術にも長けていた。そして、〈シスターフッド〉にはいって一年半もすると、第一議長、つまり組織が認めるリーダーの座にのぼりつめていた。

しかし、カーラはこのアナーキスト集団にも窮屈を感じるようになった。ここにいるかぎり、タイミングを逃さずに納得のいく行動をとることはできない、と思うようになった。カーラは〈シスターフッド〉が戦闘的な組織になることを望んでいたが、その考えは、合法的な民主主義の転覆を考えているメンバーに退けられた。〈シスターフッド〉という組織の枠組みのなかではもはや活動を続けられないと悟ったカーラは、二〇一九年、本能の命じるままに、〝姉妹〟のもとを離れた。

その本能は彼女を〈ジーン・ウォリアーズ〉の設立に向かわせた。カーラが主宰するその組織は、科学者の悪事を見つけると、人々の眼をそこに向けさせるのに手段は選ばなかった。彼らは最新のクローニング技術、個人の遺伝子特性データを自由に入手できるという実態、普及が進みつつある遺伝子組み換え食品といったものに、大きな義憤を感じていた。そして、ネット上に公開している広報を使って、すべての遺伝学研究の中止を呼びかけ、昨今の医療技術の発達は詐欺的行為以外の何ものでもないと訴えた。

設立から一年のあいだに、〈ジーン・ウォリアーズ〉は、当時できたばかりの〈ニューヨーク・クローニング研究所〉に手紙爆弾を送りつけた。遺伝子組み換え食品の研究で最先端を行く〈クロップジェン〉の代表の車に爆弾を仕掛けて、彼を殺そうとした。このときは爆弾が予定よりも早く爆発して、それを仕掛けにいったメンバーが命を落としている。また、いくつかの研究所や技術センターに火を放った。〈シスターフッド〉にはいってまもない頃から、カーラはＦＢＩに眼をつけられていた。従って、〈ジーン・ウォリアーズ〉での活動は、地下に潜っておこなわなければならなかった。反体制・反科学技術を訴える活動家のグループが二十年の歳月をかけて育んできたネットワークに守られながらの潜伏生活が始まった。

カーラがルーファス・オドネルと出会ったのも、ちょうどその頃のことだった。ルーファスは〈ジーン・ウォリアーズ〉では新参だったが、ＩＲＡのテロで指揮を執ったことや、傭兵として雇われたこともあり、凶暴さという点では傑出した人材だった。ルーファスとカーラは、ほどなく惹かれ合うようになった。ルーファスはカーラの過激な性向を煽り、〈ジーン・ウォリアーズ〉にも大胆な行動を求めた。

二〇二一年、カーラとルーファスがオハイオの本部で指揮を執る〈ジーン・ウォリアーズ〉は、ＦＢＩが重要手配リストの筆頭にあげるアナーキスト集団になっていた。ふたりは、政府の資産の破壊から殺人にいたるさまざまな容疑で十一の州に追われていた。組織の名はアメリカ全土に知れわたり、彼らのイデオロギーに賛同する海外の組織との連携も生まれた。そんな名声に自信と力を得たカーラとルーファスは、二〇二一年の後半、いまだかつてない大胆な計画に着手した。世界中のメディアの注目を集めることを視野にいれての作戦だった。

二〇二二年一月三日、遺伝子理論の世界的な権威で、少しまえに、ミリガン大学でコスタ・スタキスとデミス・スタキスを指導していたジョン・リース教授は、マサチューセッツ工科大学にある彼の新しい研究室で、ひとり仕事をしていた。そこにマスクを被った四人の男が侵入し、背後からリースにつかみかかった。それは完全武装したプロの手口だった。防犯カメラや警報装置は切られ、ゲートにいた守衛たちは声をあげるまもなく首を締められていた。警報装置が再作動したとき、リースはすでにマサチューセッツの農場で囚われの身となっていた。そもそもの計画は単純なもので、暴力的な性格は最小限にとどめられていた。科学者を誘拐して、人質として農場にとどめておく。そして、誘拐事件がメディアの注目を集めはじめたところで、〈ジーン・ウォリアーズ〉のイデオロギーや最新医療技術への憎悪について語るカーラの映像をメディアに配る。そこに、これを二十四時間連続して放映しなければリースを処刑する、という脅迫状を添える。それだけのことだった。

メディア、政府、警察、ＦＢＩはいずれも対応に追われた。権力者はなんとかしてカーラの映像の放映を阻もうとしたが、そんなことをしたところでまるで意味がないことに気づくのに時間はかからなかった。誘拐の報道そのものが、〈ジーン・ウォリアーズ〉の宣伝になっていたからだ。FBIの上層部にも、慎重な対応が求められていることを理解している者はいた。彼らの話には〝ウェーコ〟（一九九三年四月、FBIがテキサス州ウェーコにあるカルト集団〈ブランチ・デヴィディアン〉の本部を武器大量所持の疑いで強制捜査して、銃撃戦となった事件。立てこもっていた約九十人の信者は焼身自殺をしている。）ということばが何度となく登場した。が、それが〝テロリストには完全武装で〟という彼らの方針に歯止めをかけることはなかった。

誘拐の翌朝、特殊な訓練を受けた狙撃手を含む多数のFBI捜査官と警官が農場を包囲するなか、カーラの映像はテレビやインターネットで世界中に放映され、推計で四十億もの人々が彼女のスピーチを聞いた。目新しい話はほとんどなかったし、意見の大半は、まちがった対象に向けられた情熱と分析力の欠如のせいで論旨が曖昧になっていた。が、カーラ心の叫びには、この世界には深刻な問題を孕む新技術や、反社会的で危険をともなう進歩があるということを人々に納得させる力があった。カーラとルーファスにとって、また、人質のリースにとっても残念なことだが、その映像の放映は彼らの使命の終了を意味するものにはならなかった。メッセージが発信されたあと、FBIと誘拐犯の交渉は膠着状態に陥った。カーラが残した映像を分析した報告書によると、彼女にはリースを殺害するつもりはまったく見られなかったという。カーラは世界は自分の味方だと信じきっていた。自分のような人気者が罰せられることはないと信じ、自首を望んでいた。死を望んでいるわけではなかった。彼女にはやるべきことがまだたくさんあった。仮に投獄されるようなことになっても、独房から指示を出せばよいと考えていた。

しかし、統合失調症を病み、かつての仲間に〝これまでに会った誰よりもいかれた男〟と言われていたルーファスとしては、FBIや警察を相手に負けを認めるわけにはいかなかった。彼はできるだけ長くこの農場に立てこもっているつもりだった。農場には数カ月分の食糧と水のほかに、発電所や兵器工場もあった。そして彼は、向こうから発砲してくることはない、と考えていた。が、それはまちがいだった。共和党大統領と強硬論者で知られるマサチューセッツ州知事による粘り強い話し合いの結果、包囲作戦に決着をつけよ、という命令が下されることになった。リースが影響力のある重要な人質であるにもかかわらず命令が下されたのは、この危機的状況が二十五年前のウェーコでの失態を人々に思い出させることを恐れたためだ。

誘拐から四日めの夜、特殊部隊が農場の敷地内に侵入した。彼らは玄関をはいったところで〈ジーン・ウォリアーズ〉のメンバーふたりを殺した。カーラとルーファスは同じ寝室にいた。銃声が響いた。カーラは至近距離から撃たれたが、ルーファスは特殊部隊のふたりを撃ち殺して建物の中央部に逃げた。隊員が事前に建物の設計図を調べて、さまざまな事態を想定したリハーサルをおこなっていたとしても、ルーファスにはかなわなかっただろう。彼は痛手を負うことなく、リースを監禁していた地下室に逃げ込んだ。ドアにバリケードを築くと、リースを椅子に縛りつけてその咽喉を掻き切った。リースと、最初に地下室に突入したふたりのFBI捜査官が死体で発見されたのは三十分後のことだった。

殺されたジョン・リース教授は、当時二十七歳の若さで、しかも、同世代の遺伝学者のなかで最も優秀な者のひとりと言われていて、それが事件を悲しく痛ましいものにした。そして、この事件を機に、技術開発のありかたについて、国際的な議論がおこなわれるようになった。そういった議論を通して、科学を支持し、過激派の行動に憎悪を感じている者が大多数を占めていること、科学技術に関連した倫理問題を憂慮する者が減ってきていることが確認されていった。

## 幸福と快楽の追求──新ドラッグの流行

太古の人類も、人為的に気分を高揚させて、憂鬱を解消する方法を知っていた。古代の人々は木の根のエキスを混ぜ合わせたり、パイプに詰めた葉を燃やしたりしてその薬効を引き出していた。これらはメスカリン（ウバタマに含まれる幻覚性結晶アルカロイド）のように、神経系のメカニズムを狂わせるもので、中南米の一部地域で古くから使われているきわめて強い幻覚剤だ。

もう少し最近の話では、まずはアヘンの、そして人工的に精製されるヘロインやコカインの流行が見られた。これらのドラッグは、アルコールやタバコとともに摂取され、人体にさまざまな反応を引き起こした。すべて健康に害を与えるもので、法律で禁止されたものもあった。

ドラッグは、長年にわたって組織犯罪と密接な関係を保ちながら、社会や科学技術の発展とは別のところで存在してきた。そして、ドラッグの濫用とそれにつきものの暴力によって、多くの人命が奪われていった。医療や科学技術が進歩を遂げたにもかかわらず、ドラッグに関係した病気の勢いは、変異種の誕生を含めて、とどまるところを知らなかった。これは、二〇三〇年におけるドラッグ常習者の数が百年前、二百年前とほとんど変わっていないことにも示されている。

二〇三〇年代前半、副作用をともなうことなく快楽がもたらされる強力な薬剤の開発に進歩が見られた。この新しいドラッグの第一の利点は、辛いことを忘れて、のんびりと愉しいときをすごせることにあった。すばらしい気分転換になるので、鬱病をはじめとする神経病の治療に役立つことも期待されていた。また、社会や法律に背くものではないので、ドラッグの入手や使用から犯罪的な性格を排除することにもなると言われていた。それでも、この〝プレジャー・プリンシパル〟（開発したメーカーの名前が通称として用いられるようになった）は人間の弱さの象徴であり、社会を危険にさらし、人類全体の安寧を損ないかねないものだと反対する者はいた。これに対してプレジャー・プリンシパルの支持者は、快楽の追求は自然なことであり、オンとオフの切り替えが簡単にできて、健康を害することのないプレジャー・プリンシパルは、年間何百万もの命を奪い、世界中に組織犯罪の蔓延を招いている従来のドラッグに比べればはるかに望ましい、と反論した。また、プレジャー・プリンシパルが秘めた計りしれないビジネス・チャンスを理由に支持を表明する企業経営者もいた。メディアを使ってプレジャー・プリンシパルへの支持を表明したのは、〈自我（セルフ）〉という団体だった。彼らは、二〇五〇年代にカオスの時代が終焉を迎える頃には人々の権利や責任についての考え方にある種の変化が生じ、プレジャー・プリンシパルが広く認知され多くの人に使われるようになる、と予測していた。

二〇四九年、〈プレジャー・プリンシパル〉社は新ドラッグの製造技術の開発に成功した。その新薬は、二〇五一年、国際消費者機関の承認を受け、同年のクリスマスのまえにカームという商品名で発売された。

オルダス・ハクスリーが古典の名著『すばらしい新世界』のプロットのためにつくり出した架空の薬〝ソーマ〟と同じように、カームはそれを服用した人間の心に安らぎと満足を与えた。しかし、カームはソーマとちがって、使用者の社会への適応力を奪うことも、効率よく仕事を続ける能力を損なうこともなかった。というのも、必要な場合、同時発売されたアンドゥという中和剤を服用すればカームの影響から数秒で抜け出すことができたからだ。

カームの発売は多くの人々に莫大な富をもたらした。最初の一年だけで、その開発と製造に携わった企業の収益は何十億ドルにものぼった。また、何百万人もの鬱病患者の生活を一変させた。カームは、比較的安い値段で合法的な気晴らしができる安全なドラッグとして、またたくまに普及していった。発売から二年と経たないうちに、カームとそれに類する一ダースほどの商品が市場に溢れた。使用者の数は何十億にものぼった。アルコール類の売上は急激に落ち込んだ。その四十年ほどまえの二〇一三年に鳴り物入りで紹介されたものの、売れ行きは今ひとつだった〝安全タバコ〟は、ほとんど一夜にしてマーケットから姿を消した。

新ドラッグに反対していた人々のなかには態度を決めかねる者もいた。しかし、カオスの時代が人々の心境にもたらした変化によって、ほどなく反対者の声は聞かれなくなった。カームをはじめとする新種のドラッグに不満の声が聞かれるとすれば、それは、どうしてもう少し早くつくれなかったのか、ということだけだった。あと何年か早く完成していれば、このすばらしいドラッグがカオスの時代の苦しみを軽減してくれていたかもしれないと考えられたのだ。人々がそのように考えた根拠は、〈プレジャー・プリンシパル〉の統計にも現われている。カオスの時代の十三年間で、ドラッグとアルコールの濫用による死者数は約一億九千七百万人にのぼった。これは、ほかの時代のおよそ四倍に匹敵する数字だった。

## 百歳まで延びた寿命──死を選ぶ権利は？

ゲノムが解読され、最も重要な医学知識のひとつが判明した二十一世紀には、人類の平均寿命がめざましい伸びを示した。

二十一世紀初頭、先進工業国に暮らす人々の平均寿命は、男性が七十三歳、女性が七十七歳だった。これは、ヴィクトリア女王の時代のほぼ二倍にあたる数値で、充分な栄養が摂取できるようになり、医学がめざましい進歩を遂げ、衛生観念の重要性が理解されるようになった結果と考えられている。そして、二〇九九年に生まれた子供は、少なくとも百歳までは生きると言われている。こちらの寿命の飛躍的な伸びも科学の発達がもたらしたものではあるが、一九〇〇年から二〇〇〇年のあいだに見られた伸びとは、その原因がまったくちがっている。

二十一世紀最後の十年で、先進工業国には、これまで不治とされていた病気を治療する技術が普及した。病気予防の技術も大幅に進歩して、きわめて重要な役割を果たすようになった。また、遺伝子特性データと遺伝子工学の知識を用いることで、生物学的な時計を逆戻りさせることもできるようにもなった。これによって人々は単に長生きができるというだけでなく、見た目や気持ちの若さを持続できるようになった。おもしろいことに、二十一世紀が終わる頃には、平均寿命の男女差もなくなっていた。原因としては、遺伝子操作技術の進歩のほか、危険な労働が減ったことや、心臓病のように男性に多かった疾病が根絶されたことが考えられる。

二十世紀以前の人々は、成長して世界のしくみがわかりかけた頃には肉体的な退化が始まるという、皮肉な現実を抱えていた。それが若さを維持したまま長生きができるようになったのだから、理屈で言えば、すばらしい話だ。不老不死の薬にはおよばないが、百年以上生きられるようになることは、人類が長年にわたって大切に育んできた夢のひとつだった。しかし、現実の寿命の伸長は、これまでの社会の営みのパターンを一変させ、深刻な問題を引き起こすことになった。

最大の問題は、数世代前から危惧されていたように、全人口の半数以上を五十歳以上の人々が占めるようになったことにある。一九八〇年代初頭に、先進工業国の出生率が下がりはじめ、二十世紀が終わる頃には、世界で最も富める国々の人口増加率は限りなくゼロに近づいていた。原因としては、避妊法や医療技術が進歩したこと、そして、経済のしくみが変わって大きな家族を持つのが難しくなったことがあげられる。そうこうするうちに迎えた二十一世紀の最初の二十年は、単に長生きができるというだけで、健康を維持できる者が少なく、高齢者は国の医療サーヴィスのお荷物とさえ言われていた。

人口比率のひずみがもたらしたもうひとつの問題は、二十世紀のなかばにつくられた年金制度が二十一世紀初頭の長寿社会にはもはや機能を失っていたということだ。当初の想定よりも長く生きることになった人々に支給される年金は、すべての先進工業国における政府の支出と年金制度にとって途方もなく大きな負担を与えた。

一方、貧しい国々にはまったく別のストーリーが存在した。二十一世紀には、わずかながら医療技術の発達を見る国もあったが、スタート地点ですでに大きな遅れを抱えていたため、医学の進歩は遅々としてはかどらなかった。これらの国々ではエイズの蔓延が続き、アフリカの最貧国のなかには二十一世紀のあいだに平均寿命が短縮した国もある。

先進国では、抗老化治療の技術が多くの人々に利用され、彼らの人生に、これまでになかった新たな期間を追加した。進取の気性に富む人々、創造的な考え方ができる人々は、早い段階で抗老化治療を受け、予想もしていなかった長い期間、仕事やスポーツを愉しみ、人生を謳歌した。膨大な経験と若者並みの体力を併せ持つ人々は、大きな力を発揮した。芸術家、音楽家、俳優、思想家、科学者、哲学者、政治家のなかには、若い頃に成し遂げたものに、経験と円熟という強みを加えることでさらに磨きをかけ、すばらしい業績を残す者もいた。

著名人のなかには、かなり年をとってからの復帰を愉しむ者も多かった。ベルギーの政治家ジークムント・ワールストは、中年期にあった一九九〇年代に地方自治体の知事を務め、二〇三五年、八十七歳で首相になった。その後十二年間にわたってその職務をこなし、二〇四七年に勇退した。二〇三一年のブロードウェイでは、偉大なシェークスピア俳優トマス・アンケラムが観客を魅了していた。すでに九十代になっており、その数年前に《マクベス》に登場したときには半分死にかけているとまで言われたものだが、抗老化治療が奏効して二十年は若返っていた。

しかし、これに対する政府やその他の機関の反応は信じられないほど鈍く、大多数の人々が六十歳か六十五歳で引退しなければならないという状況には、なかなか改善が見られなかった。これは、長寿の恩恵に与った最初の世代の人々にとって痛切な問題となった。彼らのほとんどはすでに引退して、社会からはじき出されていたからだ。

この行政の立ち遅れから生じたさまざまな問題の根底には、見てくれや気持ちが若いにもかかわらず、社会的にも感情的にも老人として扱われるという風潮があった。彼らの大半は、もともと、どちらかといえば想像力を欠く平凡な人間であり、そういった弱点は年とともに助長されていく。そういう人々に、新たに追加された人生をどのように生きていくかということを考えつく余裕はなかった。年金をあてにして暮らしていくのがやっとで、目新しいことは始めたくても始められないというのが現実だった。そんなこともあって、二〇三〇年代から二〇四〇年代にかけての高齢者の暮らしは著しく生気を欠いたものになり、それも彼らが厄介者として扱われる一因になった。

## 二〇二〇年代──自発的安楽死の合法化

高齢化が社会に与えた最も衝撃的な出来事は、自発的安楽死の合法化だった。長年にわたって議論が続いていたこの問題は、政治の世界でも広く討論されていたが、二〇二〇年代を迎える頃には、この問題が人々の倫理感に訴えることもまれになっていた。そうこうするうちにも寿命は延びつづけ、自発的安楽死の合法化はほとんどの国で支持されるようになっていった。

二十世紀の後半には、〈出口（イグジット）〉と呼ばれる国際的な組織が自らの死期を決定する権利を求めるキャンペーンをおこなっていた。しかし、当時、その存在が顧みられることはほとんどなく、彼らの請願は政治家からも法律家からもまるで相手にされなかった。一個人の悲劇的なストーリーが取り沙汰されて、自発的安楽死という考え方にスポットライトが当たることはしばしばあった。たいていは、末期的な病状に苦しみ、死の訪れを待ち望む人々にまつわるものだったが、その死に加担した者は故殺の罪に問われるため、手を貸すことは誰にもできなかった。〈イグジット〉やそれに類するほかの組織の支持者は、そういった法律には道義的な誤りがあると批判した。これに対して、安楽死が認められれば患者は気弱になるという理由で合法化に反対する者もいた。反論はほかにもあった。重病を患っている人間に自分のために最善と思える方法を決める能力があるとは思えない、彼らの権限が侵害されることがあるかもしれない、本気で死にたいと思っていない可能性もある……。つまり、自発的安楽死が合法化された場合、患者の親族や近親者のなかに、これを悪用する不届きな連中が現われると考えられていたのだ。

平均寿命が飛躍的な延びを見せても、しばらくは何も変わらなかった。が、徐々にではあるが、さまざまな社会で自発的安楽死の合法化が検討されるようになっていった。世論の後押しもあって、二〇三五年には、自発的安楽死を認める法律が多くの国で施行された。適用には厳しい条件が定められた。アメリカをはじめとする主要国では、互いに面識のないふたりの医師の証明書、患者本人はもちろん、家族三人の署名がなされた宣誓供述書（署名ができない場合はなんらかのかたちで記録として残るもの）

がなければ、〝自発的安楽死認定〟を受けることはできなかった。

このあと、自発的安楽死を選ぶ高齢者の数は二〇八五年まで増えつづけ（特にカオスの時代には多数の人々がこの法律の適用を受けた）、八十五歳以上の老人の二十パーセントが安楽死を選ぶまでになった。このことからも、大多数の人々には、医療や先端技術の発達がもたらした長命の機会を享受する心の準備ができていなかったことが窺える。また、新しい技術に対する不信感から、自然に老いることを選ぶ者も少なくなかった。これは、寿命の延長を望んだ人々が着実に若さと適応力を身につけていくなかで、終生の友を次々に失っていくことを意味していた。そのために、自分が社会の重荷になっているという罪の意識に苛まれるようになる者もいた。同じ立場の人間は何百万人もいるというのに、その大半が、自分は若者の肉体を持つ老いぼれだ、という疎外感を感じていたのだ。

## 医学の進歩は輝かしい烽火

このように、また、この本のほかの章でも述べるように、二十一世紀には、人類の営みのさまざまな領域に、数多くの大きな変化が見られた。しかし、最もめざましく、最も高く評価されているもののいくつかは、医学の進歩が発端となったものだった。これらの発展は基礎的な研究——さまざまな分野における科学者や医師の労作の集大成——がもたらしたものであると同時に、こうした研究の成果を活用する方法を見出した人々の豊かな想像力の産物でもある。

しかし、二〇〇〇年から二一〇〇年までのあいだに見られた科学の発達は、世界中の人々に等しく享受されたわけではない。科学や医学の発見は、先進国に暮らすすべての人々の生活を一変させたが、経済的に恵まれない国の人々に与えた影響はごく限られたものだった。世紀が変わっても、彼らの暮らしが生き延びるための壮絶な闘いであることに変わりはなかった。

むろん、人間が持てる者と持たざる者に分かれていく傾向は今に始まったことではないし、科学の進歩だけがその原因というわけでもない。人類社会は今も完璧とは程遠いところにある。しかし、不平等や苦しみが続いていることが、医師や技術者、科学者の努力を鈍らせる理由になることはない。二十一世紀の医学の進歩は、この時代の偉大な業績を代表するものであり、人類の発明の才、こまやかな知性、堅忍不抜の意志を示す、輝かしい烽火である。医学の進歩によって、多くの人々が、より長く、より幸せな人生を送ることになったことに疑いの余地はない。

二十一世紀初頭の遺伝学者の口にのぼることはなかったが、人類は部分の総和以上のものだ。そして、人類社会も人類の歩みも、ごく最近になって現われたものだ。これについては、私たちの歴史が文明社会の暗部――懲りることを知らない政治的な陰謀や紛争、際限のない暴力行為に直面していく次章で、詳しく述べることにしよう。

# 第二章　核の惨劇

## 9・11から始まった二十一世紀のテロ抗戦

第一章で〝バイオ革命〟を取り上げたのは、それが二十一世紀の人間の暮らしを後戻りができないほど、大きく変えた出来事だったからだ。

しかし、昔と変わらず二十一世紀にも、ひとつの事件が社会に多大な影響を与え、世紀を形成する要素になった例がある。その最初の例は、二〇〇一年九月十一日に起きたアメリカ同時多発テロ事件である。

世界貿易センターでは二千人以上が死亡した。アメリカは、国をあげて喪に服する期間がすぎると、すぐさま行動を開始した。アルカイダとアルカイダに関係のあるすべてのテロ組織を叩きつぶすべく、外交手腕と軍事力を発揮して世界規模の対テロ活動の先頭に立った。アルカイダとビンラディンは何年ものあいだ、アフガニスタンのほぼ全土を支配しているタリバン政権の支援を受けて自由に活動し、テロリストを養成していた。そのためアフガニスタンが、対アルカイダの軍事攻撃の的になった。アメリカ軍率いる同盟国軍は何カ月と経たないうちに、圧倒的な軍事力でタリバン政権を倒し、アルカイダのメンバーを四散させた。

アフガニスタンでの戦いで、アメリカとその同盟国は、パキスタン政府の協力をとりつけるという価値ある外交的勝利を収めた。パキスタンの協力がなければ、勝利への道は困難をきわめただろう。いっぽう、貧困にあえぐ自国の建て直しを図っていたパキスタン政府は協力と引き替えに、複数年にわたる経済援助と、二十世紀末に核実験を実施したことを理由に国際社会から加えられていた経済制裁の解除というふたつの約束をとりつけた。

話はアメリカに戻る。テロ攻撃に対する脆弱さを露呈したアメリカは、世界貿易センターのような悲劇を二度と繰り返すまいと固く誓った。テロ攻撃を受けた直後、ジョージ・W・ブッシュ大統領はテロリストに徹底抗戦の構えを示し、アフガニスタンで軍事攻撃を展開するだけでなく、国内でも新たな法令を数多く定め、潜在的なテロリストと彼らの狙いを突き止める任を帯びた各機関を統合して強化すると宣言した。新たに施行された法令によって、行政機関はより一層大きな権限を持つことになり、アメリカ国民の生活は抜本的な変化を強いられた。国民の生活に政府が介入したとしても、それはテロを未然に防ぐための必要悪であるとして正当化された。

また、ブッシュ大統領がテロリストに宣戦布告をしたことで、アメリカの外交政策も大幅に変わった。九月十一日のテロ以降、ブッシュと閣僚たちは、敵対する国や組織に攻撃を仕掛けられてから行動を起こすようではだめだ、テロを阻止するには、敵対行為を犯す機会をテロリストがつかむまえに彼らを封じ込めなければならない、と考えるようになった。この見解により、武力による先制攻撃も正当化された。その最たる例が、二〇〇三年のイラク戦争である。アメリカは、脅威的な兵器がイラクに存在するかもしれないという可能性に突き動かされて、独裁者フセインに戦争を仕掛けたのだ。

二〇〇二年秋、国連安全保障理事会は、イラクでの査察再開とフセイン政権の武装解除を求める決議を採択した。が、この国連決議一四四一では、武力行使は容認されていない。イラクが自発的に兵器に関する申告書を提出しない、あるいは大量破壊兵器をすべて廃棄しないからといって、ただちに武力を行使してイラクの武装を解除することは認められていなかった。ブッシュ政権が圧力をかけつづけた結果、ようやくフセインは国連兵器査察団の入国を認めた。しかしその後、情報部から、フセインはあらゆる手段を講じて査察を妨害しているとの報告がはいった。遅々として進まない査察と国連決議一四四一に対するフセインの違反行為に、ブッシュと、同盟国であるイギリスのトニー・ブレア首相は不満と苛立ちをつのらせた。二〇〇三年初め、アメリカとイギリスは、イラクが査察に協力しなかったり、武装解除に応じなかったりした場合は武力行使を容認する、とした新決議案の承認をとりつけようとした。が、彼らの努力は失敗に終わった。フランスを筆頭に、ドイツ、ロシア、中国などほかの主要国が、イラクが国連の規約に従っていないという決定的な証拠がないかぎり、総括的な武力行使容認決議には応じられないとしたからだ。これらの国は、査察を継続すれば、武装解除という最終目標を達成できる可能性は多少なりとも残っていると考えていた。

しかし、武力行使容認決議案に反対する声は実を結ばなかった。ブッシュ大統領は、新決議案を支持したイギリスおよびスペイン両首脳とアゾレス諸島で緊急会談をおこなったあと、三月十七日月曜日、サダム・フセインに最後通告をした。イラクの指導者と世界に対し、フセインと彼の家族が四十八時間以内に国外退去しなければ、大量破壊兵器の廃棄と民主主義政権の樹立に向けて、アメリカとその同盟国が攻撃を開始すると宣言したのだ。

フセインはイラクにとどまり、ブッシュ大統領は公言どおりの行動に出た。二〇〇三年三月二十日、およそ二十万のアメリカ兵士と五万のイギリス兵士から成る連合軍がイラクへの攻撃を開始した。フセイン政権打倒を目指す連合軍は、最新のテクノロジーを駆使した高性能の兵器を装備していた。ブッシュ政権の閣僚をはじめ、戦争は数週間で終わると考える向きは多かった。が、蓋をあけてみると、予測どおりにはいかなかった。バグダッドを何日間も包囲し、甚大な被害も出した末、ようやく大統領宮殿を占拠するにいたった。

このイラク戦争により、アメリカおよびイギリスと、フランスやドイツとのあいだに大きな亀裂が生じた。フランスが声高に反戦を唱えたことや、それよりは控えめではあったがドイツも同様に反戦の立場をとったことを、ジョージ・ブッシュとトニー・ブレア、そして米英両国の国民は忘れなかった。バグダッド陥落から五年間、アメリカと、フランスおよびドイツはあきらかに緊張関係にあった。

またイラク戦争の結果、アメリカの力は著しく低下し、イメージも激しく損なわれた。国連も、二十世紀末の重大局面、とりわけボスニア紛争やコソボ紛争で無能さを露呈したのに続き、イラク戦争でアメリカとイギリスを支持しないという無能さもさらし、米英両国内で威信を失墜させた。イラク戦争後も国連は存在したが、役割は根本的に変わった。軍事的な役割はほとんど果たさなくなり、主に外交的な話し合いが持たれる場、発展途上国や恵まれない国に救済および援助をおこなう組織と見なされるようになった。

二十一世紀最初の十年間、アメリカ政府は世界貿易センターの亡霊に取り憑かれていた。〝要塞国家アメリカ〟は、なんとしても国民とアメリカの施設をテロ攻撃から守らなければならなかった。安全確保のために政府が投じる資金も幾何級数的に増加した。そのため、福祉、公衆保健衛生、人種問題、そのほか長年未解決になっている社会問題など、複雑な国内問題に投じる資金が激減した。また、残念なことに、テロ対策に躍起になったがために、外国人に対する反感が国内で広がり、あらゆる人種に対する差別が生まれた。二〇一〇年頃になってようやく、アメリカは世紀当初より安全な国になった。しかし、それが必ずしもより幸せな国になったということにはならない。アメリカ同時多発テロ事件は十年から十五年のあいだ、アメリカの歴史においても世界の歴史においても、ひときわ衝撃的な事件だった。が、破壊規模からいえば、テロ直後から引き合いに出された一九四一年の真珠湾攻撃の上を行くものではない。また二十一世紀の歴史という点からいっても、二〇〇一年九月の事件は世界を震撼させるものではあったが、それから十五年後に起きた事件や、あらゆる社会問題に対する人々の考え方を根底から覆した、世紀なかばの世界経済の崩壊ほど重要ではない。

本章では、二〇一六年六月六日に南アジアで起きた核ミサイルの応酬を取り上げる。死者数と破壊規模からいって、人類史上類を見ないこのきわめて陰惨な事件は、全世界に衝撃と深い悲しみをもたらした。その衝撃の大きさと悲しみの深さは、どれほどことばを並べても語り尽くせない。その忌まわしい日に生きていた、なんらかの感情を持った人ならば、惨事を伝えるニュースを耳にした瞬間を忘れられないだろう。実際、世界中が何日ものあいだ、眠ることも働くことも忘れ、テレビや電子メディアが伝える恐怖と惨状に愕然としていた。人々はその後何十年も、このような事件は起こりうるのだという思いに苛まれた。二十一世紀の歴史を語ろうとするならば、この想像を絶する惨事を理解し、説明しなければならない。

## 二十世紀後半—カシミール紛争がもたらしたもの

インド・パキスタン間のカシミール紛争に関する書物は、これまでに数多く出版されてきた。二十世紀後半、その紛争のために南アジアのふたつの大国は、互いの相違点を認めることも、共通の諸問題解決に向けて協力することもできなかった。この二国はカシミールをめぐって一九四七年、一九六五年、一九九九年と三度軍事衝突を起こしている。また、カシミール問題とは関係なく一九七一年にも一戦を交えている。そのときはパキスタンが敗れ、その結果、東パキスタンと呼ばれていた地域が独立し、バングラデシュという国が生まれた。

カシミール紛争が始まったのは、一九四七年のことである。第二次世界大戦後、英国政府が自国の植民地を手放す方向に動き、アジアでは、のちの独立国家インドに帰属したすべての英領と、パキスタン、そして一九七一年にバングラデシュとなった地域すべてを統合してインドという国をつくろうと考えた。しかし数カ月にわたる交渉は実を結ばず、英国最後のインド総督ルイス・マウントバッテン卿は、地元の政治家たちの意向を受け入れて、英領インドをふたつの国に分割することに合意した。分割の基準は非常に明確で、イスラム教徒が多数を占める地域はパキスタンとして分離独立させ、ヒンドゥー教徒が多数を占める地域はインドに帰属させるというものだった。カシミールは英国政府の統治下にはあったが、実質的には半自治体制にあり、ハリ・シン藩王が主導権を握っていた。英国から独立するにあたり、一国家として分離独立するか、パキスタンまたはインドのどちらかに帰属するかについては、シン藩王が決定権を持っていた。

一九四七年までの百年間、カシミールは人口のおよそ四分の三がイスラム教徒であるにもかかわらず、ヒンドゥー教徒である藩王に統治されていた。一九四七年八月十五日の独立を迎えるまでに、ハリ・シン藩王は自身の領土を独立させるか、パキスタンまたはインドに帰属させるか決断を下すことができなかった。そして藩王が明確な方針を打ち出さないまま政権を他者に委ねようとしたため、インドとパキスタンはそれぞれ自国に接するカシミールの領有権を主張しはじめた。両国とも、当然カシミールは自国の領土であると考えていた。パキスタンは国境を定める際に用いられたガイドラインを引き合いに出し、カシミールに暮らす大半がイスラム教徒なのだからパキスタンに帰属させるべきだと主張した。

一九四七年十月、武装した何千人ものパシュトゥーン族が、パキスタンからカシミールになだれ込んだ。彼らはカシミールの首都を占拠し、ついで、ジャム・カシミール州の夏期の州都であり藩王の住居があるスリナガルに向かってゆっくりと前進を始めた。インド当局は、パシュトゥーン族を送り込んだのはパキスタン政府であり、カシミールを武力で奪おうとしているにほかならないと考えた。いっぽうパキスタンは、パシュトゥーン族は自らの意志で行動を起こしただけで、カシミール問題に武力を行使するつもりはないと抗弁した。さらにパキスタンは、インドがパシュトゥーン族の侵入を盾にして、カシミールをインドに帰属させるよう藩王に詰め寄っていると言い立てた。

シン藩王は、武装したパシュトゥーン族が、スリナガルまであとおよそ三百キロメートルという地点まで迫ってきた状況に危機感を抱き、インドに軍隊の派遣を要請した。インドの初代首相ジャワハルラル・ネルーは、軍隊を派遣する代わりに、カシミールをインドに帰属させるよう要求し、藩王はそれを受け入れた。一九四七年十月二十七日、インド軍がスリナガル空港に到着して、首尾よく市(まち)の守りを固めた。そして同日、シン藩王はカシミールのインド帰属を公式に発表した。

一九八九年、カシミール・ヴァレーを拠点とする分離主義過激派が、独立を求めて暴動を起こした。インドは、パキスタンが彼らを支援していると抗議した。分離主義者は、一九四七年の英領時代終結の際、カシミールには分離独立するという選択肢があったことを理由に、自分たちの行動を正当化した。五年以上にわたり、反乱分子はインド連合軍との全面衝突を慎重に避けていたが、そのあいだ、彼らが引き起こした暴動で、およそ一万人の死者が出ている。

一九九八年、まずはインドが、ついでパキスタンが核実験をおこなった。世界の国々が不安をつのらせるいっぽうで、印パ両国の政府内では戦争を望む声が大きくなっていた。が、両国政府は、アメリカをはじめとする先進諸国の懸念を緩和し、核実験の実施直後から加えられていた経済制裁を解除させるため、たとえ戦争が起きたとしても、自分たちのほうから核攻撃を仕掛けることはないと確約した。

翌年二月、インドのアタル・ビハリ・ヴァジパイ首相や高名な指導者たちが、一九四七年の独立後はじめて二国間にバスが開通した記念に、陸路でパキスタンにはいった。それまで十年以上ものあいだ、インドの首相が足を踏み入れることのなかったパキスタンを訪れたヴァジパイ首相は、ラホールでパキスタンの指導者ナワズ・シャリフと会い、さまざまな問題について幅広く話し合った。カシミール問題解決へ向けてはなんら進展がなかったが、この会談は印パ関係改善への大きな一歩であると高く評価され、南アジア史上、重要な分岐点となる出来事だと見なされた。が、一九九九年五月、パキスタンが支援する兵士が管理ラインを越えてカシミールのカルギル地区に侵入したため、ふたたび軍事衝突が起き、ラホール会談の無意味さが浮き彫りにされた。その後二カ月のあいだ、世界の国々は、人口密集地域からはるか離れた高地の山間部で、ふたつの核保有国が戦いを激化させていく様子を戦々恐々として見つめていた。七月初旬、驚くべきことにシャリフ首相はアメリカに飛び、ビル・クリントン大統領と会談した。会談後、シャリフ首相とクリントン大統領はふたりそろって、カシミールの管理ラインを回復するために具体的な対策を取ると発表した。その結果、管理ラインを越えてインド領に侵入していた兵士たちは撤退を余儀なくされた。

シャリフ首相の一方的な命令に、パキスタン軍は裏切られたように感じ、首相と軍幹部とのあいだに溝が生まれた。数カ月後、首相は自らの権力を固めるため、軍の主要人物を解雇して、政府の方針に黙って従う人間をそのあとに据えた。さらに、一九九九年十月十二日には、軍の指揮官ペルベス・ムシャラフの解雇を発表した。が、軍は迅速に行動を起こして、数時間後には首相宅を包囲し、主だった空港、テレビ局、ラジオ局もすべて封鎖した。

十月十三日、まだ夜も明けきらないうちに、ムシャラフ将軍がテレビに登場し、クーデターについての説明をおこなった。国民に向かって熱のこもった口調で、パキスタンで唯一成長が望める組織である軍の統制を守り、国の衰退に歯止めをかけるべく、シャリフ政権を打倒したと告げた。数日後、ムシャラフ将軍は、新たに生まれた軍政府のトップの座についた。シャリフ首相と側近たちは一カ所に集められ、保護拘置下に置かれた。

この軍事クーデターそのものが、カシミール問題を悪化させることはなかった。ムシャラフ政権は国内問題を優先的に扱い、政府内のあらゆる腐敗行為を根絶し、危機に瀕している経済の立て直しを図ろうとした。しかし、新政権はパキスタンの最大の敵はインドであると教え込まれてきた将校で固められており、印パ間の緊張を緩和するための政策はいっさいとられなかった。

## 二〇一〇年—カシミール問題の再燃

二十一世紀初め、カシミール問題は秒読み段階にはいった時限爆弾そのものだった。が、パキスタンにもインドにも、真剣にこの状況を改善しようという姿勢が見られなかった。残念ながら、一九九九年の軍事衝突の際は核戦争の勃発を懸念した先進諸国も、別のところに眼を向けるようになり、南アジアの問題を顧みなくなっていた。

しかし、アメリカで同時多発テロが起きた二〇〇一年九月十一日の数週間後、パキスタンはふたたび世界の舞台で重要な位置を占めることになった。

皮肉なことに、アメリカやその同盟国からの経済援助がなければ、パキスタンは経済的に立ちゆかなくなり、インドと戦うこともできなくなっていただろう。二〇一八年、高名な歴史家バレル・タイソンがインターネットに興味深い記事を掲載した。「二〇〇一年九月、パキスタンの経済は完全崩壊寸前まできていた。その原因は、狂信的なイスラム教徒の勝利に終わった苛烈な内戦にあると言ってもいいだろう。ムシャラフは非常に頭の切れる人物である。彼は自国経済のもろさを充分すぎるほどわかっていた。対テロ国家に味方すれば、国内で微妙な立場に立たされるのはあきらかだったが、ムシャラフはいとも簡単に決断を下した」

二十一世紀最初の十年間、パキスタンは、ムシャラフ将軍の独裁政権のときも、民主主義国家になってからも、海外からの援助を受けて深刻な経済問題を乗り切っていた。民主主義政府設立後、パキスタンはあらゆる面でアメリカとのつながりを深めた。経済も回復し、新たな指導者たちは経済以外の諸問題に集中できるようになった。

インドとの交易も両国の利益になるようなかたちでおこなわれるようになっていたが、二国間に介在する不信感も敵意も薄らぐことはなかった。両国の政治家たちは、相手国を悪魔に見立て、核兵器を誇示することによって、国民の支持を集めていた。十年にわたり、不安定ながらも休戦状態は続いていた。両国ともカシミールの管理ライン付近に兵力を集中させていたものの、大きな衝突は起きなかった。

しかしカシミール内では、少なからず紛争が起きていた。分離主義者によるテロ活動は年々激化し、その範囲はスリナガル周辺のカシミール・ヴァレーにとどまらず、カシミール全域に広がった。二〇〇九年五月、ジャム市の中心街で四件の爆破事件がほぼ同時に起き、千人近くが死亡、市内の駅や建物は完全に破壊された。ジャムは、カシミールとパンジャブの州境から百キロメートルも離れていない。犯行声明を出した分離主義グループはカシミールの外で事件を起こすという過ちを計画的に犯した、とインドは指摘した。二〇一〇年、国民会議派率いるインドの連合政府は、カシミールで大規模な軍事作戦を展開すると発表した。作戦は、すべての分離主義者を検挙し、カシミールに〝インドの法律〟を徹底させることを目的としていた。軍の出動でテロ事件は確実に減り、事実上、カシミールはインドの支配下に置かれた。が、慈悲のかけらもない作戦を展開したインド軍に、地元住民の多くが非難の眼を向けた。インド軍は人権を侵害しているとマスコミが報道したため、カシミールの分離主義者を擁護する声が世界中であがった。二〇一一年、パキスタンのアユーブ・ニサール外相は国連でスピーチをおこない、カシミールが分離独立か現状のままインドに帰属するかについて、国連の監視下で住民投票を実施すべきだと述べた。外相は、世界中の主要メディアがインド軍の残虐さを指摘していることを楯に、自らの要求を正当化した。しかし、パキスタンが長年カシミールの領有権を主張していることにはひとことも触れなかった。ニサール外相は誠意の証として、カシミールが独立することになれば、五十年以上にわたりパキスタンの統治下にあったカシミール北部とアザド・カシミールを手放すと明言した。

パキスタンの外交政策は、インド政府を当惑させると同時に、世界の眼をカシミール問題に向けることを意図していた。それに対するインドの反応は予想どおりだった。カシミールはインドの領土であり、ほかの国が問題にするべきことではないと、それまでと同じ主張を繰り返したのだ。軍が他に類を見ない過剰行為を働いたことは認めたが、その目的は、パキスタンが言い立てるように、カシミールの住民を服従させることではないとも述べた。

それから数カ月のあいだ、外交上の駆け引きが続いたが、インドが軍を撤退させて、信頼できる国連の代表者を交えた上で裁判を開き、人権侵害の有無を調査すると発表したため、結局、国連がカシミール問題に介入するにはいたらなかった。

## パキスタンの勝利

二〇一二年なかばまでに、インド軍はカシミールから撤退した。ほぼ時を同じくして軍事裁判所は、カシミールの住民に対してなされた数多くの残虐行為に関する調査報告を発表した。それにより、好戦的な分離主義者をカシミールから排除せよという命令を遂行しようとするあまり、過剰行為におよんだ軍幹部数名が軍法会議にかけられた。

軍事裁判所が厳しい態度で臨み、世界中のマスコミが軍の行為を非難したため、インドの威信は深刻な打撃を受けた。いっぽう、パキスタンは、なんら得るものがないにもかかわらず、首尾一貫した主張を続けたと評価された。自国より強大な国と紛争を始めて六十年めにしてようやく、パキスタンは意義ある勝利を収めた。インドは当然の報いを受けたのだ、とパキスタン国内は歓喜に沸いた。外交面でも軍事面でもインドに負けつづけ、長年にわたり劣等感を抱きつづけていただけに、自国を誇る雰囲気が国中に満ちあふれた。

二〇一三年の選挙で、パキスタンのハーリド・フサイン政権は、圧倒的多数で再選を果たした。それに対し、インドの政局は長いあいだ不安定な状態にあり、どの政権も一年ともたなかった。多民族で構成される十億人以上の国民から尊敬や賛美を勝ち得たり、たとえ勝ち得てもそれを維持できる指導者はひとりも現われなかった。

二〇一四年夏、パキスタン軍情報部（ISI）の責任者リアズ・コカルと、軍幹部で名義上総司令官を務めるカズィ・ハーンが、パキスタンの首都イスラマバードで密談をおこなった。この密談を持ちかけたのは、コカルのほうだった。アメリカのCIAに相当するISI選りすぐりの戦略家たちが、少なくともカシミールを不安定な状態にしてインドにさらなる当惑の種を与え、うまく行けばカシミールの独立にもつながる計画を練っていた。ハーン将軍は、その計画に関心を示した。彼は鋭い質問をいくつも投げかけ、コカルに詳細を求めた。同年十月、パキスタンは、性能を高めたガウリ・ミサイルの実験をおこない、射程千キロメートルを越える核ミサイルを有していることをインドや世界の国々に見せつけた。それから二週間も経たないうちに、ハーン将軍とコカルは戦略家とともに、古代都市ハラッパー近郊の人里離れた保養地で連日、会議をおこなった。その場で、ＩＳＩの大胆な計画の詳細があきらかにされた。まず、十カ月から十二カ月かけて、パキスタンをけっして裏切らない兵士を非武装で、多くの場合は家族とともに、カシミールに送り込む。兵士は訓練を受けたあと、カシミール・ヴァレー全域に散らばり、仕事を見つけ、所属グループのリーダーから明確な指示があるまで、一般人になりすまして生活を送る。彼らの住居を調えたり、カシミールの分離主義者と連絡をとったりする任務には、カシミールに潜伏しているＩＳＩのスパイがあたる。二〇一六年初めに、作戦に必要な兵器をカシミールに輸送する。その後、短期間に集中して密かに軍事訓練をおこない、四月か五月に大規模な暴動を起こす。

ハーン将軍は、バーブル（ムガール帝国の初代皇帝の名前）というコード名をつけられたその計画を承認した。二〇一五年三月、第一陣が国境を越えてカシミールにはいった。春から夏にかけて、数百人がインド移民局に入国を拒否され、パキスタンに送り返されたが、誰ひとりとして武器を携帯しておらず、しかも多くが家族づれとあって、単によりよい生活を求めてやってきた不法移民と見なされた。

### カシミール独立への軌跡

二〇一五年十一月、ＩＳＩとハーン将軍は、バーブル作戦の第一段階は順調に進んでいると判断した。カシミールに武器を輸送するのに先立ち、バーブル作戦をフサイン首相に伝えるか否かについて、ハーン将軍とコカルが話し合ったのもちょうどこの頃である。話し合いの結果、首相の耳にいれるのは兵器の輸送が無事完了してから、ということになった。

カシミールで暴動を起こす計画はパキスタン政府の最高位にいる人物が指揮をとっていたと、のちにインドが主張したが、フサイン首相や閣僚の誰かが、二〇一六年三月以前からバーブル作戦について知っていたという確固たる証拠はない。三月にはすべての準備が整い、兵士たちの訓練も最終段階にはいっていた。フサイン首相が計画を知らされたときはすでに、すべてが既成事実になっていたのだ。

二〇一六年四月二十九日、バーブル作戦の第二段階が実施された。分離主義者とパキスタンからの侵入者が一団となり、カシミール・ヴァレー各地で一斉に暴動を起こした。アナントナグやスリナガル空港周辺でインド警察が組織だって応戦したが、日が沈む頃には、ヴァレー全域が侵略者たちの手に落ちていた。日が暮れてまもなく、スリナガルのテレビ局やラジオ局はカシミール人と世界の国々に向けて、分離主義者がカシミール・ヴァレーで圧倒的勝利を収めたと報道した。かくして、カシミールは独立を果たし、住民はインドの圧制から解放されることとなった。

ニューデリーは怒りと狼狽と困惑に包まれた。弱体化した連合政府は夜を徹して議論したが、しかるべき対応策を見出せなかった。カシミール独立の報は、パキスタンで歓喜の声で迎えられた。翌日、パキスタン政府はスリナガルで発足したばかりの政府を承認し、管理ラインよりパキスタン側の地域を新生国家に明け渡すという以前からの約束を再度口にした。

## インドの報復

二〇〇一年から二〇一〇年にかけて、インドも、インドより国土の狭いパキスタンも経済的にかなりの発展を遂げた。驚くべきことに、両国とも政治が混乱しているにもかかわらず、国内総生産は年平均五パーセントの伸びを見せていた。経済成長を促した要因は、低賃金で多数の労働者を確保できることにあった。世界市場で激しい競争が繰り広げられていたため、各国の多国籍企業は常にコスト削減の道を模索していた。インドとパキスタンはともに植民地時代の風潮から抜けきれず、企業の経営体制は異様なまでに官僚主義に傾いてはいたが、ほかの国では採算が合わないような価格で提供できる製品を生産するようになっていた。

二十一世紀初め、インドで最も安定した組織のひとつが軍隊だった。教養があり、経験も豊富な将校が幹部を務めており、政策が変更されてもさほど影響を受けなかった。世紀が変わって一年め、軍は、前年に起きたパキスタンとの衝突を理由に、防衛費をおよそ三十パーセント増やすよう政府に求めた。その後九年間、次々と政権が変わったのにもかかわらず、防衛費は国内総生産と同様、一定の割合で増えつづけた。その結果、二〇一五年の防衛費は二〇〇〇年のそれと比べ、倍になっていた。

一九九八年、インドに続いてパキスタンが核実験をおこなった直後、インド軍は、パキスタンから核弾頭を搭載したガウリ・ミサイルで先制攻撃を仕掛けられても、即座に核兵器で応戦できる態勢を整えた。世紀が変わってから五年のあいだ、インドは、核弾頭を搭載したアグニ・ミサイルの可搬式発射装置の実験を繰り返し、パキスタンとの国境付近に広がるラージャスターン砂漠に装置を配備した。それらの装置は、定期的に別の場所に移された。そのためパキスタンは、ミサイル誘導システムを用いてターゲットを定めることができず、核兵器で奇襲攻撃を仕掛けることも、たとえ仕掛けても無傷でいることも不可能になった。インドの戦略はいわば、二十世紀後半、冷戦時代に米ソ双方の相互的核抑止力となった相互確証破壊（MAD）である。

もうひとつインドがパキスタンよりはるかに優位に立てたのは、サイバー戦だった。二十一世紀初め、パンディット・ラオ将軍の働きかけで、インド南部のバンガロールに集まるソフトウエア企業と軍が手を組むことになった。ラオ将軍は、バンガロールのコンピューター科学者のなかから最も独創性に優れた人物を何人か勧誘し、パキスタンの通信網すべてを破壊するプロジェクトに参加させた。

二〇一六年、プロジェクトはかなりの段階まで進んでいた。バンガロール郊外の建物にパキスタンの通信網のシミュレーションをつくり、何度も綿密なテストを繰り返してプログラムを完成させた。これで少なくともかたちの上では、緊急時ネットワークはもちろん、隣国の電話局やテレビ局、ラジオ局、パキスタン軍のコンピューターに侵入するために必要な計画、プロシージャ、ソフトウエア、ハードウエアなどすべてが整った。四月二十九日、カシミールで暴動が発生してから数日後、印パ間で軍事衝突が起きる可能性は高いと判断したラオ将軍は、バンガロールに飛び、コンピューターの魔術師たちに会った。

五月二日、ラオ将軍はバンガロールに到着した。将軍とコンピューター科学者および技術者のチームは、確実にサイバー戦を仕掛けられるよう、一睡もせずプロジェクトに取り組んだ。まずパキスタンの通信網に正しく指示を送れるか確かめた。そしてカシミールの情報部から届いた報告をもとに、カシミール内のパキスタンの通信網も破壊できるよう計画に修正を加えた。

カシミールで暴動が起きたことで、インドでは戦争を望む声が高まっていた。五月、主要都市では、軍事力を行使してカシミールを取り戻すよう政府に訴える大規模なデモが起きた。マノージ・グプタ首相は、流血騒ぎが起きないよう解決策を探ったが、実際のところ選択肢は限られていた。インド国民にとって、パキスタンが支援する独立カシミールは憎むべき存在だった。すぐさまなんらかの手を打たなければ、連立政権の崩壊は避けられないとグプタ首相もわかっていた。

## 印パ戦争勃発

二〇一六年五月第三週、カシミールの蜂起に業を煮やしていたインド軍は、カシミールから侵略者たちを一掃する計画を実行に移し、一万の兵士をジャムに向かわせた。いっぽう、パキスタン軍はカシミール北部とスリナガル周辺に集結し、南アジアは全面戦争の危機を迎えた。

五月二十三日、印パ両国の首相は、必死に戦争を食い止めようとしていた国連事務総長とイギリス首相を交えて会談をおこなうことに合意した。会談は五月二十六日から二十八日にかけてスリランカのコロンボで開かれた。カシミール全域を国連の保護下に置き、その後、住民投票をおこなって独立するかインドに帰属するかを決める、というのが現実的な解決策に思われた。しかし残念ながら、両国とも強硬派の軍幹部がその妥協案に反対した。パキスタン軍は、カシミール・ヴァレーがインドの支配下に戻る可能性のある提案にはいっさい応じようとしなかった。いっぽう、戦争になれば必ず勝てると確信していたインド軍は、国連が提示した案では反乱軍が勝利すると考えた。

コロンボでの会談が決裂し、世界の国々は絶望を覚えた。ニューヨーク、ロンドン、東京では、株価が軒並み急落した。ワシントンやヨーロッパ諸国の首都で外交的な動きが盛んに見られたが、結局、五月末には印パ両国の戦闘態勢が整い、世界はなすすべなく成り行きを見守るしかなかった。兵器の保有量から考えて、複数の地域が戦場になるとパキスタンはまともに戦えないと判断したインドは、パンジャブ周辺に当初の予定より八万人多い兵士を配置した。グプタ首相はニューデリーに集まった大群衆をまえに、もしパキスタンがカシミールから軍を撤退させて、彼らがつくった〝傀儡政府〞への支援をやめなければ、二国間の国境を尊重することを放棄すると宣言した。それに対し、パキスタンのフサイン首相は、インドや世界の国々に向けてテレビ演説をおこない、〝領土の保全〞が侵害された場合、あらゆる手段を用いてインドに対抗すると述べた。

六月五日日曜日深夜、バンガロールからサイバー攻撃が開始された。ラオ将軍率いるコンピューター専門家チームが、時間が来ればあらゆる通信網を破壊するウイルスを、パキスタンの通信システムに侵入させた。翌六日月曜日午前四時、サイバー攻撃成功の報が、ラオ将軍からニューデリーの軍司令部にもたらされた。そして猛攻撃を十分後に控えた五時三十分、パキスタンとカシミールの通信網の機能は完全に停止したとの知らせがインド全軍に届けられた。

## 二〇一六年六月六日──死の日

インドの基本計画は単純明快だった。まず最初に、カシミール・ヴァレーのパキスタン軍および反乱軍の陣地を空から襲撃した。六時前に、ジャム、チャンディガル、ルディアナの空港から百機を越える戦闘機が飛び立ち、ピル・パンジャルの山岳地帯を越えてヴァレーに向かった。それからおよそ一時間後、陸軍が誇る落下傘部隊を乗せた百機の飛行機があとを追った。部隊は、ヴァレー内で滑走路として利用できる平坦な地域を征圧するという任務を帯びていた。滑走路が確保されしだい、大型輸送機でさらに多くの兵士と、戦車および重兵器を輸送する予定だった。

本来、計画にはパンジャブを通る国境を越えて兵を進めることは含まれていなかった。その地域に配置された兵士は、カシミールでの作戦が首尾よくいかなかった場合、戦域を拡大する準備ができていることを、パキスタンに見せつけるためのおとりにすぎなかった。あからさまにパキスタンの心臓部を攻撃すれば、国際社会から痛烈に非難され、侵略国のレッテルを貼られるだろうことをインド政府は充分承知していた。

攻撃開始から三時間、形勢は圧倒的にインドに有利だった。パキスタンは通信網が破壊されたため軍の統制を維持することができず、インドの執拗な空撃に対してかたちばかりの抵抗を見せるだけだった。六月六日午前十時、インド精鋭の落下傘部隊から平坦な地域を確保したとの連絡が次々と司令部にはいり、軍事作戦は数日のうちに完了すると思われた。ニューデリーの国防省は勝利を祝う声と笑みに満たされた。

いっぽう、パキスタン国内は混乱をきたしていた。電話は通じず、テレビは映らず、インターネットもまったくつながらなかった。午前七時、主要都市の通りは情報を求めて右往左往する人で埋め尽くされた。ちょうどその頃、フサイン首相と参謀総長のハーン将軍が、それぞれイスラマバードの自宅で朝を迎えていた。広域にわたり通信機関が機能しないと聞かされたふたりは、電話や電子ネットワークで誰とも連絡がとれないことを自ら確認した。彼らは紙に指示を書いて通信技術者に届けたが、インドからサイバー攻撃を仕掛けられていることには気がついていなかった。

パキスタンの核戦力の指揮にあたっていたのは、五十八歳になる老練なムシュターク・ザキール将軍だった。六月四日・五日の週末、彼はイスラマバードに滞在して、ハーン将軍や参謀たちと何時間も会議をおこない、インドから攻撃を受けた場合の対応策について検討を重ねていた。五日日曜日午後の会議では、四月下旬に修正を加え、その数日後に首相の承認をとりつけた〝核攻撃に関する緊急時対応計画〟を細部にわたり再検討した。

緊急時対応計画では、緊急時と判断する規準二項目のうち、どちらかいっぽうでも条件が満たされれば即刻ガウリ・ミサイルを発射する、と定められていた。第一の規準は、インドがパキスタンに向けて核ミサイルを打ち上げたという確固たる証拠があること。第二の規準は、第一の規準ほど明確な定義がなされていなかった。インドに攻め込まれてパキスタンが大敗を喫し、国の崩壊とインドへの完全降伏が免れられない状況になった場合も核攻撃が許可される、としてあるだけだった。

日曜日の午後の会議では、第二の規準をどのように解釈するかについて、一時間以上にわたり激論がかわされた。インドとの緊張が増した四月末以降に核戦力の指揮官に任命されたザキール将軍と、ハーン将軍のもとで長いあいだ副官を務めてきたアッバス・ギーラニ大佐が積極的に意見を述べた。「規準を満たしたと判断する権限を誰が持っているのか」とザキール将軍が尋ねた。

それに対するハーン将軍の答えは正鵠を射ていた。「首相も私も核攻撃を命令する権限は持たない。我々ふたりに連絡をとるのに時間がかかる可能性を考えて、攻撃の決定を下すのは核戦力の指揮官が妥当である」と彼は述べた。

そして六月六日月曜日、運命の日の朝五時十五分、ザキール将軍の家に迎えの車が到着した。イスラマバードからおよそ六十五キロメートル南方にある小さな町チャクリまでの四十五分間、将軍は眠っていた。国家機密である核管理センターは、チャクリのはずれの地下にあり、センターを中心に十二平方キロメートルの範囲に、ガウリ・ミサイルの発射場が四カ所あった。センターと発射場をイスラマバードとその隣のラワルピンディから離れたところに設けたのは、その二都市が核攻撃を受けたとしても深刻な影響がおよばないようにするためだった。

四月末以降、核管理センターには職員が二十四時間体制で詰めていた。センターに到着したザキール将軍は、入口で出迎えたスタッフから、システムの停止を聞かされた。将軍はなかにはいると、通信部の技術スタッフと簡単なミーティングを開いた。ほんの数分で復旧できるとスタッフが請け合ったため、将軍は朝食をとることにした。が、七時に二度めのミーティングをおこなった際、技術スタッフは、機能停止の原因はまったくわからないと打ち明けた。不安を覚えた将軍はすぐさま、最も有能な側近ふたりに、イスラマバードに行って核管理センターの通信システムに問題が起きたことを参謀総長に伝え、印パ間で何か重大なことが起きていないか確かめるよう命じた。

それから六時間のあいだの出来事については、まともな歴史書ならばどの本にも書かれている。が、多くの疑問が残されている。首都へ続く本道まで行けば、その道が車やトラックや牛車などありとあらゆる種の乗り物で埋め尽くされていて通れないことは容易にわかったはずなのに、なぜ側近たちは来た道を引き返して核管理センターに戻らなかったのか。なぜ軍司令部はチャクリに人を遣って、ラホールがインドの核爆弾による被害を受けたとの噂が国中に広まっているが、まったく根拠のない噂であるとザキール将軍に伝えなかったのか。どのような経緯で、ザキール将軍とギーラニ大佐が、核攻撃に関する緊急時対応計画の規準二項目のうち一項目は満たされたと結論し、ガウリ・ミサイルでインドを攻撃するという決断を下したのか。

将軍はただ責任の重さに押しつぶされただけだったとも考えられる。その日の朝早く将軍は、週末におこなわれた長時間にわたる会議で緊張を強いられ疲れ切ったと漏らしていた。八時三十分頃、参謀と話をした際は集中力を欠き、話の流れについて行けなかった。九時になっても、通信システムは復旧しておらず、イスラマバードに向かわせた側近も戻らず、センターの入口に立つ衛兵からは、恐怖に駆られた住民が何百人と詰めかけ、インドの猛攻撃から身を守れるよう建物のなかに避難させてくれと求めているとの報告がはいった。

通常ではないことだったが、ザキール将軍は詰めかけた一般市民から直接話を聞いた。そこで、インドに通信システムを破壊されたことやインド軍がパンジャブの国境を越えて侵攻してきたこと、イスラマバードが大勢の落下傘兵に包囲されたことなどを聞かされた。一般市民に面会したあと、ザキール将軍は傍目にもわかるほど狼狽していた。十時になると古参の参謀を召集し、市民が口にしていた噂を打ち消せる情報はないかと尋ねた。が、その問いかけに応じられる者はひとりとしていなかった。

二〇一六年六月当時、核弾頭を搭載した十二基のガウリ・ミサイルは、四基ずつ三カ所にわけて配備されていた。そのうちの一カ所がチャクリの核管理センターの近くにあった。ミサイルは誘導システムでインド国内のターゲットまで飛ぶよう数週間前にセット済みだった。が、ミサイルを発射するには極秘の指令コードを打ち込み、ミサイルのコンピューター・プロセッサーを作動させなければならない。ザキール将軍はそのコードの一部を知っており、残りはチャクリの軍司令部の責任者であるギーラニ大佐が知っていた。大佐が受けていた指示は非常に明快で、ハーン将軍かハッサン首相からの許可がなければコードを明かしてならないというものだった。核戦力の指揮官ひとりの判断でミサイルを発射することはできなかったのだ。

六月六日月曜日午前十一時前の五分間に、ザキール将軍とギーラニ大佐のあいだでどのようなやりとりが交わされたのか正確なことを知る者はいない。このふたりの男は、自分たちの下した決断で四百万人近くの死者が出たという事実に当然のことながら打ちのめされ、核ミサイルの応酬から一週間と経たないうちに自ら命を絶った。ここでたしかなことは、ギーラニ大佐が、自分が知っていた極秘の指令コードの一部をあきらかにしたということだ。ふたりがザキール将軍のオフィスを出た直後、インドに核攻撃を仕掛ける命令が下されている。

核管理センターの司令室では、ザキール将軍が汗を浮かべ、最終チェックを指揮していた。将校や技術者は指示どおりコンピューター画面のまえに坐り、準備が整っていることを確認した。将軍はオフィスに戻り、短い祈りを捧げた。そして十二時二十分、四基同時発射の命令を下した。

ガウリ・ミサイルが唸りをあげて空に飛び立ってから一分と経たないうちに、インドのレーダーがミサイルを捕らえた。その報はニューデリーの国防省に伝えられたが、最高幹部の多くはカシミールへの攻撃が成功したことに満足して昼食に出かけてしまっていた。残っていた者のなかで最も地位の高いラムチャンドラ・アイナガル将軍はすぐさま、軍のネットワークに警戒待機指令を流した。そして参謀総長のラジェッシ・メータ将軍とグプタ首相に直接電話を入れて、状況を説明した。

アイナガル将軍が電話を切った直後、ガウリ・ミサイルの弾道をコンピューターで分析した結果が出た。データが不充分でターゲットを正確に割り出すことはできなかったが、二基のミサイルがニューデリーを狙っているのはあきらかだった。残る二基はカシミールへの攻撃の指揮をとっていたチャンディガルと、パキスタンとの国境に近いシーク教の聖地アムリッツァーに向かっていた。ミサイルがターゲットに到達するまでに十分となかった。

何年もまえからインドはパキスタンの核攻撃に備えて、文民・軍人それぞれの最高指導者から承認を得た緊急時対策を成文化していた。年に二度、そして政権が変わるたびに、緊急時対策は見直され修正が加えられていた。インドにとっては幸運ともいうべきことだが、二カ月ほどまえにアイナガル将軍が直々に、対策の見直しおよび修正にあたったばかりだった。従って、将軍は何をすべきか正確に把握していた。まず彼はニューデリー中に空襲警報を鳴らし、国防部の職員を地下シェルターに避難させた。次に三カ所のレーダー基地に連絡をとり、パキスタンがインドを狙って四基のミサイルを発射したというのが事実かどうか確認するよう指示した。そして、グプタ首相とメータ将軍と三人でテレビ会議をおこなった。

緊急時対策では、パキスタンの攻撃が事実であると確認されしだい、ラージャスターン砂漠に配備してあるアグニ・ミサイルを発射することになっていた。パキスタンのミサイルが到達するまえにインドも核ミサイルを発射して、相手のミサイルで攻撃を承認する責任者が死亡したり、攻撃のための設備が破壊されたりするのを防ごうと考えてのことだった。首相と参謀総長が下すべき決定はわずかふたつ——何基のアグニ・ミサイルを発射するか、まえもって決めていた十あるターゲットのうちどこを狙うか——だけだった。

ラヴィ・スリニヴァサンが著した『人が死んだ日』によると、グプタ首相は当初、緊急時対策に関するふたつの規準については言及しなかったようだ。まず彼はパキスタンのミサイルについて尋ねた。レーダーが誤作動を起こしただけで、ほんとうはミサイルなど発射されていないという可能性はないのか。独創性に富んだハッカーが、ミサイルが飛んでいると技術者たちに思い込ませようとレーダーに細工をした可能性はないのか。ミサイル発射が事実だとして、それらに核弾頭が搭載されているのはたしかなのか。

首相の問いかけに、アイナガル将軍は明瞭簡潔に答えた。三カ所別々の施設のレーダーがミサイルを捕らえたのを自ら確認したと伝え、それらのミサイルはチャクリから発射されており、チャクリにガウリ・ミサイルが配備されていたことは軍情報部が確認済みであると述べた。そして、そのような複雑精緻なことをハッカーがするとは考えられないと言ったあと、丁寧な口調で、残された時間は少なく、あと一、二分で一基めのミサイルがアムリッツァーに到達すると告げた。

グプタ首相はメータ将軍の進言を受け入れ、カラチ・ハイデラバード地区のミサイル基地に向けて二基、主要都市に向けて五基、計七基のアグニ・ミサイルを発射する決定を下した。首相と参謀総長は携帯コンピューターを使ってビカネール近郊のミサイル基地に発射コードを知らせ、アイナガル将軍は軍のネットワークを利用してターゲットを指示した。その三十分後、二基のミサイルがイスラマバードおよびラワルピンディ一帯を、三基のミサイルが、それぞれカラチ、ラホール、ファイサラバードを直撃した。

運命の気まぐれか、ファイサラバードは核による破壊を免れた。ミサイルが投下されたものの、なんらかの理由で核弾頭に異常が起き、爆発しなかったのだ。直撃を受けた銀行で七人の死者が出るにとどまった。もし爆発していれば、七十万人が命を落としていただろう。

## 完全なる崩壊

二〇一六年六月最初の月曜日に印パ間で起きた核ミサイルの応酬による破壊の規模は、ことばでは言い表わせない。大災害のなかには人間の理解力を越えるものがある。死者数と破壊規模から見て、人類史上、この核ミサイルの応酬に並ぶ事件はいまだかつてない。

爆発した十基のミサイルはほぼ同じ規模だった。当時アメリカやロシアなどの主要国が保有していたメガトン級の核爆弾に比べると小さかったが、印パ両国のミサイルには一基につきおよそ百キロトンのトリニトロトルエンが搭載されていた。一九四五年に広島と長崎に投下された原子爆弾に搭載されていたトリニトロトルエンは、一個につきおよそ十五キロトンである。印パのミサイル十基の破壊力を総合すると、広島と長崎に投下された原子爆弾二個の三十倍以上になる。

インドの核爆弾はすべて、高度三百メートルから一千メートルで爆発した。地表で爆発すると熱も衝撃波もいくぶん弱まるため、概して被害は空中で爆発したときのほうが大きい。ニューデリーを直撃したパキスタンのミサイル二基も空中で爆発したが、アムリッツァーとチャンディガルに落ちたミサイルは地表で爆発した。

百キロトンの核爆弾が爆発するとどうなるか。爆発と同時に、最高温度が百万度を超える青白い巨大な火球ができる。理屈からいえば、火球ができるのは一秒の何分の一ほどのあいだだけだ。が、印パ両国で火球を目撃した人たちは、白熱の火球が三秒間見えたと言い張った。火球からは時速およそ千六百キロメートルの熱線が放出され、熱線にさらされたものはすべて焼き尽くされる。また爆発の瞬間、爆心地は海水面より気圧が数十万倍高くなる。そのため、まわりの空気が急激に膨張して衝撃波が起き、爆風が熱線のあとを追うように四方八方に吹き抜ける。火球周辺では爆風が時速およそ千百キロメートルで吹き、その威力はほとんどの建物をなぎ倒すほどである。

被害状況が街ごとに異なっていたとしても、ミサイルがすべてほぼ同じ規模であることから、その状況を総括的に述べることはできる。爆心地から一キロメートル内は、熱と爆風で完全に破壊された。被爆から一時間経過した時点で、わずかでも原形をとどめていた建物は、〇・一五パーセントにすぎなかった。一キロメートル内にいた人たちは短時間で死亡した。一キロメートル付近にいた人でも、九十一パーセントが十五分以内に死亡したが、ある意味では幸運だったとも言える。一カ月後の統計で死亡率が九十九・二パーセントに上がったが、その差八・二パーセントのほとんどが火傷と多量の被爆のため苦しみながら死んだのだ。

熱線による火災が爆心地から四キロメートルあたりまで広がり、何日も燃えつづけた。爆発の最初の衝撃からかろうじて生き延びたものの、混沌と無政府状態のなかで命を落とした人が何十万人といた。また爆風や放射線にはさらされなかった人たちのなかにも、病気や飢餓による死者が多数出た。

その後十年にわたり国連が調査を続け、南アジアで起きた核ミサイルの応酬による被害状況をまとめた。六百ページにおよぶ報告書には、爆心地の近くにいた人たちの死亡率を表わすグラフがあり、爆心地からの距離と死亡までの時間の相関関係が記されている。身の毛もよだつ数値である。爆心地から三キロメートル内にいた人の四十七パーセントが一年以内に死亡。そのうち、六十一パーセントが被爆当日、二十八パーセントが二週間以内、残る十一パーセントが一年以内に死亡している。

国連の総括的な報告書では、死亡した時期――二日以内・二週間以内・一年以内・それ以降――により、死者を四つに区分している。全死者数は想像を絶する。印パ合わせて、二日以内に三百七十万人以上が死亡した。そして二週間以内に百七十五万人、一年以内に八十万人、一年以降に長期にわたる障害で百十二万五千人が死んだ。

一年以上経てから死亡した人の死因は、すべて被爆による病気である。爆心地から半径八キロメートル内で被爆した人たちのあいだで、悪性腫瘍、白血病、さまざまな種類の致死性の癌の増加が目立った。これらの病気は、半径十六キロメートル内にいた人たちのあいだでも増加が認められた。識者たちからは、国連が発表した一年以降の死者数には、爆心地から半径十六キロメートル内にはいたが、被爆が原因と断定できない病気で死亡した人も含まれており、実際の数よりはるかに多いと指摘する声があがった。が、死者数を言い争っても意味がない。どのような方法で統計をとったとしても、この事件が人類史上最悪の惨事であることに変わりはないのだ。

## 医師の日記―デリーにて

核ミサイルの応酬による犠牲者の半数以上が、両国の首都圏――パキスタンはイスラマバードとラワルピンディ、インドはデリーとニューデリー――に集中していた。これらの人口過密都市は、それぞれ二基のミサイルに直撃された。六月六日と七日の二日間で、デリーでは百万人を上まわる死者が出た。イスラマバードとラワルピンディ、五百キロメートルと離れていないこの二都市では、合わせて八十万人が死亡した。

二〇一六年のデリー首都圏の人口は、およそ一千五百万人だった。その五分の四が歴史の残るオールドデリーか、現代的なニューデリーに住んでいた。この二都市はどちらもヤムナー川西岸沿いにある。

川をはさんで東側は不規則に街が広がり、シャーダラーやガジアバードといった巨大都市ができていた。また、貧困者層が暮らす粗末なあばら屋が並ぶ地域もあった。

アショカ・クマール医師は、ニューデリー南部の高級住宅地やショッピング・エリアに囲まれた研究・医療機関である全インド医学研究所（ＡＩＩＭＳ）の名誉教授である。七十三歳になるこの医師は、一九七五年にハーヴァード大学医学部を卒業したのち、インドに戻り、輝かしい経歴を積み上げた。四十二年間、教授および医師として家庭医療に携わり、数々の分野で研究を進め、医科大学で教鞭をとり、さらには、ＡＩＩＭＳの通り向かいにあるサフダルジャン病院の院長を務めていた。国際的にはさほど名前を知られていないが、インドの医療向上に重点を置いて活躍しており、国内では尊敬を集めていた。国立公共医療委員会の委員長を務めた経験も三回ある。

二〇一六年にはすでに現役をなかば退いていた。毎朝早い時刻に、三十五年間連れ添った最愛の妻アルーナとともに朝食をとり、そのあとグリーン・パーク地区の自宅から約一キロメートルのところにあるＡＩＩＭＳに徒歩で向かう。オフィスに着くと、まず一時間かけて、インド中にいる友人や医療仲間から送られてきた厖大な量の電子メールに返事を書く。週に三日、十時から医大で生化学を教える。そのほか午前中には、《インド医学ジャーナル》から依頼された研究論文を推敲したり、ＡＩＩＭＳの職員の相談に乗ったり、所属している医療組織の仕事をしたりする。そして十二時から十二時半まで、昼食をとるためオフィスを離れる。

インドやパキスタンの何千万人の市民と同様、クマールの穏やかな日常も、二〇一六年六月六日の出来事ですっかり変わってしまった。その夜遅く、昼間眼にした光景にうなされて眠ることができなかったクマールは、前年の夏、ＡＩＩＭＳの同僚から引退記念にもらったラップトップ・コンピューターに日記を書きはじめた。その日に何を見て、何をしたかを記録したのだ。その後二日間、休憩時間を利用して日記をつづった。六月八日水曜日の朝、復旧した電子ネットワークを利用して、ニューデリーのソフトウエア・ネットワーク関連企業に勤めているひとり息子プラティークにその日記を送った。プラティークは父親の日記に深く感動し、すぐさま何十人もの友人や知人に転送した。その数時間後、日記は世界に向けて配信され、何十万もの人に読まれた。

それからの一カ月間、クマールは日記を書きつづけた。彼が書いた『医師の日記』は二十一世紀最も名の知れた書になった。核ミサイルの応酬から六日後の六月十二日日曜日までに、ヨーロッパや北アメリカの市民およそ五千万人が彼の日記を読んだと言われている。十二日、《ニューヨーク・タイムズ》のコラムニストは、「勇敢で繊細で聡明な一般市民であるクマール医師の日記のおかげで、人々はぞっとする統計の数字以上のことを知り、ことばでこの悲劇の真の意味を理解することができた」と書いた。

二〇一六年六月六日に書かれた『医師の日記』の一部をここに紹介しよう。

いつもより少し遅くまでオフィスにいた。私の講義を受けている学生のひとりから相談を求められ、彼の都合で十二時頃に話をしていたからだ。奨学金を受けて大学に通っているその若者は、どうすれば成績が伸びるか知りたがっていた。私たちは十五分ほど話をした。彼は最初ひどく落ち込んでいたが、勉強のこつを教えてやると元気が出てきたようだった。

その後、鞄のポケットに最近の医学雑誌を数冊押し込み、オフィスを出た。それから、妻のアルーナの携帯電話に連絡を入れた。彼女は孫息子の誕生日プレゼントを買いに、コンノート・プレイスの近くまで来ていた。私たちは一時にグリーン・パーク・ショッピングセンターにある小さなシーフード・レストランで一緒に昼食をとる約束をした。

オーロビンド通りはひどく混雑していた。研究所西側の大きな交差点で、バス、タクシー、スクーターの衝突事故があったばかりで、そこを中心に何キロメートルもの車の列ができていた。いたるところでクラクションが鳴らされていた。私は、通り向かいのサフダルジャン病院まで行って、ヴァージェス医師に挨拶をしたかったが、それをあきらめ、通りの東側を南へ向かった。

ちょうど看護婦の宿舎を通り過ぎたとき、警報のサイレンが聞こえた。大きく不気味な音だった。警報器のテストでしかその音を聞いたことがなかったので、またテストがおこなわれているのだろうと思った。子供のときにひどく怖い思いをしながら見たイギリス映画をふと思い出した。空襲警報が鳴り響き、その後ドイツ軍の飛行機から爆弾が投下されるというものだった。

通りにいた人たちは、数秒のあいだ動きをとめた。いったい何が起きたのか、と私は自分に問いかけた。ニュースは常に追っており、カシミールで緊張が増していることは知っていた。しかし、大多数のインド国民と同様、カシミールでの騒動が戦争に発展するとは思ってもいなかった。政治家もそれほど愚かではないと思っていたのだ。

サイレンは鳴りつづけた。二十代前半のかわいらしい女性が心配そうな表情で私のところにやって来て、何が起きているのかと訊いた。政府が緊急警報のテストをおこなっているのだろう、と私は答えた。入院中の父親の見舞いに来たというその女性は、ほっとしたような笑みを浮かべ、私に礼を言うと、その場を離れかけた。

そのときだった。視界の右隅でまばゆい閃光が走った。北に眼を向けたが、閃光はすでに消えていた。なおもそちらの方を見ていると、遠くで煙が立ちのぼりはじめた。私は眼にしているものをすぐには受け入れられなかった。煙はまたたくまにきのこ雲になった。心臓が止まりそうだった。なんてことだ。そう言ったのを覚えている。ああ、神様。なんてことだ。

長い時間その場に立ちつくしていたような気がする。遠くできのこ雲が青い空に広がっていた。低い音が響いてきた。十五秒ほどのあいだに、その音は大きくなっていった。さきほどの女性が隣に来て、「あれは何？」と、きのこ雲を指さしながら言った。私は答えようとしたが、思っていたことがことばにならなかった。「とんでもないことが起きた」ただそれしか言えなかった。

すさまじい閃光が生じたとき、私と女性は向き合っていた。私は眼がくらみ、彼女の顔やまわりのあらゆるものが、昔のカメラで撮したネガフィルムのように見えた。最初に熱波が、ついで衝撃波が襲ってきて、私たちは倒れそうになった。ふたりとも震えていた。「爆弾だ」うなるような音を耳にして、私はそう言った。

うなり音が小さくなると、家族の安否が気になりだした。息子夫婦とふたりの孫は大丈夫だと自分に言い聞かせた。プラティークのオフィスや自宅があるのはかなり南、クトゥブ・ミナールの近くだった。私は腕時計を見て、アルーナと話をした正確な時間を思い出そうとした。頭のなかにニューデリーの地図を描き、自宅から妻が買い物をしている店までの道をなぞった。激しい恐怖に襲われた。身を裂かれるような思いで、きのこ雲を見上げた。雲は、私が立っていたところから北西、コンノート・プレイスと同じ方角にあった。

私は恐怖を抑え、オーロビンド通りを見つめた。クラクションはぴたりとやんでいた。渋滞に巻き込まれた人たちが、ドアを開けて車から降りてきた。すべての人の眼が、北西の空に広がるきのこ雲に向けられていた。そばにいる人を見ると、どの人も恐怖の色を浮かべ、信じられないといった表情をしていた。

「大丈夫ですか?」通りを見つめていると、さきほどの女性の声がした。私は自分の顔をさわり、ついで手の甲やそのほか熱波にさらされた皮膚を見た。いくぶん赤くなっていたが、軽い日焼け程度の痛みしかなかった。私は大丈夫だと答え、彼女にも大丈夫かどうか尋ねた。彼女はゆっくりと頷いた。が、彼女の眼を見ると、涙管のまわりの血管が何本か切れていた。爆風を正面から受けたのだ。研究所に戻って薬をさしてあげようと思い、彼女にそう言った。

研究所に戻ると、女性に目薬をさし、父親の病室まで連れて行ってやった。それから研究所長を探した。管理事務局はすでに混乱をきたしていた。電話は通じず、電気は切れていた。所長の居場所を誰も知らなかった。そのとき、彼が時折図書室で昼食をとっていることを思い出した。行ってみると、彼はひとりきりでそこにいた。政府から配布された核緊急時マニュアルを読んでいた。彼の眼は泣きはらして赤くなっていた。

数時間もすれば、デリー首都圏の病院や診療所はどこも負傷者を収容しきれなくなるのはわかっていた。私たちはマニュアルをめくり、公共の場所に治療所を設ける必要性について書かれているページを読み直して、治療所の設置場所やその場を指揮する医師や必要となる薬を検討した。それから私は、一時間以内に戻ると彼に伝え、妻の無事を確かめるため研究所をあとにした。

息苦しい暑さのなか、足早にオーロビンド通りを歩いた。通りは障害物通過訓練場のような有様だった。いたるところに車が乗り捨てられ、信号機はひとつ残らず壊れていた。グリーン・パーク内にあるシーフード・レストランに着いたのは、一時を少しまわった頃だった。アルーナはいなかった。レストランにいたのは、そこの経営者だけだった。経営者から、核攻撃に関して政府が何か発表していないかどうか訊かれたが、私は何も知らないと答えた。

経営者は肩をすくめた。「ラジオもテレビもつかないんだ」と彼は言った。そして、少しまえにレストランの外にいた警官と話をしたが、一発めの爆弾はデリー大学のすぐそばで爆発したらしい、と教えてくれた。大学はオールドデリー北部にある。その位置は、最初にきのこ雲が発生した位置と一致した。

十五分間、アルーナを待った。何かよくないことが起きているのはまちがいなかった。妻は時間に几帳面だ。時間を守ることを私がどのように考えているか、彼女はわかっている。結婚してまもない頃、私とアルーナは医療関係の重要な行事にひどく遅れたことがあった。そのときアルーナに、遅刻をするということはほかの人の時間を大切に思っていない証拠だ、と言ったのだ。以来、彼女が十分以上遅れることはなかった。やむをえない事情がないかぎりは。

私はレストランを出て、家に急いだ。自宅はそこからわずか十分ほどのところにある。状況を考えると、アルーナが家で私を待っている可能性があった。しかし、家に妻の姿はなかった。

台所のテーブルの上に、朝刊が残されていた。明日、あるいは次に新聞が発行されたとき、見出しには何と書かれているだろうか。パキスタンの核ミサイル二基がデリー首都圏を直撃。何万人もが死亡。いや、何十万人だろうか。見当がつかなかった。被害規模がどれだけのものか想像できなかった。

一時三十分すぎ、アルーナあてのメモを書きはじめた。負傷者の手当てにあたるため研究所に戻る。家にはしばらく戻れないだろう。メモを見たらすぐに私のオフィスに来るか、誰かにことづけを頼んで無事であることを知らせてほしい。愛している、と書き終えたそのとき、表のドアが開く音がした。私は急いで立ち上がり、ドアのところに走って行った。

ドアのすぐ内側に、アルーナが立っていた。眼は血走り、正気を失いかけていた。洋服は汚れ、ぼろぼろだった。右腕にひどい火傷を負い、肘のあたりの骨が見えていた。顔や手、衣類に覆われていない皮膚という皮膚に点々と血がついていた。髪はぼさぼさで、火にあぶられたかのようだった。妻の姿に、心臓が止まりそうになった。

「ごめんなさい、アショカ」そう言って、アルーナはよろめきながら近づいてきた。倒れかかった彼女を、私は抱きとめた。必死の思いで彼女を寝室に運んだ。見ると、背中は肌がむき出しになっており、右腕と同様ひどい火傷を負っていた。長くはもたない、とすぐにわかった。

コップに水をいれて持って行くと、アルーナは無理やり笑みを浮かべた。「なんとか帰ってこられたわ」と彼女は弱々しく言った。私の頰に流れる涙を見て、アルーナは焼けただれた腕を伸ばし、涙を拭ってくれた。彼女の顔は痛みでゆがんでいた。私は彼女の手をとり、そっとベッドに戻した。そして脇に腰を降ろし、冷たいタオルで額を拭いてやった。

「あなたから電話をもらって十分ほどしてから、店を出たの」とアルーナは言った。私はしゃべらず休むよう言った。が、彼女はかすかに首を振り、「何が起きたか話しておきたいの」と言った。

アルーナはもう一口水を求めた。私はコップを渡すと、上体をかがめて彼女の唇にキスをした。「ありがとう、アショカ」と彼女は言った。アルーナはゆっくりと水を飲むと、とても低い声で話しはじめた。「駐車場のそばだった」と彼女は言った。「そのときよ、信じられないくらいまぶしい光が見えたのは。それとほとんど同時に、全身が高熱で焼かれるような感じがした。背中に火がついたのがすぐにわかったわ。なんとかしなくちゃと思っていると、髪の毛にも火がついて、ぱちぱち音がしたわ。右を見たら、二十メートルくらいのところに広い砂地があったから、そこで転がって火を消したの」

アルーナは口をつぐみ、眼を閉じた。体力が残っていないことはあきらかだった。私たちに残された時間は多くなかった。私はもう一度彼女にキスをした。「とにかく、こうやって」と私は言った。「きみは帰ってきてくれた」

「あなたにお別れを言いたかったの、アショカ」そう言って、アルーナは弱々しく眼を開けた。涙がいっぱい溜まっていた。彼女は体を少し動かすと、苦痛に顔をゆがめた。そして私の手をそっと握り、眼を閉じた。それがアルーナの最期だった。

## 核攻撃の爪痕

妻を看取ったあとクマール医師は、何を考え、何を感じ、そして何をしたか克明に日記に記した。そして妻の遺体をシーツで覆うと、息子あての長いメモを表のドアに貼り、ＡＩＩＭＳに戻った。

病院の入口にはすでに何十人もの人が列をつくっていた。その列は時間が経つにつれて長くなっていった。クマールはそこでしばらくふたりの若い看護婦を手伝って、患者の症状を調べていった。列に並んでいた建設作業員ふうの中年男性が倒れた。男性の状態を診たクマールは、急いで彼を救急治療室に運んだ。救急治療室はすでに患者でいっぱいだった。クマールは親友でもあるヴァージェス医師と短いやりとりを交わすと、病院を出て、通りの反対側にある研究所に向かった。第一会議室の壁にデリー首都圏の詳しい地図が貼ってあった。病院や診療所からあふれた患者を収容する治療所の場所に印がつけられていた。クマールの担当は街の東部、アウター・リング通りとヤムナー川にはさまれた記念公園ラージ・ガートだった。

クマールとほかの医師数名、病棟勤務員、ボランティアから成る医療チームがラージ・ガートへの車を待っていると、国営の緊急時テレビネットワークが復旧した。数分後、グプタ首相がテレビに登場し、核ミサイルの応酬の詳細とカシミールでの交戦状況を国民に伝えた。そして停戦を発表し、なんの謂われもなくパキスタンからきわめて苛烈な核攻撃を受けたが、一致団結して復興を目指そうと訴えた。デリー、チャンディガル、アムリッツァーへ出入りする鉄道および空の便はすべて無期限に封鎖された。また、被害を受けた三都市では夜間外出禁止令が出され、少なくとも三日間は不必要な車両の通行が禁じられた。次に、国家緊急対策局長が、核攻撃を受けた三都市に設置予定の治療所一覧を公表した。

クマールたちは公園に到着すると、二十分で準備を整えた。

私たち医療チームは、四時には治療を始めていた。リング通りから九十メートルほどはいった公園の西側に臨時の受付を設けた。受付では、ボランティアが患者ひとりひとりに水と、認識番号がはいったリストバンドを渡した。話ができる患者からは、名前、住所、そのほか必要な情報を聞いた。医療補助者のひとりが、列をなしている患者の怪我の程度を手早く調べていった。危険な状態にある患者はすぐに医師のところに運ばれた。そのときチームには、私以外に医師が四人、地元の私立救急病院からの医療補助者がふたり、専門知識のないボランティアの若者が二十数人いた。

デリー警察は、インドア・スタジアムの南側からレッド・フォート（ラール・キラー）のはるか先までリング通りを封鎖した。そのため、治療を求めてやって来る人たちは車に邪魔されることなく通りを渡ることができた。通行を許可された車両は、リング通りとヤムナー川のあいだにある三つの治療所に負傷者を搬送する車だけだった。

四時すぎ、大型の無蓋トラックが三台、受付のまえに停まった。荷台にはそれぞれ四十人ほどの負傷者が乗っていた。二発めのミサイルが投下されたコンノート・プレイス周辺で収容された負傷者ばかりだった。運ばれてきた三分の一以上がすでに死亡していた。遺体を降ろす手伝いをしていたボランティアの若い女性が、悲しみに押しつぶされてしまった。芝生に坐りこみ、何分間もただ泣きつづけていた。私は彼女を慰めようとした。彼女は泣きながら私を見やり、「どうして、クマール先生、どうしてなの？」と言った。私には答えられなかった。

治療を始めて一時間ほど経った頃、薬剤師の資格を持っているという若い男性がふたりやって来て、協力を申し出てくれた。ふたりは支給された医薬品の管理にあたり、それまでその仕事を担当していた医療補助者は患者の治療にまわった。しかし十分もしないうちに、深刻な問題が起きていると薬剤師が知らせに来た。このままのペースで使っていると、あと三時間もしないうちに鎮痛剤が切れてしまうというのだ。薬剤師のひとりが、オールドデリーのダルヤガンジにある大きな倉庫まで医薬品を取りに向かった。三十分後、彼は何も持たず戻ってきたが、私は驚かなかった。すでにスタッフには、鎮痛剤はどうしても必要な場合にのみ処方するよう指示を与えていた。

五時すぎ、患者の数は千人を超えていた。さらに百人ほどが受付に並んでいた。負傷者を乗せた車両も長い列をつくっていた。私は公園内でいちばん高い塚にのぼり、リング通りの向こうに広がる市街地を眺めた。遠くの空が煙に覆われていた。熱波による火災が街中に広がり、手のほどこしようがなさそうだった。どの通りを見ても、公園に向かって負傷者が歩いていた。

五時十五分、一台の大きな車が受付の近くに停まった。車から医師と思われる男性が五人降りてきた。そのなかのひとりに見覚えがあった。アグラ最大の病院の院長であるプラン・チョプラ医師だった。彼とは、医師会の委員を何度か一緒に務めたことがあった。彼の姿を眼にして、私は心底嬉しかった。チョプラ医師は恐ろしいニュースを聞いてすぐ、ほかの医師とともにアグラを発ったとのことだった。警察の先導もあり、四時間でデリーに到着したらしい。

チョプラ医師たちは、車のトランクに薬を詰め込んで来てくれた。手元の在庫が底をつきかけていたので、非常にありがたかった。状況を手短に説明すると、彼らはすぐに仕事に取りかかった。彼らが来てくれたことで、ほかの医師たちも元気が出てきたようだった。私はチョプラ医師の勧めにしたがい、休憩をとった。ラージ・ガートに到着してから腰を降ろしたのは、それがはじめてだった。

数分後、ボランティアのひとりがやって来て、遺体をどうすればいいか私に尋ねた。遺体はすでに百体近くになっており、そのほとんどが救急治療センターのなかかそばに置かれているという。その場所もじきに、生きている患者にまわさなければならなくなるのはわかっていた。このような状況では、伝統的な方法で遺体を葬ることはできなかった。早急に遺体を別の場所に移すことにした。しかし、遺族が異を唱えた場合は、遺体を動かさないようボランティアには言っておいた。死んだふたりの子供を抱えていた母親はひどく怒り、誰も遺体を動かそうとはしなかった。母親はふたりの遺体を両腕でひしと抱いていた。そして母親も子供を抱いたまま、一時間後に息を引き取った。

五時三十分頃、一機のヘリコプターがリング通りに着陸した。政府の役人がやって来て、緊急対策局長が空から街の被害状況を調べるので同行してもらいたい、と求められた。日が沈まないうちに、視察をおこなう必要があるとのことだった。私には治療所での仕事があると伝えたが、これは命令だと役人は言った。被害状況だけでなく、治療所が必要な場所を調べる必要があったのだ。私はチョプラ医師に治療所を任せ、役人とともにヘリコプターに乗った。

ヘリコプターはラージ・ガートから西方に向かった。グル・ナナク・アイ・センターをすぎたあたりで煙に包まれた。時折、窓から地上が見えた。いたるところで火災が発生していた。トルクメン通りは、激しく燃えていたり、火がくすぶっていたり、黒こげになっていたりする建物ばかりだった。さらに西に向かうと、視界はまったく利かなくなった。

ヘリコプターは高度を下げた。煙を抜けると、視界がはっきりしてきた。眼下に見えたのは、殺伐とした焼け野原だった。建物も人も車も通りも、何もなかった。すべてが灰色だった。緊急対策局長が、まっすぐ下を指した。「コンノート・プレイスがあった場所です」ほとんどささやくような声だった。

「いちばん外の円のすぐ外、レイディ・ハーディング医科大学のキャンパスに爆弾が投下されました」

私は信じられない思いで地上を見つめた。ニューデリーの商業センターが跡形もなく消えていた。美しい小さな公園を中心に、同心円の道が三重になっており、店や会社やレストランが並んでいたはずだ。が、何ひとつ残っていなかった。消滅していた。蒸発してしまっていた。私は灰色の残骸に眼を凝らし、商業の中心地だった名残りを探し求めたが、何も見つからなかった。

緊急対策局長が何か言ったが、耳にはいらなかった。気が動転していた。苦しくてしかたがなかった。月曜日の午後十二時三十分、コンノート・プレイスに何人の人がいただろうか。一万？　二万？　いや、それ以上か？　私は見る影もなくなった灰色の地にもう一度眼をやった。ヘリコプターはふたたび煙に包まれた。すべてなくなってしまった、と私は思った。

ヘリコプターが煙を抜けた。ニューデリー駅がほぼ真下に見えた。オールドデリーの建物や狭い通りも見える。不思議なほど何も以前と変わっていないことに驚きを覚えた。チャドニー・チョウクの商店街に人が殺到していた。あのような途轍もない悲劇が起きたというのに、なぜ買い物に出かけられるのか理解できなかった。「物資が尽きるまえに、買いだめをしておこうとしているのです」と局長が言った。私の考えていたことがわかったのだろうか。人生は続く、と私はつぶやいた。

しばらくすると、ヘリコプターはわずかに高度を下げ、ロシャナラの墓を囲む緑地公園内にある治療所の上空を旋回した。そこも人であふれていた。あとから来た患者は、郊外に新たに設置された治療所にバスで移送されているらしかった。あと二時間もすれば、都市部の治療所はどこも限界に達するだろうと緊急対策局は考えていた。

　最初に核爆弾が投下されたのは、デリー大学の法学部があった場所だった。その爆発で、大学全体と、近くのカムラー・ナガルという住宅地が完全に破壊され、跡形もなくなっていた。ヘリコプターは爆心地上空を飛んだ。荒涼とした灰色の光景に眼を向けたのは、わずか数秒だけだった。それで充分だった。心のなかは悲しみと恐怖でいっぱいだった。

　ヘリコプターは東に進路をとり、煙が濃厚なノーザン・リッジ上空を飛んだ。森は炎に包まれていた。川までやって来ると、思いがけない光景が眼に飛び込んできた。カシメーレ・ゲート付近で、数百人の人が川にはいっていたのだ。遺体も数体浮かび、南に流されていた。下流に眼を凝らすと、川は見渡すかぎり、人と遺体であふれていた。

　リング通りに戻ってきた。治療所で必要な物を伝えると、私はヘリコプターから降りた。日はすでに沈んでいた。緊急対策局長は私に礼を述べ、あとでまた様子を見に来ると言った。

　スタッフ・エリアで私を待っていたチョプラ医師が、留守のあいだの状況を手短に話してくれた。患者は三百二十人、死者は四十五人増えていた。ナルナウルから医師が三人駆けつけており、すでに仕事に取りかかっていた。彼らもまた医薬品を持ってきてくれていた。アリガルからは二十六人の看護婦見習いが、おんぼろのヴァン四台に分乗してやって来た。食料と水は予定どおり届いたが、まだまだ量が足りなかった。食料と水は子供優先とチョプラ医師は決めていたが、そのあとの割り振りはふたりで相談した。

　受付の裏で、新たに加わったボランティア数人が、ふたつの大鍋にはいった米とスープを、自力で歩ける子供に配っていた。列に並んでいた十四歳くらいの肌の浅黒い少女が、声を押し殺して泣いていた。粗末な白い服を着ており、右肩のところが焼けてぼろぼろになっていた。私は彼女のところに行き、自分の名前を言った。彼女の名前はカーリーといった。何か力になれることがあるかと尋ねると、彼女は首を横に振り、ただ泣くばかりだった。私はかがんで、彼女の手をとった。「どうして泣いているのか話してごらん」と私は言った。

カーリーの眼には悲しみしかなかった。彼女の痛めつけられた心が見えるようだった。「お母さんもお兄ちゃんも死んじゃったの」とカーリーは小さな声で言った。涙をいっぱいためた眼で私を見ると、「家もなくなったし、家族もみんな死んじゃった、クマール先生」と言った。「これから私はどうなるの？」

私はカーリーを慰めようと手を伸ばし、頭をなでようとした。すると、彼女の美しい黒髪がひと塊、手にくっついた。「歯も抜けてくるの」そう言って、彼女は口をわずかに開いた。「どうして歯がなくなっちゃうの、クマール先生？」と彼女は言った。

「どうしてかは、私にもわからない」と嘘をついた。すぐによくなるとも言った。カーリーは弱々しい笑みを浮かべ、私に抱きついてきた。私は彼女をそっと抱きしめた。

カーリーは私の胸に顔をうずめ、「ありがとう、クマール先生」とささやいた。もう限界だった。胸が張り裂けそうで、息ができなかった。カーリーの体を押し離し、ほかの患者を診なければならないと言った。食べものの列から見えないところまで行くと、私は赤ん坊のように泣いた。

涙がとまらなかった。カーリーのために、アルーナのために、一瞬のうちに命を落とした何万もの人のために、これから死にゆく何千もの人のために、私は泣いた。狂ったように、公園を歩きまわった。ひとり言を言い、両腕を振りまわしながら歩いた。このような悲劇を同じ人間に味わわせることに正当な理由があると考えた愚か者を呪った。

どこに向かっているのかわからなかった。暗い小道をあてもなく十分は歩いただろう。そうしているうちに心が落ち着いてきた。ふと気がつくと、ガンジーの墓のすぐそばまで来ていた。私は慰霊碑のまえで立ち止まった。

靴を脱ぎ、インドで最も偉大な人物を讃えて設置された長方形の黒い大理石に近づいた。ガンジーの墓をまえに、私は悲しみに打ちひしがれた。昼間眼にした恐ろしい光景が次々と思い出された。私は英雄と崇める人物の慰霊碑のまえにひざまずき、両手を合わせた。

突然、ある思い出がよみがえった。八歳のときのことだ。子供の頃暮らしていた家の自室にいると、隣室にいる父の叫び声が聞こえた。「なんということだ」父は物静かな人で、感情をあらわにすることはけっしてなかった。何が起きたのかと見に行くと、父は小さな居間のまんなかに立ち、ラジオを聞いていた。眼には涙が浮かんでいた。泣いている父を見るのははじめてだった。

私が部屋にはいるや、父は私に眼を向けた。そして私に近づくと、両腕で抱き上げた。力はこもっていたが、優しく私を抱きしめた。父がそのようなことをすることは滅多になく、私は心底驚いた。母に何かよからぬことが起きたのだと思った。父がわずかに体をひいた。眼に浮かぶ涙の向こうに悲しみが見てとれた。「ガンジーが撃たれたんだ」と父は言った。

その晩、父はなぜガンジーがそれほどまでに特別な存在なのかを話してくれた。当時の私はまだ幼くて理解できなかったが、じっと黙って聞いていた。父があれほど深刻な話をしてくれたのは、それがはじめてだったからだ。

子供の頃の思い出がゆっくりと消えていった。私はまだ慰霊碑のまえにひざまずいていた。この偉大な人物が印パ間で起きたことを知ったら、どれほど怒り、どれほど悲しむだろうか。私は、ガンジーの不屈の精神と勇気を思った。

私は立ち上がり、大理石を見据えた。一瞬、ガンジーの顔が見えた。私の眼を見つめ返すガンジーがはっきりと見えたのだ。両腕に鳥肌が立ち、全身に寒気を覚えた。「二度とこのようなことを起こしてはなりません」と私はガンジーに語りかけた。「そのために、私は残りの人生を捧げます」

## 核戦争の後で—核武装解除への努力

六月六日に始まる医師の日記は、日を追うにつれ悲惨さを増し、読む者の心をかき乱す。クマールは、容赦なく増えつづける死者数を克明に記した。また、カーリーをはじめ、彼が個人的にことばを交わした犠牲者たちとの悲しい別れについても言及している。ラージ・ガートでは、水、食料、医薬品すべてが不足し、問題が山積した。公園の北端の森には、遺体が次々と積み上げられた。医療スタッフは疲れ果て、気力を失った。川の反対側にある貧しい地域でコレラやチフスが発生したという報告がはいると、スタッフのあいだにはさらなる不安が広がった。

核ミサイルの応酬から数週間、世界中が嘆き悲しんだ。クマールの日記が人々の心を揺さぶったこともあり、各国政府や一般市民から先例がないほど多くの義援金や医薬品が集まり、復興を目指す印パ両国に届けられた。三日めまでに、火傷治療の専門医をはじめ何百人もの医師が南アジアにはいり、各被災地の治療所で精力的に治療にあたった。海外から駆けつけた医師の多くが、六十日から九十日間滞在した。医療陣の多大な努力により十万人以上が救われた、と国連は述べた。しかし残念ながら、悪いときに悪い場所に居合わせた人たちに対してできることは、たいしてなかった。爆心地から半径一キロメートル内にいた人の八十七パーセントが、二週間以内に死亡した。また火傷を負いながらもかろうじて一命をとりとめた人でも、その大半が放射線を多量に浴びていたため死ぬ運命にあった。世界中のメディアが当初取り上げたのは、想像を絶する破壊状況と死者数だった。爆撃を受けた街や市民を撮した痛ましい写真や映像が、世界中のテレビやコンピューター画面を埋め尽くした。六月十一日・十二日の週末、世界のあらゆる場所であらゆる宗教のもと追悼式がおこなわれ、印パ両国の犠牲者のために祈りと黙祷が捧げられた。しかし一週間経ち、核ミサイルの応酬にいたった経緯が詳しく報道されるようになると、憤怒の念が同情や哀れみに取って代わった。北アメリカやヨーロッパの人々は、そのような悲劇を回避する対策がとられていなかったとは思ってもいなかった。欧米諸国のメディアは、〝偶発的核戦争〟

と言われる事件に対して、複数の防衛手段を整えていなかった印パ両国政府を激しく非難した。

国連はもとより、イギリスおよびアメリカ政府も非難の矢面に立たされた。イギリス首相と国連事務総長は、核ミサイルの応酬が起きる数週間前にスリランカのコロンボでおこなわれた和平交渉に出席していた。なぜふたりが仲裁にはいって、印パの対立になんらかの解決策を見出せなかったのか。なぜほかの国々に核戦争の可能性を警告しなかったのか。アメリカでは、南アジアで核戦争が起きる可能性は〝かぎりなくゼロに近い〟と結論づけている、二〇一六年五月一日付のCIAの報告書が、最高機密扱いにされていたにもかかわらず、報道関係者の手に渡った。その報告書は国会で笑いものにされ、議員のあいだからCIAの見直しを求める声があがった。

パキスタンでは核ミサイルの応酬から数日のあいだ、世界の終わりが訪れたと大多数の人が考えていた。パキスタンの死者数と被害状況は、インドとほぼ同程度である。が、パキスタンの人口はインドのおよそ七分の一、国民総生産はおよそ十分の一である。その比率から言うと、パキスタンのほうがはるかに甚大な被害を受けている。

パキスタン政府の対応は遅く、統制がとれていなかった。核緊急時対策もインドほど準備されていなかった。インドが数時間で公共の場に治療所を設置したのに対し、パキスタンは何日もかかり、そのあいだに何千もの命が失われていった。破壊された通信網の復旧も遅々として進まず、使えるようになるまでに何週間もかかった。政府レベルでの連絡が思うようにとれなかったため、医療関係者も組織だって動けずにいた。

最初に核攻撃の指示を出したのはチャクリだったと国民が知ったのは、一週間以上経ってからのことだった。ハーリド・フサインが政権放棄を回避しようと、故意にその事実を公表せずにいたのだ。が、ザキール将軍とギーラニ大佐が自殺をしたため、最初に攻撃を仕掛けたのはパキスタンだったということが、国民の知るところになった。その後まもなく政府は崩壊し、バーブル作戦にかかわった高官の多くが国外に逃亡した。長期にわたる復興の指揮には、カシミールを政情不安に陥れる計画に参加していなかった三人の将校があたった。

マノージ・グプタを首相とするインドの連立政権は、邪悪で卑劣な行為に対する報復としてパキスタンを侵略せよという国民の叫びに対処しなければならなかった。核攻撃を受けてから数時間後、アメリカやヨーロッパ諸国の首脳と電話で話をしたグプタ首相は、デリー、チャンディガル、アムリッツァー再建のための資金援助を受けるには、パキスタンへの敵対行為をいっさいおこなわないと宣言するしかないとわかっていた。首相と閣僚は国内各地をまわり、なぜパキスタンに報復をしないのかを説いた。また、援助を提供しようという経済大国の圧力に屈し、グプタ政権は不本意ながらも、カシミールで国連管理のもと住民投票をおこなうことに同意した。いっぽう、パキスタンは何かを主張できる立場にはなく、カシミールで住民投票を実施することも、その結果に従うことも承服せざるをえなかった。核ミサイルの応酬からおよそ一年後の二〇一七年五月、住民投票により、カシミールの分離独立が決定した。

多くの政治評論家が、この結果を最高の皮肉だと評した。もし七十年前、イギリスの植民地支配に終止符が打たれたときに投票がおこなわれていれば、六百万も七百万も人が死ぬような核ミサイルの応酬は起きなかっただろうに、と。

日記により世界に名を博したクマール医師は、その後の人生を核拡散防止と武装解除に捧げた。核ミサイルの応酬から数年後、クマールは〝世界の良心〟と讃えられるようになった。クマールの呼びかけで、南アジアで亡くなった何百万人もの犠牲者の霊を祀る慰霊碑が、インドやパキスタンの被災地はもとより、ロンドン、パリ、ニューヨーク、上海にも建てられた。基本的に慰霊碑のデザインは異なったが、ひとつだけ共通点があった。入口の門の上に複数の言語で、こう書かれている。「二度と繰り返さない」

クマールは、すべての核保有国に働きかけて包括的核実験禁止条約に署名させるという政治的成功も収めた。そして二〇二一年、ノーベル平和賞を受賞した。彼は授賞式のスピーチで、人生を賭けた仕事はまだ終わっていないと述べた。そして、なぜ完全に武装解除がなされるまで満足できないのかを語った。「人類が、二〇一六年のインドやパキスタン、一九四五年の日本で起きたような想像を絶する悲劇を二度と経験しないですむようにするには、武装解除が唯一の方法なのです。兵器さえ存在しなければ、私たちは胸を張って、自分の子供や孫に言うことができます。〝二度と繰り返さない〟と」

その後十年間、クマールは精力的に活動を続けた。その結果、世界の核兵器の数は確実に減った。彼はたびたびアメリカを訪れ、核兵器削減を求めて世論を動かし、議会に圧力をかけつづけた。二〇二四年、北京に貴賓として招かれた折には、中国が核兵器の大幅削減に応じるまで断食をすると宣言して中国政府をあわてさせた。二〇三〇年秋、世界反核会議の席で、「十年前に比べ、核兵器は八十パーセント以上減った」と述べた。これが彼の最後のスピーチとなった。

完全なる核武装解除という目標は達成されなかった。が、クマールの努力で、世界各国の核兵器政策は大きく変わった。主要各国は核兵器を大幅に削減し、さらに核事故や戦争での核兵器使用を防ぐため、フェイルセイフ機構に関する国際協定を結んだ。二十一世紀が終わるまで、核兵器が戦争やテロ行為で使用されたことは一度もない。

二〇三一年四月十三日、アショカ・クマールは八十五歳でこの世を去った。遺体は、彼が英雄と崇めていたマハトマ・ガンジーの墓から九十メートルほど離れたところに埋葬された。

# 第三章　混沌(カオス)の時代

## 大いなるカオスのはじまり

南アジアにおける核ミサイルの応酬は、二十一世紀初頭に起きた史上最悪の悲劇である。世界の人々、とりわけ、インド、パキスタン両国の人々に与えた衝撃は、その後十年以上消えなかったが、それはたった一日のあいだに起きた出来事だった。それとは対照的に、〝大いなるカオス〟と呼ばれる時代は十五年以上にわたって続いた。正確な時期ついては、歴史家のあいだでもしばしば議論になるところだが、二〇三六年三月二十六日から二十七日に起きた〝前兆〟から、二〇五二年に世界総生産(GWP)が二〇三五年のレベルに回復した時点まで、というのが最も一般的な見解だ。

大いなるカオスとは何か。この想像を絶する規模の世界的な不況の影響は、地球に暮らす百億の人々すべてにおよんだと言われている。しかし、それは経済の話にとどまるものではなかった。延々と続く不況や、それにともなって世の中に蔓延していく無力感や絶望感の記憶が、あの時代を生きた人々の心から消えることはけっしてないだろう。政府や国際機関はなんとかして不況を打破しようと懸命に対策を講じたが、そんな努力も、人々の漠然とした不安を煽るばかりだった。大いなるカオスは前代未聞の困窮をもたらした。その結果、人類が進めてきた計画は、社会科学的なものも含めてほぼすべての分野で滞り、その影響は世紀末まで残った。また、カオスは社会の生産基盤や人間のさまざまな理念を根底から変えていった。

本章では、まず、大いなるカオスの発端に焦点を合わせ、株式市場の崩壊を経て世界経済が不況に向かう経緯を詳しく解説する。続いて、当時の人々の生活に見られた劇的な変化を見ていく。当時の経済危機の深刻さは統計にも現われている。が、カオスが個人の暮らしに与えた衝撃は、数字だけで理解できるものではない。そこで章の最後に、深刻な経済危機が続く三つの国に暮らしていた、三つの家族の物語を紹介する。

## 二〇二五～二〇三五年――楽天の時代

国連の統計を見ると、二〇二五年から二〇三五年にかけて、人々の生活水準は向上を続けていたことがわかる。貧困や栄養失調の減少、非識字率や幼児の死亡率や失業率の低下、平均寿命の伸長、個人収入や資産の増加、家・電話・テレビを所有する世帯の割合の上昇といった現象がすべての国で見られた。国民総生産（GNP）も、大きな内乱があったアフリカの四つの国を除くすべての国で、物価上昇ぶんを差し引いてなお大きな伸びを示している。しかし、生活水準の向上は全世界で一様に起きたわけではない。個人資産について言えば、増加率が最も大きかったのは中国と東南アジア、最も小さかったのはアフリカだ。そして、欧米諸国や日本などの先進国と最貧五十カ国とのあいだの貧富の差は不穏なまでに拡大していった。しかし、統計的に見た生活水準の向上は、その十年間――歴史家が〝楽天の時代〟と呼ぶ期間――のデータにはっきりと現われている。

世界経済は好況に沸いた。多くの分野に相次いで見られた生産性の向上や技術の刷新が追い風となって、北アメリカとヨーロッパでは、年平均三パーセントを超える経済成長率を記録した。中国ではそれを凌ぐ五パーセント超の成長が見られた。全世界の企業利益の総額については、国際競争が激化した影響で、年平均七パーセントほどの伸び率にとどまった。それでも、統合された株式市場は驚くべき活況を呈し、主な株価指数は、十年のうちの八年で、二桁台の上昇率を記録した。

世論調査に目を向けると、先進国と途上国の双方で、大きな満足を感じている人々や、先行きを楽観している人々の割合が増加しているのがわかる。しかし、二〇三一年から二〇三三年をピークに増加は止まり、二〇三四年から二〇三五年にかけて若干の減少に転じると、二〇三六年には急落していった。

統計を見ただけでは、過去に例を見ないほど長期間にわたって好景気が続いたということしかわからない。しかし、優秀な経済史研究者であるエミール・ブドローは、この時期、先進諸国のミクロ経済に革命的な変化が起きていたことを突き止めている。なかでも、一般家庭の家計のありかたに生じた変化は、株式市場の崩壊によって大いなるカオスのなかに弾き飛ばされた世界経済に、途轍もなく大きな打撃を与えた。ミクロ経済革命は、厳密には、一九八〇年前後の北アメリカで始まったものだが、これによって世界経済のカオスからの回復は著しく阻害されることになった。ブドローは、カオスの時代についての名著『爆発と泣き言』のなかで、このミクロ経済革命の要因をあげ、それらが連携して個人の家計に系統的な変化をもたらしていった経緯を解説している。ブドローがあげた第一の要因は、労働者と雇用者の経済的な関係の変化だった。報酬に関する雇用契約にストックオプションや奨励金としてのボーナスの支給といった条項を盛り込むのがあたりまえになり、従来の固定給は時代遅れと見なされるようになった。第二の要因は、家庭や個人の貯蓄率の急激な低下だった。その傾向は、長年にわたって高い個人貯蓄率を保っていたアジアの国々にも見られ、それまで銀行に預けられていた金が、先行きの不確かな株式投資にまわされるようになった。

ブドローは最後の要因として、インターネットの普及をあげている。インターネットの普及で投資情報を提供する機関の国際化が進むにつれ、金融業者の競合も激化した。その結果、彼らはしかるべき職務経歴があれば、誰にでも金を貸した。インターネットを利用した投資は、二〇三〇年代に、まさに爆発的とも言える勢いで普及していった。通常の株券や債券だけでなく、ヘッジやオプション、先物といった売買の判断が難しい投機的な商品を強引に売りつけるブローカー――資格は誰にでも簡単に取得することができた――も現われた。こういった借り入れ率の高いさまざまな金融派生商品（デリヴァティヴ）は、二〇二五年から三五年にかけての強気市場で驚くべき利益を生み出した。その結果、家庭の貯蓄を投資にまわす者はさらに増加したが、そこに危険を冒しているという意識はほとんど見られなかった。

## ミクロ経済革命の進行

ブドローが掲げた第一の、そして最も根本的な要因を、詳しく見ていくことにする。二十世紀末の労働者には、先進国でも途上国でも、労働の時間と成果に応じて賃金が支払われていた。特に貢献度の高い労働者にはボーナスが支払われることもあったが、大半の労働者の主な収入は固定給だった。したがって、労働者は家に持ち帰る給料が月々いくらになるのかということを、雇用者は月々の人件費がどれくらいになるのかということを把握していた。しかし、ビジネスの国際競争が激化すると、雇用者は競合企業に先んじるための手段を見出す必要に迫られていった。そのひとつが、労働者に支払う報酬を収益に応じたものにする、という方法だった。そうすれば、収益が上がるまで――というか上がらないかぎりは、人件費を比較的低いレベルに抑えておくことができる。そして、収益があるレベルに届いたところで、雇用者と労働者の両者でそれを分かち合えばよい。

雇用者にとって、労働者への収益の分配は、金銭よりもストックオプションでおこなうほうが楽だった。自社株の分配は、基本的に雇用者の負担にならないからだ。そして、二十世紀末に起きた情報革命は、ストックオプションの億万長者を多数生み出すことになった。二十一世紀最初の年に起きた株価の反落によって、この書類上のにわか億万長者は一掃されたが、巨万の富を手にする可能性を秘めたストックオプションという報酬の形態が、労働者にとって魅力的なものであることに変わりはなく、二〇二〇年代後半までには、多くの労働組合がストックオプションによる報酬の支払いを受け入れるようになっていた。こうして固定給を低いレベルに抑えれば、競合企業の製品に価格的優位を与えずにすむ。雇用者にとっては理想的なシステムだった。

ミクロ経済革命の進行は、世界中で株価が値上がりを続けたことに支えられていた。二〇二〇年からの十五年間、ダウ・ジョーンズ平均株価（ダウ平均）は年平均十一パーセントの上昇を見た。これは、投資した金がわずか六年半で二倍になることを意味している。株式市場が活況を呈した年に大きな利益がもたらされたのは当然だが、それほどではなかった年でも、株式は投資の対象としての基準を充分に満たしていた。十五年のうちの十四年は値を上げ、十二年はあらかじめ利率が固定されている貯蓄等を上まわる利益をもたらした。期間全体で見ると、有価証券の平均的な利率は貯蓄等の利率の二倍を超えている。

株、社債、デリヴァティヴ、公債等に投資する人々は、その数を大幅に伸ばしていった。二〇三五年の初めには、北アメリカとヨーロッパの成人の九十二パーセントが、中国、日本、韓国の成人の八十六パーセントが、株式市場を〝信頼できる投資対象〟と考えていた。これに対して、三カ月分の生活費に相当する貯蓄がある成人の割合は、北アメリカの場合、十七パーセントにとどまっていた。

二十一世紀最初の二十五年間で、富に対する一般的な概念は劇的に変化した。富の基準にはそれまでの年収に替わって、どのような有価証券をどれだけ所有しているか、ということが用いられるようになり、その変化は金融業者にも浸透していった。二〇三五年には、先進国に暮らすすべての人々がなんらかのかたちで〝信頼できる投資対象〟である株を所有しており、金融業者は顧客が所有する有価証券の質と量を基準に融資額を決定していた。

それとほぼ同じ時期、マクロ経済にも大きな変化が見られた。平均寿命の伸長や出生率の低下によって、世界各国、特に先進諸国で、社会保障や年金といった制度に破綻の危機が訪れていた。働くことができない人々の生活や健康を守る金は、どこから捻出すればいいのか。就労者から徴収する税の税率を引き上げるという提案は、実質的にエリートの集団である政府の人間に敬遠され、積み立てられた保険料を投資で増やすことが検討された。制度の破綻を数年から数十年遅らせることができるばかりか、支給額を増やすことさえできるかもしれない、と考えられたのだ。先見の明のある忠告者はこれに異議を唱えた。そんなことをすれば、投資は基本的に不安定なものだと喧伝することになるからだ。にもかかわらず、これらの基金を株式や信託で運用する国はあとを断たなかった。その結果、二〇二〇年から二〇三〇年にかけての世界の株式市場には、さらに大きな金が流れ込むことになった。ブドローの著書には、こうした基金の株式市場への流入が株価の大幅な値上がりを招き、市場の崩壊を五年以上遅らせ、その深刻さを助長することになった経緯が、図表を用いてわかりやすく解説されている。〝楽天の時代〟の末期には、個人消費者から一国の政府にいたるありとあらゆる経済単位が、危険なまでに株式市場に依存していた。経済予測の専門家のなかには、この〝トランプの家〟の安定性に疑問を呈する勇敢な者もいた。しかし、それは限られた少数派だった。株価は永遠に上昇を続ける、少なくとも大きく値を下げることはない――大多数の人々がそう考えていた。

### 前兆―株価の急落

二〇三六年三月二十六日木曜日、世界の市場で株価が急落した。ニューヨーク市場では、北アメリカ、ヨーロッパ、日本の大企業の株価と連動しているダウ平均が、終値で六パーセント以上の値下がりを記録した。これは一日の下げ幅としては、過去十年間で最大のものだった。中規模以下の企業千社の株価と連動しているインターナショナル・ビジネス・インデックスも、ほぼ七パーセント下落した。

　三月二十七日金曜日の日中、値下がりした株価は東京と上海の市場でいくらか回復するが、ヨーロッパの市場が開くと、またしても値下がりを始めた。そして、北アメリカのほとんどの人々が朝食を食べ終える頃には、売り注文が殺到していた。アメリカの市場が開いているあいだに三回、自動停止機能が作動して、世界中の市場がいっせいに一時的な取引停止状態に陥った。そしてニューヨークの深夜零時、市場が四十八時間の週末休みにはいる直前のダウ平均とＩＢＩは、同日の取引が東アジアで始まった時点から、それぞれ約十五パーセントの下落を示していた。

世界の主な都市に警報が鳴り響いた。土曜日から日曜日にかけて、政財界の指導者の協力で大がかりな対策が講じられ、メディアはその話題で持ちきりになった。テレビ、ラジオ、インターネットが、株価の値下がりは一時的なもので経済の根幹を揺るがすものではない、という識者の見解を報じると、それを聞いた投資家は胸を撫で下ろした。この突然の暴落は個人投資家にとって株を買い足すまたとないチャンスだと言い切る、強気なブローカーもいた。

アメリカの連邦準備銀行総裁のハワード・ラヴロックは、世界各国に多くの視聴者を持つ報道番組〈サンデイ・アフタヌーン〉に私人として出演し、仮に自分が一般の市民であれば、月曜日の朝九時、東京の市場が開いた時点で株を買いあさるだろう、と話した。また、二日間の下げ幅が、一九八七年十二月にアメリカの市場で起きた暴落に比べて小さかったことに触れ、当時の市場がいかにすばやい回復を見せたかを視聴者に思い出させた。

月曜日、東京で市場が再開されると買い注文が殺到した。株価は徐々に回復していった。そして、その日の取引が終了する頃には、前の週に値下がりしたぶんのほぼ半分を取り戻していた。さらに、次の週末を迎える頃には、ダウ平均もＩＢＩも、三月二十六日の午前、つまり暴落前の数字の二パーセント減にまで回復していた。それから二カ月、各国の株式市場にとりたてて大きな動きは見られなかった。

二〇三六年の春に起きたこの前兆を、政財界の指導者は特別な意味を持たない気まぐれな出来事と見なした。しかし、この出来事をきっかけに大衆は経済の動きに関心を持つようになった。メディアはこぞって今後の経済の見通しについての討論を企画した。その席に招かれる専門家のなかには、少しまえまで狭い学術的な世界でひっそりと研究を続けていた無名の学者も含まれていた。

イギリスの経済評論家A・J・D・ベイツ博士も、そのようにして舞台の中央に押し出された学者のひとりだった。ベイツがこの四年間に発表した論文は、多くの研究者に高く評価されていた。とはいえ、計算式や専門用語が多く、門外漢が理解できる類いのものではなかった。彼はそれらの論文で、世界の株式市場が危険なまでに過大評価されていることを指摘してきた。二〇三六年五月、経済ニュースの有名記者が、オックスフォード大学の教授であるベイツを〝腐りきった時代遅れの頑固者〟と痛烈に批判すると、ベイツはイギリスで最も人気のあるビジネス関連のウェブサイトに長大な、すばらしい随筆を発表した。『あなたは何も見ようとしていない』と題されたその随筆には、どの基準を当てはめて計算しても、昨今の株には本来の価格の三倍から四倍の高値がつけられている、ということが、平易な英語ではっきりと書かれていた。彼は、当時一般的に使われていた〝新株式評価法〟が、現状の利益率を無視して疑わしい将来の配当ばかりに眼を向けている点を批判し、経済ジャーナリストと言われる人々全般についても手厳しく非難した。彼らの意見や楽観的な予測を〝なんの価値もない戯言〟と言い切り、世界経済が深刻な問題を抱えている事実を知りながらそれを隠している同僚の学者を〝口のきけないダチョウ〟と呼んだ。

専門的な話のなかでベイツが用いた尺度は〝Q比率〟と言われるものだった。二十世紀の後半にノーベル経済学賞を受賞したジェイムズ・トービンによって考案された公式で、簡単に言えば、企業資産の総計に対する株価の総計の割合だ。Q比率が長期にわたって高い数値にとどまることはない。なぜなら、投資家が受け取る真の配当は、真の資産によって生み出されるべきものだからだ。随筆のなかでベイツは、二〇三六年のQ比率が過去に例を見ないほど大きな値になっていることを指摘し、株価はそう遠くない将来、少なくとも六十パーセントという驚くべき下げ幅で急落する、と予測した。

ベイツの大胆な予測は、人々の怒りと批判を爆発させた。《インターナショナル・ビジネス・ウィーク》は、そのウェブサイトで、〝ベイツは旧弊な考え方に固執する小心な学者だ〟と揶揄した。風刺漫画家たちは、彼をガムを噛みながら歩くこともできないよぼよぼの老人として描いた。凄まじい人身攻撃にさらされたベイツは、人目を避けてワイト島の別荘に引きこもった。しかし、翌年、株式市場が崩壊すると、一転して〝預言者〟と呼ばれるようになった。彼は書いた。〝まちがいだったらどんなによかっただろう〟。

## 二〇三六年──イギリス、大規模テロ攻撃

これまでの歴史を振り返ると、深刻な経済危機が訪れるときには、必ずと言っていいほど心理的な要素が重要な役割を果たしていることがわかる。株式、不動産、その他一般の人々の投資の対象になったものが簡単に値を下げないのは、過大評価されていることを示すデータが人目に触れにくくなっているためだ。投資家の大半がその存在に気づけば市場は崩壊する。しかし、自分が投資する企業の商品は将来売れると信じているうちは、投資家は株を売りたがらない。たとえ一時的に株価が下落しても、それは株を買い足すチャンスと見なされる。

ベイツが随筆で引用した基本的なパラメーターは、世界の株式市場がすでに四年前から過大評価されていることを示していた。それでも、深刻な事態は起きなかった。株価が下がれば必ず買い手が殺到し、株価指数は回復した。二〇三六年三月の〝前兆〟のあとも、そんな調子が続いていた。五月下旬には、メディアも大衆も、従来の方法で算出した株の価値には意味がないと考えるようになっていた。生産性や利益の伸びに停滞が見られたとしても、世界経済は健全な状態を保ちつづけると思い込むようになっていた。そして、人々のそんな気分を変えていったのは、経済とは直接関連のない一連の出来事だった。

二〇三六年六月六日土曜日、二十一世紀初頭に建設されたウェンブリー・ナショナルスタジアムで、サッカーの国際試合、イングランド - スペイン戦が開催された。半年以上まえに予定が組まれたときに、この日がインドとパキスタンのあいだで起きた核ミサイルの応酬からちょうど二十年めにあたることを

気にする者はいなかったが、試合が近づくにつれて、思慮を欠く日程だ、という声が聞かれるようになった。しかし、両国政府とサッカー連盟は、およそ理解しかねる理由で日程の変更に応じなかったばかりか、特別な警戒体制をとることも検討しなかった。

二〇〇一年九月十一日に起きた同時多発テロをきっかけに、多くの国々が、テロを支援する国家に対して厳しい経済制裁を加えることに同意した。制裁の対象となった国々は、徐々にではあるが確実に、テロリスト集団への援助から手を引いていった。ＣＩＡの報告によると、二〇〇五年から二〇三五年の三十年間で、テロの数は二十五パーセント以下に減少したという。

それでも、テロが完全になくなることはなかった。テロという手段に訴えて自分たちの政治的な計画を遂行しようという組織は残っていた。新世界福祉連合（ＮＷＷＣ）もそんなテロリスト集団のひとつだった。ＮＷＷＣは、世界経済は貧しい途上国に対する大きな偏見のなかで動いている、と考える人々によって組織された国際的なグループで、二千人を超えるメンバーはそのほとんどが若者だった。彼らは、現行の国際商取引のルールや経済基盤は、途上国からの搾取を目的につくり上げられたものだとして、強大な経済力を持つありとあらゆるものを非難していた。

ロンドンには、ＮＷＷＣの中核を成す二十人ほどのメンバーが暮らしていた。彼らは定期的に集まって、世界経済の構造を批判したり、抗議行動を計画したりしていた。イタリアの作家アントニオ・バルドゥッチは、二〇四一年、ウェンブリー襲撃の実行犯全員が逮捕されたのちに出版した自著のなかで、この組織の中核メンバーについて、次のように書いている。「彼らはおしなべて頭のいい若者だった。世界を平等な社会に変えるという理想に燃えていた。グローバリゼーションは社会に堅牢な階層をつくり出し、貧しい人々を永久にその最下層に押しとどめるものだと信じていた。聡明なＮＷＷＣのリーダーは、そのような新しいカーストが築かれるまえに、なんとかして揺さぶりをかけなければならない、と考えた。それがテロの目的だった」

いかなる協力があっても、大規模なテロ行為の準備には数カ月から数年はかかる。資金も必要だ。NWWCを率いる若者たちに金持ちはいなかった。組織の収入である年会費だけでは、抗議集会を開く費用をまかなうのがやっとだった。しかし、二〇三三年、NWWCの中核メンバーのひとり、イタリアのフリー・ジャーナリストで〝絶世の美女〟の誉れが高いビアンカ・ルゲリが、アメリカの大学を卒業してケンブリッジ大学に留学していたジェイソン・ホーキンズに出会い、彼の熱烈な求婚に応じてあっというまに結婚した。ジェイソンは、アメリカで最初に成功を収めたオンライン証券会社の創始者である父、リチャード・ホーキンズから一億ドルの遺産を相続していた。

二〇三四年初頭、NWWCのテロ計画はすでに始動していた。はじめの頃の話し合いは、支離滅裂でおよそ方向性のないものだったが、それもマサチューセッツ工科大学出身の二十七歳のアメリカ人ブライン・レンフロが会合のリーダーシップをとるようになるまでのことだった。バルドゥッチも「レンフロは非凡な男で、システム・エンジニアとしても一流だった」と書いている。二〇三四年夏、レンフロはそれまで勤めていたバイオ関連のコングロマリットを辞め、NWWCのテロ計画に専念するようになった。

レンフロの指導のもと、テロの実行メンバーが八人に絞られた。そこには、ビアンカ・ルゲリも含まれていた。激しい議論のすえ、メンバーは絶対的な秘密厳守のもとに行動することになった。たとえNWWCの幹部でも、メンバー以外の人間が計画の詳細を知らされることはなかった。NWWCの目的にふさわしいターゲットのリストがレンフロのチームに配られた。〝世界のメディアの関心を継続的に惹きつけること〟という使命を除けば、ターゲット、実施時期、方法の決定はレンフロと彼のチームにゆだねられていた。

二〇三四年末、レンフロのチームはすでにいくつかの結論を出していた。彼らは、世界のメディアの関心を継続的に惹きつけるには何千人もの死者が出る大規模なテロを、メディアがすぐに駆けつけられる大都市でおこなわれなければならない、と考えた。そして、最も手軽なターゲットとしてロンドンが選ばれた。自分たちが暮らす町ではあったが、ロンドン以外の都市で大掛かりなテロをおこなうとなれば、さらに大きな金と理論的な支えが必要になる。

原子爆弾、化学兵器、生物兵器――選択肢の見直しがおこなわれ、A型ボツリヌス毒素が使われることになった。

空中に撒布されたボツリヌス毒素は、肺や皮膚から体内に吸収される。眩暈や咽喉の痛み、口の乾きといった最初の症状は六―八時間後に現われる。ほどなく、神経系が冒され、筋力の低下や筋肉の麻痺が進行する。特に目の周辺の筋肉組織に、この症状が現われやすい。その後、血管運動神経の機能が低下し、肺および心臓に影響が出はじめる。

二〇三五年冬、レンフロのチームはロンドン郊外の倉庫で相当量のボツリヌス毒素を精製し、ケント州で広い地所を借りて空中散布のテストをおこなった。襲撃の場所と日程についても、熱のこもった話し合いが続けられた。サッカーのイングランド・スペイン戦なら申し分のないターゲットになる――そう言い出したのは、ビアンカ・ルゲリだった。これについて、バルドゥッチは次のように書いている。

「ルゲリは、英国スポーツの伝統を守る砦であるウェンブリーを襲うことは、実質的な犠牲者の数以上に価値のある象徴的な行為だと熱心に主張した。しかも、南アジアであったおぞましい核ミサイルの応酬からちょうど二十年という日にサッカーの試合がおこなわれることに、怒りの声が沸き起こっていた。途上国の人々は、英国の権力者の思慮を欠いたおこないに罰がくだったと考えるだろう。ウェンブリーを最初のターゲットに、というルゲリの提案は全会一致で認められた」

二〇三六年の冬から春先にかけて、レンフロとルゲリはヘリコプターの操縦を習った。襲撃が近づくと、八人のメンバー全員が、自分のアパートメントを引き払ってロンドン郊外に借りた四寝室の借家に移った。毎日欠かさず計画の詳細を確認し、修正すべき点を検討した。また、レンフロが開発したプログラムを使って、メンバーそれぞれについて、襲撃の前後四十八時間の詳細な行動予定が決定された。

二〇三六年六月六日午後、ウェンブリー・ナショナルスタジアムのイングランド・スペイン戦は、すでに前半が始まっていた。イギリス最大の民間テレビ局のマークが書かれたヘリコプターが、スタジアムをかすめるように二周していた。空は雲に覆われていた。小雨が降ったり止んだりという状態が二時間ほど続いていた。試合に熱中する人々のなかに、ヘリコプターの底面が開いていることに気づく者はいなかった。まして、そこから突き出しているカメラのようなものが噴霧装置であることに気づく者や、機内にいる三人がマスクとボディースーツで全身を防護していることに気づく者もいなかった。ヘリコプターが二度めの旋回を始めたとき、イングランド代表チームが得点をあげた。疑わしげにヘリコプターを見上げていたふたりの警備員も、ゴールに熱狂する観客に視線を戻した。彼らがもう一度空を見上げたとき、ヘリコプターは姿を消していた。

夜になってボツリヌス毒素の中毒症状が現われはじめたとき、観客の多くはすでに帰宅していた。ただし、軽い眩暈と咽喉の痛みを感じたものの、処方箋なしで手にはいる薬を飲むだけで、医師の診察を受けた者はほとんどいなかった。しかし、翌日の午後になると、ロンドンとその近郊にある病院のほとんどで、ただならぬ症状に驚いた人々が緊急治療室の外に列をつくりはじめた。不運にも日曜日ということで、どの病院も充分な対応ができる態勢になく、当初は、新種のインフルエンザとして扱われた。列はどんどん長くなり、非番の医師も呼び出されて診療にあたった。その頃には、多くの患者が眼を開けていることができなくなっていた。日曜日の夜、ロンドンのメディアがこの話題の取材を始めると、ほどなく、症状を訴えている患者は全員、前日にウェンブリーでおこなわれたサッカーの試合を見に行っていたことが判明した。しかし、テレビのレポーターが生物兵器によるテロの可能性を指摘しはじめたのは、翌朝になってからだった。

月曜日の夜、ロンドンにパニックが広がった。医療機関は当惑するばかりだった。同日の夜更け、患者の体内からボツリヌス毒素が見つかり、その直後には、最初の死者が報告された。そして、死者が三百人を超えた火曜日の午後、イギリスの首相ハロルド・G・ルイスがテレビに出演して、ウェンブリーの犠牲者の死因がボツリヌス毒素だったことを、公式に発表した。「専門家の話では」ルイス首相は慎重にことばを選びながら言った。「こういった致死的な物質が広い範囲にわたって自然に存在する可能性は実質的にゼロ、ということです。従って――」彼ははっきりとわかるため息をついて、先を続けた。「テロリストによる計画的な襲撃がおこなわれたものと考えられています」

ルイス首相はスピーチのなかで、毒素が人から人へ感染することはない、ということを二度にわたって説明した。中毒症状が現われる危険があるのは、サッカーの試合がおこなわれていたときに、ウェンブリー・スタジアムとその周辺地区にいた人々だけだ、と。しかし、肺や皮膚からボツリヌス毒素を吸収した人々を救う手立てがほとんど――というかまったくないことには触れなかった。その頃にはすでに、被害者のほとんどが深刻な神経系のダメージに苦しんでいた。水曜日に二千人、ピークを迎えた木曜日には四千人が死亡した。死者の総数は、テロから十一日めにあたる翌週の水曜日までに、観客のおよそ二割にあたる一万六千人にのぼった。テロによる犠牲者の数としては史上最悪の数字だった。

## 大規模テロへの反応

六月九日火曜日、イギリス政府から生物兵器によるテロの可能性が発表されると、世界に大きな衝撃が走った。不安が野火のように広がっていった。ウェンブリーで起きたことはすべての人々の悪夢だった。二〇〇一年九月十一日以来、アメリカをはじめとする先進諸国は、生物兵器を使った残忍なテロ攻撃に対して厳重な警戒態勢をしいてきた。が、その後、特に大きなテロが起きなかったこともあって、二〇三六年にはそういった警戒がすっかり緩んでいた。小さなテロリスト集団からの予告はたまにあったし、二〇一九年には、ニューヨークの怒れる会社員が地下鉄に炭疽菌をばら撒こうとする事件も起きていたが、生物兵器によるテロリズムが北米の人々の話題にのぼることはまれになっていた。しかし、ウェンブリーの一件が伝えられると、事情は一変した。六月九日火曜日の夕方――ロンドンでは十日水曜日の早朝――には、生物兵器によるテロの予告が届いた五つの大都市に戒厳令がしかれていた。また、メジャーリーグのコミッショナーのもとに生物兵器に関する専門的な知識が添えられた脅迫の電子メールが届いたことで、同日のナイトゲームはすべて中止された。その脅迫は〝アメリカのウェンブリー〟として野球場ほどふさわしい場所はない、ということを人々に思い出させた。

ウェンブリーへのテロ攻撃はイギリスの警察や情報部にとっても予想外の出来事だった。ボツリヌス毒素がばら撒かれてから四十八時間が経っても、ロンドン某所で密かに進められていたこの犯罪に捜査のメスがはいる気配はまったくなかった。公正を期して言えば、そのとき市内のあちこちで見られていた珍しいインフルエンザのような症状は、犯罪とのつながりをにおわせるようものではなかった。つまり、犠牲者の体からボツリヌス毒素が見つかるまで、警察が動く理由は何もなかったのだ。

六月十日水曜日、世界中のメディアがロンドンに向かった。警察や情報部の発表では肝心なことが伏せられていたため、記者は手がかりを求めて自らロンドンに出向き、このおぞましい犯罪に手を染めた人間が誰なのかを知りたがっている人々のために、まるで見当ちがいなことや、ほとんどどうでもいいようなことまで大きく報じた。

メディアのインタヴューを受けた人々のなかには、少数ではあるが、試合の前半がおこなわれているあいだに、競技場の上空をヘリコプターが旋回していることが気になったと話す者もいた。しかし、土曜日のその時間にウェンブリーの上空にヘリコプターを飛ばした放送局がないことを警察が突き止めるのは、さらに四十八時間を経たあとのことだった。

木曜日には、ウェンブリー襲撃を仕掛けたのはいったい誰なのか、ということが世界の人々の最大関心事になっていた。信頼すべき《ロンドン・タイムズ》までもが、このテロに合致するポリシーを持つ団体や組織を一ダースほどリストアップした記事を掲載して、人々の憶測を煽った。記事は、ここにあげる団体がウェンブリー襲撃に関わっているという証拠はいっさいない、という断り書きで始まっていた。それでも、名前をあげられたグループのリーダーは、すぐに立ち上がってテロとの関与を否定しなければならなかった。彼らが、遅々としてはかどらない捜査に業を煮やした市民からの報復を恐れるのは、当然のことだった。

襲撃から一週間が経った六月十三日土曜日、北アメリカとヨーロッパの主な新聞社、テレビ局、インターネット情報局に、長い電子メールが届いた。その匿名のメールには、ウェンブリー襲撃は世界規模でおこなわれている寡頭政治に異議を唱える目的で自分たちが計画している一連のテロ攻撃の第一弾である、ということが明言されていた。ひと握りの人間が世界を相手に搾取や侵略行為や公民権の剥奪などをおこなっている実態を、これ以上見すごすわけにはいかない――メールにはそう書かれていた。事件以来、この手のメッセージは世界中のメディアに何百通と届いていたが、このメールがすぐに注目を集めたのは、最後の二段落に、自分たちがほんものの実行犯であることを証明しようという意図が見られたためだ。メールを書いた人間は、ウェンブリー襲撃事件について警察が公表していない詳細な事実を堂々と明かしていた。事件から一週間、捜査は混乱が続いていた。そして、この電子メールは初めての有力な手がかりだった。この犯行声明がなければ警察は彼らを逮捕できなかっただろう――バルドゥッチはそう指摘している。このメールとインターネットで公開している彼らの声明文の文体が似ていたことで、警察はすぐにNWWCを疑いはじめた。しかし、八人の実行犯のなかから最初の逮捕者が出たときには、襲撃からすでに一年が経過しようとしていた。

ブライアン・レンフロとビアンカ・ルゲリは一緒に逃亡していた。ルゲリが刑務所で執筆し、話題になった自伝『ストレート・フロム・ザ・デヴィル』には、ウェンブリーを襲撃した夜、彼女がレンフロと一緒にあわただしくイギリスを離れたときの様子が次のように書かれている。「ブライアンはそれまでにわたしが会った誰よりも周到な人だった。運任せに何かをするようなことはけっしてしない人だった。わたしたちは土曜日のうちに、一組めの偽造パスポートを使って、ロンドンからニューヨークに向かった。翌日には、別のパスポートでチリのサンティアゴに向かった。月曜日、わたしたちは別の顔を手に入れるために、ともに美容整形を受けた。手術から回復して、医師に最後の修正を加えてもらうと、今度は、リオデジャネイロ経由で南アフリカのケープタウンに向かった。このとき使ったのは第三のパスポートだった。そして、金曜日には、わたしたちが最終的な潜伏地と決めていたモーリシャスにやって来た」そのモーリシャスで、レンフロとルゲリは、四年間、夫婦として暮らした。二〇三九年にはふたりのあいだに女の子が生まれている。二〇四〇年、減りつづける蓄えに不安を感じたルゲリは、ポートルイスのインターネット情報局で働きはじめた。しかし翌年、世界的な不況の影響でその会社が倒産する。失業したルゲリは、新しい仕事を求めて貿易会社に応募書類を提供し、そこに、英語、フランス語、スペイン語、そしてイタリア語に堪能であることを書いた。貿易会社の人事部長は、つい最近、インターネット・マガジンでレンフロとルゲリの国際指名手配についての記事を読んだばかりだった。記事には、ルゲリには語学の才があり、応募書類にあった四言語を流暢に操ることが書かれていた。年齢もほぼ一致していた。情報提供者には懸賞金が支払われることになっていた。彼はルゲリの応募書類とデジタル写真をウェンブリー襲撃の実行犯でまだ逮捕されていないふたりを捜している国際捜査チームに送った。レンフロとルゲリが逮捕されたのは、その翌週のことだった。

## テロのトラウマ

二〇三六年の夏から秋の初めにかけては、歴史的に見ても異例な状況が続いた。メディアはウェンブリー襲撃事件一色だった。捜査にはほとんど進展が見られず、人々の心は暗く沈んでいった。年長者の脳裏を、三十五年前、ニューヨークの世界貿易センターが襲撃されたあとの辛い記憶がよぎった。人々は、三十五年前と同じように、報道番組が流す録画映像を見つめながら、深い悲しみや信じられないという思いをつのらせた。これはほんとうのことじゃない——新たな犠牲者が伝えられるたびに、彼らは自分自身に言い聞かせた。

いまだかつてない、めざましい進歩と繁栄の時代が続いていたにもかかわらず、ウェンブリーの一件以来、人々は、何かがまちがっている、という感覚を持つようになった。アメリカの著名な社会学者T・ロジャー・ホワイトヘッドは、アスペンで二年に一度開催される〝将来の指針（フユーチャー・ダイレクションズ）〟という討論会に参加した政財界のリーダーの姿勢が様変わりしていることに気づいた。

二〇三六年八月、ホワイトヘッドは月に一度インターネットで配信しているコラムにこう書いている。

「二年前の議論はもっと楽観的だった。生産性や収益性が多少落ち込むようなことがあっても、参加者のあいだには、世界経済や社会秩序のまえに立ちはだかる問題に解決できないものはない、気力と知力と財力があればどんな難問も解決できる、というムードが漂っていた。

しかし、この夏のアスペンの集まりはあきらかにちがっていた。参加者は、これまでにおこなわれたどの会よりも、はるかに真剣に討論に臨んでいた。ゴルフコースに閑古鳥が鳴いていたのに対して、会議室はどこも大盛況だった。二年前に見られたお遊びムードはすっかり影をひそめ、まじめな議論が闘わされた。しかし、何よりもちがっていたのは、予想される難問についていくらその解決策を話し合っても、さまざまな疑問が残ったということだ。参加者は首をひねった。〝今日はどうしちゃったんだろう？〟」

二〇三六年の夏は北アメリカもヨーロッパもひどい暑さだった。二酸化炭素の放出量の国際規制をさらに厳しくしなければ、地球の温暖化は食い止められないのではないかと、科学者が疑いはじめるほどだった。そんな異常な暑さは、市街地での騒乱を誘発した。一九六八年の夏の騒ぎに匹敵するほどのものはなかったが、八月には週末のたびに、アメリカのいくつかの町で派手な破壊行為や略奪、不審死が発生した。そういった暴動の影にアメリカ人が見たのは、これほど長く繁栄の時代が続いても、社会の根底に横たわる問題は解決されていなかった、という失望だった。実際、二〇三六年の労働者の日（九月の第一月曜日）に発行された《ニューヨーク・タイムズ》の社説には、この十年、貧富の差は縮まるどころか拡大し、マイノリティーに低所得者が激増しているという実態が、説得力のある統計資料にもとづいて解説されている。

二〇三六年のアメリカ大統領選は、実質的にはおこなわれなかったも同然の選挙だった。二大政党はともに、政治のプロを候補者に据えた。経済が安定していることや、世界を揺るがしかねないほど大きな問題が見あたらないことを考慮してのことだ。そして、二〇一六年に電子投票システムが導入されて以来最低の得票数で、共和党のジョージ・ダーラムが当選した。フロリダの不動産業者であるダーラムは、政界入りして二十年、上院議員を三期務めた経歴の持ち主で、選挙のひと月後に六十八歳の誕生日を迎えた。また、彼のパートナーとして共和党が選んだ副大統領――彼はのちにハリー・S・トゥルーマン以来、最も不吉な副大統領と言われることになる――は、その昔、大学フットボールチームのコロラド・バッファローズを優勝に導いたことがある、誰よりも人気のあるコロラド州知事、ユージーン・スペンサーだった。

レイバー・デイの数日後、フィオーナと名付けられたカテゴリー5の大型ハリケーンが、フォートローダーデールの北数キロの地点からアメリカに上陸、フロリダ半島を横断してメキシコ湾に抜け、その後、ニューオリンズを襲った。ニューオリンズは水没した。一日足らずのあいだに四百五十ミリの雨が降り、河川の水位は六メートル上昇した。フィオーナは、ルイジアナ州で千人を超える死者を出し、建造物に甚大な被害を与えた。被害総額は、ハリケーンのものとしては史上最悪の、千五百億ドルにのぼった。

世界の主要都市の株価指数は、ウェンブリー襲撃事件ののち、数パーセント下落した。しかし、ハリケーン・フィオーナの影響はそれよりも大きかった。九月末には、ダウ平均もＩＢＩも、三月に起きた〝前兆〟の二日めの水準に迫っていた。十月にはいると、十年続いた強気相場の終焉を宣言する経済アナリストが現われ、株価は年末までに十パーセントから十二パーセントは下落するという予想が聞かれるようになった。評論家のなかには、経済成長率の世界的な鈍化を示すデータだけでなく、ベイツをはじめとする経済の専門家の見解も引き合いに出しながら、下げ幅はそれ以上になる、と予想する者もいた。

## 日本の衰退と中国の急成長

そんな頃、太平洋の対岸ではふたつの国の歴史を変える出来事——世界経済を破綻に導く重大な出来事が進行していた。それまでの百年、アジアの最強国といえば日本だった。二十世紀初頭、日本軍は冷酷な支配者として巨大な帝国を築こうとしていた。日本は第二次世界大戦で連合軍に敗北した。が、不死鳥のように廃墟から立ち上がると、今度は経済力でアジアを支配するようになった。

しかし、二十一世紀初頭、そのアジアの島国はもがき苦しんでいた。高齢化や少子化、政治の指導者たちの理想や勇気の欠如、崩壊寸前の金融システムといったさまざまな問題を抱えて、ゆっくりと衰退に向かっていた。いっぽう、海を挟んだ西側の大陸では、巨大な龍が目覚めようとしていた。太古から思想、芸術、通商の世界でアジアの文明を牽引してきた中国、そして、世界人口の二十パーセントを占める膨大な数の人々が暮らす中国では、新しい時代が幕を開けようとしていた。共産主義体制から解き放たれた人々が、独創性や企業家としての才能を存分に発揮できる時代が始まろうとしていた。そんな力関係の変化は、他国にもはっきりと認識されていた。日本の時代は終わった。二十一世紀のアジアをリードするのは中国だった。

中国の急成長は、当初、無尽蔵とも言えるよく訓練された安価な労働力が担っていた。二十世紀最後の十年、中国の年間経済成長率は、ほかの国々が妬まずにはいられないほど大きな数字を示した。世紀の変わりめには、ＧＤＰがアメリカに次いで世界第二位になった。通貨の保有量も、三十年にわたる貿易黒字で、ドルをはじめとする安定通貨を大量に保有していた日本を凌ぐようになった。中国は急速な発展を遂げた。かつて農業一辺倒だった国が、教育や技術開発に眼を向け、多角的な投資をおこなうようになった結果、コンピューターや半導体から航空機や自動車にいたる幅広い分野で優れた商品を製造し、頭角を現わすようになった。政治も進化した。ゆっくりとではあるが着実な足取りで、社会主義と資本主義を組み合わせた新体制を構築していった。二〇三〇年には、指導者の選出に民主選挙がおこなわれていないという点を別にすれば、スカンジナヴィアの国々とほぼ同じ体制になっていた。

次に軍事面を見ていくことにする。二十一世紀初頭の世界は、過剰とも言える軍事力を持つアメリカ合衆国の単独支配的な状況にあった。アメリカが軍事的な覇権を握っていることが、アジアやほかの地域の政治的な問題の解決に影響することは、避けようのないことだった。中国の指導者は、巨大なアメリカの軍事力は台湾との関係をはじめとする近隣地域の問題はもちろん、人権のような内政問題についての自分たちの判断をも不穏当に拘束している、と考え、二十世紀の終盤から四十年間、アメリカと同等の軍事力を持つことを一貫した目標として掲げてきた。

アメリカ人の歴史研究家には、二十一世紀初頭の三十年間に見られた中国の積極的な軍備増強の目標は、アメリカに匹敵する軍事力を持つことだけでなくアジアの覇権を握ることにもあった、と捉える向きが多い。しかし、事実はちがっている。二十一世紀が始まった頃の中国陸軍は、兵員の数こそ膨大だったが、その装備には近代的な戦争に不可欠とされる技術力が欠けていた。海軍にいたっては、存在しないも同然だった。大陸間弾道ミサイルも局所型ミサイル艦隊も、アメリカの攻撃を受ければひとたまりもなかった。つまり、仮にアメリカと戦うことになれば、それが中国の沿岸海域でおこなわれたとしても、まるで歯が立たないという事実に変わりはないということだった。中国としては、そのような状況に甘んじているわけにはいかなかった。

中国の文化は歴史との結びつきが深い。理由はいろいろあるが、ひとつには祖先に対する敬意があげられる。中国は、十九世紀には欧州列強による地域的な植民地支配、二十世紀には日本軍による行きすぎた占領というふたつの屈辱に苦しめられた。中国の人々は、この二世紀を生きた祖先たちの苦難を忘れなかった。それが、諸外国に勝手なことをさせないだけの軍事力を持たなければ、という発想につながっていった。まずは資金が調達された。皮肉なことに、中国で生産された工業製品の実質的な輸出先はアメリカだった。そして二十一世紀初頭、中国軍の近代化が始まった。陸軍では装備がグレードアップされ、海軍では最新モデルの航空機や原子力潜水艦が導入された。また、国中に多数のミサイル発射装置を配備しただけでなく、可動型のミサイル発射装置も開発し、脆弱と言われていたミサイル技術を大幅に改善した。中国の弾道ミサイル計画の拡大は、アメリカの局所型ミサイルの配備を阻止するためのものだった。〝盾(シールド)〟と名付けられたそのミサイルは、表向き、北朝鮮やイラクのような〝ならず者国家〟の攻撃から、日本やアメリカ西海岸を守るためのものとされていた。しかし中国は、シールドの真の目的は弾道ミサイルの脅威を排除することにある、と捉えていた。

二〇三六年、中国の軍事力は世界第二位にランクされた。数百万規模のよく訓練された兵士と、申し分のない装備を持つようになった。飛行機とパイロットの数は、イギリスとフランスの合計を凌ぐようになった。海軍もアジアのすべての海域でしだいに力をつけ、新しい艦船や最新技術を所有するようになった。そういった武力を行使する局面こそ訪れていなかったが、周辺諸国、特に東南アジアの国々は、そう遠くない将来、軍事力にものを言わせて中国が何事か仕掛けてくるのではないか、という不安をつのらせていた。日本にいたっては、不安どころか紛れもない恐怖を感じていた。

第二次世界大戦後、日本は軍事防衛をアメリカに依存してきた。侵略者からの自衛以外の目的で軍事力を持つことが憲法で禁じられているためだ。二十一世紀初頭の日本は、中国の急速な経済成長に警戒感を抱いていた。さらに二〇二〇年から二〇三〇年までの十年間で、警戒感は強迫観念に変わり、アメリカと中国の覇権争いのあいだに立たされている、という感覚に悩まされるようになっていった。日本が何よりも恐れていたのは、ふたつの強国のあいだでおこなわれる包括的な取引の犠牲になることだった。そこで、中国との直接取引を試みることにした。

二〇二〇年が幕を開けてまだまもない頃、日本は外交政策の主眼として、中国とのあいだに経済的、軍事的な協力関係を築くことを掲げた。それは、国際経済における日本の経験、両国が保有する膨大な量の通貨、そして、中国の労働力とエネルギー資源があれば、強大な力を持つ存在になりうる、という考えにもとづいて構想されたものだった。両国の協力で経済の怪物を築き上げれば、欧州連合もアメリカも、ものの数ではなくなる――日本はそう考えていた。

二〇二三年、日本の首相と実業界の著名なリーダー数名が北京を訪ね、最初の申し入れをおこなった。中国は一も二もなく応じる、というのが日本側の予測だった。中国側の代表は礼儀正しく彼らの話を聞いた。が、なんの反応も見せなかった。日本は困惑し、翌年も使節団を送ったが結果は同じだった。これといった進展が見られないまま六年がすぎていった。二〇二九年五月、北京で中華人民共和国建国八十周年記念式典がおこなわれた。式典に招かれた日本の政府高官は、翌週、秘密裏におこなわれた会談の席上で、新中国の才気溢れる指導者ワン・フェイから、総合的な経済協力に向けて両国が実質的な話し合いを始めるための前提条件を示された。

中国が示したふたつの条件は、日本政府に劇的な政策転換を求めるものだった。ひとつは、台湾は今も昔も中国の一部だということと、中国と台湾の問題はあくまでも内政問題であり、外国の干渉を受ける類いのものではないということを公式見解として打ち出すこと、もうひとつは、第二次世界大戦中の日本軍の駐留が侵略行為であったことを公式に認め、中国に駐留した日本軍の〝凶悪な犯罪行為〟について謝罪し、償いとして、中国国内に五つの記念碑を建設することだった。大戦の犠牲者を追悼する記念碑のなかで最大のものは、一九三七年十二月、日本軍による残忍な大量虐殺で二十万人の兵士と市民が命を落とした南京に建てられることになっていた。

## 二〇三六年―日本、南京事件を公に認める

これらの条件は日本を窮地に立たせることになった。中台関係は、この会談がおこなわれた二〇二九年には安定した状態にあったとはいえ、きわめて微妙な問題であることに変わりはなかった。二十一世紀の初め、台湾は中国に対して徐々にではあるが歩み寄りの姿勢を見せるようになってきていた。両国を結ぶ輸送や通信の基盤が整備され、台湾の企業が本土に支社を置く、あるいはその逆のケースが、珍しいことではなくなっていた。しかし、台湾は、福建や四川のように中国の一行政区というわけではなかった。民主的に選挙された国民の代表による政府が存在する独立国家だった。台湾の軍隊は、大陸の中国政府の不安材料だった。台湾軍はアメリカやヨーロッパから最新の武器を定期的に購入していた。つまり、日本が台湾は中国の一部であるという見解に立つことは、アメリカの顔面に平手打ちを食らわせるようなものだった。

百年前の戦争犯罪を謝罪することは、日本人にとって、いろいろな意味でより厄介な問題だった。第二次大戦当時を知るのは、かなりの高齢者だけだった。日本の歴史教科書にも、日本が長年にわたって中国を占領していた事実を含めて、その戦争についての記述はある。しかし、中国が言うようにそれが侵略にあたる行為だったかどうかがきちんと審議されたことはなく、軍による残虐行為についてもはっきり言及されることはなかった。キールからミュンヘンにいたるすべての地域の学校で、早い時期からホロコーストについて教えられるドイツの子供たちとちがって、日本の子供たちは祖先が大量虐殺という最悪の罪を犯したことを知らなかった。この出来事は、歴史家のあいだでは〝南京略奪（レイプ）〟と呼ばれ、一九三七年に中国の一都市でおこなわれた虐殺行為と位置付けられている。しかし、日本政府がこれを公式に認めることは、対面を失うことを意味していた。日本は中国の提案に対して、ほぼ一年にわたっ

て回答を留保した。そして二〇三〇年初頭、日本の総理大臣ワタナベ・テツオは、上海でおこなわれた非公式な会食の席で、ワン・フェイに戦争犯罪に関する要求を撤回するよう嘆願した。ワタナベは、台湾が中国の一部であることは認めるが、戦争犯罪の一件は〝波紋が大きすぎる〟と言った。しかし、ワン・フェイは中国人が大切に思うものを理解していた。彼はワタナベに言った。「貴国が第二次世界大戦時に犯した罪を認めるまでは、有意義な協力関係などありえない」

結局、日本は折れた。歴史家のタカミ・トシオはこう書いている。「日本に選択肢はなかった。未来ははっきりしていた。ここで中国と手を結ばなければ、日本はアジアのなかで孤立していく。極端に乏しい天然資源、急速に進む高齢化——日本が国際社会で意味のある存在でありつづけるには、中国と同盟するしかなかった」

日本軍による占領から九十九年めにあたる二〇三六年十二月十三日、南京では厳かな空気のなか、式典がおこなわれた。会場には第二次世界大戦による中国人犠牲者を追悼する記念碑を取り囲むように立派な会衆者席が設えられ、その模様は全世界に中継された。壇上には五人が坐っていた。ワン・フェイを挟んで右側には中国の外交部長と南京市長が、左側には日本の首相ナカジマ・ハクドウと日本の外務大臣がいた。最初のスピーチはナカジマだった。悲しみをたたえた穏やかな声で、彼は原稿を読み上げた。曖昧なことばでごまかすことはせず、彼は認めた。一九三七年十二月、南京を占領した日本軍が、何千という数の武器を持たない中国人兵士と中国人民を殺害したことを。

原稿を読み終えたナカジマは、ワンに向かって深々と一礼して言った。「日本の国民と日本の政府を代表して、九十九年前、この恥ずべき行為をわが国の人間がおこなったことを、謹んで謝罪いたします」ナカジマは、その肩に重い荷物を担いででもいるかのようなおぼつかない足取りで、壇上の自分の席に戻っていった。

ワンは原稿なしで四十五分間におよぶスピーチをして、聴衆を魅了した。スピーチは、ナカジマの謝罪に対する謝辞で始められた。また、日本との戦争のさなかに、中国の主権国家としての地位を守るために犠牲になった何千という祖先を公式に追悼する時代の到来をナカジマが宣言したことにも礼を述べた。そして、第二次世界大戦以降の中国の近代史に触れた。彼は中国がほかのどの国よりもめざましい成長を遂げたことを誇らしげに語ってから、同席しているふたりの日本人を見て、ごく最近、日中間に経済的な協力関係が結ばれたこと、それによって、すでに大きな利益が生みだされていることを話した。

スピーチの終盤でワンは、台湾が〝完全かつ恒久的に〟中国の一部であるという本来の姿を取り戻していないことに対する遺憾の意を述べた。そして、中国政府が台湾に対して世代を超えて粘り強く呼びかけた結果、近年、両者の政治的な結びつきが強固なものになりつつあるということを、この十年で合意に達したさまざまな協定を例にあげて説明した。「しかしながら」とワンは続けた。「今年おこなわれた選挙で生まれた台湾新政権は、前任者が成し遂げたこれらの努力を否定しました。彼らはこれまでに結ばれた協定を破棄し、けっして容認すべきではない危険な道に進もうとしています。台湾は、今も昔も、主権国家中国の一部です。中国政府には、この概念を脅かす行為を許すつもりはいっさいありません」

ワン・フェイのスピーチは中国国内できわめて高い評価を受けた。しかし、日本での反応はちがった。日本政府は、南京でおこなわれたこの式典が国民に与える衝撃を過小評価していた。多くの日本人がこの式典の模様を見て、最悪の屈辱を感じていた。国民のあいだに同胞の汚点に対する意識が浸透すると、株価は急激に下落し、株価指数もその年の最低レベルに落ち込んだ。国内に暗いムードが漂った。例年、会社ぐるみでおこなってきた新年の催しが、史上初めて、キャンセルされた。

歴史家の多くは、この式典を、アジアのリーダーシップの移行を象徴する出来事として捉えている。しかし、実質的な移行は十年前にはすでに終わっていた。南京での式典は、アジアのナンバー・ワンは中国だということの確認にすぎなかった。

## 二〇三七年版、神々の黄昏

二〇三六年の年末、アメリカのメディアは、各界のエキスパートが翌年の動向を予想するというおなじみの企画で賑わっていた。テレビやインターネットが伝える共和党政権が提出した法案の行方、株式をはじめとする投資対象の先行き、大衆文化の動向は、視聴者の心に暗い陰影を落とした。来たるべき新年の経済は、上期は国内、国外ともに低迷し、下期にゆるやかな回復に向かう、というのが大方の予想だった。株価指数は五パーセントから七パーセント程度の伸びを示すと予想する楽観的なアナリストもいたが、大半のアナリストはもっと悲観的だった。株式市場は弱気市場に転じ、株価指数も十五パーセントは下がると予想する者もいた。

二〇三七年の予測で特筆すべき点は、ありとあらゆるメディアの予測が悲観的だったということにある。二〇二一年から二〇三七年までの予測を比較すると、それは一層はっきりする。二〇三七年の予測の〝悲観度〟を表わす数値は突出していた。消費者の自信の度合いを表わす数値も、二〇三六年の年末には十年間の最低値を記録していた。とはいえ、それは、前年をほんの数パーセント下まわったにすぎず、決定的にネガティヴなものとは言えなかった。しかし、二〇三七年が幕を開ける頃には、メディアの悲観的な予測が人々の気分にはっきり現われるようになっていた。

二〇三七年は、悪いニュースで始まった。元旦早々、インドネシアではジャワ島の火山が爆発し、千人を越す死者が出た。フランスではアルプスから戻るスキー客を乗せた高速列車が脱線して土手を転落、百人近い死者が出た。大晦日のニューヨークは風の冷たい寒い夜となり、気温は零下三十度にまで下がった。カリフォルニア南部では、豪雨のなかでローズボールがおこなわれた。この雨は土砂崩れや道路の寸断を引き起こし、地域全体で数名の死者が記録された。《ニューヨーク・タイムズ》は一月二日付けの社説で元旦に多数発生した特異な出来事に触れているが、タブロイド紙さながらに、不吉な一年を予感させる出来事と言って憚らなかった。

一月におこなわれたアメリカの新大統領、ジョージ・ダーラムの就任演説は、まさに〝まちがいの喜劇〟（シェークスピアの喜劇）だった。開始二、三分で第一テレプロンプターが故障し、大統領は予備のモニターを見るために目を細めなければならなくなった。モニターを演壇に近づけるために演説はしばし中断されたが、その五分後、今度はそのモニターが突風で倒れた。二度めの休止中、大統領は演壇のうしろに立って、千人ほどの列席者と、何百万人ものテレビ視聴者に向かって、穏やかにほほえみかけることしかできなかった。なんとか最後まで終えることだけはできたが、翌日、辛辣な批判で有名なあるメディアは、このスピーチを〝斬新さや未来への展望を欠いた、母性溢れる常套句の傑作〟とこきおろした。新大統領の熱心な支持者でさえ、人生はいい日ばかりではない、と言うのがやっとだった。

二月二十四日水曜日、二回めの記者会見でダーラムは記者のひとりが発した質問に困惑した様子を見せた。それは、東シナ海の台湾海峡で中国海軍が大きな動きを見せていることについての質問だった。大統領は右手で自分の胸を押さえて瞬きをしながらマイクのまえに立ち、緊張した声で質問を繰り返すよう記者に頼んだ。二度めの質問が終わらないうちに、ダーラムの表情がゆがんだ。彼は眼を見開くと、わずかに体の向きを変えながら床にうつ伏せに倒れた。それから一時間もしないうちに、アメリカ大統領の死亡が発表された。死因は心不全だった。その日の夜までには、世界中の人々がその恐ろしい瞬間の映像を、スローモーションで見ていた。

ダーラムが倒れたとき、副大統領のユージーン・スペンサーは、フロリダ州の大西洋沖三十キロ、ラルゴ島付近の海上で、家族とともに休暇を愉しんでいた。大統領が倒れたという知らせは、無線を使ってすぐに知らされた。しかし、どうしたわけか、彼のもとにヘリコプターや高速船を向かわせる者がいなかった。スペンサーが陸地にたどりついた頃、大統領はすでに息を引き取っていた。そして、後任のアメリカ大統領としてスペンサーがワシントン入りしたとき、時計はすでに午後八時をまわっていた。

ユージーン・マディソン・スペンサーには、世界で最も裕福で力のある国の大統領になるための準備がまったくと言っていいほどできていなかった。彼がこれまでに成し遂げた最大の快挙と言えば、コロラド・バッファローズを、彼がコーチを務めていた十年のあいだに三回、全米大学選手権の王者に導いたことだった。感染性があると言われる笑顔や温和な人柄で知られるスペンサーは、二期にわたってコロラド州知事を努め、誠実で、裏表のない、献身的な仕事振りで人望を集めた。とはいえ、彼はダーラム政権の副大統領候補の筆頭にあげられていたわけではない。知名度、テレビ映りのよさ、人を惹きつける演説に加えて、共和党の主要な派閥に属していないことがポイントとなり、いわば折衷案的に選ばれた副大統領だった。

スペンサーは最初の数日で打ちのめされた。ダーラムの助言機関のメンバーに気心の知れた人間はいなかったし、国務省や国防総省の役人にも長いつきあいがある人間はいなかった。しかも、頼みの綱となるような基本知識も持ち合わせていなかった。

大統領就任宣誓式は二月二十五日木曜日の午前中におこなわれた。その一時間後には、内外に渦巻く不安を静めるためにテレビ演説が予定されていた。まもなく大統領になろうというスペンサーは、準備の時間が欲しいので演説は夜にしたい、と要請した。しかし、財務省長官と連邦準備銀行総裁は、午前中におこなうことに固執した。世界の株式市場を憂慮してのことだった。大統領の死亡が伝えられて以来、株価は値下がりを続け、下げ幅は木曜日の朝までに五パーセントに達していた。

宣誓式の二十分後、スペンサーが演説担当の補佐官とともに原稿の仕上げをしていると、主任補佐官が執務室に飛び込んできた。「大統領閣下」彼はそこで大きく息を吸った。「大地震が発生しました」

「カリフォルニアか?」スペンサーは尋ねた。「いいえ」主任補佐官は答えた。「シアトルです」

## シアトル大地震

二〇一〇年、世界の都市が地震に見舞われる危険を数値で示す学際的な研究の結果が発表された。それによると、アメリカの三つの都市に、マグニチュード8に相当する大地震が発生する危険がきわめて高い都市、という判定が下されていた。筆頭にあげられた二都市、サンフランシスコとロサンジェルスについては特に驚きはなかった。有名なサンアンドレアス断層に近接するこれらの都市とその周辺部では、地震は珍しいことではない。カリフォルニアに地震が多いのはアメリカ人の常識だった。

三番めにあげられていたのは、ワシントン州シアトルだった。シアトルは、ふたつの地殻構造プレートがぶつかる境界の近くに位置している。シアトルの西、太平洋の海底に横たわるこの境界は、カスケディア沈み込み帯と呼ばれるもので、カナダのブリティッシュ・コロンビア州からカリフォルニア州北部にかけて続いている。ふたつのプレート——ファンデフカ・プレートと北米プレート——は年に数センチずつ収斂を続けながら北東に移動していて、その際に双方のプレートにかかる大きな力は、やがて地震となって放出される。

一九九〇年代におこなわれた地質学調査で、カスケディア沈み込み帯を東西に横切る断層が、シアトルの真下を走っていることがわかった。この調査では、比較的最近起きた大地震のいくつかが、このシアトル断層によって引き起こされたものだということもわかった。九〇〇年頃には、垂直方向に六メートル以上のずれが生じていたこともあきらかになった。シアトル周辺で大地震が起きていたことを裏づけるこれらの証拠は、いささか変わったルートから判明した。二〇〇二年、ある人類学の研究グループが、シアトル周辺の先住民族ユロク族の口腔が千五百年のあいだにどのように変わっていったか、という調査結果を発表した。人類学的に見たユロク族の歴史は、およそ四百年の間隔で二度、大きな地殻変動があったことを明確に物語っていた。いずれの変動もピュージェット湾の海岸線のかたちをすっかり変えてしまうほど大規模なものだった。最近百五十年、シアトルに大きな被害を与える地震は起きていないが、地質学上のデータとユロク族の口腔の歴史から、シアトルには、ロサンジェルスやサンフランシスコ並みに〝地震が発生する危険がきわめて高い都市〟という警告が与えられた。

　地震が発生する危険度についての調査結果が発表されると、シアトルではサンフランシスコやロサンジェルスをモデルに、総合的な防災対策が講じられた。しかし、急激な発展を遂げ、迅速なインフラ整備の必要が叫ばれるシアトルでは、残念なことに、市民の関心は別のところに向かっていた。過去に大きな地震を経験した者がいないということも、防災計画の妨げとなった。二〇三七年、人口三百五十万の大都市に成長していたシアトルは、活断層の真上に位置しているにもかかわらず、総合的な地震対策がないに等しい状況にあった。

　二月二十五日木曜日、太平洋標準時で午前七時四十二分、大自然の猛威がシアトルを襲った。マグニチュード８・２、震源は、市の中心部から西へ十キロほど行ったワシントン湖にあるマーサー島北端とされた。最初に垂直方向の衝撃が走り、これがあちらこちらで地割れや地すべりを引き起こした。続いて水平、垂直が入り乱れた激しい揺れが始まった。揺れは二分以上続き、震源から半径三キロ以内にある建物はことごとく破壊された。

　地震が起きたとき、コンピューター・ソフトウェア関係の弁護士をしている若い女性でマーサー島に住むモニカ・ロビンソンの車は、市の中心部に向かうインターステイト九〇号線で渋滞に巻き込まれ、湖を渡る橋の上で停車していた。彼女は奇蹟的に助かり、惨事に続く数日の記録をインターネットのサイトに発表した。「車を数センチ進めることができたちょうどそのとき、不意に体が引き上げられるような感覚に襲われた。最初はフロントガラス越しに自分が見ているものが信じられなかった。道路が揺れながらねじれていった。舗道には大きなひび割れが走った。そして、橋がちぎれはじめた。直前を走っていた車が視界から消えたとき、わたしは恐ろしさのあまり叫んでいた。その車は橋がちぎれたところから、湖に落ちていったのだ。今度は、橋のわたしの車が載っている部分が右側に傾きはじめた。わたしの車は、とりあえずガードレールにひっかかっているだけ、という状態になった。

橋はどんどん傾き、わたしの車はガードレールを越えて湖に放り出された。どうしてそんな気の効いたことができたのかはわからないが、橋の倒壊が始まるまえのおぞましい数秒のあいだに、わたしは車の窓を開けていた。車が湖に突っ込むと、これまでに経験したことがないほど冷たい水に呑み込まれた。死に物狂いでシートベルトを外して、運転席の窓から脱出した。水面にたどりついて息を継ぐまえに、肺が破裂するのではないかと思った。

あたりは悪夢のようだった。市街に近いほうにある橋の一部が倒壊しようとしていた。車があちこちに放り出されていた。わたしの体は何分もしないうちに冷えきってしまった。こんな冷たい水のなかに長いことといたら死んでしまう、と思った。わたしはマーサー島の沖の波間を漂っていた。島に向かって泳ぎはじめた。どうにか岸の近くまでやって来たわたしは、地面の上に建っていたはずの家の側面にぶつかった。水に浸かっているその家を迂回して、ようやく乾いた陸地にたどりつくことができた。精も根も尽き果てていた。五分くらいは、その場を離れることができなかった。呆然と湖を見つめていることしかできなかった。何が起きたのかを考える気にもなれなかった」

シアトルとその周辺地域は、シアトル盆地と呼ばれる巨大な堆積盆地の中央部に位置している。そういった土の層が薄い地域で大地震が起きると、地盤の液状化や水平方向の移動が起きやすいと言われている。シアトル盆地の地層の物理的な特徴については、二〇二一年の全米地球物理学連合(AGU)の年次大会で発表された著名な地質学者の研究に、次のような指摘がある。「シアトルとその周辺で大地震が発生した場合、黙示録的な被害になるだろう」

地質学者の予測は当たっていた。シアトル地震による建造物の被害は驚くべきものになった。地震の大きなエネルギーはいとも簡単に地盤沈下を引き起こした。震源から半径六・五キロの地域では、いたるところで一・五~三メートルの沈下が見られた。オフィスビルもマンションも、さらには高速道路の橋脚も、ねじれて、砕けて、倒壊して、瓦礫の山と化した。

シアトル一帯の輸送や通信の基盤は、そのほとんどが使い物にならなくなった。ワシントン湖の東岸を走る幹線道路、インターステイト四〇五号線は、シアトルの南にある〈ボーイング〉と北にあるレドモンドの〈マイクロソフト〉のあいだの少なくとも六十一カ所で分断された。ワシントン湖をまたぐ橋もすべて倒壊した。孤立したマーサー島は、地震によってかたちが変わってしまった。揺れがおさまったとき、島の西端の地面には九十〜百二十センチの隆起が、東端の地面には百八十センチ前後の沈降が見られ、千戸ほどの住宅が水没した。シアトルとその周辺地域の動脈と言われ、最も交通量の多いインターステイト五号線は、八カ所で寸断されたばかりか、地割れと山積する瓦礫で通行不能となり、車両でシアトル中心部にはいることはできなくなった。

ガス管の破壊によって、広い地域で火災が起きたことを忘れるわけにはいかない。電話やインターネットが使えない地域は二千五百平方メートルにおよんだ。地震発生時には、シアトルの東にあるベッドタウンから通勤してくる一万人もの市民がすでに町の中心部にはいっていて、彼らは帰宅することも電話で家族と連絡をとることもできなくなった。

震源の南西十六キロのところに位置する国際空港では、ロサンジェルスから来た旅客機が、間一髪で着陸を中止し、惨事を免れた。機敏な判断で乗客を救ったそのパイロットは、突然、滑走路に地割れが走ったことに気づき、地上二メートルほどのところで着陸を中止した。滑走路のゆがみとひびのために空港が閉鎖されたのは、その数分後のことだった。

シアトルからたしかな情報がはいるまで、アメリカの新大統領ユージーン・スペンサーのテレビ演説は延期されることになった。東部標準時で十一時を少しまわった頃、ワシントン州のタコマやエヴァレットのように、震源からそれぞれ五十キロ離れた町にも大きな被害が出ていることを伝える録画映像がテレビに流れた。その十五分後には、テレビ局のヘリコプターから撮影したシアトルの様子も放映され、災害の規模が確認された。進取の気性に富むテレビ局が、地震が起きる一週間前に撮影したシアトルの中心部の映像を織り交ぜながら伝えたそのライヴ映像に、世界中の人々が眼を疑った。シアトルの中心部はまさに廃墟だった。ワシントン湖の周辺では地盤沈下で洪水が発生していた。湖をまたぐ橋は倒壊し、火災が広がり、インターステイトは寸断されていた。

そうこうするうちにも、すでにこの一年で最も低い水準に落ち込んでいた株価がさらに下落していった。ニューヨークでは、午後になってまもなく、二〇二一年に「シアトルとその周辺で大地震が発生した場合、黙示録的な被害になる」と予測した地質学者の話が取り上げられ、シアトルの復興には一兆ドルが必要になる、という憶測が飛び交った。詳しい被害がわかってくると、株価の下落はさらに加速していった。そして夜、ニューヨーク市場はわずか一日で七パーセントという記録的な下げ幅で取引を終了した。しかし、二月の曇天のもとにいるシアトルの人々は、何よりもまず、生き延びることを考えなければならなかった。夜になっても、一万人以上の人々が、帰宅できずにいた。地震とその後の余震で引き起こされたピュージジェット湾とワシントン湖の津波の被害を逃れた数少ない船舶を使えるのは一部の金持ちだけだった。しかし、そうやって帰宅の足を確保した人々も、家族や愛する者が待つ家にたどりつくためには、混沌のなかを延々と歩かなければならなかった。

シアトル地震の膨大な被害は、その集計に一カ月以上を要した。死者はわかっているだけで六千人を超え、六百人以上が行方不明になった。資産の被害総額は八千億ドルと見積もられた。地震と余震によって深刻な心的外傷を負った人々については、公式な数字がない。しかし、二〇四四年に開催された国際的な心理学の学会では、シアトル大地震のあと長期間にわたって精神的な変調をきたしていた人が、少なくとも五十万人はいたと報告されている。

## 台湾占拠

スペンサーが大統領としてはじめて国民に向けてことばを発したのは、東部標準時で二月二十五日木曜日の夕方だった。そのときにはすでに、世界中の株価が急落を始めていたし、アメリカでは、新たに選ばれた大統領の死とシアトルで起きた大惨事に対する悲しみと衝撃が、国民のあいだに広がっていた。スペンサーのテレビ演説は、あのときの状況にふさわしい、哀れみの心に満ちたものではあったが、すでにアメリカに蔓延していた〝世界はつまずいてしまった〟という感覚を払拭するようなものではなかった。その夜遅く、あわただしく招集された国家安全保障会議では、危機的状況にある台湾について、熱のこもった話し合いがおこなわれた。その席でスペンサーは、台湾政府に対してすぐに強力な支援を申し出てみてはどうかという軍事顧問の意見を却下した。また、中国政府に対して文書で厳重に警告してはどうかという国務長官の勧めに従うことも拒否した。スペンサー大統領はいかなる行動も取らなかった。出席者に成り行きを見守るよう要請しただけで、翌日、つまり金曜日の午前九時まで会議を休止してしまった。

アメリカが金曜日の朝を迎える頃には、すでに一万人ほどの中国軍兵士が台湾に上陸していた。台湾の二大都市、台北と高雄はすでに中国軍に占拠されていた。それから十二時間以内に、さらに五千の兵が軍艦で海峡を渡って台湾に上陸することになっていた。アメリカが眠っている今なら米軍が台湾防衛に立ち上がることはないとふんだワン・フェイの行動は、きわめて迅速だった。上空には最新型戦闘機を、海上の主要都市を爆撃できる位置には多数の軍艦を配備し、彼が何よりも嫌いな〝より完全な独立国家台湾〟を目指すリー・ユン台湾大統領に自ら電話を入れた。

ワンは、数千の中国軍兵士が一時間以内に台湾に向かえる状況にあることを告げ、リーや台湾軍がなんらかの抵抗を示せば、空軍と海軍が主要都市に対して徹底した砲撃を継続的に仕掛けると脅した。リー大統領――彼はその日の朝、早い時間（ワシントンの木曜日の夜）にアメリカに電話をしていた――には中国の猛攻に対抗できる軍隊を準備することも、外交支援を仰ぐこともできなかった。彼は助言者とともに、残された選択肢の評価を始めた。軍の責任者は、中国軍の侵略は阻止できるかもしれないが、その場合の人命や建造物への被害は途轍もないものになるだろうと言った。「米軍の支援が得られないかぎり、長期的に見て甚大な被害が予想されます」

愛する台湾が完全に破壊される危険を冒すつもりはなかった。また、アメリカの支援が得られない恐れがあることもわかっていた。リーは降伏を決断した。そして各部隊の指揮官に、上陸する中国兵に対するいっさいの抵抗を禁じた。それでも、リーの回答を聞こうと、約束の時刻に再度電話をよこしたワンと話をすることは拒否した。

ワンは迷わなかった。即座に、砲撃なしで侵攻せよ、という命令を下した。空軍と海軍には待機を続けさせたが、台湾軍の抵抗はなかった。そして、現地時間で二〇三七年二月二十六日金曜日、台湾は消滅した。一九四九年、毛沢東から逃れてきた蒋介石と彼が率いる国民党により建国され、独自の道を歩んできた台湾は、永久に姿を消した。ワン・フェイは、中国の歴代指導者の悲願をついに達成した。

金曜日、アメリカにそのニュースが届くと、人々はことばを失った。台湾は中国軍に占領された。シアトルは廃墟になった。ジョージ・ダーラム前大統領の国葬は土曜日にワシントンでおこなわれることになった。金曜日、アジアとヨーロッパの株式市場の株価は、安全措置としての一時的な取引停止が四回にわたっておこなわれたにもかかわらず、終値で十五パーセントという衝撃的な暴落を記録した。アメリカでは恐怖と混乱が野火のように広がっていった。家庭の資産の大半は株式で運用されていたので、当然の成り行きとして、ほとんどの人々が持ち株の一部、あるいは全部を売ることを決意した。

当時、株の取引をおこなうネットワークに直接接続できる端末は、北アメリカだけで三百万台設置されていた。二十六日金曜日、東部が夜明けを迎えるとすぐに、それらの端末から膨大な数の売り注文が送られた。オンラインで売り注文を送ってから処理完了の確認が返ってくるまでの時間は、通常ほんの数秒だ。しかし、この朝は、十五分から二十分はかかるという異常な事態が続いた。売り注文は増加の一途をたどった。あまりにも大量の株が売られたために、ニューヨークが正午を迎える頃には、アメリカとカナダの株式取引のシステム全体が崩壊を始めていた。まずは、オンライン証券会社でコンピューターのデータ伝送容量が限界を超えた。オンライン証券会社は、一社、また一社と顧客からのアクセスに応えられなくなっていった。端末からの取引ができなくなると、苛立った顧客は長距離電話を使おうとした。電話回線はあっというまにパンクして、通話不能となった。そうこうするうちに、システムのすべて、つまりオンライン証券会社のオフィスや世界の株式市場の制御室にあるすべてのメインコンピューターの情報処理量が飽和状態に達するという、これまで誰も経験したことのない事態に陥った。コンピューターは、非常事態を示す演算を始め、通常の情報処理を停止し、ついにダウンした。ニューヨーク時間の午後二時、世界の政財界のリーダーによる電話会議の結果を受けて、株式市場は突然、閉鎖された。保留になっていた取引はすべて無効とされた。その十五分後、終値が公開された。驚くべき数値だった。ダウ平均は二日間で四十パーセント下落していた。IBIはそれ以上で、四十八時間前にジョージ・ダーラムが心不全で死亡した時点の数値の半分を割り込んでいた。

二〇三七年二月二十七日から二十八日にかけての週末、多少なりとも思考力のあるほとんどの人々は、この数日、未来を不確かな恐ろしいものにする不可逆的な変化が世界中で起きていることを理解しはじめていた。今のアメリカ大統領は、コロラドから来た、経験の乏しい、アメリカンフットボールチームの元コーチでしかなかった。中国が大胆にもあっさりと台湾に侵攻したことは、アメリカの軍事力が意味を持たなくなっていることを物語っていた。世界的なコンピューター・ソフトウェア企業の中心地だったワシントン州シアトルは、完全に破壊された。さらに、一瞬とも思えるほどの短い時間に、株価が平均で二十パーセント値下がりしたことは、世界に何億といる投資家に大きな打撃を与えた。株式は家族の資産だった。株価が眩暈をおこすほど急激に値を下げたことは、多くの家族が、子供の大学進学資金や老後の生活、ヴァカンスといった目的のために蓄えていた資産を失うことを意味していた。富める国々の週末は暗い空気に包まれた。貧しい途上国では、一連の出来事の影響は、まだはっきりと現われ国の人々だった。

てはいなかった。しかし、この大いなるカオスに誰よりも苦しめられることになるのはそういった途上

## 暗黒の歳月

二〇三七年の三月から四月にかけて、世界の株式市場は十五パーセント近い反発を見せる。そしてこれが、まちがった楽観を生み、金融システムそのものに根ざす問題への各国政府の対応を遅らせることになった。

国家の指導者は有権者の支持を失っていった。一般の人々は、株式市場の崩壊が歴史的な変化を引き起こそうとしていることに気づいていた。消費者の自信を示す指数は、崩壊から一週間で減少傾向に転じ、二〇三七年の夏のあいだに、急激に落ち込んでいった。経済活動の最も重要な要素のひとつである消費支出は、たとえば北アメリカでは、二月から八月の半年のあいだに二十五パーセントという驚くべき低下を示し、商品の在庫に記録的なだぶつきが見られるようになった。ほどなく現金の流れが滞るようになり、個人経営の会社は注文のキャンセルや経費の削減を始めた。アメリカの工業生産の基準値のひとつで、すべての工場がフル操業した場合の生産能力に対する実際の生産高の割合は、二〇三七年九月までに七十パーセントという低いレベルに落ち込んだ。十年来はじめてのことだった。

景気の悪化は加速を続けた。二〇三七年の最後の四半期には、《フォーチュン》の売上高トップ五百のリストに名を連ねる北アメリカの企業の半数が、工場の閉鎖や大規模なレイオフを実施した。失業者に関する統計は、大企業の当初の人件費削減がアウトソーシングを対象におこなわれていたために、春から夏にかけては正確な算定ができなかったが、秋には、とんでもない数字がはじき出されることになった。アメリカにおける二〇三〇年代の失業率は、それまで四、五パーセント台を推移していた。この低い数値は、理論的にも実質的にも、完全雇用が保たれていることを意味していた。しかし、二〇三七年

六月、アメリカの失業率は、その十二年間ではじめて六パーセントを超えた。さらに同年十月には七・六パーセントに達し、なおも急激な上昇を続けていた。もはやクリスマスを祝うどころではなかった。

大西洋の対岸、欧州連合の暮らし向きも悪化した。文化基盤のちがいから解雇やレイオフが難しいとされるヨーロッパでは、北アメリカほど急激な失業者数の増加は見られなかったものの、消費支出はアメリカ以上に冷え込んでいった。ヨーロッパにおける優良企業の第三四半期の収支報告は悲惨なものになった。いささかなりとも利益を上げた企業は、上位百社の半分にも満たなかった。第四四半期はさらに悪化し、その数わずか三社となった。

九月、マレーシア政府は、輸出の減少や経済情勢を立て直せなかった場合の選挙での敗北を恐れて、東南アジア諸国連合(ASEAN)が運営する通貨制御システムから自国の通貨であるリンギットを引き出した。数日のうちにリンギットのレートは二十パーセント切り下げられ、狙いどおり、マレーシアの輸出業者は競合国の輸出業者に対して価格上の優位性を手に入れた。マレーシアの輸出額が一時的な急騰を示すと、今度はタイ政府が自国の通貨バーツを同システムから引き出した。バーツの価値は三十四パーセント下がった。マレーシアもすぐに対抗した。こうして、ASEANの通貨制御システム――深刻な通貨危機に力を合わせて対処できるようにと苦心して設立された基金――は、破綻へと追い込まれていった。

中国では、台湾の支配権を手にしたワン・フェイが国民の絶大な支持を集めていたが、彼はほかの国の指導者とちがってかなり早い時期に対応を始めた。二〇三七年五月に世界の株式市場で株価の再下落が始まり、経済関係の助言者から世界的な不況に発展する可能性が濃厚であることを指摘されると、ワンは、北戴河の保養地に幹部を集めて緊急会議を開いた。そして、一週間の集中審議を終えたワンと彼の経済チームは、世界的な経済情勢の悪化に備えて、とても現実のものとは思えない遠大な計画を打ち出した。計画には、インフラの整備に多額の国家予算を投じることや、国内経済に大きな影響を与えるものを政府の管理下に置くこと――たとえば、存続が危ぶまれる工場の再国営化など――が含まれていた。ワンは、世界経済が深刻な状況にあることがはっきり認識されるようになるまではこの計画が国民に歓迎されないことも承知していた。そこで、内外の経済情勢が悪化する段階に応じて、計画を進めていくことにした。

二〇三八年の夏、世界はそれまでの百年で最も深刻な不況にあえいでいた。GDPはどの富裕国でも四期連続で低下していた。株価指数は二〇三七年二月二十六日に市場が崩壊したときの数値から、さらに十五パーセント下落していた。北アメリカの失業率はふた桁の大台に乗り、なおも上昇を続けていた。欧州連合の失業率も十五パーセントに達していた。アメリカにおける月ごとの破産件数は、個人、法人ともに、過去七年間の月平均の五倍を超えていた。小売業の売上と消費支出は、株式市場の崩壊以来、低下の一途をたどっていた。何十という銀行——特にクレジットカードの取扱高が大きな銀行——が、債務不履行の急増により破産の憂き目に遭っていた。

この恐るべき不況とわたりあえる政府はどこにもなかった。経済活動を活性化しようと、北アメリカ、ヨーロッパ、日本では、何度となく金利の引き下げがおこなわれたが、頑固な統計の数値にそれとわかる変化が現われることはなかった。二〇三八年七月、スイスのジュネーヴで、年に一度、先進国の代表が顔を揃える経済サミットが開催されたが、各国のリーダーは、世界を打ちのめそうとしている経済の病弊に対して有効な手立てを何ひとつ見出せないことに苛立ちをつのらせるばかりだった。出席者の大半にとって、ジュネーヴは最後のサミットになった。二〇三八年から二〇四三年にかけておこなわれた選挙で、現職の政治家がことごとく不信任されたためだ。市民は突如として先行きがわからなくなった事態に当惑と怯えを感じていた。そして、結果を出せない政治家への不信は、有権者の心を新しいアイデアを掲げる新しい候補者へと向かわせた。

二〇三五年までの十年間、人々はためらうことなく事業に大金を出資していた。しかし、株式市場の崩壊から二年が経つ頃には、そういった出資は大幅に減少していた。大量の不良債権を抱えることになった銀行は慎重になった。多くの銀行が生き残りをかけて闘っていた。ベンチャー投資家の多くは、市場の崩壊で大金を失うか、経済のつまずきに幻滅するかのどちらかだった。もはや崩壊まえの数年のように、安易な利益を期待する者はいなかった。こうして人々が投資から手を引いたことも、カオスの時代が長引くことになった大きな原因と言われている。

統計を見ると、カオスの時代のなかでも、二〇四二年から二〇四三年にかけての景気は最悪の状況を示していることがわかる。この時期、北アメリカ、ヨーロッパ、日本の失業率は、ざっと平均して二十五パーセントにのぼっていた。発展途上国における完全失業率と不完全失業率を合わせた数値は、おそらく五十パーセントを超えていたものと思われる。標準的な購買力の基準となる平均個人所得は、二〇三五年から二〇四五年の十年間で、ほぼ四十パーセントの減少を示している。ＧＷＰは二〇四四年に、これまでの最低水準に落ち込んでいる。

カタツムリ並みの歩みで経済が回復を始めた二〇四四年から二〇四八年は、世界が最も荒廃していた時期でもあった。その頃には、〝雨の日〟に備えて地道な対策を立てていた家庭や企業も、いざというときの蓄えを使い果たしていた。株式市場の崩壊からちょうど十一年めにあたる二〇四八年二月二十六日、《ニューヨーク・タイムズ》は、アメリカにおける大いなるカオスの衝撃を多角的に解説した特集記事を掲載した。それによると、崩壊から十一年のあいだに、成人の二十七パーセントが破産し、銀行の四十四パーセントと、二〇三七年にトップ五百にランクされていた大企業の三十二パーセントが倒産を申請し、廃業もしくは他社との合併に追い込まれている。《ニューヨーク・タイムズ》もまた、その前年に倒産を申請して会社更生法の適用を受けている企業のひとつだった。

困窮を示す指数も高い値を示していた。カオスの最悪の時期には、アメリカ国民の生活水準にも著しい低下が見られた。それでも、アメリカの場合は、食べるものや住む家に困る者は少なかった。経済の最下層に位置する発展途上国には、何はともあれ空腹と雨露を凌ぐことを考えなければならない人々が溢れていた。二〇四八年五月の《ロンドン・タイムズ》の報告によると、バングラデシュの首都ダッカの人口は八千万近くにふくれ上がり、そのうちの七百万が、食べるものも住む家もなく、路上をさまよっていたという。二〇四五年の国連統計を見ると、アフリカとパキスタン、インド、バングラデシュの子供たちのなんと六十パーセントが栄養失調に苦しんでいたことがわかる。驚くべきことに、二〇四〇年までに根絶されたはずの伝染病が息を吹き返していた。二〇四四年、モンスーンのあとに発生したコレラは、南アジアと東南アジアで猛威をふるい、五百万人以上の人々を死にいたらしめた。

惨事、災害は統計の数値だけで説明できるものではない。たしかに数字を見れば悲惨な出来事の規模や範囲を推し量ることはできる。が、カオスのような現象は、その時代の人々の暮らしにどのような衝撃を与えたかということを理解しなければ、正しく評価することはできない。そこで、アジア、ヨーロッパ、アメリカに暮らす、三つの家族の歴史を簡単に紹介して、過去に例を見ないほど長く続いた深刻な不況が、人々の暮らしを変えていった経緯をあきらかにしていきたい。ここに紹介する家族は、いずれも平均的な家族というわけではない。経済的に言えば中流に属し、才能に恵まれ、努力が報われる環境、教育を受ける機会を享受していた人々である。不幸な家族についての話には、もっと悲惨なものがいくらでもあるが、この三つの家族を襲った不幸にも、カオスの時代に人々が経験した不況の深刻さははっきりと現われている。

## カオスの時代が世界各国にもたらした打撃

### ①ほほえみの国―タイ、チェンマイ

二〇三四年十二月のある美しい日、四十五歳の誕生日をひと月後に控えたタヴァリット・ジョンサンは、長年の夢だったマイホームを手に入れた。三つの寝室とふたつの浴室がある、タイの北部でよく見

られるスタイルに改装された家だった。急勾配の屋根にカラスをかたどった四つの守り神が、入口に精緻な模様が美しい金色の鉄のゲートがあるその新居は、チェンマイとランプーンを結ぶ高速道路のそば、ピン川の西百八十メートルほどのところにあった。タイの第二の都市にして、古都の威厳に満ちた町チェンマイに家を持つことは、〈ジェムズ・インターナショナル〉におけるタヴァリットの二十年にわたる勤勉の証だった。妻のノイ、十六歳になる美しい娘のエポン、そして十三歳になる息子のチュアンとともにピン川のほとりを歩くタヴァリットは、幸せそのものだった。

タヴァリットは、チェンマイの北東約百二十キロ、メーホンソン県にはいってすぐところにあるパイという山あいの町の出身だった。中学を卒業すると、象の調教センターの外で屋台の食堂を営む両親の乏しい収入を補うために、昼間は筏で観光客をパイ川の秘境へ案内し、夜は両親が観光客に売る木彫りの象をつくった。二年ほど経ったある日、母親を訪ねてチェンマイからやって来たタヴァリットの叔母が、彼に芸術の才能があることに気づいて、チェンマイに出て働くことを勧めた。タヴァリットは、叔母の恋人が経営する小さな宝飾品の店に見習いとして雇われることになった。

町での暮らしはけっして楽なものではなかった。それでもタヴァリットは、月に一度の帰省のたびになんとか金を工面して両親に渡した。そして、チェンマイでの暮らしをいささか粉飾して聞かせた。タヴァリットは心に決めていた。必ず成功して、両親を失望させないようにしよう、と。

チェンマイに来て四年が経つ頃には、タヴァリットも一人前の指輪職人として、有名なナイトバザールのそばにある高級宝飾品店で働いていた。ある晩、年配の男が彼の仕事ぶりを食い入るように見つめていた。特別な客に頼まれてデザインした、美しい翡翠の指輪を仕上げているときのことだった。その男は、チェンマイにも四つの店を持つ、タイ最大の宝石メーカー〈ジェムズ・インターナショナル〉のスカウトで、才能ある若手デザイナーを捜していた。彼の誘いに、タヴァリットは一も二もなく応じることにした。

それから二十年、タヴァリットは〈ジェムズ・インターナショナル〉でさまざまなことを学び、宝石の世界のありとあらゆる分野で才能を発揮してきた。すばらしい可能性を秘めた原石を見抜く眼を養い、ミャンマーにあるルビーの産地や、タイの南東、タイランド湾に面したチャンタブリーにあるサファイヤの産地にもしばしば赴くようになった。そして、四十二歳になる頃には、〈ジェムズ・インターナショナル〉チェンマイ支社の製造部門をすべて取り仕切るようになっていた。

タヴァリットは二十四歳のときに、ノイ・サンミュエンと結婚した。チェンラーイ県の山村に育ったノイは、エキゾティックな雰囲気の漂う個性的な女性だった。

タヴァリットに出会ったとき、ノイは二十歳、チェンマイに来て、まだ五カ月しか経っていなかった。そしてその四カ月後、ふたりは結婚した。タヴァリットの家族、特にチェンマイで暮らしている叔母は、ノイの民族的な背景が下層階級を思わせると不満げだった。が、タヴァリットはそんな言い分には耳を貸さなかった。彼には自分のほんとうの気持ちがわかっていた。成功したタイ男性には商売女と気軽に浮気を愉しむ者が多いが、タヴァリットは妻と子供を裏切らなかった。彼はふたりの子供をこよなく愛し、これもタイ男性には珍しいことだが、よく面倒もみた。タヴァリットとノイは、子供たちに大学教育を受けさせるつもりだった。そこで、タヴァリットの昇進で収入が増えると、毎月いくらかの金を子供の教育資金として株式に投資することにした。

二〇三七年二月、株式市場の崩壊が起きたとき、タヴァリットの娘エポンは、チェンマイ大学の一年生だった。タイの歴史や文化を学び、英語とフランス語を習っていた。国際的な旅行社で働くために公認ガイドの資格を取るつもりだった。その年、エポンはタイ暦の新年を祝う伝統行事で、毎年四月、三日間にわたっておこなわれるソンクラーンという祭礼のプリンセスのひとりに選ばれた。タヴァリットとノイにとって、エポンは才能と美貌に恵まれた自慢の娘だった。エポンは祭礼のプリンセスとして人々の注目を集めた。千年近く前にチェンマイを都として栄えた、タイ北部の古代王国ラーンナータイの女性を思わせる彼女の繊細なほほえみは、祭礼に集まった人々を魅了した。

六月初旬、〈ジェムズ・インターナショナル〉で緊急経営幹部会議が開かれた。四月から五月にかけて、北アメリカ、ヨーロッパ、日本からのオンライン注文が激減したためだ。〈ジェムズ・インターナショナル〉の商品のなかで、最も高価で、最も収益性の高い商品――ミャンマー産の血のように赤い最高級ルビーを使った豪華な指輪やブレスレット――がまったく売れなくなっていた。タヴァレットは、しばらくのあいだ調達する原石の質を下げるよう命じられた。

タイが雨季にはいった二〇三七年八月、世界の株式市場で株価が再度値下がりを始めると、タヴァリットとノイは自分たちの株の売却について話し合った。彼らは二月の大暴落のときにも、売却はまったく考えなかった。アジアの大多数の家庭同様、ジョンサン夫妻は株の売買で利鞘を稼ぐ投機家ではなく、長期間、同じ株を保有する投資家だった。タヴァリットもノイも、株価の短期的な上下を気にしたことはなかった。それでも八月になると、不安を感じはじめた。ジョンサン家が所有する有価証券の総額が、エポンとチュアンの大学進学にかかる費用を下まわるようになったからだ。その間も、〈ジェムズ・インターナショナル〉の業績は低迷を続けていた。売上はこの二十年間で最低のレベルに落ち込んでいた。年収の二十パーセント以上と伝えられていた年に一度のボーナスは、いっさい支払われないことになった。タヴァリットとノイは、十二月に予定していたサムイ島でのヴァカンスをキャンセルした。しかし、このときにはまだ、十月の緊急経営幹部会議で告げられることになる事態への備えは、まったくできていなかった。〈ジェムズ・インターナショナル〉のCEO、ナローン・ピンケウがバンコクからチェンマイに飛んできた。そして、予想にたがわず、酔いを一気にさます類いのことを言った。〈ジェムズ・インターナショナル〉は損失――それもかなり大きな損失を出し、思い切った措置をとる必要に迫られていた。パタヤーとコンケーンの店は閉鎖。チェンマイとプーケットとバンコクでは平均三十パーセントの人員削減。ボーナスは当面ゼロ。給与は一律十五パーセントのカット。ピンケウはひとつだけ、いいニュースも携えてきた。それはタイの蔵相から個人的に聞いたという話で、危機的な状況にある輸出業者を救うために、近い将来、バーツの切り下げがおこなわれる、というものだった。

その翌日、ジョンサンは保有していた株のほぼすべてを売却し、わずかに残った資産は安定通貨で蓄えることにした。売却時の株価は、最高値を記録した二〇三六年初頭の、わずか三十六パーセントに目減りしていた。

二〇三八年、タヴァリットとノイは、常に経済的な不安に苦しめられていた。〈ジェムズ・インターナショナル〉の業績は、バーツの切り下げから一、二カ月のあいだわずかな回復を示したものの、そのあとはまた衰退に向かった。二度めのレイオフと賃金カットがおこなわれた。職を解かれた従業員のなかには、タヴァリットが十年以上、一緒に働いてきた者もいた。休日を一緒にすごし、特別な祝い事に一緒に出かけたごく親しい仲間が、突然、家族を養う術を失うことになった。タヴァリットにしても、月々の働きに見合った賃金は支払われなくなっていた。彼は車を売り、スクーターで通勤するようになった。生命保険の保険料を半分に減らした。ノイ、エポン、チュアンは、自宅のまえで当座しのぎの八百屋を始めた。毎朝夜明けまえに、子供たちのどちらかがスクーターでバンノンホイにあるいちばん近い市場に出かけて、近隣の住民に売るための商品を仕入れた。成績優秀なエポンは国から奨学金をもらっていたが、ジョンサン家には、彼女のチェンマイ大学三年めの学費をすべて支払うだけの蓄えは残っていなかった。住宅ローンを支払うために、服やその他の生活必需品を買い控えるようになった。〈ジェムズ・インターナショナル〉の売上はいっこうに伸びなかった。ほがらかな笑顔とウィットに富んだおしゃべりで人気のあったタヴァリットが塞ぎこむようになった。彼は家庭を失ったかのように感じていた。ノイとの長時間におよぶ真剣な話し合いのすえ、タヴァリットは彼の遠い親戚でタクシン・ナソムチットというチェンマイの富裕な実業家を夕食に招待することにした。タクシンの恩義を受けるのは屈辱以外の何ものでもなかったが、それでも、彼に借金を願い出るつもりだった。ノイはすばらしい食事をふるまった。食事中、タヴァリットは、エポンに向けられるタクシンの無遠慮な視線にひどい不快を感じながらも、明るく友好的な態度で接することを自分に強いた。食事がすむと、男ふたりは、タイの習慣に則って、酒を飲みながら政治、スポーツ、そして経済の話をした。タヴァリットが経済的な問題を抱えていることをほのめかしたとたん、タクシンから援助の申し出があった。タクシンは率直な男だった。親戚のために喜んで融資はする。しかし、もちろん、利息は安くない。エポンに仕事をしてもらわなければ。タクシンは笑った。「エポンはどんなことを?」タヴァリットは無邪気に尋ねた。

「これだけ頭の切れるきれいな娘さんだ。仕事はいくらでもある」タクシンは曖昧に答えた。

話はまとまり、エポンは翌日からタクシンの事務所で働きはじめた。一週間が経っても、正式な借款の書類は取り交わされなかった。そして、ある夜遅く、仕事から戻ったタヴァリットは、エポンが両手で顔を覆いながら庭の片隅の椅子に坐っているのに気づいた。タヴァリットがどうしたのかと声をかけると、エポンは泣きながら家に駆け込んでしまった。タヴァリットはノイから一部始終を聞いた。エポンはその前夜、タクシンの部下にバンコクから来た裕福な実業家をもてなすように言われた。夕食のあと、エポンはその男に性的な関係を求められた。エポンは丁重に断わった。翌日、エポンはタクシンに叱責された。大事な客をもてなすということが何を意味するかもわからないのか、と。

金を借りる当てがほかにないことは承知していたが、タヴァリットに迷いはなかった。タイの人々は、怒りをあらわにするのは無教養な野蛮人だけ、と考えている。それでも、タヴァリットはタクシンの携帯電話に連絡を入れて彼の居所を聞き出した。そして、スクーターにまたがり、ピン川を渡って、タクシンが一ダースほどの若い魅力的な女性をはべらせて仲間とともに飲み食いをしているバーに向かった。タヴァリットは皆が見ているまえで、彼のエポンへの仕打ちを非難した。そして、エポンは辞めさせると言った。酒に酔い、何を聞かされても笑うばかりのタクシンに、タヴァリットはますます不快をつのらせた。

月々の現金収支がネックになって、タヴァリットには借金ができなかった。そして二〇四一年三月、住宅ローンの支払いが半年にわたって滞った時点で、クルンタイ銀行は彼の家の抵当権を行使した。タヴァリットとノイは、かれこれ一年にわたって家の買い手を探していたのだが、世界的な不況によるデフレで、その資産価値は、彼らが返さなければならないローンの金額を下まわるようになっていた。

ジョンサン家はボーサーンの近くにある三寝室の質素な借家に引っ越した。もとの家で使っていた家具の多くは二束三文で売り払われた。ノイと子供たちは家財を売った金で屋台の青果店を拡張した。気がつくと、その店の収入なしには生活が成り立たなくなっていた。午後になると、エポンはホームレスのためのテント村に行き、ボランティアで働いた。そこには、仕事を求めて地方から出てきたものの、住むところも食べるものもなくなってしまった困窮者が何千人も集まってきていた。

二〇四一年十月、〈ジェムズ・インターナショナル〉は日本の宝飾品関連のコングロマリットに、ほぼ無条件で買収された。その後数カ月のあいだに、タヴァリットをはじめとする元ジェムズの従業員の大半はレイオフされた。タヴァリットはナイトバザールのそばにある指輪の店で働くようになった。エポンは大学を卒業できなかった。チュアンは大学にはいることもできなかった。

## ②悲しみのブドウ—フランス、ブルゴーニュ

父や祖父同様、アンリ・ラトゥールも、生涯一度としてコート・ド・ボーヌを離れることがなかった。そこは、フランスのブルゴーニュ地方のなかでも最も有名なワインの産地と言われる地域だった。ラトゥール家は代々、コート・ド・ボーヌでワインをつくってきた。父親のジャックはアンリが子供の頃、世界的に有名な白ワインを産するこのあたりの土地を一区画、また一区画と購入し、ゆっくりとではあるが着実にラトゥール家のブドウ畑を広げていった。ジャックはインターネットによるワイン販売を始

めた最初の生産者のひとりでもあった。煩雑な流通経路を通さずに消費者に直接ワインを売るようにしたことで、高い利益率を維持できるようになった。二〇〇九年、アンリが二十五歳の頃には、ラトゥール家のラベルが貼られたムルソーとピュリニー・モンラッシェのほぼすべてが、インターネットで注文してきた商店主や高級レストランに、直接届けられるようになっていた。二〇二一年、妻を乳癌で亡くしたジャックは、その数カ月後、ワインビジネスをひとり息子のアンリに託して、突然引退した。アンリと彼の妻シモーネ――ジャックが懇意にしているワイン生産者の娘だった――は、結婚以来十五年、ほとんどずっとジャックと一緒に働いていた。アンリとシモーネは、十代の頃からラトゥール家のワインのウェブサイトを管理し、ラトゥール家のワインと顧客の関係を見守ってきた。シモーネはそのサイトに隔月でニューズレターを掲載し、ブドウ畑の写真、ブドウの生育状況、コート・ド・ボーヌのワイン生産にまつわる話題を紹介した。

アンリとシモーネには三人の子供がいた。祖父のジャックが引退したとき、長男のアンドレは十三歳、長女のブリジットは十一歳、次男のアランは九歳だった。アンドレは子供の頃から鋭敏な知性と独立心、そして反抗心を示し、権威主義的な父親とはしばしば激しく対立した。そして、十五歳になると、自分はワイン生産者ではなく、ヨーロッパ宇宙機構の宇宙飛行士になると言い出した。数年にわたって繰り返されたアンドレとアンリの喧嘩で、ラトゥール家ののどかな暮らしはめちゃくちゃになりかけた。が、シモーネとブリジットの取り成しと、次男のアランが後を継ぎたいと言い出したことで、頑固なアンリも結局は折れることになった。

アンリが父親の仕事を引き継いでからの十五年、ラトゥール家のワインは非常によく売れた。ブルゴーニュのワインビジネス全体も空前の活況を呈し、コート・ド・ボーヌの白ワインの需要は世界的に急増した。たとえば、二〇二九年から二〇三三年にかけて、毎年少しずつ値段を上げていったにもかかわらず、ラトゥール家のワインは発売から一週間で売り切れとなった。二〇三〇年、それまでの十年の実績から、先行きに自信を持てるようになったアンリは、シュヴァリエ・モンラッシェの三区画の畑を、けっして安くない値段で購入した。黄金のような明るい輝き、豊かで複雑なかおり、しっかりした濃厚な味わい――シュヴァリエ・モンラッシェと言えば、長年にわたってグランクリュに格付けされている最高級ワインだ。シュヴァリエ・モンラッシェと銘うって生産されるワインは、年間三万五千本以下で、それらは熱心なワイン愛好家に桁外れの価格で売られている。その土地の購入を機に、アンリはワイン生産者が運営している非常に排他的なクラブの会員になった。ラトゥール家のワインが、ときのフランス首相が〝国の宝〟と呼んだ銘柄のワインの仲間入りを果たすと思うと、アンリはとても誇らしかった。

アンドレとブリジットは、大学に通うためにブルゴーニュを離れた。アンドレは宇宙飛行士としての適性を調べる厳しい試験には落ちたが、工学系の大学を優秀な成績で卒業し、航空宇宙科学関連企業のひとつで宇宙船の設計者として働くようになった。二〇三六年、二十八歳のアンドレはミュンヘン近郊で仕事と独身生活を謳歌していた。また、ブリジットはリヨンの大学で情報伝達学を学んだ。ファッションの世界に魅了された彼女は、卒業後、ビッグネームではないが昨今のトレンドとして注目を集めているデザイナー、ジオヴァンニ・ペトロセッリのもとに職を得て、ミラノで働いていた。末っ子のアランはワインづくり以外の仕事は考えたこともなく、大学には進まなかった。すでに二十四歳になっていたが、まだ両親と同居していた。彼らは、ピュリニー・モンラッシェ地区の小さな町の広場から少し入ったところにある、築四百年の石造りの家に暮らしていた。

二〇三七年三月の二回めの週末、つまり株式市場の崩壊の二週間後、ラトゥール家の子供たちが従兄の結婚を祝うために、ブルゴーニュに集まった。その週末の話題は、昨今の株価の低迷と、ラトゥール家の子供たちが誰も結婚せず、アンリとシモーネが孫を持てずにいることの二点に集中した。話の成り行きから、アンドレが株価の暴落で〝大金〟を失ったことを話した。たいした問題ではないかのように涼しい顔をしていたが、実は、四十八時間の大暴落で蓄えのすべてを失っていた。エンジニア仲間とともに、ストックオプションやデリヴァティヴといった類いの、リスクの大きな投機をおこなっていたのだ。父親のアンリも多少の株は持ってはいたが、株式投資を真剣に考えたことは一度もなかった。何が株価を上下させているのか、彼にはさっぱりわからなかった。

アンリは賢い男だが、学のある男ではなかった。彼は中学しか出ていない。世界経済のように難解なことにはほとんど興味を持てなかった。株式市場の崩壊とワインづくりとのあいだにかかわりがあるとも思っていなかった。従って、二〇三七年の前半までは、先行きに不安を感じることもなかった。その年に出荷されるラトゥール家のワインには、数カ月前にすべて買い手がついていた。

不景気の影響に気づいたのは二〇三七年も残すところあと二カ月、アンリが翌年の計画を練っていたときのことだった。翌年のワインの予約を開始すると、ショッキングな知らせが舞い込んできた。毎年、ムルソーとピュリニー・モンラッシェを何十ケースも注文してくる客が、数量を半分以下に減らしてきたのだ。最も値の張るワイン――アンリが丹精をこめてつくっているシュヴァリエ・モンラッシェの注文はほとんどなくなっていた。翌年に出荷を予定しているワインの予約が年内に埋まらなかったのは、その十年ではじめてのことだった。

売れ行きが落ち込んだことで、コート・ド・ボーヌに深刻な不安が広がった。アンリの同業者のなかには、ブドウの作付面積を減らして、生産量を削減することにした者もいた。土地を買うつもりはないかと、仲間にそれとなく打診する者さえいた。アンリは安値で売りに出された土地を迷わず買った。翌年の生産量を減らすつもりもなかった。仲間がパニックに陥っているのを見て、気の弱いやつらだと馬鹿にしていた。経済危機の影響で一、二年は売上が落ち込むかもしれない。そこまではアンリも認めていた。しかし、三年後か四年後、つまり、二〇三八年に植えたブドウのワインが市場に出まわる頃には景気は完全に回復している――彼はそう信じて疑わなかった。

二〇三八年五月、アンリと息子のアランが古い木の若芽のなかから不要なものを取り除く作業をすっかり済ませた頃、ミラノに住むブリジットが電話をかけてきた。ブリジットはあきらかに意気消沈していた。レイオフを告げられたのだ。ブリジットをはじめとする四人の若いスタッフが、ペトロセッリから、売上の悪化で経費を削減しなければならなくなったと解雇を申し渡されていた。ブリジットは両親に、この数ヵ月のあいだにファッション業界で働く友人の多くが仕事を失っていることや、この先、いい仕事が見つかるとは思えないことを話した。さらには、このまま収入がない状態が続けば、七月にはアパートメントの家賃もクレジットカードの支払いもできなくなるだろう、ということも。

アンリは、貯金もせずに給料を使い果たしていた娘を叱責した。しかし、シモーネの説得に負けて、結局はブリジットの銀行口座に金を送ることにした。が、それは最低限の生活費だけだった。六週間後、ブリジットの仕事はまだ見つかっていなかった。アンリは二度めの送金を拒否した。その翌週、ブリジットは子供時代をすごした家に戻った。そして、不承不承ではあったが、いい仕事が見つかるまでのあいだ、家業を手伝うことにした。

二〇三八年十月の収穫のあと、コート・ド・ボーヌにパニックが広がった。ブルゴーニュ地方のワイン生産者は、この二十年ではじめてと言ってもいいほどの、大きな在庫を抱えていた。翌年にはさらに大きな売上の落ち込みが予想されていた。組合員のなかには、チリ、オーストラリア、南アフリカ産のワインに対抗するために、それまでに前例がないほどの大幅な値下げを提案する者が出てきた。アンリは断固として反対した。そして、地元の養護施設の主催でおこなわれる年に一度のチャリティー・ワイン・オークションでは、大人げのない喧嘩をした。オークションの参加者のひとりがアンリの同業者に対して、手遅れになって一本も売れなくなるまえにさっさと値段を下げろ、と言ったためだ。のちに本人が認めたとおり、その晩のアンリはいささか飲みすぎていた。アランがあいだにはいってなだめなければ、その男に殴りかかっていただろう。

二〇三九年と二〇四〇年は散々な結果に終わった。アンリがラトゥール家のワインビジネスを引き継いで以来はじめて、二年連続で赤字を出した。それでも、頑固なアンリは商売のやりかたを変えようとはしなかった。あと一年か二年もすれば景気はよくなると信じていた。二〇四〇年二月、アンリはシモーネの反対を押し切って畑を買った。その結果、生活費や経費はぎりぎりまで切り詰められることになった。

二〇四〇年四月、アンドレがミュンヘンの宇宙船開発関連企業をレイオフされた。ＥＵ諸国の税収は、二〇三〇年代なかばのうららかな時代とは比べものにならないほど減少し、宇宙探査などの非重要事項の予算はカットされていった。アンドレが携わっていたプロジェクトも中止になった。彼が希望する技術系の仕事は簡単には見つからなかった。蓄えのない三十一歳のアンドレは、しぶしぶ、ブルゴーニュの家に戻った。家族の不平を聞きながら、酒を飲み、考えごとをしながら家のなかで坐っているだけの日がひと月以上続いた。が、結局、家族の平和のために、彼も畑仕事を手伝うことにした。

二〇四〇年九月、ラトゥール家には険悪な空気がたちこめていた。アンリは、妻や子供たちに内緒で畑の一部を抵当に入れ、収穫に必要な金を借りようとした。そして、自分が所有しているコート・ド・ボーヌの一等地の評価額を知り、ショックを受けることになった。五年前のほぼ半分になっていたのだ。最近になって手に入れたシュヴァリエ・モンラッシェの畑はすでに抵当にはいっていたため、ラトゥール家が所有する土地の評価額は、ただでさえ慎重になっている銀行が貸し付けの増額に応じるレベルにはなかった。

コストを切り詰めるために、アンリは、アンドレとブリジット、そしてシモーネに、アランや自分と一緒に一日十時間から十二時間は畑で働くよう命じた。ブリジットやアンドレの不平不満は、毎晩、アンリの怒りに火をつけた。黙っていることができないアンドレは、父親の商売上の判断ミスを愚弄した。殴り合いになりかけたことも一度や二度ではなかった。

十月初旬の収穫は悲惨なものになった。子供たちにまったくといっていいほどやる気が見られないにもかかわらず、アンリは、毎年手伝いを頼むことにしている六名ほどの作業員を雇わなかった。アンドレもブリジットも十年以上収穫を手伝っていなかった。短期間に大量の仕事をこなさなければならない重圧のなかで、彼らは手痛い失敗を繰り返した。父親にあやまちを叱責されると、アンドレはふてぶてしい態度で父親を睨み返し、ブリジットは怯えた。シモーネは、ある晩ふらりとやって来た姉のマルグレーテに、自分の人生はまるで生き地獄のようだと言った。疲れきって家に戻っていたシモーネ以外、家族はまだ全員、畑で作業を続けていた。

収穫のさなか、コート・ド・ボーヌは予想外の嵐に襲われた。ラトゥール家の人々は大切なブドウを守るために不眠不休で働いた。想像を絶する疲労、夜明け前の暗闇、雷をともなった風雨という悪条件のなかでスピードを出しすぎたのだろう、アンリは自分が運転するトラクターで、不注意にもブリジットの脚を轢いてしまった。アンリは、事故に気づく一瞬まえに、アンドレの手でトラクターから引きずり下ろされ、拳でしたたかに殴りつけられた。アランがアンドレを落ち着かせようとすると、今度は兄弟のあいだで激しい乱闘が始まった。土砂降りの雨のなか、ブドウの木の列のあいだで殴り合いは続いた。アランは、鼻の骨を折られて激しい痛みに襲われながらも、強力なパンチで兄の意識を失わせた。

収穫は途中で断念された。アンリはトラクターから落ちたときに手首を捻挫して、まともに働ける状態ではなかった。ブリジットの脚は三カ所で骨折していた。強情なアンドレは、意識を取り戻すとすぐに荷物をまとめて、何も言わずに家を出て行った。シモーネは残りのブドウを摘む労働者を必死で捜したが、それも徒労に終わった。

アンドレは友達に金を借りてボーヌの町に小さなアパートメントを借りた。家族とはそれきり顔を合わせようとしなかった。二カ月後、アンドレは酒に酔い、吐いたものを咽喉に詰まらせて窒息死した。ブリジットの脚は完全に元どおりにはならず、かすかに脚を引きずるようになった。アンドレの死後はミラノに戻って、レストランで退屈な仕事に就いた。二〇四〇年が暮れていく二カ月ほどのあいだに、アンリ・ラトゥールのなかで何かが終わった。彼は家族を崩壊させた罪悪感と苦悩に打ちのめされていた。また、抵当にはいっていた大切なシュヴァリエ・モンラッシェの畑を失うと、生きる気力まで失ってしまった。家族や商売が抱えている問題の解決に立ち向かおうという気持ちになれなくなってしまった。アンリは急激に現実の世界から遠ざかっていった。目覚めているときにはずっと、家の娯楽室で映画やコンピューター・ゲームがつくり出した虚構の世界に浸っていた。

シモーネとアランは商売を立て直そうと懸命にがんばった。といっても彼らが策を弄する余地はほとんど残っていなかった。まず、わずかに残っていた畑を売却した。畑を売った金で、二〇四一年はワインづくりを続けることができた。不況が最低レベルにあったその年、ブルゴーニュのワイン生産者のなかに、わずかでも利益を上げた者はひとりとしていなかった。翌二〇四二年、ラトゥール家は、家を抵当に入れて金を借りるか、商売を丸ごと売却するかの岐路に立たされた。シモーネには、自分が受け入れられる結論を選ぶことしかできなかった。ラトゥール家のワイン、納屋、畑はそっくりそのまま、ワイン関連のコングロマリットに、おそらくは、十年前の十分の一ほどの価格で売却された。

アラン・ラトゥールはプライドを呑み込み、彼らの家業を買い取った企業のために働いた。二〇四四年、アンリが死んだ。シモーネは、十代の頃から教会に行っていなかったが、アンリがこの世を去ると、幼い頃に慣れ親しんだカトリック信仰に心の平安を見出すようになった。彼女は晩年の十年間、ベズレー近郊のマドレーヌ教会への巡礼を繰り返してすごした。

## ③ヴァーチャル・ワールド―テキサス、ダラス

テキサス州ダラスは、一九八〇年から二〇三〇年の五十年で、最も急速な成長を遂げた都市のひとつだ。二〇三〇年の国勢調査によると、ダラスとその周辺地域――姉妹都市フォートワースと両市に隣接する郊外の町村を含む――の人口は八百万人を超えていた。移住者の多くは若い世代で、活気と多様性

に富む経済、生活費の安さ、はっきりした地方性――ダラスがイメージさせるカウボーイのように個人主義を尊重する気風――などが魅力となって人口の流入が続いた。

数学の才と創造性を合わせ持つという珍しい資質に恵まれた若者ラモン・ガルシアがテキサスに移り住んだのは二〇二九年、オースティンのテキサス大学でコンピューター・サイエンスの学位を修めた直後のことだった。彼は大学の最終学年の研究で、当時最もよく売れていたヴァーチャル・ワールドのソフトウェアのひとつで、アーサー王伝説の町キャメロットをヴァーチャル・リアリティで再現したものに、斬新な拡張機能を加えることに成功した。その研究にゲームソフト・メーカーの採用担当者たちの眼が止まった。ラモンを最も高く評価したのは、ヴァーチャル版キャメロットの発売元である〈バイナリー・エンターテイメント〉という会社だった。彼らは、かなりの額の報酬とボーナスとしてのストックオプションを提示して、ダラス近郊のフリスコという町にある有名なデザイン・センターでの仕事にラモンを誘った。

ラモンの父エルネストは、のちに妻となるマリアに出会った頃にはすでに、医師として、メキシコのモンテレイで充分な実績を積んでいた。そして、長男ラモンの知能が優れていることを知ると、真剣にアメリカ移住を考えはじめた。マリアも、ラモンだけでなく、ほかの子供たちにもアメリカでよりよい教育を受けさせたい、と考えた。エルネストの職業と地域での名声が効を奏して、一家の移住はすぐに許可された。エルネストとマリアは、子供たちに自分たちが受け継いだ文化的背景をきちんと認識させるために、移住先のサンアントニオでも家ではスペイン語を使うことや、親戚や友人がいるメキシコを定期的に訪ねることを、固く誓いあった。そして、彼らはその誓いを守った。子供たちはスペイン語と英語を同じように操るようになり、メキシコにいる親類とのつきあいも続けられた。

〈バイナリー・エンターテイメント〉で働きはじめると、ラモンはすぐに才能を発揮した。わずか二年半で、ヴァーチャル・ワールドの新製品〝スペースワールド２５００〟の主任設計者に指名された。設計から完成までのスケジュールは殺人的だった。数百万ドルを費やして四百年以上先の未来の時空をつくり出すそのプロジェクトには、二十人以上のアーティスト、プログラマー、ソフトウェアの専門家と、大手の下請け五社が参加することになっていた。しかも、わずか九カ月で完成させなければならなかった。ラモンは、すべての過程で責任を負う立場にあった。そして、週平均四十五時間働き、持てる才能のすべてを発揮して、奇蹟を起こした。宇宙空間を自由にさまようコロニーから何百種類もの景色が愉しめて、月や火星につくられた未来都市、さらには惑星への移住を疑似体験できるヴァーチャル・ワールドの新しいソフトを、予算は多少オーバーしたものの、予定どおりの期日で完成させた。

売上は期待以上だった。ラモンをはじめとする制作スタッフは、何百万種類もの緻密な描写に彩られた、驚くべき未来の世界をつくり出した。月や火星の町の広々とした通りに沿って並ぶ未来風の建築物、考え抜かれたさまざまなキャラクター、息を呑むほどリアルな惑星の姿――世界中の人々がエンターテイメント・センターに押しかけて、自分がなりかわるキャラクターを選び、想像を絶する美しさとリアリティ、そして双方向性を持つその仮想空間に夢中になった。ラモンは〈バイナリー・エンターテイメント〉のヒーローだった。昇進と莫大な金額のボーナス、ストックオプションの追加ぶんを手に入れた。そして二〇三五年の夏には、二十八歳の誕生日をまえにして、すでに書類上の億万長者になっていた。

〈バイナリー・エンターテイメント〉で大きな成功を収めたラモンの生活は、急激に変わりはじめた。まず、彼はベンチャー・キャピタルに眼をつけられた。彼らはラモンに、自分のオフィスを興してはどうかと熱心に勧めた。努力しだいでは二年以内に一億ドルの資産価値になると請け合った。そして、創設資金を調達するだけでなく、その会社を円滑に運営するための管理者やそれを補佐する人材を見つけることも約束した。〈バイナリー・エンターテイメント〉での成功以来、人まえに出ることが増えたラモンは、自分の認知度が上がっていくことに喜びを感じていた。そして、気がつくと、コンピューター・ゲーム業界の重鎮のようなものの見方をするようになっていた。

ラモンはフリスコの高級住宅街に大きな家を新築し、スポーツカーを買い、新製品の宣伝で知り合ったマスコミの人間と夜遊びをするようになった。そして、二〇三五年のクリスマス、報道関係者のパーティに招かれたラモンは、その席でアンヘリーナ・マルティネスに出会った。ダラスのテレビ局の看板番組である夕方のニュースでアンカーウーマンを務めるようになったばかりの、野心と知性に溢れた魅力的な女性だった。ラモンは救いがたい恋に落ちた。そして、スペースワールド２５００の制作に傾けたのと同じ粘り強さで彼女を口説いた。

あと少し人生経験を積んでいれば、あるいは、あと少し熱意が欠けていれば、ひょっとすると思いとどまっていたかもしれないほど大きな波瀾はあったものの、ラモンとアンヘリーナは結婚した。二〇三六年の初夏のことだった。その頃、ラモンはすでに〈バイナリー・エンターテイメント〉を辞めて、同社から引き抜いてきた才能豊かなコンピューター・アーティストや優秀なプログラマー数名を擁する新会社、〈テクストロニクス〉のＣＥＯになっていた。ベンチャー・キャピタルは、なんの苦労もなく資本金の五千万ドルを調達してきた。〈テクストロニクス〉は、ラモンが結婚する頃にはすでに、五十人の従業員と三つのヴァーチャル・ワールド関連ソフトの設計プロジェクトを抱える企業になっていた。

しかし、この新婚生活と新事業は、あっというまにラモンを疲弊させていった。まず、華やいだ社交の場に慣れているアンヘリーナからは、多少は名の知られているハンサムな夫として、週に三、四回はパーティにつきあうことが期待されていた。また、〈バイナリー・エンターテイメント〉からは、ラモンをはじめとする〈バイナリー〉の元従業員は企業秘密を持ち出して新製品に使おうとしていると訴えられていた。さらに、〈テクストロニクス〉が設計する新製品のひとつに計画上の不手際が見つかり、それまでの八カ月にわたる努力と二百万ドルの支出をあきらめざるをえない状況に追い込まれていた。そのように問題が山積していたにもかかわらず、〈テクストロニクス〉は、経済情勢が大きく変化しないかぎり、大きな収益を上げるものと考えられていた。

〈テクストロニクス〉の新製品の残りふたつの発売日は、二〇三七年十月、クリスマス・シーズンの直前に設定されていた。しかし二〇三六年末、ラモンはふたつの計画の詳細を見直して、双方を同じ時期に完成させることは不可能だという結論に達した。アンヘリーナの妊娠がわかったのもその週のことだった。ラモンは、いずれかの発売日を延期することにしたが、これを聞いた出資者は役員会で激怒した。当初の計画で、二〇三八年の初めに株式を公開することになっていたからだ。最初に売りに出される株の価格には、最初に売り出す商品に対するメディアの反応が大きく影響する。出資者はラモンに予定を守るよう厳しく要求し、もう一度延期を言い出した場合どういうことになるか、漠然と脅しをかけた。ラモンにしてみれば大変な重圧だった。同じ時期、毎朝のように悪阻の症状を訴えるアンヘリーナからも、彼女のためにもっと時間を割くよう迫られていた。

若きラモン・ガルシアは、どうにか解決策を見出した。出資者の考えを変えさせることができるとは思えなかったし、訴訟でエネルギーの無駄遣いをすることは避けたかった。彼はプロジェクトのスタッフを集めて、厳しい日程で開発からテストまでやり抜くために犠牲を払ってもらいたい、と懸命に頼んだ。そして、その代償をストックオプションのかたちで支払うことを約束した。ふたつの新製品がヒットし、公開された株に高値がつけば、富豪になれる可能性もあった。

ところが、二〇三七年二月、ラモンにとって最悪のタイミングで株式市場が崩壊した。ラモンを含む〈テクストロニクス〉の幹部は、資産の多くを〈バイナリー・エンターテイメント〉の株式で保有していたが、〈バイナリー〉の株価は市場が崩壊した二日間だけで六十パーセント以上の値下がりを記録した。〈バイナリー〉の株価はその後もじわじわと下落を続けた。一年後に公開を控えた〈テクストロニクス〉の株に高値がつく見込みもはっきりしなくなった。そういったことが、ラモンやスタッフの集中力をそぐことになった。三月から五月にかけての〈テクストロニクス〉のオフィスは、不安と動揺に満たされ、創造的な新商品を開発する環境とは言えないものになっていた。

経済的な不安を抱えるようになると、幹部のなかには、ラモンに要求された犠牲を払うことに疑問を呈する者が出てきた。彼らは〈テクストロニクス〉のCEOであるラモンに、報酬額の保証を求めた。それに対してラモンは、ボーナスは現金で支給する、と回答した。この回答は出資者の激しい批判にさらされた。彼らの不信感を和らげるために、ラモンは、ボーナスの半分は自分のポケットマネーでまかなうことを約束した。

ボーナスを現金支給すると約束したにもかかわらず、五月から六月にかけて、重要なスタッフの何人かが〈テクストロニクス〉を去っていった。しかし、替わりの人材を雇っている時間はなかった。残ったスタッフにはさらなる負担が要求された。この頃には、ラモン自身も週に六十時間は働くようになっていた。しかも、妊娠中の妻の精神的な支えになろうという努力もしていた。しかし、一日の時間は限られていた。その数カ月、ラモンはほとんどと言っていいほど寝ていなかった。歩く姿はまるでゾンビのようだった。日頃のたしかな判断力はゆがみ、ひどいかんしゃくを起こすようになった。妻や仲間に避けられるようになった。

二〇三七年八月初旬、アンヘリーナはミランダという元気な女の子を出産した。ラモンは娘の誕生に立ち会えなかった。連絡を受けたときには、ちょうど時間のかかる厄介な仕事に取りかかっていて、やっとオフィスを出ると、今度はラッシュアワーの渋滞に巻き込まれた。病院に着いたのはミランダが生まれた十分後のことだった。そんな夫をアンヘリーナは許さなかった。

やっとのことで新製品を約束の期日に市場に送り出したラモンに、アンヘリーナから離婚の申し立てがあった。ミランダが生まれて十週めのことだった。そしてその直後、アンヘリーナはミランダを実母に預けてテレビの仕事に復帰した。株式市場の崩壊と〈テクストロニクス〉の従業員に現金支給するボーナスのためにすでに残り少なくなっていたラモンの資産は、離婚と親権をめぐる訴訟で完全に底を突いた。ミランダの親権はアンヘリーナのものになった。父親であるラモンに許されたのは、二週に一度、週末をすごすことだけだった。そうこうするうちに、〈テクストロニクス〉の創立に出資したベンチャー投資家の態度に変化が見られるようになった。もはや彼らはラモンと彼の会社で大金を儲けようと考えてはいなかった。彼らの頭にあるのは、損失を最小限に抑えることだけだった。そして、ラモンに対して、この経済情勢で株式を公開するのは無謀だという、もっともな助言をした。さらに、自分たちには、今後、新製品の開発に必要な運転資金を投資するつもりはいっさいない、と明言した。

ラモンにはどうすることもできなかった。〈テクストロニクス〉に破産が宣告された。ラモンは、生まれてはじめての挫折、それも公私両面にわたっての挫折にうちひしがれ、新しい仕事を探す気にもなれなかった。ほとんど一日中、ぼんやりとテレビの画面を眺めていた。ある晩、家から三マイルほどのところにあるカウボーイ・バーで遅くまで酒を飲んだラモンは、家に帰る途中、スポーツカーのハンドル操作を誤り、車ともども谷底に転がり落ちた。翌朝、どうにか一命をとりとめた彼のもとに、母親のマリアがやって来た。マリアはラモンに、リハビリを兼ねてサンアントニオに戻ることを勧めた。

二〇三八年の後半、アメリカに、そして全世界に広がりつつあった経済的困窮は、サンアントニオにも波及していた。特別な技能を持たない人々が就ける仕事はどこにもなかった。新規の建設計画はいずれも中止になり、建設会社にも人を雇う余裕はなくなっていた。親から相続した資産や堅実な貯蓄を持たない人々――特に教育を受けていない人々は、混乱しきった経済システムに翻弄された。サンアントニオに暮らすヒスパニック系住民の多くはもはや家賃を払えなくなっていた。自分の子供に食べるものや着るものを買ってやれなくなっていた。そして、サンアントニオとその周辺部にある公園に急造されたテント村に向かった。彼らにはほかに行くところなどなかった。

健康を取り戻しつつあったラモンは、母親と共にテント村でボランティアとして働いた。テント村での経験はラモンを変えた。何千もの家族が貧困と絶望の淵に立たされているという痛ましい事実は、彼の心に激しい動揺を与え、自分の人生のゴールが何なのかをあらためて考えさせた。人生を有意義なものにしたければ、無学と貧困の根絶に貢献する以外にない――それがラモンの結論だった。

二〇三八年から二〇三九年にかけて、ラモンは、ブラッケンリッジ公園のテント村で暮らす困窮者のために週四十時間のボランティア活動をしながら教員資格を取得した。そしてその翌年、サンアントニオの中心部にある、ヒスパニック系の生徒が大半を占める中学校で数学を教えはじめた。放課後には、ホームレスの子供たちにも教えた。

ラモンは、二〇四二年のクリスマス休暇に、教師仲間のドゥルセ・エルナンデスと結婚した。それから五年ちょっとのあいだに、男の子ふたりと女の子ひとりの父親になった。二〇四八年には、ミランダもサンアントニオにやって来て、父親とその家族とともに暮らすようになった。二〇五三年と二〇五九年、ラモンは全米教育協会の〝ティーチャー・オブ・ザ・イヤー〟に選ばれた。ひとりで二回にわたってこの栄誉に輝いた教師は、ラモンがはじめてだった。

# 第四章　新世界秩序の構築

## カオスの時代による価値観の変化

二〇六〇年代、カオスを脱した世界は、株価の暴落や世界規模の不況期以前の繁栄の時代とはすっかり様変わりしていた。カオスを経験した人々は、長い不況期の特徴でもある明かりの見えない苦しみを忘れることができなかった。資本主義という束縛のない自由な制度が、最終的には最高の生活環境を提供すると信じる人はほとんどいなくなった。そういった意識の変化は、個人投資のありかたにも表われている。経済危機の終息を政府が発表したあとも二十年以上にわたり、家計の管理は依然保守的で、固定金利かつ保険つきの貯蓄預金が注目されていた。また、株への投資は、生活費を確保してもまだなお余裕があるときしかおこなわれなかった。

世界の株式市場崩壊に続く不毛の時代から得た教訓は、政策にも反映されている。二〇四〇年までは、多くの国が社会保障基金を株式投資に運用していたが、そういった国も二〇四〇年からの十年間、高齢者や福祉手当受給者への支給金を確保するために、株式に投資する予定の資金を社会保障基金にまわしたり、安全で確実に収益が得られる手段を講じたりした。欧米諸国では高齢者が増加して、社会保障の財源が逼迫したために、社会福祉プログラムの構造を大幅に修正しなければならなかった。受給者の認定基準も極端に厳しくなった。たとえばアメリカでは〝定年〟――年金が全額支給される年齢――が十年間で三度引き上げられ、二〇五〇年には支給開始が七十歳、全額支給が七十六歳となった。

また、メディケア（政府が高齢者の医療費を負担する医療保険制度）も、二〇四〇年代に大きく変わった。二〇五〇年を迎える頃、政府の負担額は個人の純資産と収入に応じて決められるようになっていた。貧困者にとってメディケアは、以前と変わらず個人負担がほとんどない総合医療保険だった。いっぽう裕福な高齢者は、医療費の五十パーセントを負担しなければならなくなった。

カオスがおよぼした影響のひとつに、若年層の価値観や意識の根本的変化があげられる。カオスの時代に、絶望に打ちのめされた大人を目のあたりにした若者たちは、仕事が見つからなかったり、家賃を払えなかったり、子供に食べさせてやれなかったりした大人たちが痛感したふがいなさをわかっていた。また高度成長期だった二〇二〇年代には、少しでも才能があり、ある程度仕事に精を出せば経済的に成功したが、誰よりも勤勉に働き、誰よりもモチベーションを持った人でさえ、人並みの生活を確保できなくなったということにも気がついていた。

カオスを経験した若者の多くが、金持ちになることが人生の最終目標ではないと考えていた。二〇五〇年代に三十代を迎えた人の多くが、極度の不況がもう一度来れば世界は持ちこたえることができないと認識していた。ピュリッツアー賞を受賞したことのあるアメリカの歴史学者ウォーカー・トゥルーイットは、カオスの時代の余波について書いた名著『われわれの世代』のなかで、若者の意識の変化についてこう述べている。「不況期に起きたと断言できるのは、完全な逆転である。つまり、若年層の価値観の磁極が変化したのだ。彼らは自分たちの経験から、個人の幸せは他人の幸せと無関係ではないという思いを強くした。利己主義は公然と非難され、利他主義は賞賛された。また、派手な消費は嘲笑の的になった。資産よりも人間性が重視された。どれほど多くのものを所有しているかではなく、生活の質そのものが問われた。こういった意識は何十年ものあいだ変わることなく、二十一世紀後半の政治にも影響をおよぼした」

トゥルーイットが指摘したような変化は、不況のさなか、すでにかたちとなって表われていた。カオスの時代、世界の出生率は急激に低下した。それよりも注目すべきは、子供に食べものを与えることだけを目的にした消費税法案が可決されたことだ。本章では、こうした話題を取り上げて、長い世界的不況期から生まれた新世界秩序を紹介する。

## 二〇三一年――世界総人口が百億に

二〇三一年、世界の人口は百億人に達した。心配性の人たちはこの数字を聞いただけで、どんな対策をとったところで、このままでは地球の生態系が崩れてしまうと盛んに言い立てた。また、画期的な科学技術のおかげで、控えめに見積もっても七百五十億人ぶんの農作物を生産できるのは確実だったが、広範かつ長期にわたる飢饉がいつかやって来ると考える人もいた。

二〇三〇年、世界環境研究所（WEI）が、地球の状態に関する三年間の調査を終えた。WEIはさまざまなシナリオを想定して、向こう二十年間に、世界人口や農業生産高、世界の水量、大気汚染、廃棄物量、熱帯雨林の存続、種の絶滅などがどのように変化するかを予測した。世界人口に関しては、二〇五〇年に百三十億を超えるとの予測が立てられた。

予測結果というものは、仮定の条件しだいである。当然のことながら、WEIは破滅的な規模の世界的不況を予測していなかった。どの国も国内総生産が伸びつづけると考えていたのだ。また、出産に対する人々の意識が大きく変化するとも考えていなかった。現実に起きたのは、予測とはおよそかけ離れたことだった。二〇三八年なかば、経済的不況は誰の眼にもあきらかとなり、親になりうる世代は家族計画を見直して、二人めの子供をつくるのを遅らせた。性交後服用して受胎を阻止するモーニングアフター・ピルをはじめ、さまざまな避妊法が開発され、産児制限はより容易になった。二〇三八年、特に先進国で出生率が低下し、翌年その傾向に拍車がかかった。実際、二〇三八年から三九年の一年間は、二十世紀初期に出生率が記録されるようになって以来、低下が最も著しかった年である。

二〇四〇年、WEIは、出生率が今後十年変わらなければ、二〇五〇年までに世界の人口が百十五億を超えることはないと発表した。その後の三年間、出生率は下降の一途をたどり、ようやく二〇四三年に横ばいになった。二〇四一年後半から四二年前半にかけて、人口の増加は見られなかった。その後の十年間で世界人口はさらに減り、推定百八億人とされたピーク時から比べて、およそ一億五千万人減った。カオスの時代が終わったとき、二十世紀なかばにアメリカで見られたようなベビーブームが世界中で起きると予測した人もいた。が、そうした人たちは、若い世代の意識に変化が生じているとは思ってもいなかった。未来の親たちは依然、生活の質をいちばんに考えていた。少人数の家庭ほど、子供に質の高い生活を提供できた。二〇五〇年代から六〇年代にかけて出生率は上がったが、ほんのわずかにすぎず、人口が大幅に増加するにはいたらなかった。

カオスの時代に生まれた人々が出産適齢期を迎えた二〇七〇年代にも、人口は減りつづけた。二十一世紀末の世界人口は百十億四千万人、五十年前とほとんど変わっていなかった。

## 飢餓救済税の登場

二〇四〇年代、あらゆるメディアが、世界的経済不況が生んだ深刻な問題を頻繁に取り上げた。そのなかで最も人々の心を揺さぶったのは、貧困と飢餓に苦しむ子供たちに関する問題だった。二〇四五年、国連は、全世界で十六歳未満の子供の三十五パーセント以上が栄養失調であると発表した。

裕福な国の多くでは、社会福祉プログラムを通じて、貧困家庭に食べものを配給しようとした。しかし、この救済措置の運営や配給の効率の悪さが、しばしば問題視された。貧しい国は、一日に食事を一回配給するのでさえ、その費用を自国でまかなえず、国連や食事の配給をおこなっている民間団体に援助を求めた。が、不況が深刻化して、食べものの配給を必要とする貧困者が増えたため、飢餓に苦しむ人全員に援助の手を差し伸べることはできなくなった。

二〇四二年、スウェーデンにラース・エクランドという三十代なかばの公務員がいた。彼は港市イェーテボリの税関でごく普通の職に就いていた。ある夏の夜、ラースは、インドやバングラデシュの飢えた子供たちの悲惨な状況を伝えるテレビ番組を見たあと、近所の店までパンとサンドウィッチ用の肉を買いに出かけた。買い物をすませて店を出ると、ぼろを着たふたりの子供が近づいてきて、ラースに食べものを買うお金をくれないかと頼んだ。小銭を渡そうとしたラースはふと、通りの反対側に眼をやった。そこには、ボルボの新車を購入しようとしている裕福そうな中年の夫婦がいた。飢えた子供と裕福な中年夫婦、この対照的な光景にラースは胸がつまった。突然、ある考えが浮かんだ。必需品以外の物に税を課して、その税収を世界の飢えた子供たちのために使ったらどうだろうか。

ラースはアパートメントに戻ると、人生のパートナーであり、会計士であるアンドレス・ショーストロムに自分の考えを話した。アンドレスは、ラースの考えを全面的に支持した。その晩、ふたりは構想を練って文章にまとめると、それを電子メールで地元メディアに送った。すると翌日、〈イェーテボリ・テレビ〉のレポーターがインタヴューにやって来た。ラースとアンドレスは熱のこもった口調で基本的な考えを説明した。その後、驚くほどの反響があった。何百人もの人が、ラースたちに協力を申し出た。そして六週間もしないうちに、〈ファイト・ハンガー・ウィズ・タックス（税で飢餓に立ち向かおう）〉という非営利組織がつくられた。ラースとアンドレスは低予算で効率のよい運営を誓い、収益の九十パーセントを飢餓に苦しむ子供たちのために使うと明言した。

数週間後、ラースとアンドレスはそれまでの仕事をやめ、ボランティアとともに計画を推し進めた。嬉しいことに、一年もしないうちにスウェーデン政府が、食料、低価格の衣類、医療品以外の物品に〇・二五パーセントの〝飢餓救済税〟を課す新しい法律を可決した。また政府は、設立まもないラースたちの慈善団体や、ラースとアンドレスについて長期にわたり調査をおこない、その結果、飢餓救済税による収入を〈ファイト・ハンガー・ウィズ・タックス〉に託す決定を下した。カオスの時代が終わる頃、〈ファイト・ハンガー・ウィズ・タックス〉は、一日に何千万人もの飢えた子供たちに食べものを配給するようになっていた。

二〇四三年末までに、ヨーロッパのほとんどすべての国が、飢餓救済税に倣った法案を可決した。二〇四五年初め、ポーランドが飢餓救済税の導入を決め、これでヨーロッパすべての国が同調したことになった。ラースとアンドレスはかなりの成功を収めてはいたが、まだ満足はできず、次は北アメリカの人々や政府に飢餓救済税の価値を知ってもらおうと考えた。

それからの三年間、アメリカは、二十一世紀において最も活発で革命的な政治論争の場のひとつになった。歴史家メアリー・ハッチャーは、洞察に満ちた著書『アメリカと飢餓救済税』のなかで、ラースたちに対してアメリカ人が抱いた反感について述べている。「不況期であるにもかかわらず、北アメリカの人々は、根本的な変化は起きていないと心の奥底で思っていた。開拓時代からの社会通念が依然はびこっていたのだ。貧困は個人の怠慢とチャンスを活かせなかった結果であり、経済構造の不備によるものではない。子供に食べものを与えるのは、社会ではなく親の責任である。生活扶助は怠惰に拍車をかけ、他人への依存度を高めるので極力避けるべきである。一家の大黒柱が身体的あるいは精神的な病のため仕事につけないというような例外を除いて、税収を使ってまで援助をすべきではない。このような考えを多くの人が持っていた。

また、二〇五〇年代のアメリカ人は昔と変わらず狭量で、自分は世界市民であるという認識を持っていた人はほとんどいなかった。世界的文化の誕生も、世界経済における相互依存も、世界規模の通信ネットワークも、アメリカ人の意識に変化をもたらさなかった。パキスタンやジンバブエに飢餓に苦しむ子供がいたとしても、自分にはいっさい関係なく、責任を負う必要もないと彼らは考えていたのだ。

さらに、アメリカ人は税に対してきわめて慎重である。税に対する彼らの病的なまでの恐怖心を、ヨーロッパ人やアジア人に説明するのは不可能に近い。また、個人主義であるため規則や法規を嫌い、強大な政府を疎んじる。アメリカ人にとって、税とは政府が市民の日常生活に介入する手段であり、生活に侵入してくる邪魔者なのである」

二〇四五年四月から五月にかけてアメリカを訪れたラースとアンドレスは、暖かい歓迎を受けた。それまでの功績を褒め称えられ、大統領や何人かの州知事にも面会した。メディアからインタヴューを受けたときは必ず、訪問の目的は飢餓救済税の可決に向けてロビー活動をする組織を設立することであると口にした。

ラースたちの活動に反対する声は皆無だった。それはなぜか。「当初」とメアリーは述べる。「重要な役職に就いている人たちは、飢餓救済税導入の可能性をつゆほども考えていなかった。エクランドとシヨーストロムを単なる物好きとしか見ておらず、それゆえ、ふたりはアメリカ人特有の気さくなもてなしを受けた。が、しばらくして、ふたりが侮りがたい組織の種を蒔いたとわかるや、声高に反対の意を唱えはじめたのだ」

二〇四五年十月、ラースとアンドレスが再度アメリカを訪れたとき、飢餓救済税運動はかなり進展していた。オレゴン州とマサチューセッツ州ではすでに投票がおこなわれ、有権者の大多数が飢餓救済のための売上税導入に賛成の票を投じていた。そのほか十二の州でも、有権者の四十パーセントが飢餓救済税の可決を支持していることが世論調査であきらかになっていた。が、それと同時に反対派組織もできていた。反対派は広告キャンペーンを展開し、外国では望まれて生まれてきたわけでもない子供たちに政府が生活扶助をおこなっていると罵り、飢餓救済税運動は世界政府を樹立しようという陰謀であると主張した。また、ラースとアンドレスはこの運動で私腹を肥やしているとか、〈ファイト・ハンガー・ウィズ・タックス〉から出た金の多くは、援助を受けた国の役人の懐に流れ込んでいるといった記事がメディアで紹介されることもあった。

二〇四六年、北東部と西部で七つの州が、売上税を〇・二五パーセント引き上げ、税収を飢餓救済に充てる決定を下した。このときも、反対派は卑劣な手を使った。〈ファイト・ハンガー・ウィズ・タックス〉のほんとうの目的は同性愛をひとつの生き方として容認させることである、というデマを広めたのだ。メアリー・ハッチャーは、中傷デマ運動についてこう述べている。「スウェーデンの法律は同性愛者同士の結婚を認めており、ラースとアンドレスは婚姻関係にあった。また、同性愛者同盟のメンバーが、〈ファイト・ハンガー・ウィズ・タックス〉で目立つ立場にいたこともあり、反対派の中傷デマ運動は、同性愛を激しく嫌悪するアメリカ社会を騒がせた。北アメリカでも、何千人といる飢餓救済税支持者の二十パーセントが同性愛者だった。中傷デマ運動により、ラースたちは新たな支持者を確保することが難しくなり、飢餓救済税に賛同する州も以前ほどは増えなくなった」

二〇四六年八月、ラースとアンドレスは三度めの北アメリカ訪問をおこなった。売上税引き上げが可決されたことを祝う、オタワでのセレモニーに出席したあと、ふたりはデンヴァーに飛び、大規模な集会に参加した。集会のさなか、一列めに坐っていた三人の若者が突然立ち上がり、オートマティック銃を振りまわしながら、「ホモを殺せ」と叫ぶと、ステージに向かって銃を乱射した。およそ二十秒後、彼らは聴衆や警備員に取り押さえられた。この事件で、飢餓救済税推進運動に参加していたメンバー三人が死亡、ラースを含む十数名が負傷した。

この常軌を逸した暴力行為に、全米が慄然とした。メディアは一斉に乱射事件を糾弾し、犯人は三人とも、過去に同性愛者に暴行を働いた罪で有罪判決を受けたことがあると書き立てた。肩を負傷して入院中だったラースは、同性愛嫌悪を含め、あらゆる種の不寛容さを激しく非難した。そして、〈ファイト・ハンガー・ウィズ・タックス〉は、飢餓に苦しむ子供たちの救済に貢献したいと願う人を心から歓迎する、とそれまでと同じ主張を繰り返した。

デンヴァーでの乱射事件は、飢餓救済税運動を後押しするかたちになった。売上税引き上げをはじめ、飢餓救済を目的とする法律を公布する州が次々と現われた。二〇四八年、テキサス州議会が売上税引き上げを承認し、これで四十五の州が同様の税法を可決したことになった。当時、アメリカ国民の九十五パーセントが、その四十五の州のいずれかに住んでいた。

ラース・エクランドとアンドレス・ショーストロムは、少人数でも本気で取り組めば世界を動かすことができるということを証明した。人間の社会的良心に関心を持つ人たちは、彼らを英雄とあがめた。二〇四八年、ラースとアンドレスにノーベル平和賞が贈られた。

## 移民の流れ

二〇二五年から二〇五〇年にかけて、過去に例がないほど人口の移動が激しかった。二〇二五年からの十年間、世界は空前の繁栄を経験し、裕福な国では労働者を必要としていたため、他国からの移住者が大幅に増えた。先進国での仕事とよりよい生活への夢は、チャンスがほとんどない貧しい国の野心的な若者を惹きつけた。裕福な国では自国民の人口が横ばい状態か減少傾向にあり、自国だけで労働力を確保できなくなっていた。経済的に発展しつづけるためには、新たな労働者、とりわけ非熟練労働者の流入が必要だった。

カオスの時代、先進国では政治や経済が激変し、人口移動の波が逆流した。よりよい生活を求めて家族のもとを離れてやって来た何百万もの人が本国に戻った。自らの意志で戻った人もいたが、多くは、自国民の仕事口を守るために設けられた、外国人への嫌悪をむき出しにした法律によって、強制退去させられた。

この大規模な人口移動の全体像を捉えるには、流出国と受け入れ国ということばで世界を語るとわかりやすい。流出国とは人が出ていく側の国や地域であり、受け入れ国とはその人たちが流入する国や地域である。

世の中が繁栄を享受していた二〇三〇年代、主な受け入れ国はアメリカ、カナダ、西ヨーロッパ諸国、日本、オーストラリアだった。出稼ぎ労働者や移民を生んだ流出国は、中南米のスペイン語圏諸国、アフリカおよびサハラ以北のアラブ諸国、南アジアおよび東南アジアの人口過密国や政情不安の国だった。合法・非合法を問わず、アメリカへの移民が最も多い国はメキシコだった。契約労働者への就労ビザの発給が法律で認められており、メキシコから合法的にアメリカに移住するのは簡単だった。まさに第二次世界大戦時に進められたブラセロ計画の再現である。また、株式市場暴落前の好況期には、アメリカの移民帰化局（INS）による国境の監視も厳しくなかったため、不法入国も難しくなかった。二〇三七年の初めには、合法・非合法あわせて千五百万人以上のメキシコ人がアメリカで働いていたと推定される。その半分が、メキシコとの国境に接するテキサス州かカリフォルニア州で仕事に就いていた。

中央アメリカ諸国やカリブ海諸国、さらには南米のコロンビアやヴェネズエラなどからも、何百万人という非熟練労働者がアメリカに流入した。インドをはじめアジア諸国からは、コンピューターやなんらかの機械に通じた熟練労働者が流れ込み、ロサンジェルス、サンフランシスコ、シアトルなど西海岸の大都市に腰を落ち着けた。カナダのヴァンクーヴァーは、中国人の移住先として最も人気があった。カオスの時代に先立つ繁栄の時代には、ヴァンクーヴァーの中国人人口が十万人近くまで膨れ上がった。その多くが台湾出身で、近づきつつあった中国への併合に不安を抱き、カナダに渡ってきたのだ。イギリス連邦諸国からカナダへ移住する人たちは、主にオンタリオ州に住み着いた。西ヨーロッパには、また別の地域から移民が流入した。モロッコをはじめ北アフリカ諸国の人々がジブラルタル海峡を越えて西ヨーロッパに渡り、主にスペイン南部のアンダルシア地方で肉体労働に就いた。二十世紀初頭フランスの植民地だった国の黒人は、フランスに移住した。イギリスには、パキスタンやインド、バングラデシュ、スリランカから移民が殺到し、イギリス人が敬遠する単純労働に就いた。好景気に沸くドイツに仕事を求めたのは、トルコ、エジプト、東ヨーロッパ諸国、旧ソヴィエト連邦に属していた国の人々だった。

日本の場合、経済大国として生き残るためには、労働移民を受け入れざるをえなかった。日本人の外国人嫌いは昔から有名だったが、人口の減少と高齢化、さらには自国経済を維持するのに欠かせない単純労働に就く日本人が少なかったため、外国人労働者に対する意識が劇的に変わった。主な流出国は、韓国と政治統合して発展しつつあった北朝鮮と、人口増加と二十年にわたる政情不安で人並みの生活を得るのが非常に困難だったフィリピンである。

オーストラリアは比較的少ない人口で、多大なる成功を収めた国だった。いっぽう、隣国インドネシアは世界で四番めに人口が多いにもかかわらず、政治や経済の混迷から抜け出せず内部崩壊を起こしはじめていた。従って当然のように、オーストラリアがインドネシアの受け入れ国になった。人口の少ないオーストラリア北部に、インドネシアやそのほかの東南アジア諸国から絶え間なく移民が流れ込み、二〇三〇年代には人があふれるようになった。オーストラリアの人口は、二十一世紀当初の倍、四千五百万人に達した。南緯二十度以北の地域では、人口の五十七パーセントがアジア出身だった。

二〇二五年から二〇三五年の楽天の時代、移住者たちは移住先の国民や政府当局に公平に扱われていた。裕福な国が経済成長を続けるためには、移民の大量流入が必要だったのだ。新参者を同化させるのは容易ではなく、特にその傾向は宗教や人種が現地民と著しく異なる地域で見られたが、政府も地元も外国人労働者を社会に溶け込ませようと努力した。人数を制限する割当制度やそのほか移民に関する規定はたびたび緩和され、単純労働が経済成長に欠かせない地域では不法入国も黙認された。しかし二〇三七年二月、株式市場が崩壊して不況期に突入したとたん、受け入れ国の国民の態度は一変した。長く続いた繁栄の時代には、裕福な国も完全雇用の必要がない移民の恩恵に浴していた。外国人労働者は、彼らがいなければやり手がいないような仕事に就いていた。が、二〇三七年夏頃から、現地民労働者が突然解雇を言い渡されるようになり、職を失い、次の仕事もなかなか見つからない失業者は、労働移民を脅威に思うようになった。

二〇三七年秋、失業率が急激に上がり、外国人労働者を規制する法律の強化を求める声が一気に高まった。翌年までに、裕福な国は合法的な労働移民の受け入れ人数を大幅に減らした。ヨーロッパでは、特別な場合を除いて就労ビザの更新がいっさい認められなくなり、外国人労働者の数が何年かぶりに減少に転じた。その後、移民に関する法律を強化する国が次々と現われた。アメリカでは移民帰化局が突然、単純労働者を大勢雇っている工場や職場の調査を開始した。当時テキサス州やカリフォルニア州では、建設作業員の半分近くと農場労働者の四分の三が、メキシコや中南米のスペイン語圏からの不法移民だった。

まっ先に外国人労働者を本国に送還しはじめたのは日本だった。日本人の失業者数が一年で三倍以上になったため、二〇三八年の夏、議会は労働許可の即時失効を決定し、三十日以内に本国に戻るよう外国人労働者に命じた。日本政府は旅費とわずかな解職手当てを支給した。少数ながらも、その命令を無視して日本にとどまった外国人労働者もいたが、結局、警察からは徹底的に追われ、外国人労働者の本国送還を支持する日本人からは疎外されるだけだった。

アメリカ政府は、二〇三八年初めにブラセロ計画を破棄した。そのため、何百万ものメキシコ人は本国に戻るか、契約の関係で不法滞在をするかしかなかった。アメリカとカナダは躍起になって不法移民を捜し出し、強制送還した。不法移民を故意に匿った個人や会社は、罰金を課せられたり、禁固刑に処せられたりした。就労ビザの発給は、教養のある熟練労働者に対しても厳しく制限された。その結果、アメリカとカナダの合法移民は、二〇三七年の株式市場暴落から数年で激減した。二〇四〇年から四五年にかけての移民数は、二〇三〇年から三五年のわずか十六パーセントだった。

## 混迷するヨーロッパ――EUの崩壊

政治の面から見ると、ヨーロッパは人口移動の影響を最も受けた地域である。二十一世紀の政治における大事件のひとつに二〇四二年の欧州連合(EU)の一時的崩壊があげられるが、その原因は人口移動とそれが生んだ諸問題にある。EU崩壊以前の二〇三三年、経済が繁栄しはじめて十年近くたった頃、EUの指導者たちは、二〇五〇年までに政治統合した一大陸を築こうという夢のような計画を満場一致で承認した。しかし、その九年後、世界は未曾有の経済不況に見舞われ、EU諸国は外国人労働者や移民政策をめぐって意見の一致を見られず、内部に亀裂が生じ、国家間の本質的な相違が浮き彫りになった。その結果、EU再建に十年近くかかり、完全に政治統合が果たされたのはさらに五十年後、二十二世紀になってからだった。

二十一世紀初め、EUは深刻な事態に直面した。現地民の人口が増えなくなったのだ。二〇一〇年から二〇二〇年の人口増加率は、わずか三・三パーセントだった。新たな移民や外国人労働者を含まず現地民だけを見れば、人口は減少していた。二十世紀に旧ソヴィエト連邦に属していた東ヨーロッパ諸国は、ヨーロッパ系ロシア人を計算に入れても五パーセント以上、イタリアは三パーセント、ドイツは二パーセント減っていた。これでは労働者が絶対的に足りず、EUが北アメリカと経済面で競い合うのは無理だった。また、高齢化も急速に進み、労働者の税負担は大きくなった。

二〇三〇年代初めに、法律を緩和して外国人労働者を大量に投入していなければ、楽天の時代の繁栄はなかっただろう。ヨーロッパは、新たにやって来た何百万人もの移民で文字どおりあふれかえった。二〇三〇年、パリのホテルやレストランで、地位の低い従業員のなかにフランス人がひとりでもいれば、それは珍しいことだった。ドイツの大都市では、機械整備や清掃員の九十パーセント以上が外国人だった。スイスでは、全人口の三分の一が新たにやって来た移民か外国人労働者だった。二〇三二年のロンドンの地下鉄の乗客を詳しく分析すれば、四十パーセント近くがイギリス生まれではないことがわかっただろう。移民や外国人労働者がヨーロッパに同化するのは簡単ではなかった。まずなによりも、新参者は受け入れ国の文化とまったく異なる文化圏からやって来た人ばかりだった。ドイツに暮らす外国人労働者の半数以上がトルコかエジプト出身だったが、どちらの国もイスラム教国で、国民はドイツ人よりも肌が黒い。フランスでも、移民の大半がかつてフランスの植民地だったアフリカ諸国出身のアラブ人だったため、人種や宗教のちがいは顕著だった。さまざまな理由から、新参者はヨーロッパの大都市に広がるスラム街に集まって暮らしていた。ベルリンには、イスタンブールやカイロの一区画と見まごうような市街地ができあがった。朝早くマルセイユの広大なアラブ人街を訪れると、礼拝の時刻を告げる勤行時報係（ムアッジン）の声が必ず聞こえ、通りにはアルジェリアやチュニジアを思わせるモスクや店が並んでいた。

当然のことながら、現地ヨーロッパ人と新参者が衝突したり、暴力事件が起きたりすることもあった。二〇二九年、アンダルシア地方のマルベリャという観光地で、地元のスペイン人と農業労働者であるモロッコ移民とのあいだに起きた小競り合いは三日続いた。マルベリャ事件として知られるこの争いでは、海岸近くの酒場で三人のスペイン人が殺害された。地元民から犯人の処罰を求める声があがったが、地元当局は容疑者と目されるモロッコ人を見つけられなかった。地元民は移民コミュニティがぐるになって犯人を匿っていると決め込み、コミュニティ全体を攻撃することにした。この騒動で三百人以上が死亡、その大半がモロッコ移民だった。

とはいえ、ヨーロッパ人と外国人労働者のあいだで、そう頻繁に争いが起きていたわけではなかった。ＥＵ経済の発展に移民が大きな役割を果たしていることはヨーロッパ人にもわかっていた。人種差別をする人や、自分の国に外国人がいることに憤慨する人がいたのはたしかだが、警察や行政機関は悪意に満ちた反移民行為を厳しく取り締まっていた。

しかし、株式市場が暴落し、経済が下降線をたどりはじめると、外国人労働者を取り巻く環境は一転した。熟練労働者か教育のある労働者以外には、就労ビザが与えられなくなった。そして、まずスイスが、ついでドイツが就労ビザの延長をいっさい認めなくなり、フランスやスペイン、イギリスもそれに倣った。二〇三七年末のヨーロッパで、就労ビザの延長を認めていたのはイタリアだけだった。

政策の変更は、ヨーロッパの外国人労働者コミュニティに衝撃を与えた。就労ビザの延長が認められなければ、生活形態を変えざるをえなかった。当時のヨーロッパの法律では、就労ビザがあれば労働者本人だけでなく配偶者や子供も入国できた。つまり、家族のなかで就労ビザを得ているのがひとりだけで、延長が認められないとすると、家族全員が国外に退去しなければならなかった。外国人労働者は決断を迫られた。配偶者や子供をつれて本国に戻るか、不法滞在をするかだった。また、親がふたりとも就労ビザを得ていた家庭で、片方しか延長が認められなければ、一家の収入は激減する。その場合、ビザの延長を認められた親が、金を稼げる可能性のある年長の子供とともにヨーロッパに残り、もういっぽうの親がほかの子供をつれて本国に戻ることになった。

外国人労働者コミュニティ内だけでなく、労働者と受け入れ国政府のあいだにも緊張が高まった。二〇三八年、ヨーロッパから労働者の大量流出はなかった。就労ビザの延長が認められなかった人たちの三十パーセントがそのまま受け入れ国に残ったため、社会構造をゆがめるような問題がいくつも持ち上がった。

驚くことではないが、外国人労働者のコミュニティ内部で犯罪が増加し、それが周辺地域にも広がった。そのため、ヨーロッパ人のあいだに不法滞在者の逮捕を求める声が強くなった。経済の低迷と失業者の増加に加え、犯罪の急増や憎悪に満ちた人種差別の横行といった問題まで発生し、ドイツやスイスを筆頭にヨーロッパ諸国のあいだで、外国人労働者全員を本国に送還しようという動きが出はじめた。

二〇四〇年初め、ドイツでは議会で白熱した議論が続き、国内のいたるところでデモが繰り広げられた。新政権は外国人労働者に関する包括的な法律を可決し、ドイツに二十年以上住んでいる移民と、公的機関から繁栄に必要な技術を有していると認められた移民以外、すべての外国人を本国に送還することにした。

この法律に関して、ドイツ国民の意見は完全にふたつに分かれた。世論調査によると、国民の圧倒的大多数が議会を支持していたが、断固反対する人もおり、反対派組織も結成された。新法が可決された週末、ミュンヘンやハンブルグやベルリンなどの主要都市で、反対派による大規模なデモ行進がおこなわれた。反対派の主張は明快だった。新法は基本的人権を侵害している。外国人労働者は公正な処遇を受けてしかるべきだ。ドイツや世界の国々を苦しめている経済危機に対処するには、ほかにもっと人道的なやり方がある。彼らはこう訴えたのだ。

ベルリンでは、平和的に進められていたはずのデモ行進が、夕方をすぎてから陰惨な事件に発展した。ブランデンブルグ門の近くで、数名の警官が暴徒に襲われ、殺害されたのだ。葬儀には何十万もの人が参列し、犠牲になった警官は英雄的な殉職者として埋葬された。ドイツの新首相ウォルフガング・カウフマンは、テレビ演説で国民に平静を呼びかけると同時に、法を犯す者は政府の機能を麻痺させ、国民の意向を反映した政治を妨害していると激しく非難した。

周辺国の反応は早かった。ＥＵ諸国のメディアや政府は、ドイツの対応のまずさを厳しく批判した。北アメリカはもっと辛辣だった。米国務長官デイヴィッド・バールスンは、ドイツの事件は、政府が哀れみと思いやりを持って不法移民問題に対処しなければどうなるかを示したいい例である、と述べた。《ニューヨーク・タイムズ》は社説で、カウフマン政権は憎悪に満ちた狭量な社会をつくりだしたと述べ、外国人労働者国外退去法を、二十世紀にヒトラー率いるナチス政権が可決した反ユダヤ人法になぞらえた。

カウフマン首相に反省の色はなかった。国際社会からの批判に対し、前週におこなわれたデモ行進で重傷者が出なかったことをあげて、ドイツ警察の冷静な対応を褒めたたえると同時に、世界の国々を非難した。アメリカをやり玉に上げ、アメリカ政府のやり方ははなはだしく偽善的であると述べた。過去二年間にアメリカから強制退去させられたメキシコ不法移民の数を引き合いに出し、世界不況にともなう悪夢のような苦悩と貧困に対し、独自に打開策を講じたとしても、それはドイツの権利であると主張した。それから時を移さず、新法を公布した。二〇四〇年、当時ドイツに暮らしていた外国人労働者の八十パーセント以上にあたる五百万人近くが、その年の終わりまでに国外退去させられた。国際社会からの非難は続いていたが、ドイツ国民の大半が、困難で細心の注意を要する仕事は滞りなく成し遂げられたと考えた。

大量の外国人労働者が国外に退去したことで、ドイツ国民の失業率は大幅に低下した。が、翌二〇四一年になると減少傾向に翳りが見えはじめ、四月には、依然として国外退去政策が取られていたにもかかわらず、外国人労働者の数はいっこうに減らなくなった。何が起きていたのか。国外退去させられた労働者の多くが、一度ヨーロッパのほかの国に行って、そこにしばらく滞在したあと、EUの特徴でもある開放的な国境を越えて、密かにドイツに戻っていたのだ。スイスだけはドイツと同じような法律を施行していたが、近隣諸国のなかには、イタリアやポーランドのように不法移民を法律で厳しく取り締まっていない国もあり、外国人がヨーロッパを渡り歩くのは容易だった。

二〇四一年初夏、ドイツ政府は、外国人労働者に関する新法の目標を達成できないのは、国境が開放されているからだと気がついた。カウフマン首相はドイツと国境を接する国に、問題解決のための協力を求めたが、要請に応じる国はなかった。ドイツ政府は苦境に立たされた。独断で国境を塀か何かで封鎖すれば、EUの精神にも規約にも反する。が、何も手を打たず、大量の不法移民が戻ってきて自国民の仕事が奪われるのを黙認するのは政治的自殺行為だった。

二〇四一年夏、悲惨なまでに失業者が増え、カウフマン首相はなんらかの手を打たなければならなくなった。そこで、国境に壁をめぐらして外国人労働者の流入を防ごうと議会で提案した。ヨーロッパのほかの国々がいっせいに抗議し、ドイツ国内でも抗議デモが繰り広げられ、大西洋の向こうからも非難の声が聞こえてきたが、ドイツ議会はカウフマン首相の提案を承認した。

## ドイツの国交断絶

二〇四一年の冬は、ドイツをはじめヨーロッパ諸国には忘れられない時期となった。作家ヘルガ・ボーデンハマーは自身の著書『過ぎ去りし日の亡霊』のなかで、ヨーロッパを襲った不安について次のように述べている。「ドイツが国境を閉鎖するために、組織だって塀や門、その他の施設の建設に着手したのを見て、ほかのヨーロッパ諸国の指導者たちは驚き、あきれ果てた。彼らが何を言っても、また何をしても無駄だった。経済的なしっぺ返しを食らう可能性があると言っても、ドイツは耳を貸そうとしなかった。十二月、フランスのジャック・カゾー大統領を中心とした、ヨーロッパ諸国の代表がベルリンを訪れ、三日間にわたり、カウフマン首相と彼の顧問委員会と会談をおこなった。代表団は、ドイツの政策は甚大な被害をもたらす恐れがあると指摘し、国外退去になった労働者が確実にそれぞれの故国に戻るよう対策を講じるとまで言ったが、ドイツは聞き入れなかった。会談は辛辣なことばの応酬に終始し、なんら解決は見られなかった」

二〇四一年十二月から二〇四二年二月にかけて、ヨーロッパ諸国が妥協を許さない断固とした態度でのぞんだために、ドイツはEUからの脱退を余儀なくされたが、もし道理を踏まえた折衷案をさらに模索していれば決裂は避けられたかもしれない、とボーデンハマーは論じる。が、彼女の説に異を唱える歴史学者もいる。国境取締法案の可決は、ドイツの独断的な行動をほかのEU諸国が看過した証拠である、と彼らは主張する。

振り返ってみれば、ドイツとその他のヨーロッパ諸国は延々と論争を続けたが、互いに相手の確固たる意志を軽視していたのはあきらかだ。十二月なかば、物別れに終わったベルリン会談から十日後、耳を貸そうとしないカウフマン首相に業を煮やしたEU諸国の指導者たちは、ブリュッセルで緊急会議を開いた。イギリスとフランスの主導でおこなわれたその会議で、ドイツに対するEU諸国の怒りを反映した仮借ない決議案が採択され、ドイツが国境取締政策を実行に移した場合は、厳しい経済制裁を加えることになった。

いっぽうドイツは、遅くとも二〇四二年二月一日には国境取締政策を実施しようと、強硬に独自の路線を押し進めた。北アメリカやほかのヨーロッパ諸国のタブロイド紙は、ドイツが築いた国境の建造物を〝要塞〟と呼び、世界中の義憤をあおった。さらに、ドイツは密かに〝国家秘密警察〟を設立して国境の取り締まりを強化し、国内や他国の反対派グループが手を組んで新法の実施を阻止しようとした場合に備えている、という偽りの噂まで流した。三年以上続く厳しい経済状況からくる絶望感とあいまって、ヨーロッパ中に反独感情が噴出した。五十年ぶりにヨーロッパの主要国を巻き込んでの武力衝突が起きるかもしれないという話も、もはや冗談ではすまされなくなっていた。

国境の取り締まりが開始されてから一週間、ドイツにいたる複数の幹線道路で連日、大規模な抗議デモがおこなわれた。幸い、ドイツの国境警備員は、可能なかぎりトラブルを避けるよう命じられており、面倒な事件は発生しなかった。

それから一週間と経たないうちに、EU諸国は公式に異議を申し立て、ブリュッセル決議で承認されている経済制裁をただちに執行すると発表した。カウフマン首相は、すでにそれに対抗する措置を考えていた。EUの主な経済活動から手を引き、ドイツ通貨のマルクを復活させると宣言したのだ。また、国境の保全という国民の主権を保護した上で和解を取りつけようと、経済制裁が解除されたらEUに再加盟すると言明した。が、他国も譲歩しなかった。その結果、ドイツは他国と関係を絶つことになった。

ドイツの行動は世界を驚かせた。ヨーロッパでは、輸出入に影響をおよぼすドイツの新法に対処しようと、あらゆるビジネス分野で慌ただしい動きが見られた。ドイツ製の部品を使った製品は、ことごとく輸出停止になった。経済は衰退の一途をたどった。新たな危機に襲われ、憤懣やるかたないヨーロッパの市民は、それぞれ自国の政府に何か対策を講じるよう訴えた。

二〇四二年三月、カウフマン首相はスピーチをおこない、無責任で敵意に満ちた意見を激しく非難するとともに、ドイツはかつてのパートナーだったヨーロッパ諸国と経済双務協定を結び、活動をともにする意向である、とそれまでの主張を繰り返した。また、ドイツは不当に経済制裁を課せられてEU脱退に追い込まれたのだと世界に訴えた。そして慎重にことばを選びながら、他国の政府がドイツの内政に干渉しようとすれば、ドイツは独自の路線を固持すると言い切った。

ドイツ首相の発言に驚いたフランスのジャック・カゾー大統領とイギリスのマルコム・ミドルトン首相は、二〇四二年四月、ヨーロッパの首脳陣を率いてベルリンを訪れ、緊張緩和と独立国家ドイツとの経済協定締結を図った。この訪問は成功し、会談終了後、カウフマン、カゾー、ミドルトン、三人の首脳は笑顔で一枚の写真におさまった。振り返ってみれば、ドイツとほかのヨーロッパ諸国とのあいだに戦争が勃発する可能性はほとんどなかったように思える。が、二〇四二年最初の数カ月間、まちがいなくヨーロッパをはじめ世界中がその可能性に脅えていた。

## EU再統一への道

ドイツのEU脱退は、ヨーロッパ中に大きな影響を与えた。EUに加盟しているがゆえに、カオスに対処する自由が制限されていると考えていたイギリス、フランス、スペインは、経済統合の利点と欠点を厳しい眼で検討することにした。二〇四二年後半と二〇四四年、ヨーロッパ各国で新政権が樹立されるにともない、ドイツに倣ってEUを脱退する国が現われるかに思われた。が、結局、五十年かけて培った国家間の共益関係が、どのような事柄よりも優先された。ドイツがどんなに努力をしても独力では経済不安をまったく乗り切れなかったのを見て、単独で不況に対処したほうがうまくいくのではないかと考える国もなくなった。やがて、ドイツも他国も、分裂状態のままで不況に対処するのは困難だと悟った。二〇四六年、ドイツに対してＥＵに復帰するよう本格的な交渉が始まった。同年、カウフマンが選挙で敗北すると、あとを受けた新政権は復帰を前向きに考えた。が、経済制裁の問題は慎重を要した。たとえドイツ経済が制裁の影響をほとんど受けていなかったとしても、ヨーロッパはもとより世界中から、国境封鎖に対する処罰を受けていると見られていた。そこでドイツは、再統一の交渉に応じる条件として、経済制裁の解除をあげた。しかし、他国はその要求を受け入れなかった。その後一年間、水面下で交渉がおこなわれた。そしてようやく二〇四七年に経済制裁の一部が解除され、ドイツが交渉の席につくことになった。

しかし、ＥＵの再統一はさらに三年遅れた。ドイツが独自の経済政策をとっていた五年のあいだに、マルクの相場がヨーロッパの通貨であるユーロより十二パーセント上がっていたのだ。当然のことながら、ドイツは通貨価値に応じて為替レートを決めるよう求めた。が、他国は、国交断絶時の交換比率での両替を望んだ。結局、二〇五〇年、双方に不満を残しながらも折衷案が採択され、再統一へ向けての協議は続行された。そして二〇五一年、ドイツはＥＵに復帰した。

## メキシコの英雄

### ある少女の登場

ヨーロッパから大西洋を越えた地にも、カオスは不安と衝撃をもたらした。メキシコはそれまでの十五年間、空前の経済成長を見せていたが、二〇三七年に起きた世界経済の崩壊をさかいに、建国以来ずっと社会不安の要因となっていた金も食料もない困窮状態に一気に逆戻りした。

メキシコは当時まだ発展途上にあったが、人口は急増しており、二十一世紀なかばには二億人に達するかの勢いだった。若い世代は親の世代より教育があり、野心的で、人口も多かった。彼らが成人を迎えたのは、仕事が豊富にあり、大きな望みも抱くことができ、メキシコ史上はじめてほんとうの意味での中産階級が生まれた時代だった。西半球のすべての国と自由貿易協定を締結したことが強力な刺激剤となり、二〇二五年から二〇三五年の楽天の時代には、経済が年平均七・五パーセントの成長を見せていた。

しかし、メキシコ経済の奇蹟は虚構でしかなかった。状況を悪化させたのは、失業者の洪水である。アメリカが移民や外国人労働者に関する政策を急遽変更したため、アメリカから大勢のメキシコ人が戻ってきたのだ。何百万人もの非熟練労働者は、アメリカにいるあいだは、収入の大半を家族に送ることでメキシコ国内の購買力を促進していたが、今度は財源不足の社会福祉組織にさらなる負担を負わせることになった。

カオスの時代のメキシコの困窮は計りしれない。が、その困窮と混迷のなかから、独自の思想を持った前途洋々たる国家が生まれた。二十一世紀後半、一時期ではあったが、メキシコは西半球のスペイン語圏で、誰もが認める指導者になった。メキシコを不況から救い、世界の最前線に押し出したのはひとりの女性だった。二十一世紀の真の英雄のひとりにあげられるこの女性の名は、ベニータ・アルカラ・コルデロといった。

ベニータは二〇〇六年三月二十日、メキシコ南部のオアハカで生まれた。

二十八歳でベニータをもうけた父親は、何百年ものあいだオアハカの谷に住んでいる純血のサポテカ族出身の先住民（インディヘナ）だった。公的な場で使っているスペイン語の名前は、ギジェルモ・コルデロといった。

ギジェルモが妻となる女性マルガリータ・マルドナードに出会ったのは、彼が大学生のときだった。マルガリータは色白で美しく、血統をたどると両親とも、オアハカに入植した初期のスペイン人に行き着く。彼女の家族は何世代にもわたり、クリオーリョ（中南米で生まれた純血スペイン人の子孫）だった。ギジェルモとマルガリータは、家庭を生活の中心に据えた。ベニータをはじめ三人の子供たちをこよなく愛し、彼らの成長を暖かく見守った。

ベニータは幸先のいい日に生まれた。誕生の翌日、メキシコの偉大な指導者ベニート・ファアレスの生誕二百年を祝う声が国中で聞かれたのだ。メキシコの歴史におけるファアレスの役割はしばしば、アメリカの歴史におけるリンカーンのそれに喩えられる。一八六七年にマクシミリアン皇帝がその座から引きずり降ろされて処刑されたあと、ファアレスが構想力と弛みない努力をもって、現在のメキシコ共和国の基礎を築いた。彼はオアハカで生まれ育った改革主義の政治家で、メキシコはあらゆる外国勢力に抵抗し、国民の力で歩むべき道を見出さなければならないという信念を持っていた。ベニータの父親ギジェルモと同じサポテカ族であるファアレスは、微賤から身を起こし、オアハカ州知事と最高裁判所の裁判官を経て、ついにはメキシコ大統領になった。

二〇〇六年三月二十日の午後、マルガリータに激しい陣痛が始まり、その日の晩か翌朝には子供が生まれると思われた。名前はすぐに決まった。ギジェルモとマルガリータは、メキシコの英雄にあやかって、娘にベニータという名をつけた。ミドルネームのアルカラは、母親であるマルガリータの実家にちなんだものだ。

ギジェルモはベニータにサポテカ族の文化を教えようとした。夜になると、さまざまなサポテカの伝説をベニータに聞かせた。ベニータが八歳になると、ギジェルモは年に一度、オアハカの谷を見下ろす丘の上にある古代の祭礼場モンテ・アルバンにベニータを連れて行った。壮大で神秘的な遺跡をゆっくりと歩きながら、父は娘にサポテカ族の歴史を語って聞かせた。

マルガリータから娘に受け継がれたのは、音楽の才だった。マルガリータ自身立派な音楽家であり、大学では音楽史の学位を修めていた。彼女はベニータがまだ三歳の頃からピアノを教えた。ベニータは早々に才能を発揮し、六歳になった頃には、ピアノだけでなくギターやヴァイオリンも弾けるようになっていた。

この幼い少女が歌もうまかったことは驚くにあたらない。生まれつき音感に優れ、一度聴いただけで歌詞や旋律を覚えることができた。さらに、これは誰も予想していなかったことだが、いつしか彼女は作曲もするようになっていた。ある金曜日の夜、九歳になったばかりのベニータは、彼女が通っていた小学校の講堂で、ひとかたならぬ才能を披露し、聞きに来ていた家族や友人や隣人たちを唖然とさせた。首から革紐で下げたギターで、複雑で独創的な曲を弾きながら、一カ月前に書いたバラッドを歌ったのだ。その物語詞は、幼い頃ベッドのなかで父親から聞いたサポテカ族の伝説をもとにしたものだった。

ベニータは両親とふたりの弟ラモンとミゲルとともに、オアハカ郊外の上位中産階級が暮らす地域にある、寝室が四つある住み心地のいい家に住んでいた。両親は子供たちに、恵まれた環境にいることを自覚し、そのことに感謝するよう教えた。母のマルガリータは地元のローマカソリック教会の仕事に携わり、慈善活動に積極的に参加した。彼女は、孤児院や病院や家のない人々の収容施設を訪問するとき、三人の子供たちについてくるよう勧めた。毎年クリスマスになると、コルデロ家は貧しい一家を自宅に招待して、プレゼントをあげたり、食事をともにしたりして、彼らを友人のようにもてなした。招待する一家はたいてい、サポテカ族かミステク族のインディヘナだった。ベニータはその体験を通し、先住民が置かれている下層階級の状況を学んだ。

ベニータ・コルデロについて書かれた本は何百冊とある。このひときわ才能あふれる女性に両親が与えた、愛と激励に満ちた環境がいかに重要だったかについては、どの本でも力説されている。ヨランダ・バスコンセロスは自身の著書『若き日のベニータ・コルデロ』で次のように述べている。「ベニータはインディヘナとクリオーリョの結婚によって生まれたメスティーソ一世だ。大いなる出会い（グレイト・エンカウンター）がもたらした、純血スペイン人の血とメソアメリカ先住民の血との融合である。それぞれの文化に不可欠な要素を両親から学び、メキシコについて独自の見解を形成した。それがベニータであり、ほかの何者でもない。彼女は完璧なメキシコ人だった」

## 大スター誕生

ギジェルモもマルガリータも、娘に途轍もない音楽の才があることに気づいていた。ベニータは成長するにつれ、より一層洗練された曲を次々と生みだした。歌詞はたいていスペイン語だったが、変化を求めて英語やサポテカ族のことばで書くこともあった。恋する若者の胸の痛みやせつなさ、淋しさといった一般的なテーマが大半を占めていたが、歴史や政治を題材にしているものもあった。

高校卒業を数カ月後にひかえた十八回めの誕生日に、ベニータは高価なエレキギターを買ってもらった。その週末、ベニータは母親と一緒に、録音してある何十もの曲を丹念に聞き直し、音楽会社に提出できそうな大衆向きの曲を十四曲選んだ。そのうち四曲を、両親が自宅のガレージにつくった簡素なスタジオで、新しいギターを使って録音し直した。そして四月のある水曜日、デモテープを翌日配達の至急便で、メキシコ・シティにある一流のエンターテイメント会社の音楽部門に送った。金曜日の昼すぎ、三人の男性がオアハカ郊外にあるコルデロ家のドアを叩いた。

三人はテープを送った会社の重役だった。彼らはテープで聞いた曲をつくって歌ったのがまだ高校生だと知ってひどく驚いた。一時間後、学校から帰ってきたベニータは、大きな笑みを浮かべて三人に挨拶をした。ベニータは自宅のガレージで録音したテープの音質の悪さを詫び、歌を聞きたいかと尋ねた。三人のなかでいちばん年若のマリアーノ・ペレスが、そのときの様子を二十年後に出版した回想録に書いている。「私たちはその美しい少女のあとについて、家のわきにあるガレージにはいった。ベニータはガレージの片隅に無造作に置いてある楽器のなかからエレキギターを取り出すと、私たちのまえにやって来た。さり気ない口調で、すぐそばにいるのでマイクは使わないと言うと、私たちがテープで耳にしていた曲の前奏を弾きはじめた。

同僚と私は信じられない思いで、顔を見合わせた。その高校生は、独創性あふれるすばらしい曲を書いて歌うだけでなく、ギタリストとしても秀でていたのだ。しかし、驚きはまだ始まったばかりだった。ベニータが歌いはじめると、私たちは口を開け、眼を見開き、呆然として彼女を見つめた。彼女のような澄んだ声質と広い音域を、私たちは誰ひとりとしてオペラ以外で聞いたことがなかったのだ。ベニータが歌い終えたとき、私たちは口がきけなかった。夢中になって拍手をしていた。

拍手に気がつくと、ベニータは顔をほころばせた。そして笑顔で、次の曲は女の子同士の友情を歌った《わたしにおまかせ》というかわいいロック調のバラッドだと簡単に説明すると、ギターを弾きはじめた。その曲は、それから三カ月と経たないうちにメキシコでシングル売り上げ一位を記録した。ガレージで彼女の歌を聞きながら、〝これだ、これこそ待ちに待ったビッグ・チャンスだ〟と思ったことを覚えている。ベニータがスターになるのは、そのときからわかっていた。が、あれほどの大スターになるとは思ってもいなかった」

二〇二四年六月下旬、高校を卒業するとすぐに、ベニータはファースト・アルバムの収録のため、両親とともにメキシコ・シティに向かった。そのアルバムは、《ベニータ》というタイトルがつけられた。ファースト・シングル《しあわせは自分の手で》は、自分の価値観を捨ててまで人気者にはなりたくないと思っている女の子を褒め称えた歌だった。八月初旬の発売と同時に、ヒット・チャートを一気に頂点まで駆けのぼった。九月中旬に発売されたアルバムは、わずか三週間でミリオンセラーとなった。

マルガリータはベニータが歌手としてのスタートを切るまでの数カ月間、音楽業界について入念に研究した。彼女の知識と冷静な交渉は、若いスターにとって非常に強い味方だった。マルガリータは印税による支払いを要求し、新人には異例のことだったが、その要求は認められた。また、彼女の楽曲をスペイン語以外の言語でレコーディングする権利を会社には渡さず、娘の成功がロサンジェルスの音楽界の重鎮の耳に届いた際に、彼女とベニータがアメリカの大手会社と自由に交渉できるようにした。

ファースト・シングルがメキシコで発売されるや、コルデロ家にアメリカからの電話が相次いだ。マルガリータは慎重な女性だった。電話をかけてきたアメリカの音楽会社すべてに対し、ベニータはコレクション・アルバム用の曲の歌詞を英語に書き換えているところで、それが終わるまで契約の交渉にはいっさい応じないと伝えた。そのいっぽうで、バイリンガルの詩人でありオアハカの大学で英語を教えている教授に、歌詞の翻訳を手伝ってもらうよう手はずを整えていた。ベニータはその話を大いに喜び、二〇二四年の秋、英語でのファースト・アルバムが最高のものになるよう、ほとんど毎日オロスコ教授のもとに足を運んだ。

二〇二四年十二月初め、ベニータは英語版のレコーディング契約を百万ドルで結んだ。

二〇二五年一月、ベニータと両親は、契約にしたがいアメリカに飛んだ。飛行機のなかで、三人ははやる気持ちを抑えきれなかった。世界の音楽の中心地ロサンジェルスで、レコーディングをおこなうことになっていたのだ。

後年、大統領になったベニータの政治姿勢に、初めてのアメリカ訪問がどのように反映されていたかについては、多くのことが書き残されている。ベニータがロサンジェルスで出会ったアメリカ人のなかに見たのは、優れたアイディアを生みだすのは常にアメリカであるという、アメリカ人なら誰しも持っている文化的優越感だった。レコード業界はその傾向が一段と強かった。音楽会社の重役はベニータを有名にしてやるには、彼女の才能よりも自分たちの営業・製作能力のほうがはるかに肝心だと言わんばかりだった。

ベニータと両親を乗せた飛行機は、正午頃ロサンジェルスに到着した。空港には音楽会社が手配したリムジンが待っていた。彼女たちが泊まったビヴァリーヒルズの高級ホテルの部屋は豪華なスイートルームで、オアハカの家とほぼ同じくらいの広さだった。五時頃になって、音楽会社の宣伝部長が翌日の記者会見の打ち合わせに現われた。

宣伝部長は、記者会見や売り込みのためのプロモーション用の衣装を六着持ってきた。が、ベニータが驚いたことに、どの衣装も彼女にはおよそ似つかわしくなかった。体の線が露わになったり、肌が露出しすぎたり、大人びていたりするものばかりだった。マルガリータも娘と同じことを思い、それらの衣装は受け入れかねると宣伝部長に伝えた。押問答が続いた。マルガリータはベニータに、オアハカから持参した洋服を彼に見せるよう言った。そのなかには、特別な写真撮影会がある場合に備えて持ってきた、サポテカ族が祝祭で着る色彩に富んだ衣装もあった。それ以外は色合いがやや地味ながらも、オアハカで夜、友達と遊びに行くときに着ていく現代的な流行りの洋服だった。

宣伝部長はベニータの洋服を一瞥するとばかにしたように笑い、とげとげしく恩着せがましい口調で、アメリカで人気のある十代の歌手は、自分が持ってきたような衣装を着ているのだと言った。そして、それを証明するかのように十代の歌手の写真を出してきた。そこに写っている女の子は、そろって挑発的な衣装に身を包んでいた。マルガリータは穏やかではあるが決然と、ベニータは音楽家でありセックスシンボルではないと言った。五分後、宣伝部長は憤然としてスイートルームを出ていった。

翌朝、レコーディング・スタジオで、さらに不愉快な出来事に出くわした。三十代前半の担当プロデューサーに会ったときのことだった。ティーンエイジャー向けの曲で五回ミリオンセラーを出したというその男性は、新人を担当させられて気分を害していることを隠そうともせず、ベニータを見下すように、彼女の曲をもっと〝覚えやすくて売れそうな〟曲にアレンジしたと言った。ベニータは、編曲された《わたしにおまかせ》を聞くなり、わっと泣きだした。繊細さが完全に失われ、独創性のかけらもない単調で平凡な曲になっていたのだ。

両親がスタジオの楽屋でベニータを慰めていると、その週に収録する予定になっていた曲の楽譜が収められた箱が届いた。歌詞を見て、ベニータは愕然とした。オロスコ教授とふたりで丹精をこめて書いた英語の歌詞が、一曲残らず書き換えられていた。教養のない人でもわかるよう、会社側が平易なことばに書き換えたのだ。

ベニータは非常に穏やかな性格の持ち主だった。が、当然、自身の音楽には誇りを持っていた。もう一度じっくりとすべての歌詞に眼を通すと、彼女は激怒した。珍しく怒りを爆発させ、箱の中身を床にぶちまけると楽譜を四方八方に投げ散らかした。ギジェルモが娘を叱ろうとすると、マルガリータがあいだに割ってはいり、会社側と話をするようベニータに言った。

プロデューサーや彼のアシスタントと話し合うなかでマルガリータは、契約により、自分たちにはアルバムに関するすべての面で〝最終的な承認〟を与える権利があると話した。さらに、編曲も歌詞の改訳も認められないと言おうとしたそのとき、プロデューサーは自らの信用と音楽センスを擁護し、越権行為を正当化するために、〝無知なメキシコ人一家〟が大胆にも仕事のやり方を自分に教えようとしていると罵りはじめた。

ベニータたちはホテルに戻った。その日の午後遅く、アーティスト部門の副代表を務める男性が部屋にやって来た。最初、彼はすまなそうな態度を見せ、ベニータと彼女の両親が何に困ったのかを理解しようとしていた。が、ベニータたちはアメリカの音楽市場というものをわかっていない、自分たちはベニータにとっていちばんいいことをしようとしているだけだ、と何度も繰り返した。マルガリータは一歩も譲らず、編曲や歌詞をベニータ本人が認めなければレコーディングはおこなわないと言った。それに対し副代表がことばをにごしていると、マルガリータは、契約条件が守られなければメキシコに帰るまでだ、と言い切った。それをさかいに話し合いは悪い方向に進んだ。副代表は皮肉たっぷりに、〝十八歳の女の子〟を〝音楽の最高権威〟のように扱えるはずがない、と言った。そして、会社の納得のいくかたちでレコーディングがなされないかぎり、契約書にうたわれている追加金はいっさい支払わない、もし三カ月以内にレコーディングに応じなければ、契約時に渡した前金を取り戻すべく訴訟を起こすと言い残して、部屋を出ていった。

ベニータは翌朝にでもメキシコに帰りたがったが、両親は我慢するよう諭した。それから二日間、彼女たちはロサンジェルスに残った。しかし、妥協点は見出せなかった。ベニータたちは憤りと失望を抱いて、ロサンジェルスを離れた。すばらしい夢のような旅になるはずが、結局は恐ろしい悪夢のような旅になってしまった。この訪問で、ベニータが深く傷ついたのはあきらかだ。

アントニオ・エスカランテは、自身が著したベニータの伝記『オアハカの天使』のなかでこう述べている。「後年ベニータが、メキシコをアメリカの影響下から抜け出させようとしたのは、二〇二五年、はじめてロサンジェルスを訪れたときに受けた心の傷が原因であることはまちがいない」

二〇二五年二月なかば、ベニータはメキシコ・シティを皮切りに、初の国内コンサートツアーを開始した。六週間かけて十二の都市で公演をおこない、満員の観客に歌や演奏を披露した。

その年の夏、ベニータはセカンド・アルバムを発表した。そのアルバムは、わずか一週間でプラチナ・ディスクとなった。アメリカの音楽会社もようやく態度を軟化させ、ベニータのアレンジと彼女が書いた英語の歌詞でのレコーディングに応じた。ベニータがアメリカに行くのを拒んだため、前回とは別のプロデューサーと六人のミュージシャンがメキシコまでやって来て、メキシコ・シティでレコーディングをおこなった。アメリカでのファースト・アルバムが、成功への階段を一気に駆け上がることはなかった。ベニータの歌は、当時アメリカのポップス界を席巻していた音楽とはかけ離れていた。じっくりと耳を傾けなければ、《ベニータ》のよさはわからなかった。が、アメリカでもファンは着実に増え、一年後に発表したセカンド・アルバムは一週めで、いきなり《ビルボード》のトップ・テンに登場した。

二〇二五年から二〇二九年までにベニータはアルバムを五枚発表し、世界で最も輝かしい成功を収めたアーティストになった。二〇二六年には南米で、二〇二七年にはヨーロッパで、二〇二八年にはアメリカでコンサートツアーをおこない、その総収益は音楽史上に燦然と輝いた。

当然のことながら、ベニータの所得は莫大だった。ビジネス誌は、二〇二八年の彼女の個人所得は、音楽関係だけでも八千万ドルを越えると推測した。

## 財団の設立

二〇二六年三月、ベニータの月収が初めて百万ドルに達した。彼女は両親の激励と協力を得て、〈ベニータ・コルデロ財団〉を設立した。慈善組織であるこの財団は、宣言書のなかで「本財団の目的は、オアハカとメキシコの人々の生活の質を向上させることである」と述べている。

当初は、マルガリータの兄ホセ・マルドナードが片手間に財団の管理にあたっていた。集まった基金をどこに寄付するかについてはベニータか両親が決めた。が、数カ月もすると、常勤のマネージャーが必要になってきた。その仕事をホセに引き受けてもらえなかったため、コルデロ家は長年の友人であり、清廉潔白との評判がある地元の実業家を雇い、財団の管理を任せた。それから一年半後、コルデロ家は愕然とする事実を知ることになる。その実業家が財団の資金を着服して個人的な目的に利用したり、友人に分け与えたりしていたのだ。

ベニータは友人と思っていた人物の不正に傷つき、財団の管理を安心して任せられる人が見つかるまで活動を中止することにした。二〇二七年三月、ベニータは財団のマネージャーの条件をふたつ決め、それをツアー先のマドリッドから電子メールで父親に知らせた。「パパ、マネージャーには不正を働かず、パパと同じくらいオアハカやメキシコの人を愛し、尊敬している人になってもらいたいわ」

五月下旬、ツアーを終えて戻ってきたベニータに、すばらしいマネージャー候補が見つかったと父親が告げた。その三日後の五月二十七日午前十時、ベニータと母親は自宅のオフィスで、ダビッド・サンチェスと会った。この運命の出会いについて、アントニオ・エスカランテは『オアハカの天使』のなかでこう述べている。「ベニータは、父親からサンチェスのことを人気のある大学教授だと聞かされていたので、快活ではっきりとものを言う男性を想像していた。非常に端正な顔立ちをしている上、おっとりとした物腰で、一緒にいる人をすぐにくつろいだ気分にさせるような男性が現れるとは思ってもいなかった。

　サンチェスは、メキシコ・シティの大学を卒業したあとオアハカに戻ってきたのだが、その理由について、何百万人というインディヘナや公民権を剥奪された貧しい人々の生活向上を目指して働けば、この地域を変えていけると考えたからだと話した。そしてことばを飾ることもなく、仕事が休みの日には、オアハカ州で四番めに人口の多い先住民族であり、祖母と同じチナンテコ族のあいだに教育の機会を広げるための活動をおこなっていると言った。

　マルガリータは、サンチェスとベニータのあいだに確固たる信頼関係が築かれたと確信した。その夜ベニータと両親は、〈ベニータ・コルデロ財団〉の管理をサンチェスに任せることに決めた」

　サンチェスはベニータよりも十一歳年上だった。二年半以上にわたり、ふたりは力を合わせて、財団の活動が最大限に活かされるよう努めた。そうするなかで、サンチェスはベニータの友人になり、親友になり、ついには夫となった。また、ベニータの人生に三番めに影響を与える存在にもなった。ダビッドに出会うまえのベニータは政治に疎く、恵まれない人々の生活を向上させるために、政治がひとつの手段になりうるとは思ってもいなかった。ダビッドは根気と愛情をもって、ベニータにメキシコの歴史と政治学を教えた。ベニータは頭のいいまじめな生徒だった。ツアーに出るときは必ず、ダビッドが勧めた本を持っていった。二〇二八年、インタヴューで彼女の楽屋を訪れたサンフランシスコのレポーターは、ベニータがベルナール・ディアス（スペインのメキシコ征服者コルテス配下の兵士）の『メキシコ征服記』を読んでいた、と驚きまじりに報じた。

　マルガリータによると、プロポーズをしたのはベニータのほうだったという。二〇二九年七月のさわやかな夜、ダビッドと夕食に出かけていたベニータは、家に帰ってくると階段を駆け上がり、興奮しきった様子で母親の寝室に飛び込んだ。「やったわ！」とベニータは叫んだ。何が起きたのかと問いかける母親に、プロポーズされるのを待っているのにくたびれたので、彼女のほうから結婚してくれるかどうか尋ねたのだ、と答えた。

ベニータは婚約を正式に発表し、家族や友人やファンに、家庭に専念するため音楽活動をしばらく休止すると告げた。

五年間も注目を浴びる存在でいたベニータが、スポットライトのあたる場所からすぐに退くことはもちろん無理だった。世界中に何百万人ものファンがいた。彼女は魅力的で活気に満ち、内面から女らしさがにじみ出る女性だった。そして、あらゆる世代の心をつかんでいた。多くのジャーナリストが指摘するように、ベニータは二十世紀のダイアナ妃以来、世界で最も幅広い層から崇敬された女性だった。

ベニータ・コルデロとダビッド・サンチェスは、二〇三〇年五月五日、国民の祝日であり、〝シンコ・デ・マヨ〟として世界に知られる戦勝記念日（一八六二年、メキシコ中南部のプエブラでイグナシオ・サラゴサ将軍率いるメキシコ軍がフランス軍に大勝利を収めた記念日）に、オアハカの大聖堂で式を挙げた。それから数年間、ベニータとダビッドはメディアの寵児だった。ベニータは結婚後まもなく妊娠し、二〇三一年三月に男の子を出産、彼女の父親にちなんでギジェルモと名づけた。その十八カ月後には女の子が生まれた。アンヘリーナと名づけられたその子供は、母親に似て美しい顔立ちをしていた。

ダビッドとベニータは子供たちに愛情を尽くした。が、それと同時に時間を捻出して、ベニータ・コルデロ財団の影響力がオアハカはもとよりメキシコ全土におよぶよう努めた。財団が力を注いだのは、貧しい人や公民権を剥奪された人たちへの教育とインディヘナの伝統の保護、このふたつだった。基金を利用して、インディヘナが多数を占める地域で、何百もの学校を建てたり改造したりした。さらに、国内で進められている何十もの考古学関係のプロジェクトに資金を提供した。そしてオアハカでは、メキシコ建国当時の歴史や文化を研究する機関を設立した。その機関が取り組んだプロジェクトのひとつが、インディヘナの言語で当時も残っていた四十の言語を文献にして残すことだった。そのなかには、ベニータが流暢に話せるサポテカ族の言語も含まれていた。

財団の管理者であるダビッドの役割は、ビジネスや教育や政治などの指導者とのつながりをつくることだった。二〇三三年初め、アンヘリーナがまだおむつをしていた頃、ダビッドの仕事仲間は彼に、政治事務所を立ち上げるようしきりに勧めた。二〇三五年、ベニータの祝福と支援を受けて、ダビッドは仲間たちの要請に応じ、オアハカ州知事に立候補した。どの政党とも手を組まなかったが、彼は選挙で地滑り的勝利を収めた。

ダビッド・サンチェス知事は、特に貧しい人たちやインディヘナのあいだで圧倒的に人気があった。彼が知事に選出されたのは、楽天の時代の終わり、カオスのきっかけとなった株式市場の崩壊が起きる直前だった。当時、メキシコはかつてないほどの繁栄を見ていた。ダビッドは、知事としての主な仕事はその繁栄を社会構造の隅々まで行き渡らせることだと考えていた。過去三十年間社会が発展してきたにもかかわらず、依然として下層階級に置かれているインディヘナに、ある程度の保護と自治権を与えられるよう、条例や法律を制定していくつもりだった。しかし、メキシコのほかの地域や世界の国々と同様、ダビッド・サンチェスもまた、先に待ち受けていた社会の大変動をまったく予期していなかった。

## メキシコの激変

二〇三七年二月二十六日金曜日、世界の株式市場は近代史始まって以来最悪の大暴落を見た。その日、ダビッドとベニータのサンチェス夫妻は近親者とともに、オアハカ南部のリゾート・タウン、プエルト・エスコンディードにいた。ダビッドは州の会議で、リゾート地における観光事業についての基調演説をおこなった。ベニータは午前中、プエルト・エスコンディード地区で財団のプロジェクトがどの程度進展しているか中間報告を聞いてすごし、午後になると、プラヤ・プリンシパルの浜辺にいる両親や子供たちに合流した。夕食の席で、大人たちは株式市場の暴落を話題にし、メキシコでは株価が世界の平均よりもさらに下がったことにも触れたが、彼らの口ぶりには緊迫感も狼狽も感じられなかった。ギジェルモとダビッドは、男性陣よりも暴落の影響を気にかけているマルガリータとベニータに、前年の三月にも株が急落したけれど、影響は長引かなかったではないかと言った。それから投資にまわしたベニータ・コルデロ財団の資金について少し話をしたあと、週末に予定しているウアトゥルコ・ベイでの短い休暇のことに話題を移した。

一年後、ダビッドは株式市場の崩壊が引き起こした大混乱のなかに身を置いて、ウアトゥルコで家族とともにすごしたのどかな週末をたびたび思い出すことになる。わずか一年で、彼の公的生活は劇変していた。二〇三八年初め、メキシコは国家として絶望的な状況に陥っていた。経済は破綻し、それゆえ税基盤が二桁単位で収縮していた。失業率や不完全就業率は猛烈な勢いで上がった。アメリカから何百万人もの労働者が、いっせいにメキシコに送還された。アメリカとの国境に並ぶ工場の半分が、すでにつぶれていた。メキシコ中の都市、とりわけ北部のモンテレイには、家を失い自暴自棄になっている移住者が殺到し、市当局が対処しきれなくなった。ペソは下落し、ありとあらゆる輸入品に法外な値がついた。政府が混乱しているのをいいことに、北はシエラマドレ山脈から南はゲレロやチアパス両州までの地域で、武装ゲリラグループがいくつも結成された。海外債務返済のために展開している緊縮財政運動の一環として、連邦政府が社会福祉事業の規模を縮小した結果、何百万人ものメキシコ人が社会保障制度の恩恵に浴せなくなり、家族に食べものや衣類や住まいを与えられなくなった。

オアハカ州はアメリカとの国境から離れているため、ホームレスの流入がほかの州ほど大きな問題にはならなかった。が、よりよい機会を求めて北部に移った何万もの人が職を失い、オアハカに戻ってきた。ダビッド・サンチェス知事とオアハカ州が直面した最も大きな問題は、インディヘナのさらなる貧困だった。経済の悪化により、末端産業は取り残されてしまった。事業主は生き残るために、従業員を必要最低限の人数まで減らさざるをえなかった。いち早く収入の道を絶たれたのは、教育も技術訓練も満足に受けていないインディヘナたちだった。

ほぼ一夜にして、インディヘナの失業率は上昇し、困窮状態も世紀初頭と同様、耐えがたいレベルに達した。サポテカ族、ミステク族、チナンテコ族をはじめ、インディヘナが憤りと不信の念を覚えたのはいうまでもない。とりわけ若者たちは、世界の株式市場といった難解で縁のない代物が、なぜ自分たちの生活に影響をおよぼすのか理解できず、裏切られたという思いを抱いた。そして、何千人もの若者が人並みの暮らしを求めて、〈ニュー・サパティィスタ〉と称するゲリラグループにはいった。

二〇三九年の夏を迎える頃には、不況を打開する策を講じるよう政府に求める大規模な抗議デモが、メキシコのいたるところで見られるようになった。〈ニュー・サパティスタ〉も勢力範囲を広げ、チアパスの大部分をはじめ国内の数カ所を支配下に置いた。十月になり、連邦政府はチアパスが依然政府の支配下にあることを示そうと、大勢の軍隊を送り込んだ。政府軍と〈ニュー・サパティスタ〉とのあいだで繰り広げられた流血戦で、千人を超える死者が出た。サンチェス知事はテレビ演説をおこない、平和裡に問題を解決できなかった連邦政府と〈ニュー・サパティスタ〉双方の無能さを厳しく非難すると同時に、国民がひとつの家族のように力を合わせて、世界規模の経済不況がもたらした窮状を打破しようと呼びかけた。数日後ダビッドのもとに、大学時代の友人であるミステク出身のインディヘナがやって来て、〈ニュー・サパティスタ〉の指導者カルロス・サウセーダに内密で会い、ダビッドがゲリラと政府との調停役になれる可能性を探ってもらえないかと頼んだ。

ベニータは夫の身を案じたが、ダビッドはチアパスとの州境にほど近いフチタンから二十キロメートルのところにある小さな田舎家でサウセーダに会った。彼は体制派のメディアから〝冷酷無情の殺し屋〟と呼ばれていたが、実際には並々ならぬ知性の持ち主で、メキシコや世界の政治にも通じていた。ダビッドとサウセーダのあいだに協調関係が生まれた。翌週、〈ニュー・サパティスタ〉の指導者は停戦を発表し、オアハカのサンチェス知事が調停役代表を務めるならば、政府との交渉に喜んで応じると述べた。何百もの問題を抱え、頭を痛めていたメキシコ政府は、すぐさまその申し出を受け入れた。ダビッドの強力かつ公平な調停により、交渉は順調に進んだ。この働きで、彼は一躍メキシコの政治の表舞台に躍り出た。交渉は二〇四〇年初めに終わった。双方が歩み寄りを見せ、チアパス州議会および連邦議会はもっとインディヘナの意見を取り入れること、インディヘナにさらなる自治権を与えること、今後永久に停戦すること、反乱者たちに恩赦をおこなうことなどが決定された。このときまで、ダビッドは知事としてではなく、ベニータ・コルデロの夫、ベニータの子供の父親として有名だった。知事に選ばれたのも、主にベニータの財力と、彼女の知名度のおかげだとメキシコでもほかの国でも思われていた。が、二〇四〇年春、ダビッドは二〇四二年におこなわれる次期大統領選の候補者と目されるようになっていた。二度の選択投票で有権者から圧倒的な支持を集めると、対立しあう複数の政党が手を組み、ひとつの連立政党としてダビッドを大統領候補に擁立したいと申し入れた。政権を握っている与党・制度的革命党(ＰＲＩ)でさえ、党員になることを条件に同様の申し入れをした。が、ＰＲＩは、カオスが生んだ諸問題に公平かつ迅速に対処できなかったばかりか、政権奪回から十六年ものあいだ、政府内の腐敗行為の根を絶つことができていないという救いようのない失敗を犯していたため、ダビッドはＰＲＩからの申し入れを即座に退けた。

　ダビッドは大統領候補と目されたことを喜び、知事より地位の高い行政職を切望したが、自らの人生において、国レベルでの活動を始めるのに適切な時期かどうか判断がつきかねていた。彼は出馬について、ベニータと時間をかけて話し合った。そのなかでダビッドは、ベニータから全面的な支持を得られなければ大統領には立候補しないと断言した。当初ベニータは気が進まなかった。というのも、ダビッドは選挙戦に夢中になるだろうし、もし当選したら、メキシコを統治するという困難な仕事に夢中になるのがわかっていたからだ。ベニータがいちばん気にかけていたのは、成長期にいる子供が父親とすごす時間を持てなくなることだった。二〇四〇年初夏、ギジェルモはわずか九歳、アンヘリーナは八歳の誕生日もまだ迎えていなかった。

ベニータは葛藤のすえ、夫の大統領選出馬を支持することになる。そのときのことをアントニオ・エスカランテは『オアハカの天使』のなかでこう述べている。「ベニータの心は揺れていた。ダビッドと彼女は子供たちに、教育と励ましをバランスよく与えていた。それは実質的に片親状態になれば与えられないものだ。が、困難な時代を乗り切ろうとするメキシコを導くことができる人物は、夫をおいてほかにないとベニータは確信していた。ふたりの子供に対する責任を祖国の繁栄よりも上に置くなんて、どうしたらそんなに自分本位になれるのかしら、と彼女は自分を責めた。

ベニータ、ダビッド双方の両親が彼の大統領選出馬を絶対的に支持したことが、彼女に決意させた。子供たちの祖父母四人が、ベニータを刺激しないようひとりずつやって来て、ダビッドが不在のあいだ、その埋め合わせをする必要があるならばいつでも時間を割くと請け合った。そうなると、ベニータが心を決めるのは難しくなかった。子供たちの損失がメキシコの利益になるのだ、と彼女は思った」

二〇四〇年の秋、ダビッドは大統領選に向けて選挙綱領を起草した。メキシコ国内外を問わず、著名な思想家や指導者に助言を求めた。千人を越える人と電子メールを交わし、十月と十一月には、国内で傑出した人を何十人とオアハカに招待し、ひとりひとりと話し合った。選択投票でダビッドは圧倒的優位に立っていたため、PRIの党員でさえ招待に応じ、意見や助言を彼に与えた。

毎晩ベニータとふたりきりになると、ダビッドはその日に提起された問題を彼女と話し合った。面談での要点をかいつまんで伝え、ベニータに意見を求めた。夜ごとの話し合いのなかでベニータは、政治のさまざまな領域でメキシコが直面している難題を知った。ダビッドとは異なる観点から意見を述べたり、特定の人物について洞察に満ちた発言をしたりすることもしばしばあった。そのおかげでダビッドは、選挙綱領のなかで議論の余地のある項目のいくつかに結論を出すことができた。十二月初め、綱領はほぼ完成した。ダビッドは年が明けたらすぐに出馬を表明し、選挙綱領を公表することにした。

二〇四〇年のクリスマス・シーズンは、メキシコにとって愉しい時期にはならなかった。史上最悪の不況に陥っており、いつ抜け出せるともわからなかった。国内総生産は四年連続で低下し、失業率は三十パーセントを超えた。一年で十二の銀行が破綻し、銀行に何かあれば政府が保証してくれると信じて金を預けていた何万もの人が貧しい生活を余儀なくされた。メキシコ・シティのチャプルテペック公園はテント村と化し、二万人のホームレスがそこに暮らしていた。全国で五百万人の子供が栄養失調に苦しんでいた。寡頭制の連邦政府は、海外債務の利息支払いのような最低限かつ誰もが認める問題を片づけるのが精一杯で、国民との距離は開くばかりだった。

一月初め、ダビッド・サンチェス・オアハカ知事はメキシコ・シティで記者会見をおこなった。世界中から集まった何百人もの報道関係者をまえに、彼は大統領選への出馬を発表し、選挙綱領の骨子を簡潔に述べた。最優先事項は全国民、特に子供の福祉だった。将来メキシコが、単に工業製品をアメリカに提供する国ではなく技術刷新国になるよう、教育プログラムや訓練プログラムなど大規模なプログラムを政府が費用を負担して継続的におこない、国内の技術基盤の底上げを目指す、ともサンチェスは述べた。また、厖大な数の失業者が近いうちに仕事を得られるよう、政府主導の事業をいくつか新たに立ち上げることを提起した。そのなかには、国内に数多くあるコロンブス到来以前の遺跡の清掃、再建および保存もあった。さらにサンチェスは、貧困者でも現代の生活に欠かせないものを利用できるようにするため、電力・通信・交通機関などの国営化を目指す、と言った。必要ならば海外債務の返済を切りつめて、メキシコ国民の生活水準の向上を目的とした計画実施のための資金を捻出する。税構造も徹底的に見直し、逆進税を最小限度に抑えて、高額所得者の負担を大幅に増やす、と述べた。

サンチェスが選挙綱領で主に訴えようとしたのは、貧困者や公民権を剥奪された人々の救済だった。が、海外のメディア、とりわけアメリカのメディアは、メキシコとアメリカおよびほかの国々との関係に影響する問題に注目した。当然のことながらアメリカ議会は、ふだんは敵国に向けてしか使わない辛辣なことばで、サンチェスの提案を痛烈に批判した。公事を報道する番組では、解説者がこぞって〃社会主義〟だとか〝共産主義〟だとかいったことばを使い、サンチェスが提案した計画をこきおろした。保守的な指導者は、〝危険をはらむ政治的な動き〟が〝メキシコ全土に広がりつつある〟と警告した。

しかしメキシコ国民のあいだで、人民主義的な要素を盛り込んだサンチェスの選挙綱領は熱烈に支持された。遊説で訪れる先々でサンチェスは、彼を歓迎しようと集まった群衆に迎えられた。二〇四一年初めにグアダラハラやプエブラで演説をおこなった際は、割れんばかりの拍手で途中何度も演説が中断された。彼は演説のたびに、一月末メキシコ・シティで暴力騒ぎに発展した学生の抗議行動について触れ、民主的な方法で対処するよう大衆に強く求めた。そして、前世紀にアメリカで展開された公民権運動で広く用いられたスローガンを引き合いに出して、演説の最後には必ずこう言った。「ともに手を取り合って、乗り越えよう」

二〇四一年五月、サンチェスは大統領選の選挙投票ですでにほかの候補者を大きく引き離しており、翌年の選挙で楽勝するのはまちがいないと考えられていた。いっぽう、アメリカの保守派からは、〝大嫌いなやつ〟と呼ばれるようになっていた。ある著名人が、週に一度放映される自身のテレビ番組で、サンチェスの政策は〝危険なまでに反米的〟だと述べ、メキシコの大統領選後アメリカとメキシコは敵対関係に陥り、〝西半球の安定は損なわれる〟と予測した。

二〇四一年五月十九日、サンチェスはモンテレイ北部に新設されたサッカー競技場で、何万人もの聴衆をまえに演説をおこなった。アメリカに近接するモンテレイはその地理的恩恵に浴し、二〇二五年から二〇三五年の楽天の時代に急成長を遂げ、メキシコ第二の経済都市になった。が、カオスがもたらした諸問題はほかの都市の比ではなかった。国境沿いの工場閉鎖にともない一時解雇された労働者が何万人といたところに、アメリカから強制送還された大勢のメキシコ人がモンテレイやその周辺に再定住した。モンテレイの失業率はほかの地域よりも五十パーセント高かった。公園や空き地はどこも、ほぼ二年にわたりホームレスたちのテントで埋め尽くされた。人口五百万の都市の通りは、職を失い、家族を養う術を必死で探す人であふれた。

ダビッドは演説終了後、街の中心にあるホテルで、モンテレイの指導者数十人に会う予定になっていた。ダビッドの到着に先立ち、ホテル周辺の警戒警備はおこなわれていたはずだった。が、ダビッドが回転ドアを抜けてロビーにはいるや、マスクをつけた三人の男がオートマティック銃を発砲した。何発もの銃弾を浴び、ダビッドはその場で息絶えた。彼に同行していた人たちのなかにも死者が四人出た。混乱をきわめる現場から、犯人たちは奇蹟的に逃走した。

ダビッド・サンチェスの遺体は飛行機でオアハカに戻った。葬儀にはメキシコのすべての指導者と外国の首脳の多くが参列した。ダビッドの遺体を収めた無蓋の棺はオアハカ市の通りを抜け、ちょうど十一年前にダビッドとベニータが挙式をとりおこなったオアハカ大聖堂まで運ばれた。世界中が彼の悲劇的な死に哀悼の意を表し、残された妻と幼い子供たちを思って悲嘆に暮れた。

## ベニータ政界へ

ダビッド・サンチェスの葬儀がおこなわれるまえから、残された妻が彼の遺志を継ぎ、大統領選に出馬するのではないかとの憶測が流れた。メキシコでは、死んだダビッドと悲しみに暮れる家族に配慮して、事件後数日間はその可能性を示唆するジャーナリストはいなかった。が、アメリカのメディアにそのあたりまえの礼儀は通用しなかった。葬儀当日、《ワシントン・ポスト》は、「ダビッド・サンチェスの死は、メキシコに計りしれない指導力の欠如をもたらした。その空洞を埋められるのはただひとりしかいない。その人とは、ベニータ・アルカラ・コルデロ・サンチェスである」との記事を掲載した。

ベニータの伝記を著したアントニオ・エスカランテによると、葬儀のあと、ベニータは十日間子供とともにオアハカの家に閉じこもり、ひっそりと喪に服していたそうだ。そのあいだ、外部との接触はいっさい絶っていた。電話にも出ず、テレビもつけず、新聞や雑誌にも眼を通さなかった。葬儀から十一日め、ベニータは地元の新聞社で記者をしている高校時代からの親友に連絡を入れ、家まで声明文を受け取りに来てほしいと頼んだ。ベニータは声明文のなかで、あと二週間家族だけで喪に服させてもらいたいとメディアに要請し、その期間がすぎたら報道関係者と話をするつもりだと述べていた。

その二週間にまだ日を残したある日曜日の午前四時、ベニータは裏口からこっそりと抜けだして空港に向かい、自家用ジェット機でメキシコ・シティ近郊のクエルナバカに飛んだ。そこにはダビッドが最も頼りにしていた顧問の多くが、ベニータを待っていた。彼らは忠誠を誓い、ベニータに大統領選出馬を要請した。

ベニータは夫の死後初めて公の場に姿を現わしたときに、大統領選出馬を表明した。ジャーナリストのなかには、暗殺事件から一カ月も経っていない時点で決断を下すのは早急すぎる、と非難する者がいた。そのような非難を予期していたベニータは、「夫の死後これほど早く選挙活動を開始するのは、わたしも望んでいません。子供のため、そしてわたし自身のためにも、もっと長く喪に服していたいと思っています。ですが、大統領選はいやでも迫ってきます。もしわたしがメキシコ国民のための大切な仕事、夫が人生を捧げていた仕事を引き継ぐとすれば、今始めなくてはならないのです」と言った。

ベニータは、ダビッドが選挙綱領でうたっていた主要素をすべて取り入れた。また、出馬を表明した直後、アメリカで指折りの政治ジャーナリストから言われたような〝聡明な小物〟ではないことをメキシコ国民や世界に示そうと、精力を傾けて、メキシコが直面している問題に関して何ができるかを探った。選挙運動の後半に実施された世論調査で、対立候補よりも優位に立っていることはわかっていたが、ベニータは最も近しい顧問の忠告も顧みず、三人のジャーナリストとともにテレビの生放送に出演し、選挙綱領に関する詳細な質問を受けた。彼女はどの質問も巧みにさばき、経済や国際政治、メキシコの歴史、メキシコが抱えている諸問題を的確に理解していることを証明した。

ベニータが女性であり、いたるところで崇拝されている有名人だったからだろう、アメリカの政治家

も メディアも、彼女の夫に対してとっていたほど不躾な態度をとらなかった。が、それも選挙運動が終わるまでのことだった。ひとたびベニータが選挙で地滑り的勝利を収め、アメリカが多額の投資をしている通信や交通機関などの基幹施設を国有化する法案を議会に提出するや、本気で怒号を飛ばすようになった。アメリカ政府がアメリカの実業界とメキシコとのとりなしを図ろうとしたが、初っ端から相互の関係を悪化させてしまった。ベニータ率いる新政権と建設的な話し合いもせず、彼女が何をなそうとしているかを理解しようともせず、経済圧力をかけたり、懐柔的な態度に出たりしてメキシコの内政に干渉し、ベニータを完全に怒らせてしまった。

アメリカ政府はベニータの能力や決意だけでなく、彼女が国民から得ている支持の厚さも過小評価していた。ベニータは、〝北の巨人〟に公然と挑んだことで、国内での人気がさらに高まっていた。二〇四三年二月、メキシコの財産でもある石油や天然ガスの国有化政策をアメリカに非難され、ベニータは国営テレビで熱のこもった演説をおこなった。「ワシントンやロサンジェルスやニューヨークで、わたしが何と言われようとどうでもいいことです。大切なのは、グアダラハラ、タスコ、メリダにいるわたしたちの同胞の生活の質です。大切なのはメキシコの子供たちです。将来へ向けて今よりも明るい希望を子供たちに与えてやることです」ベニータはことばを切り、カメラを見つめた。「わたしたちが、この厳しい不況をつくりだしたのではありません。ですが、絶望と悲しみというくびきから逃れるメキシコ独自の道は見つかります。メキシコ国民にとって正しいことをするのに躊躇してはなりません」

二〇四三年五月、債権者との交渉で許容できる妥協点に達することができず、ベニータは中央銀行に海外債務の返済中止を命じた。同時に、ペソの崩壊を防ぐために、メキシコ通貨とドルとの為替レートを一時的に凍結させた。また、連邦政府が資金を投じて立ち上げた大規模なプロジェクトの範囲を拡大し、何年ものあいだ失業状態にあった何十万人もの国民に仕事を提供した。

中南米のほかの国々もメキシコと同様多額の海外債務に苦しんでおり、メキシコの成り行きを興味深く見守っていた。メキシコを含め中南米諸国はアメリカと自由貿易協定（ＷＨＦＴＡ）を結んでいたが、主に安い労働力と低価格・低次技術の工業製品を提供するだけで、将来に向けて現代的な新しい産業を発達させる資金はまったく得られなかった。

メキシコでは二〇四四年後半までに、困難をともなう税構造の見直しが終了し、徐々にではあるが国民へ富が再分配されつつあった。メキシコが不況から抜けだしはじめていることは統計でもあきらかだった。失業率がわずかに下がり、個人所得は七年ぶりに増加に転じた。国民は希望を持ちはじめた。この変化をもたらしたのは、ベニータ・コルデロだった。彼女は大統領就任直後から週に一度テレビ演説をおこない、国民を激励し、活気を吹き込んでいた。毎週毎週、大勢の聴衆と国情について気さくに語り合った。その対話のなかでベニータは何度も、ともに力を合わせて努力し、前進し、国を不況から救い出そうと熱心に説いた。

海外債務に苦しんでいたそのほかの中南米諸国もすぐにメキシコに倣い、返済額を減らしたり、返済そのものを延期したりした。北アメリカでは中南米諸国からの金の流入が極端に減ったため、銀行の多くが抱えていた問題が悪化し、カオスの時代以前よりも銀行の合併や破綻が多くなった。アメリカ政府は返済の不履行を激しく非難したが、一般国民、とりわけ若い世代や個人的に多額の負債を抱えている人々は、南の隣国に同情的だった。二〇四四年後半に実施された世論調査では、驚いたことに、アメリカ人の五十四パーセントが、中南米諸国の海外債務を〝大幅に減じる〟か〝免除する〟かして、不況による荒廃から立ち直る手助けをしてやるべきだと考えていた。

二〇四五年三月、チリのサンティアゴで汎アメリカ経済会議が開かれた。就任したばかりのアメリカ大統領サンディ・パトナムは、アメリカと中南米諸国との関係を改善しようと、アメリカ代表団の責任者として会議に出席した。会議事項には、海外債務の状況やすでに提起されているＷＨＦＴＡの条項改正をはじめ、論議すべき項目が数多く含まれていた。前ノースカロライナ州知事である民主党員のパトナム大統領は選挙公約で、不況の災いに終止符を打ち、共和党前政権の政策をひとつ残らず見直すとうたっていた。彼がサンティアゴ会議に出席したことで、汎アメリカの経済協力に新しい時代の幕があき、西半球におけるアメリカのリーダーシップが再確認されると考える向きは多かった。

パトナム大統領はサンティアゴ会議での開会演説を依頼された。その演説はアメリカや中南米諸国のテレビやオンラインネットワークで生中継された。彼は協調路線を打ち出し、それまでアメリカがとっていた対中南米政策は、〝南方の友人であり隣人〟にとって何が最善かを考慮していなかったと認めた。そして、今後アメリカ政府は中南米諸国の声に真剣に耳を傾け、協定の均衡を図り、かかわりのあるすべての人が確実に利益を得られるよう尽力すると約束した。

本会議は、二〇三四年に建設された超現代的なサンティアゴ・コンヴェンション・センターの中央棟にある大ホールでおこなわれた。パトナム大統領の演説に多くの関心が寄せられたため、組織委員会は各国代表者数百人が列席する本会議を公開し、三千人の一般市民に傍聴を許可した。

パトナム大統領が第一声を発しようとしたそのとき、会議場にベニータ・コルデロがそっとはいってきて、メキシコ代表団の席に加わった。メキシコ代表は誰ひとりとして、彼女が出席することをまえもって知らされていなかった。『オアハカの天使』によると、ベニータがサンティアゴまで行こうと決めたのは、そのまえの晩遅く、パトナム大統領の演説草稿を読んだときだったそうだ。

サンティアゴのホールにベニータ・コルデロが現われると、各国代表団も傍聴していた一般市民もすぐに彼女に気がついた。パトナム大統領の演説が終わり、儀礼的な拍手がやむかやまないかのうちに、傍聴席からシュプレヒコールが上がりはじめた。拍手が鳴りやむと、「ベニータ、ベニータ」という声がはっきりと聞こえた。何か起きそうだと感じたアメリカの放送局は、生中継を延長した。

シュプレヒコールはますます大きくなっていた。チリのガルシア大統領の声は誰にも届かなかった。ようやく補佐がマイクロフォンをつかみ、騒ぎを鎮めた。「お知らせします」舞台中央の演壇に戻ったガルシア大統領は言った。「メキシコのベニータ・コルデロ大統領がこの場にお見えです」傍聴席がわき、「ベニータ、ベニータ」の大合唱がホールに響いた。ガルシア大統領はパトナム大統領と二言三言ことばを交わすと、メキシコ代表団に合図を送った。天井のスポットライトに照らされたベニータがゆっくりとまえに歩み出た。

ベニータが舞台に上がると、シュプレヒコールは割れんばかりの拍手に変わった。ベニータはまずパトナム大統領と握手を交わし、ついでガルシア大統領と抱き合うと、今度は傍聴席に向かって大きな笑みを見せて、何度か投げキスを送った。そして彼女はマイクロフォンに近づいた。「わが同胞のみなさま」とベニータは言った。傍聴席から喝采と拍手が起きた。その声や拍手が収まると、ベニータは英語を話さない人々のためにスペイン語で、ここからは大統領ではなく代弁者として演説をする、と手短に、だが力強い口調で言った。

ベニータは、中南米諸国の人口は北米の二倍であると指摘した。また統計を引き合いに出して、〝リオグランデ川以南〟の生活水準の平均は北米のそれの四分の一にも満たない、その数値は二十年にわたる繁栄の時代にも、その後十年近く続いた経済不況の時代にもほとんど変わらなかったと述べた。

ベニータはうしろを振り向くと、背後に坐っているパトナム大統領を見つめ、「わたしたちはもうこれ以上、あなたの貧しいとこでいたくありません」と英語で言った。「わたしたちは対等の関係を望んでいます。あなたの子供や孫と同じ機会を、わたしたちの子供や孫に与えてやりたいのです。対等な関係を築き、わたしたちの子供が同じ夢、同じ希望を抱くことができるようにしたいのです」

そして会場に向き直り、同じことをスペイン語で繰り返した。拍手がわき、「ブラボー」と叫ぶ者もいた。しまいにはふたたびシュプレヒコールが起き、「ベニータ、ベニータ」という声が一分以上もホールに響きわたった。ベニータが何度も静かにするよう求め、ようやく演説が再開された。彼女は会議事項のなかから特定の項目をいくつか取り上げ、汎アメリカ諸国で交わされている経済協定の大幅な修正を提案した。その後十五年のあいだに、彼女の提案はほぼすべて、何らかのかたちで実行に移された。

## 輝かしいメキシコの再生

二〇四八年、ベニータ・コルデロは六年の任期を務め終えた。あらゆる面から見て、彼女は大統領としてかなりの成功を収めた。彼女が退任するころ、メキシコ国民の生活水準は大統領就任当初よりもはるかに上がっていた。政府主導で教育を普及した結果、識字率も急速に伸びていた。労働者の技術力を向上させようと政府が大規模なプロジェクトを展開させたことにより、メキシコのソフトウエアのプログラマー、エンジニア、生物医学研究者が、世界中で尊敬を集めるようになった。ベニータや彼女の政権に批判的な眼を向ける者たちは、彼女が大統領に就いていたのは自然な景気循環のなかで経済が不況から回復しつつある幸運な時期だったと指摘した。さらに、就任期間中に生活水準が上がったのは、彼女の業績とはさほど関係がないと言い切った。が、最も辛辣な批判家でさえ、メキシコ国民が誇りを持てるようになったのはベニータのおかげであると認めた。

ベニータは退任後も十年間、メキシコの政治に携わり、なお一層高い目標の実現に情熱を傾けた。彼女の夢は中南米連合の創設だった。リオグランデ川からフエゴ島にいたる、天然資源も人的資源も豊富で広大な地域に暮らす十億近い人をたばねる超連合政府の樹立を、ベニータは構想していた。対等な立場でアメリカに向き合い、北の強国への依存に終止符を打てるのは、規模から考えて連合政府しかないとベニータは考えていた。

二〇五〇年代、ベニータの統率と指導のもと、彼女が構想していた超連合政府の土台となりうる汎アメリカ機構が設けられた。しかし、中南米諸国が提携してアメリカやほかの国に対処することは時折あっても、ベニータの夢が完全に成就することはなかった。世界経済が回復すると、愛国主義や個人の政治的野心があいまって、多国籍機関の多くが機能を失っていった。しかしベニータは、識字率の向上やアメリカからの経済的独立といった、彼女が重要視する目標に向かってたゆみない努力を続けた。
二〇七一年、ベニータは突然変異した肺炎菌が原因で発作を起こし、表舞台から退いた。人生最後の十年は、オアハカの自宅で家族とともにすごした。彼女が遺した数多くの歴史的遺産を知る世界の指導者やジャーナリストたちが、遠方からベニータのもとを訪れた。二〇八二年十月に人生の幕を閉じるまで、彼女は気品もユーモアも楽観的姿勢も失わなかった。世界中が彼女の死を悼み、彼女の構想と統率力に敬意を表した。ベニータはまちがいなく、二十一世紀で最も傑出した人物のひとりである。

## カオスの時代の勝者と敗者

歴史には、過去に栄華をきわめた帝国の残骸が散乱している。どの帝国も全盛期には無敵のように思われ、民衆は自分たちの帝国が永久に続くと信じていた。が、最強の帝国にもいつかは崩壊のときが訪れる。

地政学的な見方をすると、カオスの時代をさかいに著しい変化があった。株式市場の崩壊がカオスをもたらす七年前の二〇三〇年、アメリカは向かうところ敵なしの超大国だった。経済力、軍事力、文化など、どの面から見ても世界を席巻していたと言える。が、それから三十年経ち、世界総生産がようやく楽天の時代と同じレベルに戻ったとき、世界の勢力図は一変していた。その頃にはすでに、ベニータ・コルデロが中南米諸国を北の巨人の脅威から救い出していた。太平洋を越えた地では、竜が目覚めていた。信じられないほどの短い期間に、中国がアメリカと比肩する軍事力と経済力をつけていたのだ。

世界中の国がカオスの影響をさまざまなかたちで受けた。世界不況の結果、かつての強国のなかには、日本のように一気に衰退し、二度と立ち直ることができなかった国もある。いっぽう、斬新な政策と内政力を有していた国は偉大な強国となり、勢力範囲を拡大した。貧しい国のなかには楽天の時代に飛躍的な進歩を遂げた国もあったが、その多くもカオスの時代を経て、さらなる貧困の淵に滑り落ちていった。

隣国と提携して双方に益をもたらす経済圏を確立した国はカオス後の十年間で繁栄し、二十一世紀の勝者となった。いっぽう、長年の敵国と和平を結ぶのを拒んだり、明かりの見えない内戦や民族紛争の泥沼にはまりこんで国民の活力を低下させたりした国は敗者となった。変化を厭い、世界の現実に適応しようとしなかった国は、経済も政治も遅々として成長しなかった。その結果、二十一世紀末の生活水準が前世紀末となんら変わっていない国が、世界の二十パーセントを占めた。

しかし、大いなるカオスの最大の敗者は経済概念だった。アメリカが支持し、世界不況までの五十年間に世界に広がった自由放任の資本主義は、二十一世紀後半になって見向きもされなくなった。事実、あらゆる国の政府が、幸運に恵まれず無防備な国民を守る手だてを講じなければならないと感じていた。

## アフリカの絶望

人類にまつわる話のなかで最も皮肉めいた話のひとつは、アフリカ大陸が現代文明史始まって以来、一度も貧困から抜け出せずにいることである。

二十一世紀初め、アフリカが置かれていた状況は、非アフリカ圏のほとんどすべての人が享受していた繁栄や生活の質とは無縁だった。国連が設けた基準で計ると、大陸全人口八億人のうち半数の四億人が、一日一ドル以下の金で生活していた。人口の四分の一が栄養失調だった。非アフリカ圏では男性の平均寿命がすでに七十六歳に達しており、さらに伸びつづけていた。それに対し、アフリカの男性の平均寿命は五十四歳だった。しかも、とどまるところを知らないエイズの流行によって、その年齢も急速に低下していた。

アフリカは依然として悲惨な状態にある。二十一世紀最後の二十年間で、その広大な大陸に暮らす人々の生活はかなり改善され、何世代かぶりに希望の光が見えた。が、二一〇〇年、どのような基準で統計をとっても、アフリカと非アフリカ圏との差は百年前より開いていた。

二十一世紀にアフリカを苦しめた問題をあげるときりがない。エイズの流行に加え、貧困や飢餓も蔓延し、民族紛争や果てしなく続く内戦や、常軌を逸した独裁者の出現で、状況は悪化するいっぽうだった。アフリカはあまりにも発展が遅れており、いかなる策を用いても世界に追いつくのは無理のように思えた。

楽天の時代、低利の資金と空前の経済成長がアフリカにも好影響を与えはじめた。裕福な国の企業が、アフリカやその他の発展途上国から労働力を輸入した。また、二〇二〇年代から二〇三〇年代前半にかけて世界の経済状況が好転するにつれ、アフリカへの投資も増加した。十年ほどのあいだ、アフリカ諸国、とりわけコートジボアールやセネガル、ガーナ、タンザニアといった進取的な国は、急成長した経済を享受した。

そこにカオスの時代が訪れた。二〇三七年から二〇四〇年、二十一世紀で最も過酷だったこの時期、アフリカではそれまでの十年間に建設された工場の九十パーセント以上が閉鎖された。そのため何百万という人が職を失い、収入を得る道を完全に絶たれてしまった。

二〇四〇年代は現代アフリカ史上、最悪の時期だった。小規模の戦争や民族紛争が繰り返され、何百万人もが命を落とした。二〇五〇年に実施された国際的な調査では、アフリカの平均生活水準は二十一世紀の初めよりも低下しており、若年層の識字率はそれまでで最も低い数値を記録した。ザイールの首都キンシャサやコートジボアールの首都アビジャンをはじめ、植民地時代の大都市は壊滅状態に陥り、浮浪者しかいないゴーストタウンと化した。

世界の大陸のなかで、カオスの影響を最も早く、また最も手ひどく受けたのはアフリカだった。そして当然の理として、二〇五〇年代初めに世界経済が回復しはじめるなか、立ち直りが最も遅かったのもアフリカだった。さらに悪いことに、二〇六四年、ナイジェリアでウィンストン・ウンガロという独裁者が権力を握り、厖大な人数にのぼる国民を侵略軍に仕立て、中央アフリカ一帯に進軍した。そのさまは、まさに蝗（いなご）が異常発生したようだった。死をもたらす侵略が生んだ邪悪で恐ろしい話の数々は、信じられないほど陰惨なものばかりだった。二〇六七年、ウンガロは護衛兵に暗殺され、彼が建設した中央アフリカ帝国は崩壊した。その後、アフリカでは破滅的な内戦が続き、何百万もの人が死亡した。

　二十一世紀最後の二十五年で、アフリカの生活水準は眼に見えて向上した。二〇七二年、アメリカの上院議員であり博愛主義者のマグヌス・マローンが、アフリカの生活向上を目的としたプロジェクトを提議し、連邦議会で承認された。第二次世界大戦後、ヨーロッパや日本を復興させたマーシャル・プランによく似たこの〈マグヌス・マローン・プロジェクト〉のおかげで、二〇八〇年代、アフリカの生活水準は確実に上がりはじめた。その頃、マローン・プロジェクトは多くの国が支援する一大運動となっていた。このプロジェクトの目的は、アフリカ諸国民への食料援助とアフリカへの投資の奨励だった。当初は、アフリカの政治腐敗や内戦が障害になったが、徐々にプロジェクトは実を結びはじめた。ある団体が独自で調査をおこなったところ、二〇九〇年から二一〇〇年のあいだに、五千万のアフリカ人が貧困から抜け出していることがあきらかになった。この結果はマローン・プロジェクトによるところが大きい。

　しかし二十二世紀が始まった頃も、アフリカに暮らす二十億近くの人にとって、そこが闇と悲しみの地であることに変わりはなかった。教育も受けられず、栄養も充分摂れず、明るい未来への希望も持てずに暮らす人が圧倒的に多かった。二十一世紀末、〈マグヌス・マローン・プロジェクト〉が人々に希望を与え、裕福な国もアフリカが世界でなんらかの役割を果たせるよう力を貸すようになった。残された仕事は厖大にあるが、アフリカの生活を向上させるために世界が立ち止まってはいけない。でなければ、非アフリカ圏にとってアフリカは永久に貧しく虐げられたいとこでしかない。

二十一世紀初頭を生きた歴史家から見れば、中東が抱える諸問題は解決できないように思えただろう。しかし、それから一世紀がすぎ、イスラエルやパレスチナやその他のアラブ諸国の未来は非常に明るいと言える。

## イスラエルの運命──和平協定がもたらしたもの

二千年以上ものあいだ、ユダヤ人とアラブ人は互いに憎しみあってきた。二十一世紀初め、その憎しみが薄らぐ気配はまったくなかった。

アメリカ大統領やイギリス首相や国連事務総長が、話し合いで解決するようイスラエルとアラブに何度も働きかけたが、実りある成功と言えるものはひとつもなかった。なんらかのかたちで協定が結ばれたとしても、そのたびに、それを不満に思うグループがテロを起こし、協定は破棄された。二十一世紀になってもこの停頓状態が二十年続いたが、いくつかの過程を経て、ついに打開された。

二〇二二年、ＥＵの連合議長になって二年になる、イギリスの政治家マーティン・ハンプシャーの尽力により、和平協定が結ばれた。その協定は恒久的な平和をもたらすほどのものではなかったが、争いに絡んでいるほぼすべての政党から支持を得られた。その結果、イスラエルは格段に安全な国となり、パレスチナ人は長年求めていた自分たちの国をついに手にすることができた。もし世界が史上最高の繁栄期にはいっていなければ、協定の締結にはいたらなかっただろう。

楽天の時代は、中東にも好影響をおよぼした。中東の富は、成長を続ける世界経済を反映していた。特にイスラエルは空前のにわか景気を経験した。二〇二五年から二〇三五年にかけて、イスラエルにはあふれるほど移住者がやって来た。それほど多くの人が流入したのは、一九六七年に近隣諸国と軍事衝突を起こして以来のことだった。この出来事は非常に重要な要素を含んでいた。というのも、移住者の多くがアメリカやヨーロッパで育ち、知的職業に就いている若い世代で、寛大な姿勢で長年の争いに対処できる人々だったからだ。

しかし、楽天の時代はカオスに打ち砕かれた。世界不況はイスラエルの経済を機能不全に陥れた。が、隣国への打撃はさらにすさまじかった。もし構想力に優れたイスラエルの指導者マイケル・コーエンが、経済的トラウマを人道主義の勝利に変えることに成功していなければ、生まれたばかりの不安定な平穏はカオスの衝撃で終わりを告げていただろう。

コーエンはイスラエルに移住してまださほど年月が経っていなかった。彼はイェール大学で博士号を取得したあと、二〇二六年に、イスラエルが確固たる未来を築くのに貢献したいという大望を抱いてアメリカから祖国に戻ってきた。政治家として輝かしい経歴を積み、二〇三七年、イスラエルの首相になった。就任から二年、自らの知性と外交手腕を駆使して、イスラエルだけでなく近隣諸国すべてを含む中東全域の貧困者や失業者の問題を扱う委員会を設立した。このことは思わぬ幸運をもたらした。というのも、この委員会のおかげで、アラブ世界の経済は完全崩壊を免れたのだ。委員会に資金を提供していたのは、イスラエルと、コーエンの賢明な助言により、このような組織は中東に恒久的な平和をもたらす可能性があると悟ったG8だった。委員会の成功は世界中に知れ渡った。イスラエルは委員会を基盤にして、近隣諸国との融和に成功した。

この功績により、マイケル・コーエンは、二〇四二年にノーベル平和賞を受賞した。イスラエルと近隣諸国とのあいだに横たわるさまざまな問題がすべて解決したわけではなかったが、中東の聡明な指導者たちはコーエンが示した先例を見習った。その結果、第二次世界大戦後にイスラエルが建国されて以来、不信と憎しみがはびこっていた地域にすばらしい協調が生まれた。

## 昇りゆく竜、沈みゆく太陽──中国の台頭と日本の衰退

過去千年以上にわたり、地球上で最も進んだ文明が存在したのは中国である。中国では、ローマ帝国の滅亡からルネサンスまでのあいだに、複雑な封建社会のもと教育や芸術や科学が発達し、紙や火薬や

眼鏡など画期的なものが数多く生みだされた。

二十一世紀を迎えたとき、偉大なる竜が眼を覚ましたと多くの識者が考えた。中国経済は共産主義と地方の資本主義の混合体になっていた。一九九〇年から二〇〇四年までの経済成長率は、途中で、銀行業界の不備により一時的に下落を見たものの、ほかの主要国をはるかに上まわっていた。その結果、中国史上初めて、グローバリゼーションという世の中の動きに購買欲を刺激された中産階級が生まれた。二〇一〇年、昔気質の共産主義の指導者の大半がすでに表舞台から姿を消し、新たに実利主義派が実権を握っていた。彼らの目標は、資本主義経済と中央集権制をあわせた理想路線を歩みつづけることだった。ゆっくりと、しかし確実に中国は、スカンジナヴィア型の社会主義経済と一党制の政治形態に向かっていた。民主化を求める運動が起きることはあったが、独裁的な政府が庶民の生活を向上させているいると国民の大多数が考えていたため、民主化運動が全国規模に発展することはなかった。

しかし、中国の急成長に弊害がなかったわけではない。国内で産出される質の低い石炭が全国で使用されたため、大気汚染が大きな問題になった。二十一世紀最初の二十年、中産階級が自転車をやめて車に乗るようになってから、大都市の大気汚染はデリーやバンコックやその他の超巨大都市と同じくらいひどくなった。その頃には幸い経済も成熟しており、中国政府はなんらかの措置を講じて汚染を緩和しようと、ガソリンを必要としない車や原子力の開発に多額の資金を投じた。

楽天の時代の空前の繁栄は、中国に莫大な利益をもたらした。政治基盤も経済基盤も成熟しきっていた上、聡明な労働者を低賃金で確保できたために、事実、中国は世界で最も巨大な工業国になった。二〇三〇年、どの先進国も自国に不利な条件で中国と貿易をおこなっていた。が、多くの国が集まる経済会議で、そういった不公平な貿易も、世界が確実に発展していくためには仕方がないことだと片づけられた。中国の高効率の工場は他国の羨望の的だった。中国では、生活水準が向上していたため、政治改革を求める本格的な運動も起きなかった。

中国は先端技術や製造に関する知識を軍事面にも活用した。急成長を遂げた経済のおかげで、軍事予算は世界で二番めに多かった。二〇三〇年、兵士の数でも装備の面でも世界最強の陸軍を有する国となった。また、海軍や空軍もアメリカについで世界第二位を誇った。

カオスの時代、中国は他国を追い抜き、経済面でも軍事面でもアメリカと対等の力をつけた。そこまで成長できた最大の理由は、異彩を放つワン・フェイの構想力と並はずれた指導力にある。ワンと彼の委員会は、株式市場の崩壊が破壊的な影響をもたらすことに、欧米諸国よりも先に気がついていた。不況と戦うためにワンたちは、輸出に頼っていた自国経済を国内主導型に即刻切り替えた。輸出は急激に衰えたが、厖大な人口（二〇三二年の統計で、十億一千万人を越えていた）や東洋的な倹約の精神、そして長年にわたる成長のおかげで、経済は一定水準を保つことができた。が、ワンは自国経済を活気づけるために、防衛費の増加や他国には見られない国営鉄道システムの構築をはじめ、崩壊しつつある世界経済とは無関係の事業を国内で展開した。

世界がようやくカオスから立ち直ったとき、アメリカはもはや超大国ではなく、他国に政策を強要できる軍事力も経済力も備えていなかった。中国はあらゆる面でアメリカに肩を並べていた。アジア諸国はこぞって中国と手を組むようになった。中国が真の協力関係を築きたかったのは、タイやヴェトナムなど、一世紀前に日本が関係を持たなかった国々だった。二十一世紀末、中国はミャンマーからインドネシアや韓国、フィリピンにいたる、総勢で世界人口の半数近くを占める地域を経済的にも文化的にも支配するようになっていた。その支配力は、ヨーロッパに対するアメリカのそれよりも堅固なものだった。

インドは中国の経済支配拡大主義を警戒し、中国がインドの産業に投資することをほかの東南アジア諸国ほどは認めなかった。そのためインド経済が、そのほかの野心的な中国の経済衛星国のように成長することはなかった。また、インドは中国の軍事力も警戒していた。二十一世紀最後の二十五年間に、もたれ、緊張は緩和された。

中国とインドとの不調和が軍事衝突に発展しかけたことが二度あったが、いずれも外交上の話し合いがもたれ、緊張は緩和された。

二十一世紀の中国の栄華は、アジアでの強力なライバルだった日本が同時期にたどった運命とは対照的だった。前世紀、日本は成功を収めた。その裏には、国民の労働観や識字率の高さ、また地理的にも文化的にも激しい競争のないところに位置しているという事実があった。経済は最初から輸出に的を絞っていた。日本の強みは、他国で開発された製品をもとに、それを低コストで改良する方法を見つけだす能力である。日本は輸出で得た利益を発展が遅れている国に投資していた。そういった資金の有用性と高度な技術が、日本をアジアで傑出した存在にした。しかし、資本主義中国の出現は、日本から優位性の多くを奪った。二十一世紀初頭は、日本もまだいくつかの主要産業で優位を保っており、経済も支払い能力を維持していた。その産業の代表格が自動車産業だった。が、二〇二〇年代になると、中国が一大自動車産業国となり、二〇六〇年を迎える頃には、世界を走る車の数で中国は日本を凌駕していた。ヴィデオゲーム市場やハイファイ装置市場でも、日本の優位性は危うくなった。世界に名だたるヴィデオゲーム製造国として長い歴史があったため、楽天の時代に突如登場した娯楽メディア〝ヴァーチャル・ワールド〟の市場も日本が独占するだろうと思われていた。しかし、大人たちが総合的な娯楽を望み、そういったものに金を使おうとしていることに日本は気がつかなかった。そのため、ヴァーチャル・ワールド市場では、中国や東ヨーロッパ諸国やアメリカの開発者に食い込まれてしまった。

二十一世紀末、日本は主だった分野ですっかり力を失っていた。国民総生産は一世紀前とほとんど変わっておらず、経済は破綻寸前だった。人口の減少と高齢化にも拍車がかかり、才能のある若者は中国企業に実入りのいい職を求めはじめた。二〇四八年、日本の政治家は来るべきものが来たと覚悟を決め、中国と双務条約を結んだ。それにより、強大で活気のある中国が、日出づる国を軍事力で護ることになった。さらに日本にとって屈辱的だったのは、二十世紀には支配していたこともある韓国が、手堅いハイテク経済と、中国との経済協定締結を武器に、急成長を遂げたことだった。二十一世紀末には、生活水準も国内総生産も韓国が日本をしのいでいた。

# 第五章　ネットワークワールドに暮らす

## 二〇九八年――上海万国博覧会

二〇九八年に上海で開催された万国博覧会では、テレポーターや光速度輸送システムといった、実現が近づきつつある未来の技術を紹介する展示が多くの人々の注目を集めた。しかし、会場の目立たないところで、何よりも感動と驚きに満ちた展示がおこなわれていたことに気づいた者は少ない。それは、〝コンピューター百五十年の歩み〟という展示の最初のコーナーに置かれた、小さな部屋ほどもある巨大な金属の箱だった。箱の前面からは無数のケーブルやワイヤーが溢れ出し、製麺機から吐き出されたスパゲッティのように絡み合っていた。箱の脇にあるプレートには「小規模実験機（SSEM）――通称ベイビー、イギリスのマンチェスター大学で考案・製作され、一九四八年六月二十一日、初めてプログラムの作動に成功」と解説されていた。また、その下にある小さなガラスケースのなかでは、グリーティングカードが《ハッピー・バースデー》を奏でていた。解説のプレートには「一九九八年、音楽付きグリーティングカード。このカードに使われているマイクロチップは五十年前につくられたSSEMと同じ記憶容量を持つ」とあった。

今日、この飛躍の重要性に気づく者は少ないが、部屋ひとつぶんはあった巨大なコンピューターを、豆粒ほどの大きさにするというのは、驚くべき偉業だ。しかし、それ以上に驚かされるのは、この偉業がコンピューターの発達のごく初期の段階に成し遂げられたということだ。この進歩は、二十一世紀の科学技術の発展を推し進める原動力として、生物学や医学の発展にも寄与した。こういったコンピューターの発達速度には、経済と基礎学問という、ふたつの要素が関係していた。

一九七〇年代にチップと言われる回路基盤が使われるようになると、コンピューターの小型化は、できるだけ小さな基盤にできるだけたくさんの回路を書き込む技術の発達にかかっていった。基盤上により細い線で回路を焼き付けるために、より短い波長の光線が使われるようになっていった。そして二〇二五年には、すでに〇・一ミクロン前後の波長が使われていた。〇・一ミクロン以下の光線（X線や電子線など）には〝量子ゆらぎ〟と呼ばれる現象が起きる。そういった変則的な要素を制御するのは必ずしも簡単なことではなかった。

二十一世紀初頭には、この問題によってコンピューターの進歩は二十年は滞るだろうと言われていた。しかし、それは完全なまちがいだった。一九九〇年代なかば、チップに回路を焼き付けるという従来の方法に限界があることがわかると、のちに〝量子コンピューター〟として知られることになる、新方式のコンピューターの開発にとりかかる者が現われた。この技術によってコンピューターはさらに数段階小型化され、ほぼ無限の処理能力を持つことになった。

チップを使用した旧方式のコンピューターが普及していたために、量子コンピューターの開発は遅々として進まなかった。しかも、それは〝ひも理論〟をはじめとする難解な基礎学問の研究成果にかかっていた。それでも、従来のコンピューターの進歩が限界に近づく頃には、量子コンピューターの開発も進み、移行は滞りなくおこなわれた。

量子コンピューターの進歩を過小評価することはできない。科学技術を次の段階に推し進め、人類の未来に無限の展望を与えたのは、まちがいなく量子コンピューターだ。コンピューターの急速な進歩により、二十一世紀末の暮らしはきわめて便利なものになり、科学技術と人間の生活は一体化していった。

そして、生活のほぼすべてが科学技術に支えられるようになった結果、人々はより多くのことを経験できるようになった。

## 宇宙探査への旅

二十一世紀を専門とする歴史学者にとって、二〇九九年に打ち上げられた深宇宙探査機ジョルダーノに搭載された記録モジュールは、世紀末の世界と、それまでの数十年間の進歩を探るすばらしい資料だ。ジョルダーノは、早くも十六世紀には地球外生物の存在を想定していたルネサンスの哲学者ジョルダーノ・ブルーノにちなんで命名された深宇宙探査機で、二十一世紀を締めくくる重要な行事のひとつとして、二〇九九年十二月三十一日に打ち上げがおこなわれた。国家連合(ユニオン・オブ・ネイションズ)が資金を提供し、ほとんどすべての国が科学と文化の両面で貢献している国際的な事業で、生命体を維持できる大気の存在が期待されているガンマ(正式名称HR5587A)という惑星(詳細は次章を参照のこと)の調査を目的としていた。しかし、我々、歴史学者の興味は、その探査機に搭載された記録モジュールにある。そこには、ジョルダーノの行く手に現われるかもしれない異星人のために、膨大な量の情報が詰め込まれた。そのひとつが〝世紀の変わりめを生きる家族〟と名付けられたファイルで、地球上の五つの大陸から選ばれた五つの家族が、それぞれの視点で当時の様子を語った記録である。

アジアからはラングーンのカサビ一家、ヨーロッパからはエディンバラのマクフェイ一家、アフリカからはナイロビのングラオム一家、オセアニアからはアデレードのカルフォント一家、アメリカからはカリフォルニア州サンタバーバラのホッジソン一家が選ばれているが、ここではホッジソン一家のインタヴューの要約を取り上げて、二十一世紀の暮らしの変遷を見ていくことにしよう。

## デイヴィッド・ホッジソン

## コンピューター開発と発展

さまざまな時代を生きてきた同年代の男性同様、私もいくつかの異なる役割を担っている。夫、父親、会社員、部下を持つ管理者といったように。年齢は四十八歳、世界最大手の情報通信企業〈グローブコム〉の設計者で、妻のメアリー、ふたりの子供——十二歳のトムと二十歳のルーシー、そして、私の父リチャードと共に、サンタバーバラで暮らしている。

私は、今世紀の世界がどれほど大きな変化を遂げたか、ということをたいていの人より理解していると思う。それはたぶん、歴史に興味があるからだ。百年以上の歳月を隔てた過去や未来の人々とコミュニケーションをとるのは難しいと言われている。私もそう思う。まして、今世紀初頭の人間がいきなり二〇九九年に現われて今の若者と話をすることになったら、かなり戸惑うのではないだろうか。

二十一世紀初頭と現在の社会の最も顕著なちがいはその技術力にある。百年前、インターネットはまだ揺籃期にあり、手軽なコミュニケーションや非常に限定された情報収集の手段として使われていたにすぎない。今は人間の生活のありとあらゆることがインターネットと結びついている。私たちはネットワーク社会に生きていると言ってもけっして過言ではない。

インターネットはすばらしい。歴史研究の世界でも、もしもネットがなかったら……などということは想像もできない。百年前の人々も、電話や自動車、飛行機など、その時代に存在したさまざまなものが発明される以前の生活を思い浮かべることは難しかったはずだ。私もまた、ネットワークのない世界を思い描くことはできない。私がやっていること、これからやろうと思っていること、旅行、会話、衣服、食べもの、飲みもの、娯楽、情報、消費エネルギー、思考——ありとあらゆることがなんらかのかたちでネットワークにつながっている。

私は〈グローブコム〉の設計者として、この科学技術の進歩に微力ながらも貢献していることを誇りに思っている。〈グローブコム〉は二十世紀、通信革命の波に乗りつつあった会社の国際的な合併によって生まれた企業で、今や世界の最重要企業のひとつに数えられている。

ネットワークの発達によって、人々は国境を越えて簡単にコミュニケーションをとれるようになったが、話はそれで終わらなかった。重要なのはむしろ、商業、工業、教育、娯楽、政治、経済、その他人々の生活のすべてに生じた変化だ。二〇三〇年、ネットの統制で世界の三大企業のひとつに成長した〈グローブコム〉は、ライバル企業と競い合いながら新方式のコンピューターを発売した。また、高速接続の提供と、ネットの進化を加速させるソフトウェアの開発や販売を開始し、インターネット向けエンターテイメント・ソフトの制作会社やインターネット情報局、オンラインショップの経営も手がけるようになった。

## ニューウェイヴ・コンピューター

何カ月かまえに、メアリーと子供たちを連れて、完成したばかりの〈グローブコム・ヴァーチャル・ミュージアム〉を訪ねた。皆、何かしら得るものがあったと思いたいが、とまれ、私にとっては胸躍る刺激的な体験となった。多少の先入観はあるのだろうが、〈グローブコム〉という一企業が現代社会のこれほど多くの分野に影響を与えていることに、私は大いに驚かされた。また、家族と一緒に主な展示室をまわり、進歩から進歩、改良から改良という過程をたどりながら、私たちの暮らしがごく短い期間でどれほど大きな進歩を遂げたかということをあらためて認識させられた。

順路の最初のほうに、テレビ電話の一号機があった。テレビ電話は二十一世紀の初期に売り出されたが、定着には驚くほど長い時間を要した。どういうわけか当時の人々は、聴覚と視覚の両方を使ってコミュニケーションをとることにあまり乗り気ではなかったようだ。懐疑的な人が減るまで、テレビ電話はいっこうに売れなかった。が、いったん人々の心を捉えると、今度はブームになった。二〇一四年までに、〈グローブコム〉は十億台の携帯テレビ電話を売り上げ、この技術は完全に生活の一部になった。

それに匹敵する重要な変化が、コンピューターの根本的な使用方法にも起きた。パーソナルコンピューターが使われるようになったばかりの一九八〇年初頭、その使い方はひとつしかなかった。端末機のまえに坐り、キーボードとディスプレイを使ってコンピューターとコミュニケーションする、というものだ。このスタイルがその後、ほぼ同時期につくられた一連の製品――それらの大半は〈グローブコム〉が設計したものだ――から、すっかり変わることになった。

最初に使われた技術は、遠隔計測技術と言われるもので、周囲の状況をモニターするシステムだった。これによって、コンピューターは住み込みのメイドのように、冷蔵庫の中身、室内の温度といった家庭内の状況を監視できるようになった。さらに、家族の体温、脈拍数、呼吸数、排泄物から、ユーザーの健康状態を自動的にモニターする機能を持つものも開発された。

それと同じ頃、材料と小型化技術の進歩により、従来の〝机の上の箱〟とはまったくちがうスタイルの、新しいコンピューターが開発された。このニューウェイヴとも言えるコンピューターには、ピン、シート、そして、パネルという三つの種類があった。ピンは、肉眼ではほとんど見えない塵のような大きさからバッジほどの大きさまでのコンピューター、シートはその昔使われていた紙のようなコンピューター、パネルはモニターとして使用されるもので、壁などの、眼につく場所に取り付けられるコンピューターだ。それぞれのコンピューターはさまざまな用途に使われたが、形状については、二〇二〇年代初頭に売り出されてから約七十五年、さほど変化していない。シンプルなデザインは即座に〝究極の完成品〟になることがある。

その後まもなく、〈グローブコム〉は装着型コンピューターのリーディング・カンパニーとなった。二〇二〇年代なかばには、すでに会議にラップトップコンピューターを持っていく者はいなくなっていた。コンピューターは昔のクレジットカードのサイズにまで小型化され、財布のなかに入れたり、腕時計のように手首に装着したりして持ち歩くことができるようになった。その操作には音声認識システム——これも〈グローブコム〉が開発した技術だ——が使われ、コンピューターと装着者とのあいだで会話ができるようになった。また、これまでディスプレイに映し出していた情報を、視野を妨げることなく、眼のまえの空間に投影することもできるようになった。

## ヴァーチャル・ワールドの開発

〈グローブコム〉がこの三十年間におこなった、最も重要な事業は、ネットワークの完成と、ヴァーチャル・ワールドの開発だった。〈グローブコム〉はＶＷの最も初歩的な技術を七十五年前にはつくり上げていた。ＶＷの原点は、二十一世紀初頭、すでにインターネットの世界に進出していたロール・プレイング・ゲームにある。ＲＰＧは史上初の対話式コンピューターゲームだが、初期の機種では、ユーザーとサイバースペースとのリンクに、ディスプレイ上の文章や映像を経由する方法が使われていた。その後、ボディースーツとヘルメットが開発され、ＲＰＧは飛躍的な進歩を遂げる。とはいえ、こういった初期のＶＷは、高価な装置を買い、鬱陶しいヘルメットやボディースーツを身につけても、かなり原始的なヴァーチャル・リアリティしか体験できなかった。小型のシンプルな装置と、品質の高いＶＲソフトが開発されるのは、ずっと先の話だ。

〈グローブコム〉で設計責任者を務めていたラリー・グーテンゲンがヴァーチャル・リアリティ・エンターテイメント・システムの商品化に成功したのは、二〇二〇年代初頭のことだ。それは、ちょっとした映画館ほどのサイズで、十数人が一緒に愉しめるタイプのものだった。その頃のＶＷでは体験できることがごく限られていた。また、参加者はボディースーツとヘルメットをつけて、ひとりずつカプセルにはいらなければならなかった。

　正直、グーテンゲンのシステムが人々の心をつかんだとは思わないが、この技術の開発は、最もわかりやすいかたちで利益が生まれる市場、つまりセックス産業への参入によって推進されることになった。〈グローブコム〉はやらなかったが、競合企業のなかには〈グローブコム〉が開発したその技術をセックス産業に応用して大きな利益を上げるところもあった。法的な規制ができて、ポルノ作家やその手の業界の人々がこのシステムに魅力を感じなくなるまえの話だ。

二〇二〇年代には、VRセックス関連企業のひとつがパーソナルVRシステムの開発で数十億ドルを稼いだ。また、より現実味のあるVRソフト、より低価格の装置が求められたことで、その技術は驚くべきスピードで進化していった。今のVWに使われているVR技術のほとんどは、二〇三〇年代の初頭に開発されたものだ。その後の改良で、すっきりした小型の装置が安い値段でつくられるようになったが、現在、私たちの家庭に普及しているVWは、VRセックスのためにつくられたパーソナルVRシステムとさほど変わらない。

今は欧米のほぼすべての家庭に少なくとも一台はVWがあり、それぞれの部屋で使用できるような配線が施されている。これは二十一世紀初頭の欧米の一般家庭にテレビが一台、あるいは数台あったのと同じことだと思う。VWも家族みんなで愉しむことも、単独で愉しむこともできるが、テレビとの最大のちがいは、ユーザーが完全にVWと一体化できる、ということだ。

標準的なVWに使われているブースは四人が坐れる程度の小さな部屋だ。二〇三〇年代に使われていた旧式のボディースーツとヘルメットが、サイバーネット方式に置き換えられてからもうずいぶんになる。サイバーネットは、カオスの時代が終わってまだまもない頃、〈グローブコム〉が開発したすばらしい新技術だ。映像は〝ライトスーツ〟を身につけたユーザーのまわりに投影される。また、〝ライトスーツ〟は遠隔計測装置を経由してハウスコンピューターとつながっている。ユーザーは体験したい内容をネット上にある数百万タイトルのソフトから選ぶこともできるし、あるいは自分自身でストーリーを考えることもできる。VWで体験することはまさにリアルな夢のようなものだ。ありとあらゆる感覚がともなうあたりは、まさに〝現実〟そのものとも言える。

## ヴァーチャル・ワールドの危険な罠

ＶＷを使えばどんなことでも体験できる。現実的な体験も、とんでもなく非現実的な体験も、お望みしだいだ。この技術が完成したときには、当然、大きな議論になった。道徳の守護者を自任する人々は、ＶＷは腐りきった娯楽だ、と非難した。現実との区別がつかなくなって装置の外でも妄想を抱きつづける者が現われることを懸念した。ＶＷは未成年には危険が大きすぎると言う者、ＶＷは大企業が一般大衆の道徳心をむしばみながら大金を稼ぐ道具だと言う者もいた。

そういった不安のいくつかは当たっていたが、幸い、この新しい娯楽は、早い時期から規制や監視が始められた。親は、子供が道徳的に好ましくないＶＲにアクセスできないように、ハウスコンピュータに防護システムを取り付けることができる。それは、百年前、私たちの祖先が家庭のパソコンからアクセスできるインターネットの内容に制限を設けたのとまったく同じことだ。

しかし、意志の弱い人、強迫観念を抱きやすい人がＶＷを愉しむことに、まったく危険がないとは言い切れない。特にＶＷが普及しはじめた当時は、ＶＷに溺れ、現実の世界でまともな生活が営めなくなる人も少なくなかった。ＶＶＡ――仮想被害者の会（ヴァーチャル・ヴィクティム）（被害者までヴァーチャルであるかのような奇妙な名称だ）は今も昔も中毒者の自助組織として非常に重要な役割を果たしている。ＶＶＡの世話になった友人の話は、私にとっても有益な戒めだ。特に、私の結婚式で付き添い人を務めてくれた旧友ジェフの経験には大いに心を揺さぶられた。

当時のジェフは妻のヴェラと結婚してほぼ十年という頃で、ジェイクとサムというかわいい子供たちと、サンディエゴの高級住宅街で暮らしていた。英語学を教えるかたわら、歴史や外国語にも熱心に取り組んでいた。御多分に洩れず、彼も自宅にあるＶＷのブースで空想の世界に浸ることがあった。ジェフが何よりも面白いと思った体験は、十二世紀のイングランドにおける騎士の生活で、それは歴史のなかで彼がいちばん好きな時代だった。

当初は彼も大多数の人々と同じように、ＶＷは人類が発明した最高の娯楽、くらいに考えていた。が、ＶＷのなかですごす時間は日増しに長くなっていった。最初のうちは、プランタジェネット朝の騎士の生活を真剣に研究していると言って、家族や自分自身をごまかしていた。ところが、彼の分身（ＶＷのなかで彼が演じている役）が、同じソフトウェアに参加することにした若い女性の分身と出会ったことで、話は厄介なことになる。

これについては説明の必要があるかもしれない。ＶＷのソフトウェアにはほとんどと言っていいほど限界がない。選べるタイトルは数百万種類におよぶが、私たちがＶＷのなかで出会うキャラクターはコンピューターがつくり出したものばかりではない。ほんものの人間、つまり、自分以外のユーザーの分身もしょっちゅう登場する。そういったことは、ひとつの家族でひとつのソフトウェアを同時に使用しているときにはもちろん、単独で使っているときにも起きる。ジェフの身に起きたのは、まさにそれだった。彼はグエナ――ＶＷのなかの彼女はそういう名前だった――に出会った。彼女はかの地の貴族の娘に仕える若い侍女だった。ジェフ――正確に言えば、ジェフの分身――はグエナに恋をした。

ジェフは愚かにも、ＶＷ漬けになることを自分に許し、ＶＷで出会ったその女性と燃えるような恋をした。はっきり言っておくが、ふたりは現実の世界では一度も会ったことがない。ＶＷの外の世界ではまるで面識がないにもかかわらず、ＶＲの世界にいるあいだは――ふたりは健全とは言いかねる頻度でＶＲに浸るようになっていった――恋人だった。

その奇妙な関係はかなり長く続くことになるのだが、そうこうするうちに、ジェフの現実の生活に影響が出はじめるようになった。仕事に身がはいらなくなり、ＶＷの外にいるときには、ぼんやりと塞ぎこむようになった。まず、妻のヴェラが夫を心配して、その原因を突き止めようとした。が、状況は悪化するばかりだった。ジェフ自身も自分が現実の世界でまともな生活を送れなくなっていることに気づきはじめた。疑惑を抱いたヴェラは、夫に尋ねた。

ジェフは妄想にとりつかれていることを認めなかった。ヴェラから単刀直入に「浮気してるの？」と尋ねられたときにも、当然、否定した。何しろ、現実の世界、つまり、ジェフとヴェラが結婚している世界では、彼はまったくの潔白だったのだから。彼にしてみれば、現実に会ったことのない空想上の相手と、空想上の関係を持っているにすぎなかった。グエナと愛を交わすといっても、ヴァーチャル・セックスを体験しているだけ、生身の体には指一本触れていなかった。

ほどなく、ヴェラは夫の身に何が起きているかを知り、ふたりの結婚生活のために、そして、夫に正気を保たせるために、行動を起こさなければと考えた。ヴェラにできることは？　ジェフの浮気はＶＷでの出来事だ。ヴェラには、夫の浮気相手が誰なのかもわからなかった。問題を解決するには、自分も誰かになりすまして、ジェフとグエナが恋をしているＶＷにはいっていくしかなかった。

ジェフはほんとうについていた。同じような体験をした夫婦で、結果的に結婚生活が破綻した夫婦はけっして少なくない。しかし、ヴェラは理想的な方法で、夫の仮想の関係を断ち切ることに成功した。そして、夫を許した。ただちにきちんとしたセラピーを受け、ＶＶＡに参加することを条件に。

## ネットワークに囲まれた生活

私はサンタバーバラを愛している。私はこの町で育った。ここ以外の場所で暮らすことなど想像もできない。カオスの時代の直前に私の祖父母がここへ移り住んだときに比べると、地球を取り巻く環境の変化で、この地域の気温と湿度も若干の上昇を見ている。とはいえ、町そのものは二十一世紀の初頭からほとんど変わっていない。海岸はほとんど汚染されていないし、この百年の人口増加率も二十パーセント以内にとどまっている。

私の家は町を見下ろす丘の上に建っている。十一年前、トムが生まれてまもない頃に建てた、五寝室の家だ。パーマプラスティックとコンクリートのありふれた家だが、すばらしいプールがあり、すべての部屋がゆったりつくられている。そして、嬉しいことに、最先端のネットワークシステムが完備されている。全室に清掃ロボットとホログラフィック・プロジェクターがついているし、セキュリティーシステムも万全だ。

私のオフィスはロサンジェルスにある。私たちは、トムも含めて、それぞれが自分の車を持っている。といっても、今の車は、百年前の人々が運転していた車とはずいぶんちがってきている。今の車は核融合で動く、完全無公害車だ。ボディには〝ロロネン〟と呼ばれる、史上最強のプラスティックが使われているので、運転は百パーセント安全だ。〝運転〟と言ったが、それほどのものではない。家からほんの数百メートルのところにある自動ハイパーリンクにはいれば、時速五百キロで音も立てずに滑るように走ってくれる。つまり、私の通勤時間は十五分ちょっとというわけだ。私は、ひとりになれるその時間を利用して、ホログラフィック・メールをチェックしたり、個人的な電話をかけたりしている。

オフィスに行くのは、通常、週に二日だけだ。ほかの二日は、自宅の仕事部屋で働き、金曜日はたいてい出張にあてている。仕事の大半はホログラフィック会議で対処できるが、多くの管理者や設計者同様、私も仕事仲間と短時間でも実際に顔を合わせる時間を大切にしている。若い社員のなかにはそういうことを古臭いと考える者もいるようだが、彼らにもいずれわかるだろう。サイバースペースでは埒が明かないことがあるし、私たちは皆、個人的な接触を必要としているのだ。

そのいい例が先週の金曜日の出来事だ。私はｐｓｉリンクという画期的な新製品の開発に取り組んでいる。簡単に説明しておこう。その新製品が完成した暁には、既存のすべてのネットワークに導入され、ユーザーがコンピューターとコミュニケーションをとるのに言葉を発する必要がなくなる。ｐｓｉリンクに組み込まれている小さなセンサーがユーザーの脳が発する情報をキャッチして、暗号化し、コンピューターとネットワークに送られるためだ。ｐｓｉリンクの開発はまだ初期の段階だが、今後五年以内に実用化されるだろう。今からとても愉しみだ。私たちは目下、このシステムに使用する部品のテストをおこなっている。そして先週の金曜日、開発チームのメンバーのひとりで、ニュージーランドにいるノーマン・チャンドラーがおこなったテストのひとつに問題が発生した。それについて、私を含めて同じチームで働いている四人――その日はたまたまロンドンとニューヨークとパリにいた――がホログラフィック会議で話し合った。会議は終わったものの、私はその問題の解決策に納得がいかなかった。そこで、翌朝十時半に空港に行き、その日最初のパラ（大陸間パラボラ・エアライナー）でニュージーランドのウエリントンに向かった。

パラについても説明しておいたほうがいいだろう。パラの運行が始まってすでに三十年以上が経つが、この旅客機にはいまだにぞくぞくさせられる。パラは高速、快適、低コストというすばらしい特性で海外への旅に革命を起こした。パラを使えば、一万マイル離れたニュージーランドへも一時間ちょっとしかかからない。つまり、サンタバーバラの自宅を出た数時間後には、ウエリントンのレストランでノーマンと昼食をとりながら、ｐｓｉリンクのテストで起きた問題について話し合っていた、ということだ。三時には問題も解決、五時半には自宅に戻った。必ず見に行くと約束していたトムのサッカーの試合にもまにあった。

二〇九九年を生きる私たちの娯楽はＶＷだけというわけではない。トムはいろいろなスポーツをするし、ルーシーもメアリーも幅広い趣味の持ち主だ。そして、私はコンピューターの歴史を調べるのが好きだ。コンピューター関係の仕事をしているのに妙だと思う人も多いだろうが、その趣味のおかげで本を出版できたし、ホログラフィックを使った講演、いわゆるホロレクチャーをする機会にも恵まれるようになった。また、自分のウェブサイトも持っていて、多くの人に見てもらっている。従ってこれは、日々の仕事とはまったく別のものだ。

## 脅威のコンピューター・ウイルス

土曜日、トムのサッカーの試合が終わると、私たちは揃って帰宅した。その後、ルーシーはパートナーのスージーに会いにいった。メアリーは友人三人とＶＷに入ってすごした。トムはロシアに住む友達とウェブでチェスをして、私はライヴでホロレクチャーをした。

そのときのレクチャーの聴衆の数に、私はいささか驚かされた。〝二〇二五年のグレイト・サンスクリット・ウイルス〟というテーマの講演を聞くために、世界中からおよそ三百人もの人々がアクセスしてくれたのだ。二〇二五年は、コンピューターの歴史のなかで、私が最も得意としている年で、一九七〇年代に使われるようになった従来型のコンピューターから、現在私たちが使っているコンピューターへの移行が加速を始める分岐点となった年だ。ホロレクチャーでも話したとおり、この年、まさかと思うようなことが起きた。二〇二五年三月二十三日、グレイト・サンスクリットと名付けられたコンピューター・ウイルスによって当時のネットワークのかなりの部分が破壊され、文明そのものが脅かされることになったのだ。

当時は、誰がどのようにしてそのウイルスを広めたのか、まるでわからなかった。最初に発見されたのはオーストラリアのシドニーで、一日の仕事が始まる午前九時のことだった。アメリカの東海岸では、ちょうど一日の仕事が終わる時間だった。オーストラリアの人々がオフィスに到着すると、すべてのファイルがサンスクリット語――古代インドで用いられていたインド‐ヨーロッパ語族の文語――に変わっていた。最初は単なるいたずらと考えられた。が、文字は元に戻らず、ファイルが復旧できないほど破壊されているのに気づくと、パニックが広がった。最初の報告から二時間、アジアの株式市場やオフィスのコンピューターが動き出すと、彼らのファイルも同じウイルスに破壊されていることがわかった。オセアニアのネットワークがフリーズしてインターネットもテレビ電話も使えなくなったので、ソフトウェアを使うまえにアンチウイルス・システムを起動せよ、という警告のメッセージは、電話を使って日本、中国、インド、ヨーロッパ、そしてアメリカ合衆国に伝えられた。が、それにはほとんどまったくと言っていいほど意味がなかった。二〇二五年には、世界中のコンピューターがインターネットに常時接続されていて、ネットワークが眠りにつくことはなかったからだ。また、仕事をする時間帯にこだわらない風潮が広がっていたので、アメリカ合衆国の東海岸やヨーロッパやインドでも、多くの人々が働いていた。

最初の攻撃から三時間も経たないうちに、ウイルスの影響はネットワークの十パーセントにおよんだ。被害額は数十億ドルにのぼり、世界中でコンピューターが動かなくなった。幸い、このウイルスが動き出すのは端末機が使用されたときに限られていた。したがって、警戒態勢がしかれたあとは、セーフティーシステムが作動し、ネットワーク上の次のノードに感染がおよぶまえに、ウイルスを撃退することができるようになった。

現在のネットワークは継ぎ目のないひとつの〝有機的組織体〟のようなものなので、複雑な保護システムを瞬時に作動できる状態にしておかなければ、サンスクリットのようなウイルスによって破壊される可能性がある。しかも、現在の端末機のスイッチは一日中切られることがないので、ネットワークの一部になんらかの障害が起きれば、一瞬にしてネットワーク全体が影響を受けることになる。サンスクリット・ウイルスの一件は、現在のネットワークにとってよい教訓になったはずだ。

幸い、サンスクリット・ウイルスは感染力こそ強かったものの、大半の企業がコンピューターに搭載していたアンチウイルス・システムによって簡単に退治できる程度の弱いものだった。そういったアンチウイルス・システムはネットワークを通じて世界中のユーザーに普及していた。それでも、この事件は人類社会への警鐘となった。コンピューターがウイルスによって破壊されたオセアニアでは、多くの企業が経営破綻に追い込まれた。ネットワーク社会の脆さを浮き彫りにする事件だった。

私の心には、相反する感情がある。私は二〇九九年に生きている幸運に、大きな喜びと満足を感じている。祖先の時代から進歩を遂げてきたすべてのことに感謝している。しかし、うまく説明できないのだが、人類は少し自立を失いすぎている、という気がしてならない。今日、私たちは危険とは無縁の世界に生きているが、そこには、眼には見えない不思議な網に運命を縛られているという感覚、私たちはネットワークの奴隷だという感覚があることも否定できない。

## メアリー・ホッジソン

### 女性のライフスタイルの変化

わたしの生き方は、ある意味では保守的と言えるかもしれない。年齢は四十歳、教師という伝統的な仕事をしている。ふたりの子供の母親で、セックスパートナーは夫のデイヴィッドだけだ。それでも、今の技術はすごいと思うし、その価値も認めている。今の時代に生まれてよかったと思っている。今は女性もさまざまなことができるようになった。喜ばしいことに、この五十年のあいだに四人の女性大統領が生まれている。そういうところにも、わたしたちの時代が象徴されていると思う。今の暮らしで何よりもすばらしいと思うことのひとつは多様性だ。わたし自身、いろいろなことをしている。妻であり、母であり、教師である。シナリオライターでもある。また、さまざまな友人がいる。教師の友人もいるが、わたしは作家や芸術家や音楽家とつきあうのが好きだ。わたしはこういった多様化を心から歓迎している。多様性のある暮らしからは刺激を受けることも多く、それが生活のスパイスになっている。

デイヴィッドとわたしは伝統的な結婚をしている。出会ったのは大学時代で、そのときにはお互い、同性愛も含めて、さまざまな恋愛を経験していた。でも、当時一般的になりつつあった〝因習にとらわれない結婚〟には興味がなかった。これについては説明が必要かもしれない。

結婚は長年、異性のあいだでおこなわれるものだった。ところが、二十世紀が終わりに近づくにつれて、この慣習にさまざまな圧力がかかり、それまでの結婚制度に内在していたさまざまな問題が浮かび上がってきた。まず、それまでの制度には、カミングアウトをする同性愛者の増加が考慮されていなかった。多くの先進国で同性愛者が増加すると、同性間結婚にも法的、宗教的、経済的な権利を認めるべきだ、という声が聞かれるようになった。右寄りの政治家や同性愛を嫌悪する団体は当然、それに反対したが、同性間結婚の権利を擁護する声はしだいに大きくなっていった。そして、二十世紀の終わりに、オランダが同性間結婚を認めると、徐々にではあったが、ほかの国もそれに続いた。

制度の欠陥は、異性間結婚にも現われはじめた。もちろん、結婚生活に生涯の幸福を見出している夫婦もたくさんいたが、二十世紀末から二十一世紀初頭にかけて欧米諸国に見られた離婚率の急速な上昇には、誰もが伝統的な結婚に向いているわけではない、ということがはっきりと現われていた。にもかかわらず、結婚のかたちには、かなり長いあいだ、これといった変化が見られなかった。たとえ欠点はあっても、家族をつくる最良の方法は伝統的な結婚だと考えられていたのだ。実際、伝統的な結婚は、重要な結婚の一形態として今も残っている。昔とちがうのは、ほかに選択肢があるということだ。今は、この二十年ですっかり定着した〝因習にとらわれない結婚〟も、多くの人々により良い生活、より幸せな家庭を提供している。

最大の変化はかなり遅れてやって来た。二〇三二年、カリフォルニアで人間関係の問題を研究しているチャド・カルスティエンが書いた『新しい愛のかたち（ニュー・ウェイ・オブ・ラブ）』という本が、大きな話題になった。その本には、彼が提唱する〝交差結婚（フォーウェイ・マリッジ）〟についての哲学が紹介されている。彼は人間をふたつの種類に分け、それぞれをアルファ型、ベータ型と名付けた。アルファ型は野心に燃える敏腕家で、仕事ができ、金、成功、ときには名声を追求するタイプ、ベータ型は家庭的な人間で、物欲がほとんどなく、家族や子供、個人的な関係を何よりも優先させるタイプとされていた。カルスティエンは伝統的な結婚の問題の多くは、これらのタイプの組み合わせに原因があると考えた。たとえば、アルファ型人間がベータ型人間と結婚すれば（彼らなりの問題はあるだろうが）幸福な結婚生活を営む可能性が高い。が、ベータ型同士の結婚はまちがいなく大きな困難に直面することになる。アルファ型同士の結婚は、さらにひどいことになる。

フォーウェイ・マリッジが提唱された直後、それに飛びつく者はほとんどいなかった。この本に興味を持っても、著者が示したライフスタイルを実践する者はまれだった。しかし、その考え方が人々の意識に浸透すると、徐々にではあるが、試してみようという者が現われはじめた。そして二〇六七年、フォーウェイ・マリッジはここカリフォルニア州で合法化され、その後、十年ちょっとのあいだに、百年前の同性間結婚と同じ道をたどることになった。

もちろん、フォーウェイ・マリッジにも悲惨な失敗例はたくさんある。皮肉なもので、それは二十世紀末の伝統的な結婚の破綻に匹敵する確率で起きている。しかも、フォーウェイ・マリッジの解消、つまり離婚は、まさに泥沼になることが多い。それはともかく、わたしにも、カルスティエンの提案を取り入れた知り合いが何人かいる。わたしのいとこのジェーン・ガーナーもそのひとりで、彼女は幸せな家庭を築いている。

ジェーンは子供の頃から野心家だった。絵画とデザインを学び、三十歳になる頃にはロサンジェルスでも有数のインテリアデザイナーになっていた。オスカー女優のジャスミン・カートライトや、ミュージシャンのルシアン・リナカー――カリフォルニアで初めて、十億ドルを超える豪邸を建てたことで有名――の自宅の改装を手がけたのも彼女だ。

ジェーンはジェリーと出会い、互いに愛し合うようになった。ふたりは理想的な結婚生活を送るだろうと言われていた。ジェリーは成功した銀行家――ハンサムで、自信に溢れていた。しかし、結婚して五年が経つと、問題が起きるようになった。ふたりは愛し合っていながら、結婚のしくみそのものに苦しめられていた。彼らには一緒にすごす時間がほとんどなかった。向上心、野望、勤勉さというふたりに共通する美徳をもってしても、夫婦としての成功には喜びが見出せなかった。ふたりがほんの数時間でも一緒に家にいる――彼らはロサンジェルス、サンタバーバラ、ロンドン、そしてニューヨークに家を持っていた――ことは皆無に近かったし、連絡を取り合うことも少なくなっていた。幼い子供たちふたりと一緒にすごす時間もほとんど持てず、世話はベビーシッターたちに任せきりだった。彼らは家族としての絆を失いつつあった。

同じ頃、もうひと組の夫婦、リンとリックのデーヴィス夫妻も問題を抱えて暮らしていた。彼らはサンタバーバラのハイパーリンクを下りてすぐのあたりに広がる、治安の悪い地区に住んでいた。リンもリックも才能には恵まれていた。リンは幼稚園教諭、リックは優秀なテニスコーチだった。が、どちらもさほどの野心家ではなかったし、経済的にはぎりぎりのところで暮らしていた。家を買う余裕も、リンが仕事を休んで子供をつくる余裕もなかった。

デーヴィス夫妻とガーナー夫妻はまったく別の社会に生きていた。あのときサンタバーバラ動物園で出会っていなければ、顔を合わせることもなかっただろう。動物園で、リンはジョギングをしていた。ジェーンは珍しく子供たちと一緒にすごしていた。ジェーンの二歳になる娘のゾーイがジョギングコースに駆け込んだところに、コーナーを曲がってリンが現われた。衝突を避けようとしたリンは、低いフエンスにつまずき、芝生の上にあった枯草の山の上に放り出された。

ジェーンは大慌てでリンに駆け寄った。そして、彼女に怪我がないとわかると、自分の慌てように思わず笑い出してしまった。話を始めてまもなく、ふたりは互いの気持ちが驚くほどよくわかることに気づいた。リンは底抜けに明るく、元気のいい女性だった。偽善的な人間や横柄な人間を相手にすることの多いジェーンは、リンの誰に対しても変わらない気さくな態度に好感を持った。数週間もすると、ふたりは親友になり、家族ぐるみでつきあうようになっていた。

詳しい話はさておき、動物園での出会いから数カ月、ジェーンとジェリーはモンテシトにある、まるで絵画から抜け出してきたような古いコテージにデーヴィス夫妻を招待した。そこで、二組の夫婦はある取り決めを交わした。それは、デーヴィス夫妻がガーナー夫妻の子供たちの世話や家事をこなすかわりに、ガーナー夫妻はデーヴィス夫妻に自分たちの子供をつくるために必要な資金と住まいを提供するというものだった。

ところが、変化が訪れる。ジェリー・ガーナーがリンの魅力に気づくのに時間はかからなかった。ジェーン・ガーナーも、娘のゾーイや息子のティムを遊ばせるリックに惹かれるようになった。夫のジェリーは子供たちにいつもよそよそしかった。ジェーンは、リックが子供たちと一緒に芝の上を転がっている姿や、子供たちにテニスなどを教えている姿を見て、会議の合間に会うジェリーよりよほど夫のようだと思うようになった。四人がフォーウェイ・マリッジについて考えるようになるのは、ごく自然なことだった。

ジェーンの話では、最初のうちは問題もあったという。そういったかたちの婚姻関係を続けていくには、嫉妬心や、性的な葛藤を克服していかなければならない。が、この四人はうまく対処してきたようだ。彼らが正式にフォーウェイ・マリッジをして六年以上が経つ。そして、現在、彼らのあいだには五人の子供がいる。リン・デーヴィスはそもそもの夫リックとのあいだに双子を、ジェリーとのあいだにも娘をひとりもうけた。見たところ、誰もが以前より幸せそうだ。アルファ型人間であるジェリーとジェーンは望みどおりの生き方を続けている。彼らは、ベータ型のパートナーであるリンとリックが、すばらしい家庭環境で子供たちを育てながら幸福に暮らしていると信じている。

## ある教師の一日

ここでわたしの一日――というか数日を混ぜあわせたものをお話ししよう。朝はどちらかといえば静かだ。今はトムも自分のことは自分でできるようになったし、ルーシーは、少なくとも週に二日、パートナーと一緒に借りているアパートメントですごしている。もちろん、すべての家事はハウスコンピューターが片づけてくれるし、わたしたちが階下に行く頃には、ロボットがすでに朝食の用意を整えてくれている。コンピューターが家族のシャワーの進行状況を見ながら、すべてが円滑に進むよう、時間の配分をしているのだ。

デイヴィッドはたいてい早い時間に仕事を始める。トムは授業が始まるまえにいくつかやることがある。サッカーの練習で午前八時前にコーチから召集がかかることも多い。わたしはニュースを見ながら朝食をとる。たいていはひとりで、のんびりと。朝食のテーブルについてシリアルを食べながら、ホロ・プロジェクターにキャスターを呼び出してニュースを読んでもらうのが気に入っている。仕事を始めるのはたいてい九時だ。自宅の二階にはわたし専用の仕事部屋があり、九時十五分には、〝ギャング〟と呼んでいる生徒たちと向き合うことになる。

授業はたいてい肘掛け椅子に坐っておこなう。生徒――現在、わたしは九歳の生徒を二十七人受け持っている――のプロジェクターにはわたしの姿が三次元画像で映し出されている。わたしのビデオパネルには生徒たちの姿が二次元画像で映し出されているが、必要があれば、ひとりずつホロ・プロジェクターに呼び出すこともできる。わたしはその日のテーマの説明に時間をかけるようにしている。生徒たちに見せたい映像はすべて、ネットから引き出してみんなで見ることができる。ネットは人類の知識の宝庫、限界はない。もしアイザック・ニュートンを自室に呼んで、歩きながら万有引力の法則を説明してもらいたければ、コンピューターに再現を命じればいい。一九六九年に月面に降り立ったニール・アームストロングを生徒たちに見せたければ、三次元に変換した質のいい画像でその姿を呼び出すことができる。

ときには、生徒と個別に話し合う時間をつくり、彼らが抱える問題を検討しながら、課題をやらせることももある。わたしは生徒にやらせた課題を確認して、ネットで送り返す。生徒は皆、授業を愉しみにしている。さぼる生徒はめったにいない。

正午に仕事が終わると、ほかのことに時間が割けるようになる。たとえば、わたしは今、親友のひとりでロサンジェルスに住む芸術家、ジュリー・ゴールドスタインが立ち上げようとしているヴァーチャル・ギャラリーを手伝っている。ジュリーは魅力的な女性で、わたしは彼女の作品がとても気に入っている。ジュリーの最近の作品はそのほとんどが光の彫刻だ。プリズムとラドンが発するレーザー光を巧みに使い、信じられないくらい精緻な三次元動画で人物を表現する。

この種の作品はヴァーチャル・ギャラリーにうってつけだ。今や展覧会もヴァーチャル・ギャラリーでの開催が主流になっている。わたしは史上初のヴァーチャル・ギャラリーを覚えている。当時、わたしは五歳か六歳だったと思う。サイバースペースにはいるのに、スーツを着なければならなかった時代だ。それはアンディ・ウォーホルのウェブサイトで開催された、彼の一九六〇年代の作品展だった。ウォーホル、ジャクソン・ポロック、ピーター・ブレイク、ロイ・リキテンシュタインらのポップアートは、二〇三〇年代から二〇四〇年代にかけてはほとんど受け入れられなかったが、二〇六〇年代なかば、つまり彼らが活躍したちょうど百年後にふたたび注目を集めるようになった。五歳のわたしがそういった芸術を理解していたとは思わないが、今は彼らの作品のスタイルが気に入っている。さまざまな表現形式が消滅していくなかで、こうして生き残るものがあることには驚きを禁じえない。

二十一世紀末を生きるわたしたちには、ものごとの変化を振り返る特権が与えられているのかもしれない。もちろん、それはいつの時代を生きていてもできることだ。それでも、ひとつの世紀の終焉に身を置きながら、数十年を単位とする変遷のパターンを振り返ることには、何か象徴的なものを感じる。二十一世紀の芸術には、科学技術の発達によって、必要以上に多くのものを詰め込まれて複雑になり、均質化に向かった時期がある。いろいろなことができるようになった人類は、芸術にもいろいろなことをしようとしたのだ。

　二〇四〇年代、双方向作用（インタラクション）がブームになった。それは、わたしたちが今まさにＶＷでやっていることだ。しかし、ＶＷは昔のテレビ同様、純然たる娯楽であって、芸術ではない。二〇四〇年代には、芸術家と大衆のあいだで極端なまでのインタラクションがおこなわれていた。たとえばコンサートでは、聴衆はひとりずつ配線で繋がれ、それぞれのミキシング装置で音楽に変更を加えていた。それを可能にしたのは最先端の科学技術だった。ステージで演奏される音楽が聴衆ひとりひとりが持っているコンピューターに流される。コンピューターは聞き手ひとりひとりの脳から送り出されるベータ波を感知し、それを電気刺激に変え、音楽を自在に変化させる。そのなんともおかしな趣向には、ｐｓｉリンクといって、デイヴィッドが〈グローブコム〉で開発している製品のごく初歩的な技術が使われていた。

　このインタラクションという発想は、芸術が均質化に向かっていく流れのなかで避けて通ることのできないステップのひとつだった。二十一世紀初頭、文化の国際化は加速した。欧米に住む人々は、ほかの地域の興味深い音楽や文学や芸術の影響を受けるようになった。逆に、欧米の芸術と娯楽も世界中の文化に計りしれない影響を与えるようになった。

　二〇三〇年代、怪物のような欧米の文化は、地域性の強い文化の多くを根絶または変質に向かわせた。なかでも、ハリウッドをはじめとする映画産業に見られた文化的帝国主義は、大きな破壊力を発揮した。二十世紀末から二十一世紀初頭にかけて、アメリカの映画産業がすばらしい娯楽や芸術を生み出したことを否定する者はいない。が、とんでもない駄作を大量に生み出したのもアメリカの映画産業だった。今のＶＷ文化にもそれと同じことが言える。名作もあるが、駄作も多い。二〇三五年頃、新しいものを求めてやまない芸術家やクリエイティヴな企業経営者によって、〝抽出（サンプリング）〟と〝混合（ブレンディング）〟というアイデアが生み出されると、ほどなく、いくつかの傑作から抽出したモティーフを混ぜ合わせた、〝サンプル小説〟なるものがつくり出された。わたしも、ダニエル・デフォーとエミリー・ブロンテの小説を融合させた映画を見たことがある。舞台には《スペース１９９９》に登場する月面基地が使われていた。同じ時期につくられた３Ｄハイパー映画も同じ軌跡をたどった。古い映画から抽出した手順や登場人物に、新しい設定とひねった筋書きを混ぜ合わせたものだ。画家や彫刻家もこれに似た技法に傾倒し、極端にちがう様式を組み合わせようとした。音楽家やネットワークデザイナーも続いた。幸い、この流行は長くは続かず、ほどなく、芸術家たちは〝文化の変形（モーフィング）〟というアイデアに飽きていった。そして、危うく忘れかけていた技法に立ち戻って、新しいプロットと独自の登場人物がつくり出されるようになった。

先週、わたしとデイヴィッドは結婚記念日を迎えた。そこで、わたしはおしゃれを愉しむことにした。午前中、わたしは新しいドレスを注文した。祖母の話によると、昔の人たちは、店に出向いて買い物をして、買ったものを自分の車に載せて、自宅に持ち帰っていたということだ。買い物をした数日後に配達してもらう場合もあったようだ。今はちょっとちがう。授業を終えてロサンジェルスに向かうまえに、わたしは〈デザイン・サロン〉というお気に入りのショップを訪ねた。自宅にいながらにして、そこにある服を手にとって見ることができるヴァーチャル・ブティックだ。わたしは気に入ったデザインのドレスを選ぶと、ホロ・プロジェクターに投影してそれを試着した。と同時に、コンピューターが採寸したわたしの体のサイズが〈デザイン・サロン〉に送られて、購入したドレスは、その日の午後三時には、パラス・ヴェルデスにあるジュリーの家に届いていた。

その夜、デイヴィッドとわたしは、ウエストハリウッドにある〈マッカイの店〉ですばらしいディナーを愉しんだ。デイヴィッドがロブスターと野菜スープを注文しようとしたところ、彼のリストコム（腕時計型コンピューター）が、野菜のひとつに複合糖質の分解を妨げる蛋白質を発見したので、注文は子羊の蒸し焼きに変更された。食事のあとは二〇二〇年代、あるいは二〇三〇年代につくられた古い立体映像の非インタラクティヴ映画を上映している〈ノスタルジア・シアター〉に行き、映画を愉しんだ。その夜の上映作品は、ブランドン・スウィフトとロレッタ・デヴィソンが主演しているリメイク版《タイタニック》。すばらしい映画だった。そのあと、わたしたちはトムが悪さを始めないうちにと、十一時には家に帰った。先に寝ているように言っておいたにもかかわらず、トムはまだ起きていた。しかも、コンピューターの子守りシステムを切って、ＶＷのブースにはいっていた。

## トム・ホッジソン

### 子供たちの生活

ぼくの名前はトム・ホッジソン。十二歳。家族とアメリカのカリフォルニア州サンタバーバラに住んでいる。このプロジェクトに参加できるなんて、ほんとうにすごいと思う。ぼくはときどき、宇宙人がぼくたちの記録モジュールを搭載した宇宙探査機を見てどう思うのかを想像している。ぼくは宇宙旅行にとても興味があり、大きくなったらよその恒星系に行くミッションに関係した仕事をしたいと思っている。ルーシーはロボット工学の専門家だし、パパは〈グローブコム〉の設計者だ。だからぼくは科学一家に育ったと言えるかもしれない。ルーシーもパパも、有人宇宙船による太陽系外へのミッションはこれから二、三十年のあいだに始まるはずだと言っている。だからぼくにはチャンスがある。やったね。

宇宙人から見たら、ぼくたちの暮らしはものすごく退屈なのかもしれない。ぼくは科学と数学は好きだけど、歴史は嫌いだ。死んだ人たちが何をしたかなんてことを勉強することに意味があるとは思えない。

でも、ぼくが歴史で勉強したことにかぎって言えば、過去より今のほうがずっといいと思う。過去の世界は信じられないことばかりだ。ママの話では、昔はぼくぐらいの歳の子は学校という場所へ行かなければならなかったらしい。学校というのは家から何マイルも離れたところにあるぼろい建物のことで、生徒たちは教室のなかに坐って、先生は黒板に字を書いていたという。信じられない！　ぼくには堪えられないと思う。科学が好きだと言ったけど、それはネットがぼくたちの望みをほとんどすべてかなえてくれるからだ。たとえば、先週、先生はぼくたちを太平洋の深さ一万メートルのところにあるマリアナ海溝の底に連れていってくれた。ほんとうに行くとしたら何日もかかるだろうけど、ヴァーチャル・リアリティだからすぐに着く。それでもやっぱりものすごく恐ろしかった。あの場所を舞台にして、ヴァーチャル・ワールドのゲームをつくったらすごく面白いと思う。ジミ――ぼくの親友――なら喜んでそのゲームをやるだろうな。

宇宙旅行以外では、スポーツにも興味がある。ぼくはエデュケーション・グループの仲間――ネットを通じて知り合った友達のことだ――と走ったり、サンタバーバラ・ジュニア・リーグのチームでサッカーをしたりしている。歴史のひとつの分野と言えるかどうかはわからないけど、実は、スポーツの歴史、特にサッカーの歴史には興味がある。ぼくが調べた話では、アメリカでは長いあいだサッカーがはやらなかったらしい。ほかの国では何世代もまえから、〝ワールドスポーツ〟だったのに。でも、アメリカ人も少しずつ関心を持つようになって、レベルもかなり上がった。二〇四〇年代には、アメリカでいちばん人気のあるスポーツになって、二〇五四年のワールドカップでは、アメリカ代表が決勝に進んだ。決勝戦の日は仕事をする人がいなくなってしまったらしい。ぼくは、いつかアメリカもワールドカップで優勝すると信じている。二一〇二年のワールドカップはいけるかもしれない。

ぼくはサッカーをするのが大好きだ。大勢の人に試合を見てもらえるのも嬉しい。もちろん、ぼくはほんものの観客のまえでプレイしたことは一度もない。そんなのへんだと思う。ぼくたちがプレイするのはアスレティック・センターの室内競技場だ。試合はホロ・カメラで撮影されていて、ぼくたちのチームに興味がある人は誰でもネットを通じて見ることができる。たいていは、アスレティック・センターのピッチの画像に、ヴァーチャルの観客で埋まった大きな観客席の画像が合成されている。だから、試合を見ている人はみんな競技場に来ている気分を味わえる。それはぼくたちも同じだ。ぼくたちも実際の観客の声援と反応を忠実に再現するヴァーチャルの観客に囲まれてプレイできる。すごいことだ。

おかしなことに、ぼくは今まで、どうして観客の映像を映し出しているのかを考えたことがなかった。これまでずっとそうだったから、そういうものだと思っていたのだ。でも、昔はちがった。おじいちゃんの話によれば、昔のスポーツの試合は、ほんものの観客が見守るなかでおこなわれていたらしい。でも、ずいぶん昔——たしか二〇三二年だったと思うけど、ニューヨークでおこなわれたバスケットボールの試合で悲惨な事件が起きた。NBAの決勝戦、ダラス対ニューヨークの試合だった。試合は中盤、ニューヨークは大きなリードを奪われていた。と、競技場に銃を持ち込んでいた男が、コートにいる選手に向けて発砲した。男は、警備員と観客に取り押さえられるまえに十七発撃って、ダラスの選手の八人が殺された。その後、非公開の競技場で試合をして、それをホロ・カメラで撮って、その三次元映像をインターネットで放映するという技術が開発された。スポンサーはそのやり方に興味を持ち、十年もしないうちに、スポーツのライヴはいっさいおこなわれなくなった。

普段はどんなことをしてすごしているか。それはそう簡単に答えられる質問ではない。友達とすごすこともある。ほかの子と同じように、ぼくたちもよくVWで遊ぶ。でも、言い訳するわけじゃないけれど、スポーツをしているからこそ、自分がほんとうの怠け者だと思わずに、VWを愉しめるんだと思う。それに、海岸へ行くこともある。海が近くにあるのはすごく嬉しい。ぼくがどこにいるか、ママとパパにはいつでもわかっている。世界中のどこへ行こうと、ハウスコンピューターがぼくを追跡しているからだ。

一週間のなかでは土曜日がいちばん好きだ。サッカーができるからだ。週に二日はサッカーの練習がある。練習は試合に比べてかなり退屈だけどね。

サッカーの練習は水曜日と金曜日の朝、アスレティック・センターでやっている。試合に比べて退屈だと言ったけど、面白いときもある。センターには最高のマシンが揃っている。最新式のマシンはVW

装置で、それを使えば、コーチが練った戦術を体験できる。最高の練習方法だと思う。それに、怪我の心配もない。ぼくたちのコーチ、サム・ターナーは国際的なサッカー選手だったが、二〇九四年のワールドカップで脚を骨折して引退した。引退の理由は怪我そのものではなかったと聞いている。実際、怪我をした数日後には、また走れるようになっていた。引退したのは怪我で負ったトラウマのせいだ。パパは、怪我をしたことで選手としての自信を失ったんだろう、と言っている。

ぼくはまだ十二歳だけれど、ＶＷがぼくたちの生活をどれだけ変えたかはわかっている。ぼくにはＶＷのない生活なんて想像もできない。もちろん、ＶＷが娯楽だけじゃなく教育にも使われていて、いろいろ重要な役割を果たしていることは知っている。たぶんＶＷが引き起こした最大の変化は、人間に世界の見方を変えさせたということだろう。おばあちゃんも、それにおじいちゃんも、死や痛みや人間の苦しみといったことについてよく話してくれる。でも、ＶＷのすごいところは、体に傷をつけずにさまざまなことを体験させてくれることだ。

七歳のとき、知覚訓練コース（ＳＴＣ）を受けた。今の子供はほとんどがその訓練を受ける。そのときのことは今でも覚えている。どうやっても忘れられないくらい心に深く刻み込まれている。もちろん、それがその訓練の狙いだ。おじいちゃんとおばあちゃんは、ぼくがそれを受けることを知って呆れた。今でもふたりはその訓練に反対している。でも、ぼくはＳＴＣを受けることについて、ママやパパ、それに十一歳のときにそれを受けたルーシーともよく話し合った。ぼくは子供がＳＴＣを受けるのは正しいことだと信じている。そのことを説明しよう。

ＳＴＣを受けたことがない人は、最高に恐ろしい想像の世界を体験することだと考えればいい。実際、その訓練を受けた子のなかには、すっかり怯えてしまって、翌年、もう一度挑戦しなければならない子も結構いる。訓練は単純だ。ＶＷにはいって、いろいろな恐怖を次から次へと体験し、それに堪えるというだけのことだ。もちろん、その体験がどれもほんものでないこともわかっている。でも、そのＶＷ

に使われている最先端技術によって、〝これはほんとうのことではない〟と疑う気持ちは一時的に働かなくなっている。訓練を受ける者は、二日間にわたって極限状態に置かれる。ぼくが見たVWでは、目のまえでたくさんの人が死んでいった。車に仕掛けられた爆弾で吹き飛ばされたのだ。三歳にもならない小さな子供が、爆発でできた瓦礫の山のなかから這い出してきて、血まみれの死体の山に倒れ込んだ。それからぼくは、異常者に捕まって、椅子に縛りつけられた。その男はぼくの皮膚を少しずつ切りはじめた。ぼくの体はあっというまに切り傷だらけになった。傷口からは勢いよく血が吹き出していた。そのあと、男は刃渡り十五センチのナイフをぼくの胸に突き立てると、それをひねって……うわぁ！　もちろん、VWでの体験だよ。

STCは、心理学者のローラ・パターソンが考案したものだ。パターソンはVW技術の最良の使いみちは学習にあると考えていた。それに、大人が抱える心の問題のいくつかは、子供の頃の痛みや死に対する恐怖に原因があると考えていた。肉体に危害を受けずに極端に暴力的な場面を見たり、拷問の苦痛を体験したりすることは、そういったことに対する恐怖感を克服したり、〝情緒を浄化〟したりするのに役立つ――それがSTCの基本的な考え方だ。もちろん、ママとパパはローラ・パターソンの意見を支持している。STCは子供のためにつくられたものだが、ママとパパはSTCを最初から最後まで体験してみて、それが抑圧の克服に役立つすばらしい訓練だと確信してから、ぼくにそれを受けさせることにした。STCのことをきちんと理解するにはぼくはまだ幼すぎる。それでも、大人になったら、自分の子供にも受けさせようと思っている。

一日のなかで、いちばん好きじゃない時間は、夕方、宿題を始めるときだ。宿題はたくさん出るし、ぼくには教育プログラムに積極的に取り組むことが期待されている。ママが子供の頃は、生徒たちに教育プログラムをやり遂げさせるのは、どちらかと言えば教師の責任だったという。今は、少なくともここカリフォルニアでは、教師、生徒、親、そして、宿題の提出日が近づいていることをしつこく教えてくれるハウスコンピューターが協力して進めている。

でも、一度取りかかってしまえば、たいていは宿題を愉しむことになる。たとえば先週、人文科学のフランク先生の宿題で、〝ふたつの方式を持つ社会〟というテーマの作文を書くことになった。ぼくはそのテーマに大きな関心を持つことになった。その宿題が出されたのは、ぼくの家の近くに住む生徒ワンダ・ジェファーズの話がきっかけだった。ワンダは一週間に使えるクレジットの限度額を、一千万ドルというとんでもない額に引き上げてもらったと、授業中に自慢した。フランク先生はそれを聞いて、昔の親が子供たちに与えていた〝こづかい〟や、それが毎年どれくらいの割合で増えていったかということを話しはじめた。そのとき、モナとシリル――話の邪魔をするのはいつもこのふたりだ――はネットに不思議な映像を見つけて、それを教室の真ん中に立体映像で映し出した。それはへんてこな古い机のまえに坐っている男の映像だった。男の手には分厚い紙の束が握られていた。それがお金だということはすぐにわかった。その男はお金を数えていたのだ。それに気づくと、生徒は全員笑い出した。フランク先生も笑った。それで〝持てる者と持たざる者〟あるいは、〝ふたつの方式を持つ社会〟という作文が宿題になったというわけだ。

最初の夜は調べものをした。そして、驚くべきことを発見した。最初にわかったのは、世界の約八十パーセントの人々はすでに現金を使っていない――ぼくと同じように、現金を見たことがない人もたくさんいる――が、何を買うにも現金を使っている人も残っているということだった。

ネットで調べていくうちに、クレジットという支払い方式を使っていない人の大半は、かつて第三世界と呼ばれていた国々に住んでいるということがわかった。たとえば、中央アフリカ、それに南アメリカの辺鄙な地域だ。でも、アメリカ合衆国にも――しかも、わずかだがここカリフォルニアにも頑固に昔ながらの生活を送っている人たちがいることもわかった。彼らは〝ネットレス〟と呼ばれていて、信じられないような生活を送っている。彼らは現金しか使わない。インターネットも使わない。大半がコンピューターさえ持っていない。変な人たちだよね？　ぼくには狂っているとしか思えない。お金のやりとりについて言えば、ぼくは一瞬でできる今の方式にあまりにも慣れすぎていて、それ以外の方式のことはさっぱりわからない。ついこのあいだも、ネットワーク化された世界の取引がいかに短い時間で済むか、という話をパパから聞いたばかりだ。お金のやり取りに未払い期間というものはなく、取引はすべて売買と同時におこなわれているのだそうだ。ぼくのクレジットの限度額は今までずっと変わっていない。ぼくがリストコムを持つようになったのは三歳のときだ。もちろん、それと一緒にクレジットの格付けも与えられた。ぼくたちが使っている方法を拒絶して暮らしている人たちが、ぼくの家から五マイルと離れていないところにいることを知って、ぼくはほんとうに気持ちが悪くなった。さらに詳しく調べてみると、なぜ五パーセントものアメリカ人がネットワークを使うことや、ほかの人たちが便利に使っている普通の経済や社会のしくみに組み込まれることを拒んでいるのかがわかってきた。彼らには、すべての経済情報が誰にでも簡単に入手できてしまうことや、本人がいないところで取引が成立してしまうことが、どうしても受け入れられないのだ。こういう人たちの不信の原因はカオスの時代にあるらしい。彼らは、あの惨事を引き起こした原因のひとつが、コンピューターシステムの欠陥にあったことを、忘れられずにいる。

この話に、ぼくは呆然とした。そして、自分の国の貧困についても調べてみた。そして、アメリカにもまだ貧しい人々が大勢いることを知って驚いた。そういった人々の多くは、今の経済システムになじめずにさまよっている。また、安い賃金の仕事に就いているせいで、やっとの思いで生きている家族もいる。今は掃除、配達、肉体労働の大半がオートメーション化されている。でも、今でも、そういう機械の保守点検をしている人たちはいるということだ。また、自分に向いた仕事が見つからずに生活保護を受けている人や、賃金の高い、専門的な技術を必要とする仕事に就けずにいる人もいる。普段は宿題や課題に文句ばかり言っているぼくも、その夜はベッドにはいって、フランク先生がこの宿題を出してくれたことに心から感謝した。もちろん、自分の国にも貧しい人がいることはまえから知っていたが、今回調べてみてはじめて、なぜいまだに貧困が大きな問題になっているのか、また、ぼくの家族がどれほど幸せに暮らしているのかということに気づかされた。科学技術の発達によって、この国に住む大半の人々の生活が向上した。でも、それによって、新しい下層階級が生み出されることになった。それに、昔からある貧困の問題も、かたちを変えただけでそのまま残っている。オフィスの掃除でわずかな報酬を得ていた人が、ロボットを磨いたり、ロボットに油を注したりしてわずかな報酬を得る人に変わっただけなのだ。

作文を書くときにはこの部分を強調した。先生もぼくの作文に満足したようだ。ぼくの心のなかに何かが生まれた。大人になったら、この問題を解決する手助けをしたいと思うようになった。大きなことはできなくても、小さな努力のひとつひとつがよい結果につながる——そう考えるようになった。

## ルーシー・ホッジソン

### 女性同士の結婚

わたしのパートナーであるスージーに言わせると、わたしは今までに彼女が会った誰よりもひどい仕事中毒ということになるらしい。たしかに彼女はわたしをよく知る（一緒に暮らすようになって二年になる）人間のひとりだが、それはちょっと大げさかもしれない。もちろん、仕事は大事。真剣に取り組んでいる。でも、仕事以外のことを考えるのも嫌いではない。

仕事をしていない時間は、スージーとすごすことが多い。週に二、三日はスージーと一緒に借りているアパートメントで寝起きして、そのほかの日は、実家で家族とすごしている。どうしてそんなことができるのか不思議だが、それはそれで結構うまくいっている。スージーは〈サンタバーバラ・アンサンブル〉に所属するダンサーで、わたしは〈USオートメータ〉という会社のロボット技術者だ。仕事も生まれ育った環境もまるでちがうけれど、わたしたちは強い絆で結ばれている。以前はスージーもわたしもほかの人とつきあっていた。わたしのほうは、スージーに出会うまえに、ボーイフレンドがふたりいた。でも、わたしが性的な魅力を感じるのは女性で、スージーと一緒にいるほうが、ペドロやジェリーと一緒にいるときよりも、はるかにしっくりくる。

最近、客の指定どおりの子供をつくることで有名な〈チョイス〉に最初の子供をオーダーした。今から四年半以内に男の子が生まれるようにしてもらっている。それまでには、スージーと結婚して、子育てにふさわしい家を用意しようと思っている。子供はもちろん試験管ベビー。茶色い髪、茶色い眼の男の子で、計画では、身長二メートル、肩幅の広い、筋肉質の男性になる。受精卵には興味深い新技術が使われている。スージーとわたしの卵子を融合させた〝コンボエッグ〟に、複数の適正なドナーの精子を融合させた〝コンボスパーム〟を受精させるというものだ。わたしたちは、これまでに三回〈チョイス〉に出向いて、主な形質のほぼすべてについて、受精卵のゲノムがわたしたちの希望と合致しているかどうかを確認した。もし〝親〟という役割が気に入ったらふたりめの息子を、と思っている。

## ロボット技術とナノテクノロジーの進歩

ロボット開発の仕事でわたしがこれだけやる気になれるのは、適性があるからだと思う。これまで期待以上の成果を上げてきたし、どんなことも難なく理解することができた。十四歳でロボット工学とサイバネティックスの学位を取り、それから二年でサイボーグの神経系に関する博士論文を仕上げた。それが今から三年前、十七歳のときのことで、その後まもなく〈USオートメータ〉に入社した。今は、自社のスーパーコンピューターと人間の機能を融合させるプラグイン・システムの開発チームで、リーダーを務めている。

実際にはどういうことをしているのか。コンピューターやロボット工学の知識がない人に、それを説明するのはとても難しい。特にわたしは、専門外の人間に仕事のことを話すのがあまり得意じゃない。でも、なんとかやってみよう。

二十一世紀初頭、コンピューターの普及はかなり進んでいたが、ロボットはまだまだだった。簡単に言えば、性能のいいロボットをつくるのに必要な技術があまりにも多岐にわたっていて、まとまりがつかなかったのだ。さまざまな技術が統合されたのは、コンピューターが日常生活に欠かせないものになってから、ずいぶん経ってからのことだった。それに、ロボットという概念を嫌う人が多かったせいもある。たかだか七十五年前、八十年前でも、機械に大事な仕事を任せることに恐怖を感じている人は少なくなかった。皮肉なもので、そういう人たちは、すでにかなりのことをコンピューターに任せているということにはまったく気づいていなかった。

わたしたちの暮らしにロボット技術とオートメーション技術が浸透するようになったきっかけは、まったく異質のものでありながら、ほぼ同時に見られたふたつの進歩にある。ひとつは音声認識技術（しゃべるコンピューター）、もうひとつは、本格的なナノテクノロジーだ。音声認識技術は、人間とコンピューターとの関係を親密なものにした。それまで意思の疎通に使われていた手段は、キーボードを叩いたり、画面に触れたりといった、およそ人間味にかけるものだった。コンピューターがしゃべり出すと、そこにはにわかに〝人間らしさ〟が求められるようになった。そして、コンピューターに独自のアクセントや口調でしゃべらせることがはやり出した。子供たちは、コンピューターには性格があると考え、名前をつけてペットのように扱うようになった。最初に登場したコンピューター（C）・ヴォーカル（V）・コミュニケーション（C）というソフトは、そのレスポンスの速さ、わかりやすさ、実用性で、あっというまに人々の心をつかんだ。以来、この分野の技術は急速に発達し、ハウスコンピューターは、まるで家族の一員のように、〝人格〟を持つようになっていった。

現在わたしたちが使っているロボットはきわめて複雑な機械だ。目下〈USオートメータ〉は、顧客のニーズに応えて、より性能のいいロボット、より人間の姿に近いロボットの開発に取り組んでいる。初期の試験機は、初歩的な仕事をこなせるようにはなっていたものの、歯車や配線で埋め尽くされた、どちらかといえばみっともない姿をしていたし、年がら年中充電をしなければならないような代物だった。その後、ナノテクノロジーの発達で、おおむね人間のかたちをしたロボットをつくることができるようになった。頭の大きさも平均的な人間の頭と同じくらいにサイズダウンした。それから数十年、ロボットの頭脳の品質と性能は着実に向上している。

## アンドロイドは人間になれるのか？

今はほとんどの家に、少なくとも一台はロボットがある。いちばんよく売れているのは値段の安い単純作業ロボットで、掃除、アイロンかけ、荷物の運搬ができる無個性な箱のようなものだ。その対極にあるのが、一部の富豪が所有しているアンドロイドだ。そのなかでもヴォルテックス500シリーズはわたしのお気に入りで、〈USオートメータ〉の人気商品のひとつになっている。

最新型のヴォルテックス500x:iはとびきりよくできたアンドロイドだ。その開発で重要な役割を担ったことを、わたしはとても嬉しく思っている。わたしは、最初に製造されたもののひとつについて、調査という名目で無期限で借りる許可をボスから取りつけた。スージーとわたしは、そのロボットにマックスという名前をつけて、アパートメントの家事を任せている。マックスはすばらしい。彼のおかげでわたしたちは何もしなくていい。部屋を完璧にきれいにしておいてくれるし、有能な警備員も務めてくれる。スージーが舞台やインターネット・ショウの収録で留守をしているときに、夜遅くアパートに帰ったわたしを出迎えてくれるのも嬉しい。車を降りたわたしを建物のなかまでエスコートしてくれる。そして、コーヒーをいれて、風呂の用意をしてくれる。

近年のナノテクノロジーの飛躍的な進歩がなければ、マックスは生まれていなかった。彼のプラスティック製の頭蓋骨に収めるコンピューターには、途轍もなく大きな情報処理能力が必要だ。昔のコンピューターにマックスの仕事をさせようと思ったら、オフィスビルほどの大きさになっていただろう。それが今は、重さ九キログラム、人間の脳より小さなコンピューターでまかなえてしまう。脳以外の部分についても、マックスは技術が生んだ奇蹟そのものだ。彼は人間のように静かに動くことができる。実際には、ほんものの人間よりはるかに頑丈で柔軟性に富んでいるのだが、彼の体が音を立てることはない。旧モデルで厄介な問題とされていた歯車やピストンの音はまったくしなくなった。マックスは人間の顔を持っている。表情のレパートリーもあるし、声も誰が聞いても人間のものだ。しかし、何がいちばん進歩したかといえば、おそらく寿命だろう。マックスは少なくとも百年の使用に耐えるようにできている。彼は今一歳だが、すでにわたしやスージー、そのほか接触があった人間からかなりのことを学習している。

友人たちと人工知能について昔から繰り返されている議論になることがある。マックスのようなロボットは自意識を持つようになるのか、というものだ。この手の話題になれば、わたしはどうしても自惚れることになる。誰よりもいろいろなことを知っているのだからしかたがない。それに、面白いことに、素人とは視点もちがう。友達の多く、つまり科学的な専門知識を持たない人々の多くは、人間と同じように自意識を持つロボットなどありえないと思っているし、たとえつくれるとしても、つくるべきではないと考えている。

わたしには理解しかねる。実際、自意識を持つロボットがつくられる日は近づいてきている。おそらく二十年以内のことだし、そのプロジェクトにはわたしもかかわることになると思う。わたしには、単に情報処理能力の問題だという確信がある。人間の脳に匹敵する複雑さでロボットの脳をつくってロボットの体に収めることができれば、そのロボットはなんらかのかたちで自我に目覚めることになるはずだ。わたしたちは、人間の性質、自意識、知性、性格、人格といったものは、神経系の複雑さのために、何かもっと大きくて特別なもの……つまり、単なる脳ではなく心だと言われているにすぎないと考えている。

でも、物事には裏表がある。わたしの仕事のなかでは比較的わかりやすいと言われているもののひとつに、人間と機械をハイブリッドさせるという分野がある。かつて、サイボーグと言われていたものだ。思えばおかしな話だ。これまでの五十年で最も大きな技術的進歩のひとつが、より機械に近い人間をつくりだそうという研究にあるというのに、人々はまだ、より人間に近いロボットをつくろうとしているのだから。

この研究は、およそ一世紀前、ごくシンプルなかたちで始められた。それは〈グローブコム〉の系列会社〈オートロニクス〉がおこなった研究で、義歯や義足といった人工器官の形状をコンピューターで決定するためのものだった。それは、事故や病気で体の一部を失った人々にとって夢のような技術だった。しかし、それを開発した研究者に富をもたらすことはなかった。と言うのも、それから十五年と経たないうちに、〝超人工器官〟が開発されたからだ。人々はすぐに大金をはたいて自分の眼をスーパーヴィジョンと言われる義眼に取り替えた。肋骨など体の一部を、ほんものそっくりだがほんものより性能がいい人工器官に取り替える高齢者もいた。最も進歩したのは、神経系の器官を交換する技術だった。二〇七〇年代までには、脳のさまざまな部分や神経をほんものと同じ機能を持つシリコン製の人造品に置き換える技術が開発され、遺伝子治療やナノテクノロジーを使った外科手術が使えない病気の治療に応用されるようになった。サイボーグ治療にまつわるこれらの知識の多くはロボット工学に由来するもので、医学とロボット工学というふたつの科学のあいだには、あっというまにすばらしい共生関係が生まれた。今でも、医師はわたしのようなロボット技術者からさまざまな知識を仕入れ、わたしもまた、医師が用いる驚異的な治療法にさまざまなことを学んでいる。

## 働くアンドロイド

ロボットをはじめとするオートメーション技術は幅広く普及している。かつては人間がやらなければならなかった単調な肉体労働や不快な作業は機械がやるようになった。道路システムの自動化によって、タクシー運転手もお抱え運転手も姿を消した。買い物はすべてオンラインでできるので、昔風の買い物がしたい人のために残されたノヴェルティ・ショップやショールーム以外に、小売店は見あたらない。ウエイターやウエイトレスの大半はアンドロイドになった。聞くところによると、ヴォルテックス５００シリーズは、特にレストラン経営者に好評とのことだ。もちろん、人間に給仕してもらいたい人もかなりいるので、すべてのレストランがアンドロイドを使っているわけではない。

かつてはあちこちにあり、今あればロボットを使っていたかもしれないさまざまなものが、もはや存在しなくなっている。銀行、郵便局、図書館といったものはすべて時代遅れとなり、実体を失った。病院や診療所は今世紀のあいだにすっかり変わったが、今も、アンドロイドの助けを借りつつ存続している。この分野におけるロボットとコンピューターの重要性を過小評価することはできない。医師のロボットへの依存はきわめて大きなものだし、かつて看護士がやっていた不快な仕事はすべてロボットのものになっている。

遠隔計測技術とインターネットの発達も医療を変えていった。医師は必要があれば、ホログラフィック画像を使って世界のどこからでも患者を診ることができるし、患者の医療記録に関する詳細なデータが簡単に手にはいるので、開業医の仕事の大半は病気の予防とちょっとした病気の治療になった。病院でおこなわれるほとんどの外科手術にはロボットが使われている。もちろん、外科医の監督のもとで。この分野でも、ナノテクノロジーが重要な役割を果たしている。傷ついたり病気に冒されたりしている部分を指示すると、顕微ロボットが腫瘍の切除や傷の修復をしてくれる。

ナノテクノロジーは製造業でも重要な役割を担っている。単純な部品を組み立ててつくる多くの製品は、今も少数の人間の監視のもと、自動化されたラインで生産されている。しかし、きわめて小さな部品が使われている製品の組み立てには、ナノロボットが使われている。そこで使われているロボット——それぞれのロボットの大きさは細菌以下だ——にはあらかじめプログラムが組み込まれていて、まず、肉眼では見えない微小な分子を積み上げて枠組みをつくり、そこにできた分子の間隙を埋めて製品を仕上げていく。はじめてこの技術について聞かされたときには、そんな夢のようなことができるわけはない、と誰もが思ったものだ。が、こうして考えてみると、なんと自然な発想だろうと感心せずにはいられない。花のなかに存在する分子は、種子のなかのＤＮＡの指示にしたがって、組み立てられている。ナノテクノロジーの発想もそれとまったく同じことだ。

当然といえば当然のことだが、人間の行動がすっかり変わるようなことはまずないだろう。たとえば、人々は今もホテルに泊まったり、空港（ハイパー空港と呼ばれるものもある）を使ったりしている。しかし、空港やホテルの従業員は、わずかな数の監視員を除いて、ほぼ全員がアンドロイドだ。しかも、そういった場所の眼につかないところで世の中を支えている社会基盤は、例外なく、完全に自動化されている。倉庫は機械による自動制御で管理されている。食品の流通システムも自動化され、その過程で重要な役割を果たしている人間がいるとしても管理責任者だけだ。何千種類もの自動装置をたったひとりの人間が管理している例も珍しくない。

## 究極のサイボーグ

先週は、とてもエキサイティングなことがあった。サイボーグ技術を使った新しいロボットの部品、エゼルリンクのテストがおこなわれたのだ。これは、人間の脳とコンピューターをつなぐシステムで、おそらく、タフリネッタと合体できるようになると言われている。タフリネッタというのは、〈ＵＳオートメータ〉の別のチームが最近開発したスーパーコンピューターの一種で、科学者のあいだで、〝第三世代の量子コンピューター〟と言われているものだ。原子よりさらに小さな素粒子の特性を用いて共通の演算式をつくることで、これまでに考案されたどのコンピューターよりも、数段高い処理能力を実現している。

タフリネッタの試作品は、今のところ実験室のひとつが埋め尽くされてしまうほど大きなものだが、改良されてコンパクトになれば、この上なく精巧なアンドロイドを開発するための最先端技術になるだろう。それは、アンドロイドが高度な経験的事実認識能力を持つようになるというだけでなく、人間の脳のほぼすべてを人工の脳に取り替えることができるようになるということも意味している。エゼルリンクを使ってもともとの脳にあった記憶を人工の脳にうつせるようになれば、ほぼ無期限の寿命を持つ究極のサイボーグがつくれるようになるはずだ。

これはちょっと現実離れした夢だが、わたしは若いうちにエゼルリンクを使って自分の脳のなかにある記憶と重要な感情をタフリネッタのようなコンピューターにコピーしておきたいと本気で思っている。五百年、あるいは五千年生きたいと願うことは空疎なことかもしれない。でも、これはわたしの大きな夢だ。わたしは世界のためにやってみたいことがたくさんある。でも、たかだか百年ほどの生涯では、到底間に合いそうにない。

## リチャード・ホッジソン

### 高齢者の生活

私はリチャード・ホッジソン。今年八十六歳になる。ありがたいことに、抗老化治療で三十年ほど若さを取り戻したので、五十代前半だった頃と同じように暮らしている。今も自営で仕事をしている。スポーツも、それに、驚くなかれ、セックス・ライフも愉しんでいる。

私はジャーナリストとして研鑽を積んできた。私の父親もジャーナリストだった。父は紙に印刷された新聞に記事を書いていた最後の世代のジャーナリストで、インターネットが報道の主流になった二〇一九年に引退している。私は、昔ながらのメディアの衰退を寂しがっていた父の姿を今でも覚えている。彼は、新聞や雑誌が完全に消滅することはない、コンピューターで情報を入手するよりも、新聞を手に持って読むことにかけがえのない喜びがあったことに人々が気づく日は必ずやって来る、と言って譲らなかった。

彼は正しかった。しかし、人々がそれに気づくのには時間がかかった。私は《ニューズネット》という業界最大手の国際的なインターネット新聞でキャリアをスタートした。私が働きはじめた二〇三九年はカオスの時代の真っ只中だった。仕事にありつけたのは幸運でしかなかったし、それを維持するのも楽なことではなかった。しかし、おわかりのとおり、世界中の大企業が倒産していく不況のなかで、ジャーナリストとして生き残らなければという重圧からは多くのことを学んだ。私が成長できたのはそのおかげだ。《ニューズネット》では、最終的に副編集長まで昇進した。そして、五年前に引退して、自分の会社を立ち上げることにした。いよいよ長年の夢を実現するときだと思ったのだ。市場調査の結果、嬉しいことに、昔のような新聞を懐かしがっている人はまだかなりいて、退職後二年で《ウィークリー・スケッチ》は創刊の運びとなった。手に持って読めるスタイルの新聞が発行されたのは、五十年ぶりのことだった。

もちろん、《ウィークリー・スケッチ》は、ほんものの紙に印刷されているわけではない。それは現実的ではないし、コストもかかりすぎる。環境破壊にもつながる。私の新聞は、特別仕様のコンピューターを使って、見た目や感触がほんものの紙そっくりにつくられた人工セルローズに印刷したものだ。読者はカリフォルニアに住む数千人。必ずしも多いとは言えないが、愉しみながら続けていくには充分な数だ。私にとってこのビジネスは、家族の伝統に新しい命を吹き込んでいるようなものでもある。父が生きていたら、きっと喜んでくれただろう。《ニューズネット》で働いていた頃の興奮が懐かしくないかと聞かれることがよくある。懐かしくないと言えば嘘になるが、実際、あれは若い人の仕事だ。私は八十一歳まで《ニューズネット》で働いていたが、二〇九四年に気づいた。自分にはほかにやりたいことがたくさんあるし、そのうちのどれかひとつに絞る必要はないということに。今のほうが人生を愉しんでいるし、日々、たくさんのことを知ろうという意欲も大きい。

私は息子のデイヴィッドと彼の家族とともにサンタバーバラで暮らしている。息子の一家とは同じ敷地の別棟に住んでいるので、孫の顔はしょっちゅう見られるし、ひとりですごすこともできる。仕事をするのは寝室の隣のオフィスで、その部屋からはインターネットを介してなんでもできる。新聞づくりも、ミサも、バンドのリハーサルも。

一週間のうちのかなりの時間は新聞づくりに費やされている。記事の大半は私が書くが、三人の若い女性スタッフにも手伝ってもらっている。シモーネはロサンジェルスを、マーシーとジェーンは上海を拠点に活躍しているアメリカ人ジャーナリストで、アルバイトで《ウィークリー・スケッチ》の仕事をしてくれている。この三人とはほぼ毎日話をしているが、次の号が発行される数日前には、掲載する記事とレイアウトについて詳しい打ち合わせをする。新聞はサンフランシスコの小さな会社で印刷されて、そこから配送される。読者は着々と増え、わずかだが利益を上げるようにもなった。しかし、何よりも大きな充足感を与えてくれるのは仕事そのものだ。昨年の四月に創刊百号を迎えたときはとても鼻が高かった。ほとんどの人に商業的な可能性を疑われていたビジネスがこうしてうまくいっているのだから、気持ちがよくないわけはない。

週末は平日とはちがうが、それでもいろいろなことをする。土曜日は家族の日と決めて、仕事とは距離を置くようにしている。恋人のカミーラと一緒にすごすのも、たいてい土曜日だ。カミーラはニューメキシコ州でキリスト教系の学校を運営しているので、金曜日にやって来て週末をすごしていく。デイヴィッドやメアリー、そして孫たちとも仲がよく、まるで家族の一員のようだ。

二十五年間、平信徒としてキリスト教の伝道を続けている私は、日曜日の朝、インターネットのミサで信徒に三十分ほどの話をする。これには、新聞の仕事と変わらないほど大きな満足がある。人々の助けになっている、人々と交流している、ということを実感できるからだ。ミサに参加する信徒――平均で二百人前後――の住まいは、広範にわたっている。信徒には若い人が多いが、数少ない高齢の参加者に、スティーヴ・ジョーンズという熱心な信徒がいる。元漁師、アラスカでひとり暮らしをしている。今年百十七歳になるスティーヴは、週に一度の私の話がなければこんなに長生きはできなかった、と何度も言ってくれる。そんなふうに言ってもらえると、ほんとうにやりがいを感じる。だから、気分が冴えないときも、説教の出来に納得がいかないときも、彼らとは最善を尽くして触れ合うようにしている。

それとはまったくちがうことで、毎週、欠かさずに続けている大切な触れ合いがある。ミサのあとのトムとの釣りだ。これはある意味、私の一週間のハイライトで、孫の釣り仲間になりきって、のんびりと愉しいひとときをすごすことにしている。トムはとてもいい子で、私たちはとても気が合う。最近はトムが、もっと冒険をしよう、もっと遠くに行こう、と言うようになった。それまではサンタバーバラ近郊で愉しんでいたのだが、ＨＧＴに乗って、あちこちに出かけるようになった。私のお気に入りはビッグ・サー（カリフォルニア州モンテレー市にある海岸）の近くのすばらしいスポットだ。家からはたった二十分だが、世界でいちばん美しい場所のひとつだと思う。トムはまだほんの十二歳だが、彼からはたくさんのことを学んでいる。私はまずまずの若さを保っているし、今の世の中への興味も忘れていないが、トムの洞察にはほんとうに驚かされる。彼のものの見方は新鮮で自然だ。いずれは、トムや彼の友達が、私たちを未来へ導いていくことになるのだろう。彼らはまちがいなく二十三世紀を見ることになる。その頃になっても、まだかくしゃくとしているにちがいない。医学や科学技術が今世紀と同じように発達を続けたら、二十二世紀が終わる頃のトムは、ひょっとするとまだ全盛期かもしれない。

トムと一緒にいると、私もぼんやりしてはいられない、と発奮させられる。それは、トムがいつも最新の発見や流行を教えてくれるからというだけでなく、彼が自分の人生を夢中で愉しんでいるからだろう。いい例が、先週彼が教えてくれた話だ。それを聞いた私は、二十一世紀がどのあたりまできているのか、ということを実感した。「おじいちゃん、知ってる？」トムは言った。「ぼくたちの話がジョルダーノに積み込まれるでしょ？　そのジョルダーノが百三十年前の一九七二年に地球を旅立ったパイオニアと同じ航路をたどるとすると、地球を飛び立った三カ月後にパイオニアに追いつくんだ。驚きだよね？」いやはやほんとうに驚きだ。

（〝世紀の変わりめを生きる家族〟のメモリー・キューブは、現在、ワシントンＤＣの新スミソニアン図書館に永久保存されている）

# 第六章　21世紀、宇宙への旅

## 二〇五〇年―宇宙探査の転換期

科学のほとんどの分野において、二十一世紀は堰を切ったように急速な進歩が見られた時代と言える。が、ふたつの重要な分野――環境保護と宇宙開発――では、たび重なる不運に道をはばまれ足踏み状態が続いていた。実際、二〇〇〇年から二〇五〇年までは期待していたほどの成果が見られず、宇宙開発者や環境保護論者たちが一様に苛立たしさを覚えた時期だったかもしれない。人類が引き起こした環境問題の多くは悪化の一途をたどった。また、さまざまな科学分野の革新的発見や鋭い洞察力をもってしても、有人宇宙探査への取り組みを前進させることはほとんどできなかった。

しかし神が気まぐれを起こしたのか、二十一世紀後半、環境保護と宇宙探査というふたつの分野に、既存の慣習や概念にとらわれない非凡な人物が現われ、どちらの分野も一大転換期を迎えることになった。

このふたりの人物、ゲルハルト・ランゲルとジョージ・ノースブリッジは、〝二十一世紀を代表する人物〟としてまっ先に名前があがるのはまちがいなく、誰もが〝二十一世紀に最も影響を与えた人物〟と認めるはずである。ゲルハルト・ランゲルは目前まで迫っていた環境破壊から地球を救い、いっぽう、稀代の天才ジョージ・ノースブリッジは、二十一世紀末に宇宙船推進システムの開発を大きく前進させ、人類がさまざまな星に到達することを可能にした。本章では、彼らの話を紹介する。

## 人類が抱える環境問題

二十世紀、先進諸国は長い年月をかけて産業基盤を築き、環境破壊の危険を顧みることなく、嬉々として利潤を追求していた。一九六〇年代になってようやく、多くの人が、産業と現代的な生活が環境問題を生みだしているということに気づきはじめた。この頃になると、産業汚染の影響を放置していられなくなり、世界中のメディアがいっせいに騒ぎはじめた。それにより、産業国に暮らすほとんどの人が環境問題に眼を向けるようになった。たとえ科学的な背景を理解できなくても、人々はリサイクル容器を使ったり、自動車の使用を控えたりするようになった。

しかし、二十世紀も残すところあと十年になった頃、世の中には解決不可能に思える難問が山積していた。欧米諸国はそれまで続いていた経済成長を維持することしか考えていなかった。裕福な先進諸国の政府や産業界にとって、景気の停滞は考えるだけでもおぞましいものだった。というのも、先進国の経済構造は今日よりも明日のほうが確実に豊かになっているという前提の上に成り立っていたからだ。政府、産業界、国民すべてが、将来を抵当にして多大な負債を抱えていたと言える。欧米諸国にとっての難問は、環境を健全な状態に保護しつつ、いかにして経済成長率を維持していくかということだった。いっぽう、発展途上にある国々は、欧米の産業国が享受している安逸と物質的な豊かさを求めていた。新興諸国は、裕福な国に追随することを当然の権利であると考えていたのだ。しかし、そのために汚染がかつてないほど悪化することになった。

## オゾン層の破壊と地球温暖化

産業化がもたらした環境問題に関する書物は数かぎりなくある。本章ではその問題のうち四つ――オゾン層の破壊、地球温暖化、水不足、種の絶滅――を取り上げる。

オゾン層の破壊が問題視されるようになったのは一九七〇年代初め、一九三〇年代から使われていたクロロフルオロカーボン（CFC）（フロンガス）と呼ばれる一連の化学物質が、大気中のオゾンと反応することがあきらかになった頃である。オゾンは、地球表面からおよそ二十～二十五キロメートル上空のオゾン層に存在し、紫外線の照射を遮る上で重要な役割を果たしている。このオゾン層が破壊されると、地表に達する紫外線の照射量が増加する。動植物の多くは紫外線の影響を受けやすく、また人間は、紫外線が強くなると皮膚癌にかかる率が高くなる。

フロンガスは、冷蔵庫やクーラー、エアロゾルスプレー、産業活動など、さまざまなものから放出され、その後、オゾンや大気中の化学物質と反応して分解されるまでに何年もかかる。一九七〇年以前から、フロンガスは危険なまでの速さでオゾン層を破壊していた。一九八五年におこなわれた調査で、南極上空にオゾンホールがあり、それが急速に広がっていることがあきらかになった。このことが世界中のニュースをにぎわせ、一般大衆の関心を惹いた。その頃から、フロンガスは、環境問題のなかで注目されはじめた。フロンガスの生産は大幅に減り、ハイドロクロロフルオロカーボン（HCFC）と呼ばれる代替フロンが登場した。ＨＣＦＣはフロンガスに比べて大気中のさまざまな化学物質に反応しやすく、オゾン層を破壊する力も弱い。

ＨＣＦＣ自体は汚染物質であるが、オゾン層を破壊する化学物質の蓄積を阻止する役割も果たしていた。しかし二十世紀後半、多くの人が、オゾン層はすでに破壊されており、修復できないのではないかと考えていた。環境保護論者のなかには、反応を起こしていない大量のフロンガスが一世紀以上もまえから大気中に残存しており、その影響はまだ完全には解明されていないと指摘する者がいた。が、いっぽうで、地球の生態系は堅牢であり、平衡は保たれると断言する声も聞かれた。

一九九九年の試算では、フロンガスおよびその他の汚染物質に起因する大気中の塩素濃度は、二〇〇三年に三・六ppbに達し、その後徐々に低下して、二〇五〇年までには南極上空にオゾンホールが出現する以前の一九七〇年代の濃度、つまり二・〇ppb以下になるとされた。

オゾン層はゆっくりとではあるが確実に健全な状態に戻った。が、その過程は予想とは異なった。塩素濃度がピークに達したのは、二〇〇三年ではなく二〇〇九年だった。そして、大気中に残存するフロンガスを一掃できる化合物が開発され、二〇三四年には汚染レベルが南極上空のオゾンホール出現以前の数値まで戻り、予想より九年早い二〇四一年にその数値を下まわった。

地球温暖化はオゾン層の破壊よりも大きな危険をはらんでおり、論議の的になった。ここでもまた、人間が放出した危険物質が、大気中の自然のメカニズムを狂わせていた。

二〇〇九年、化石燃料から放出される二酸化炭素は七十億トンを越えた。半世紀前と比べると六倍の数値である。その四分の一以上をアメリカが放出していた。また〝温室効果ガス〟と呼ばれるふたつのガス――メタンと亜酸化窒素――も、大量に放出されつづけていた。大半は産業活動から生じたものだったが、世界中を走る十億台の自動車からも放出されていた。

地球温暖化は人間のある行為――森林伐採――で悪化の一途をたどっていた。その影響を最も受けたのは、一九七〇年代後半に大規模な森林伐採が始まった、アマゾン川流域とインドネシアおよびマレーシアの一部地域だった。二十世紀末までに、推定で毎年十万平方キロメートル近くの森林が破壊された。このうちおよそ四万平方キロメートルがアマゾン川流域である。樹木は二酸化炭素を吸収し、酸素を排出している。地球上から樹木が減ると吸収される二酸化炭素も減り、その結果、大気中に二酸化炭素が蓄積されて地球温暖化に拍車がかかる。二〇一〇年、地球の平均気温が一九一〇年よりも〇・九度上がっていることが確認された。

とはいえ、観測者のなかには、地球の気温が上昇しても実際にはたいした問題ではなく、また地球温暖化は人間の活動とはほとんど関係がないと考える者もいた。環境問題に懐疑的な眼を向ける人々は、地球は非常に複雑な生態系から成っており、気候変動は起きて当然のことであると言い切った。また、地球の温暖化は人類の文明といっさい関係がなく、自動車が排出したり、産業活動によって生じたりする温室効果ガスは、自然に発生する二酸化炭素の総量に比べれば微々たるものであると主張する者もいた。

しかし、そうした主張の土台となっているコンピューターモデルに欠陥があるのではないかという疑念が強まった。一九九五年、気候変動に関する政府間パネル（IPCC）は報告書のなかで、「近年の地球温暖化がすべて自然現象によるものとは考えられない。人類が地球の気候に影響をおよぼしているのはあきらかであり、確たる証拠もある」と認めている。二〇〇九年、地球の平均気温は上がりつづけていたが、汚染問題に対する主要国政府の取り組みに目立った変化は見られなかった。そういった状況のなか、世界気候グループという監視団体が次のような声明を発表した。「もはや現実から眼をそむけている場合ではない。人類が地球の気候にさほど影響を与えていないとするのは無責任きわまりなく、誤り以外の何ものでもない。そのような結論を出すコンピューターモデルはろくな代物ではない」

二十一世紀最初の十年間、アメリカは温室効果ガス排出規制に関する国際協定をすべて拒否し、独自の政策をとった。発展途上国に、債務軽減と引き替えに自国の温室効果ガス排出割当を肩代わりさせたのだ。アメリカ政府は、京都議定書にうたわれている、共同実施システムで決められた排出量削減単位の交換条件を守らず、自国産業の利益ばかりを追求した。その結果、アメリカは二十一世紀最初の十年で、前世紀最後の二十年ぶんを上まわる量の温室効果ガスを排出した。

二〇一五年には、中国がアメリカについで世界第二位の温室効果ガス排出国となった。中国は自動車や産業工程で質の悪い燃料を使用していた。国内で採掘できる石炭は、環境に深刻な影響をもたらす汚染物質にあげられるほど質が悪かった。そのため、中国国内だけでなく地球全体の汚染も計りしれないほど悪化した。

同じ時期、インドやインドネシアの一部地域やいくつかのアフリカ諸国でも汚染が進んだ。二〇一七年にカイロで開催された気候変動枠組条約締結国会議で、各国代表は条項に修正を加えたり、新たな目標を設定したりして、なんとか議案の採択にこぎつけた。が、自国に戻った彼らを待っていたのは、環境問題に無関心な政治家と、規制に反対する産業界の指導者たちだった。

## 深刻な水不足

二十一世紀初め、追い打ちをかけるように、さらにふたつの環境問題が持ち上がった。水問題と種の絶滅である。

欧米の一般市民からすれば、水が不足するなど考えただけでもばかばかしかっただろう。第一、地球表面の五分の四は水で覆われている、どこに問題があるというのだ。が、問題は単なる水ではなく、使用可能な水が得られるかどうかだった。地球の水の九七・五パーセントは海水であり、これを淡水化するには厖大な費用がかかる。海水以外の水の三分の二は、南北両極の氷山に閉じ込められているか地下水である。湖や川の水のように飲用に適しているのは、わずか〇・八パーセントである。そのわずかな水も地球上に万遍なくあるわけでなく、限られた地域——往々にして裕福な地域——にしかない。それらの地域は、技術や産業の繁栄に欠かせない水があったからこそ栄えたのだ。

とはいえ、一九五〇年までは、ひとり当たり一万七千立方メートルの飲料水を確保できた。すべての人がこの豊富な水資源の恩恵に浴したわけではないが、少なくとも理論上は、万人に行き渡ってもなおあまるくらいあった。しかし、二十世紀後半および二十一世紀前半、世界人口が急増したため、それに比例して、人間ひとりが利用できる水の量は減少した。二十世紀末には、ひとり当たりの飲用水の量が七千五百立方メートルを下まわり、二〇二五年には、危機的な状況を招きかねないと専門家が指摘していた数値、五千立方メートル以下にまで落ち込んだ。

こうした事態に陥るまでの数十年間に、幾度となく大災害が水の乏しい国を襲った。アフリカは干魃で凶作が続き、一九八〇年代の数年間と二〇一一年から二〇一四年、二〇三七年から二〇三八年にかけて深刻な飢饉に見舞われた。しかし楽天の時代、欧米諸国の援助により、干魃で被害を受けた地域の問題も解消されはじめた。極度の飢饉が起きることもなく、ようやく世界で最も貧しい国々も経済基盤を築けるかに思われた。

だが、悲しいかな、その希望の灯はあっけなく消えた。カオスが世界経済を麻痺させ、慈善事業がまっ先にその影響を被ったのだ。貧しいアフリカ諸国で進められていたインフラ整備は頓挫し、裕福な国からの経済援助を受けないで自立しようという夢も潰えてしまった。そして、それらの国はたちまち暗澹たる無政府状態に陥った。

## アフリカの水戦争

カオスが牙を剥きはじめた頃の痛ましい事件をあげるとすれば、二〇三八年にアフリカで起きた、短期間ながらも凄惨をきわめた流血戦をおいてほかにない。東アフリカに位置する三つの国――ソマリア、エチオピア、そして小国のジブチ――のあいだで繰り広げられたこの争いは、水戦争として知られている。

二〇三七年にこの地域を襲った干魃は、史上最悪とされている。大勢の人が命を落とし、難民がエチオピアからソマリアへ群れをなしてなだれ込んだ。そのため二〇三八年初めに、この二国の国境沿いで部族同士が小競り合いをはじめ、一気に大量殺戮へと発展した。そのむごたらしさは、一九九四年にルワンダで起きた大量虐殺に匹敵する。

二〇三七年についで二〇三八年、この地域はさらにひどい干魃に見舞われ、エチオピアとソマリアの大部分が干あがった。国境で紛争が起きていたため、大都市でも水の供給が大幅に減り、暑さに耐えきれず死ぬ人が出はじめた。事態に苦慮したソマリア政府は、ジブチを侵略して貯水場を奪うという強攻策を打ち出した。

二〇二〇年代初めまで、ジブチは世界でその名を知られる存在ではなかった。二〇一六年、ジブチはアメリカと協定を結び、海岸沿いに軍事基地を建設する許可をアメリカに与える見返りとして、ジブチ国内に巨大な貯水場や灌漑システムを設けるための資金援助を受けることになった。

ジブチ政府と国民にとって、この協定は益があるように思われた。それから十五年後、アメリカは中東での軍備縮小にともない、ジブチから撤退した。いっぽう、ジブチには、貯水池と灌漑システムが残った。ジブチ経済はその恩恵を受け、二〇三八年、この小国は近隣諸国をはるかにしのぐ繁栄国となっていた。

しかし軍事力をほとんど有していなかったため、猛攻撃をかけてきたソマリア軍になす術なく敗れた。ジブチ国民は侵略者に虐殺されるか、小さなボートで〝涙の門〟と呼ばれるバベルマンデブ海峡を渡って、イエメンに逃げるかしかなかった。やがてトラックやタンカーが列をなして、ソマリアに水を輸送しはじめた。

二十世紀後半から二十一世紀初めにかけて起きた多くの地域紛争と同様、侵略国であるソマリアは国際社会から非難を浴びた。が、仲裁措置が講じられたとき、すでに事態は収拾がつかなくなっていた。欧米諸国がソマリア政府を責め立てたのも、ジブチ人がヨーロッパ主要国の首都でデモをおこなったり、国連で北アフリカ諸国がソマリアへの制裁を強く求めたりしたからだった。しばらくのあいだ、政治的なおためごかしが新聞の紙面に並び、それまでなんら関心を示していなかった政党が、紛争を利用しようと目論みはじめた。しかし、水戦争はけっしてよそ事ではなく、環境問題と無関係でもないという訴えに耳を貸す者はほとんどいなかった。また、水戦争はこれから起きる大惨事の前触れであると主張する声も、人々の耳に届くことはなかった。

## 熱帯雨林の消失と生態系の破壊

技術の進歩によって不利益を被ったのは人間だけではない。工業生産高が増加し、資源の需要が多くなるにつれ、膨大な数にのぼる種の生息地が危険にさらされるようになった。二十一世紀最初の二十年、毎年オハイオ州に相当する面積の熱帯雨林が失われた。また、二〇二一年に環境団体〈ライフ・ウォッチ〉が発表した調査結果によると、鳥類の十四パーセント、哺乳類および両生類の二十九パーセント、魚類の四十一パーセントが、人間の身勝手な行為のために絶滅の危機に瀕していた。これでは、自然のあるべき姿にほど遠い。一六〇〇年から一九八三年のあいだに、千種近くの生物――その半数以上が維管束植物（シダ植物や種子植物など導管組織を有する植物）だった――が地上から姿を消したが、二〇二一年には、毎週、千種近くの生物が絶滅していた。

個人や圧力団体が三世代にわたり必死に努力を続けたが、二十一世紀なかばに差し掛かった頃、環境状況は一世紀前よりもさらに悪化していた。二〇二〇年代の終わりから二〇三〇年代の初めにかけては、環境問題に関心を寄せる人も多かった。当時はまだ、大義名分が立つ事柄には資金を投じることができ、産業資本家や政治家は、さまざまな問題について理解を深めるとともに、環境を保護する規制をも検討していた。が、残念ながら、こうした動きも長くは続かなかった。カオスの時代は、産業生産高が落ち、それとともに環境汚染も和らいだ。しかし、それも短期間のことで、環境へ好影響をおよぼすほどではなかった。世界経済が回復すると、先進諸国は自国の立て直しに躍起になり、自分たちの活動が地球の生態系にどのような影響を与えるかについては、まったくと言っていいほど考えなかった。二〇五一年に欧州委員会が発表した環境報告書によると、フロンガスによる大気汚染は大きな問題ではなくなっていたが、産業活動や一般市民の消費活動に起因する諸問題――環境汚染、種の絶滅、水危機、天然資源の減少――は、一世紀前とは比べものにならないくらい深刻化していた。委員会はこれらの問題を早急に見直すよう訴えたが、誰からも相手にされなかった。

そのような状況でも、大きな危機を迎えることなく時はすぎたかもしれない。が、それもほんの一時期のことだっただろう。一九五一年以来ほとんど変わっていない方針をそのままとっていれば、遠からず、地球全体の生態系が激変していたのはまちがいない。しかし、幸い、そうした事態には陥らなかった。あるひとりの人物、偉大な環境改革者ゲルハルト・ランゲルが環境をめぐる諸問題を洞察し、自分が問題解決に向けて何かをできる立場にいることに気がついたからだ。

## 環境改革者の登場

若い頃のゲルハルト・ランゲルを知る者は誰も、彼が歴史を変える人物になろうとは思いもしなかっただろう。ゲルハルトはランゲル家のひとり息子で、彼の両親カールとトルーディは、二〇三〇年代、五大陸にまたがるエンターテイメント・ビジネスで巨万の富を築き、世界に名を馳せた。

ゲルハルトは、最高特権階級の生活を享受した。聡明ではあったが、学問に興味はなかった。穏やかで人好きのする青年ゲルハルトは、聞き上手で、体格もよく、思わず見とれるほど美しい金髪に、きわめて端正な顔立ちをしていた。当然、彼との結婚を夢見る女性も多く、プレイボーイという噂も少なからずあった。流行雑誌や芸能雑誌の編集長に気に入られ、十七歳を迎えた頃には、世界各国の扇情的な雑誌に登場するようになっていた。

ゲルハルトは自らの生活を気に入ってはいたが、どこか満たされない思いを抱えていた。幼い頃から映画と演技の世界に憧れ、何をさておいても俳優として認められたいと願っていた。すでに名前を世間に知られ、信じられないほど魅力的で裕福だったおかげで、当然のようにハリウッドに足を踏み入れたが、悲しいかな、演技の才には恵まれていなかった。そのため、彼の資産と名声をもってしても、彼を起用しようと考える映画監督やプロデューサーはひとりとしていなかった。

そこでゲルハルトは、自己資金で映画を製作し、映画配給会社を説得して上映にこぎつけた。が、世間からは注目されず、批評家からはこきおろされた。それでも彼はあきらめなかった。失敗のたびに聞こえてくる誹謗の声を軽く受け流し、さらに多くの資金とエネルギーを費やして、夢の実現を追い求めた。四度の大赤字にも屈しなかったゲルハルトは、最新作で再度、面目を失うところだった。だが、思いがけない出来事が発生し、彼の人生は大きく変わることになる。

二十世紀の偉大なミュージシャン、ジョン・レノンが、かつてこう言っていた。「人生というのは、ほかの計画を立てて忙しくしているあいだに起きるものだ」このことばはまさに、二〇四三年二月のある火曜日の午後、ゲルハルトが体験したことを言い表わしている。《レッド・レイン》というスリラー映画の撮影にはいる一週間前、ニューヨークのアッパー・イーストサイドにあるアパートメントから出かけようとしたとき助手がやって来て、ゲルハルトの両親が乗ったジェットヘリがランゲル家のあるベルリンからバイエルンに向かう途中で墜落し、ふたりとも死亡したと告げた。

ゲルハルトはランゲル帝国の後継者として、組織の全権を受け継いだが、企業経営については何ひとつわからなかった。

重役の多くは、ゲルハルトのことを甘やかされて育った愚かな青二才としか思っておらず、労せずして会社の長となった彼をうとましく思っていた。ゲルハルトはそういった人たちに充分な退職手当てを渡して会社を辞めてもらうと、自分に尊敬の念を抱き、ともに気持ちよく働ける者でまわりを固めた。ゲルハルトが会社の指揮にあたっていることを揶揄するマスコミもあったが、彼は見事な経営手腕で会社の崩壊を防いだ。

周囲の予想に反し、ゲルハルトは優れたＣＥＯになった。世界が二〇四〇年代の経済危機から立ち直った頃、ゲルハルトの会社は二〇三六年当時の状態にまで回復しており、カオスが去ったあとの繁栄期には、最初の三年間で、収益が推定六千億ドルの業界最大手にまで成長した。

しかし、自己を表現したいという願望が、ゲルハルトの脳裏を離れることはなかった。俳優になることはとうにあきらめていたし、監督か演出家になりたいという気持ちもなかったが、依然として満たされない思いを抱いていた。

ゲルハルトはまたしても思いがけない出来事に出くわすことになる。その一件で彼は人生の進路を変え、それと同時に人類の歴史をも動かした。作家ベアトリス・サマーヴィルが、ゲルハルト・ランゲルの伝記『転身』のなかで、その出来事について次のように書いている。

二〇五三年三月十九日日曜日、とても静かで穏やかな日だった。ゲルハルト・ランゲルは、トスカナにある別荘にいた。ゲルハルトはネットサーフィンをしようと、プールの見えるガーデンルームに腰を落ち着けた。お気に入りのサーチエンジンを呼び出し、コンピューターに無作為にウェブサイトを選ばせた。３Ｄ画像がゆっくりとコーヒーテーブルの上に現われ、サイト名が次々と音声で流れた。ゲルハルトは肘掛け椅子に深く体をあずけ、画像を見つめていたが、五分もすると飽きてしまった。プールを見つめ、何かほかのことでもしようかと腰を上げかけたそのとき、コンピューターの音声が耳にはいった。「いったい誰がアフリカ人を必要としているでしょうか？」ゲルハルトは驚いて、ホログラムに眼を向けた。コンピューターは、すでに次の画像を映しだしていた。ゲルハルトが「止まれ、戻れ」と言うと、画像が巻き戻され、ゆったりとしたスーツに身を包み、岩に腰を掛けている黒人青年が現われた。背後には、荒れた山地に赤い夕日が沈みゆく、思わず息を呑むような景色が映っていた。

青年は弱々しい笑みを浮かべていた。「私の名前はルディ・オガミ。二〇三七年までジブチに住んでいました。幸い、奨学金を得ることができて、アメリカの大学で法律を勉強しました。私の家族は、私のことをとても誇りに思い、一日とあけず手紙を書いてくれました。ですが……ある日、手紙が来なくなりました。ソマリア軍が水を求めて、私の故国（くに）に押し寄せた日のことです。

当時、私はボストンに住んでいたのですが、ニュースでその映像を見ました。私の故国が戦火に包まれ、私と同じジブチ人が死んでいく映像をです。すぐにでも飛んで帰りたかった。帰って、故国を助けたかった……でも、できませんでした。それから七年のあいだ、故国には一度も帰れませんでした。家族からの便りもありませんでした。私の小さな故国で何が起こっているのか、まったくわかりませんでした。ですが、大学を卒業して、ようやく帰国できるだけのお金が貯まりました」

画像が変わった。ルディは砂漠化した荒れ地を歩いていた。砂埃が風に舞い、青年の目に吹きつけていた。ルディは焼き尽くされた二棟の廃屋のあいだを通り抜け、干からびた植物やごみが散らばる砂地へ向かった。「ここでよく遊びました」と彼は懸命に涙をこらえながら言った。「わかったのはここだけ――この土地と私の家族のことだけです」

ルディは奇妙な角度にねじれた、黒くしなびた一本の木に歩み寄った。その木のかたわらに、小さな十字架が三つ立っていた。彼は悲しみに体をこわばらせながら身をかがめ、十字架に走り書きされた文字を読みあげた。そして、うしろに下がると、埃にまみれた頬をつたう涙を拭った。

画像は、もとの岩に坐っているルディに戻った。「先ほどの十字架は、私の母と父と妹の墓です」と彼は淡々と言った。「三人は侵略者に殺されました。でも、私は殺した人間を憎んでいません。誰かを責めるとすれば、それは全人類です。人類史上すべての人間です。ソマリアとエチオピアに水があれば、ジブチに攻め入らなかったはずです。かつては豊富にあった地球の水も、今やほんの一部の人間しか利用できなくなりました。ジブチにあるわずかな水だけでは、ほかの国に分け与えることもできません。今回の事件は、ここだけの問題ではありません。病みゆく世界を象徴した事件でした。排気物質が私たちの吸う大気に流れ込み、木が伐採されても代わりとなる木が植えられることはありません。住宅や学校やサッカー場をつくるために、人間以外の種が殺されているのです。

二〇三八年、取るに足らないようなふたつの小さな国のあいだに戦争が起きたことは、世界のほとんどの国にとってはどうでもいいことかもしれません」ルディはことばを切り、遠くを見やると、ふたたびゲルハルトに視線を戻した。「いったい誰がアフリカ人を必要としているでしょうか？」

そこで画像は消えた。

ゲルハルトは衝撃を受け、しばらくのあいだ呆然と坐っていた。ルディが口にした問題は知っていた。二〇三八年アフリカは干魃に見舞われ、その後紛争が起きて大量虐殺にまで発展したことを、曖昧ながらも覚えていた。が、ルディが語った何かが、そして彼の熱意が、ゲルハルトの心をとらえた。

数年後、ゲルハルトは、ルディ・オガミのサイトに出くわしたことを〝神の恵み〟と言うことになる。「あのサイトが私を救ってくれた」と彼は言った。「あのサイトのおかげで私は迷いが消え、進むべき道と生きる意味を知った。あれは人生で最も意義深い経験だった」

## 環境改革運動のはじまり

ゲルハルトはすぐにでも行動を起こしたかったが、何から手をつけていいのかさっぱりわからなかった。環境問題に関する知識があまりにも乏しかった。まず最初にすべきことは勉強だった。それから三カ月のあいだ、会社の日常業務を信頼できる幹部に任せ、公の場から姿を消した。環境問題の世界的権威〈アースウォッチ〉のイギリス人活動家サイモン・フィッツウィリアムと、ソルボンヌ大学のピエール・ラフェット教授を雇って、地球の状況について詳しく話を聞くと、ふたりの助言にしたがい、その後の計画を立てはじめた。

フィッツウィリアムとラフェットは、種の絶滅とそれに起因する危険や、均衡を欠いた水の分配が招く危機、何十億もの人が日々家庭で使用する何千種類もの非生物分解性の化学物質による弊害などについて説明した。なかでも、彼らが最も警戒していたのは、化石燃料による汚染だった。

二〇五三年、無公害の核融合炉からエネルギーを得るという長年の構想が、実現しようとしていた。

が、依然として、世界のエネルギーの九十パーセント近くを化石燃料から得ており、自動車の八十五パーセント以上が内燃式だった。一九五〇年代に始まった調査計画から案出された核融合は、二〇三〇年には実現していた。最初の核融合炉は、カオスの時代到来の直前、二〇三五年に稼動を開始したが、二〇三八年から二〇四八年にかけての資金不足がたたり、核融合にかかわる技術開発は十年以上も遅れた。二〇四八年までに、アメリカやヨーロッパやアジアの一部の地域で核融合炉の建設が始まっていたが、二〇二〇年なかば以降に主要産業国の仲間入りをした国には、資源はあっても核融合炉がほとんどなく、もっぱら昔ながらの核分裂炉や石炭火力発電所にエネルギーを頼っていた。そのため、二〇五三年には大気中の二酸化炭素濃度が過去最高の数値を記録し、核融合炉という新たなすばらしいエネルギー源が出現しても、なんら意味をなさなかった。カオスの時代、世界中の産業が麻痺したが、回復の兆しが見えはじめると、産業国は苦況を脱するために旧来のエネルギーを利用した。その結果、汚染レベルが急上昇した。地球の平均気温は一世紀前に比べて一・四度高くなった。自己の利益ばかり追求する人々は、気温の上昇は自然現象にすぎないと言い張ったが、そういった主張も空疎に聞こえるだけだった。二〇二九年から二〇三九年までは毎年、最高気温を記録していたが、その後二〇四一年から二〇四七年までの七年間は、氷結時代と呼ばれる、何度も最低気温の記録を更新した世界的小氷河期だった。が、翌二〇四八年、平均気温が再度上昇しはじめ、六年後には過去最高の気温を記録した。自然現象で気温が変動する場合はもっと長い年月を要し、このようなパターンを描くことはけっしてない。この急激な変化には、最も保守的な環境保護論者でさえ危惧を抱きはじめた。

二〇五三年七月、ゲルハルトは運動を開始するにあたり、自作の番組を世界中で同時放映した。三十億の人が眼にしたとされるその番組に登場するゲルハルト・ランゲルには、昔の面影はほとんど残っていなかった。口調は淡々としているが、威厳が感じられた。真剣に受け止めない者は多かったが、ゲルハルトの動機や熱意に疑問をはさむ者はほとんどいなかった。映像の最後のほうでゲルハルトは、どのような経緯で彼の言う〝回心の道〟にはいったかを述べ、すでに弁護士として成功を収めているルディ・オガミを紹介した。

現在、その番組のフィルムは、新スミソニアン図書館に永久所蔵品として保管されている。番組は彼の端正な顔のアップから始まり、話が進むにつれカメラがうしろに引いて、ソファに坐っているゲルハルトとルディの姿が映しだされる。「この悲惨な状況を変えようとしても、ひとりでは何もできないでしょう。ですが、個が集まり、集団になればそれも可能です」とゲルハルトは切り出す。「みんなで力を合わせて、変えようではありませんか」そう言ったあと、彼は〈ランゲル財団〉を設立し、初年度は二百億ドル以上かけて運動を展開する計画であると述べている。世界各国の政府や産業界に向けては、彼の言う〝適正価格政策〟を実施するよう訴えている。〝適正価格政策〟とは、製品を生産する際に生じた廃棄物を処理する費用を製品の市場価格に含めるよう、製造業者に要請するものだった。この政策を実施すれば汚染レベルは大幅に下がる、とゲルハルトは考えていた。「さらに」と彼は続ける。「〝新ノアの方舟〟という組織をつくり、絶滅危惧種の遺伝子を保存します。そうすれば絶滅危惧種を保護できますし、必要があれば、クローンをつくることもできます。

ランゲル財団は、世界の半数近くの国が直面している深刻な水問題を緩和するために、超効率的な脱塩工場設立に向けての調査に資金を提供します。また、今年は一千万本の植林を予定しています。さらには、国レベルから世界レベルまで、あらゆるレベルで環境を保護する必要があるということをすべての人に理解してもらうために、大規模な国際教育計画を実施します。現在、環境スクールという環境専門の大学を、テキサス、ニュージーランド、パリ郊外に建設中です。これらの大学で、未来の環境専門家を養成します。これが私の一斉射撃第一弾です」

メディアを利用してのゲルハルトの訴えは、大きな反響を呼んだ。ふたたび世界中のマスコミが彼に注目した。ゲルハルトは、彼の主張に関するものであるかぎりインタヴューにも喜んで応じ、そのたびに、環境問題や変革に取り組む手段について説明をした。世界各地をまわって講演をおこなったり、世界で有数の教育施設を訪問したりもした。また、アフリカの学校を訪れたり、インドの村の集会で話をしたり、辺境の地まで足を運んだりして、自身の考えを広めようと努めた。

主要国の政治家は当初、ゲルハルトの存在を認めようともしなかった。評価に値するのは、ヨーロッパの社会主義国がランゲルの提唱に応じ、適正価格政策に関する実行可能性調査を開始したことだ。いっぽう、世界の二大強国アメリカと中国は、ゲルハルトの主張に耳を貸そうともしなかった。が、それは驚くにあたらない。アメリカは二〇五〇年代まで、環境政策に関して独自の路線を歩んできたという長い歴史があり、歴代政府は常に強硬な姿勢をとってきた。また、ほかの先進国よりも、経済不安を招く可能性のあるものに対して警戒心が強く、その傾向はカオスの時代にひときわ目立っていた。

しかし、ゲルハルトのいちばんの取り柄は不屈の精神だった。権力者の友人も大勢おり、その縁故を最大限に活かして運動を押し進めた。財団設立から六カ月後、ニューヨークの国連から招かれ、演説をおこなうことになった。

二〇五四年一月十九日に国連でおこなった演説は、ひとつの分岐点となった。一般市民とマスコミの関心はすでに集めていた。何十万もの人がランゲル財団の活動に参加し、世界中の圧力団体が支援を申し出ていた。しかし、政治家、とりわけアメリカの政治家の関心は低かった。国連という絶好の舞台に恵まれなければ、ゲルハルトのすばらしい演説も精力的なメディア活動も、政治家の意識を根本的に変えることはなかっただろう。

## 二〇五四年——南極氷床の分裂

二〇五四年一月二十二日の早朝、ゲルハルトが国連の演壇を降りてちょうど三十六時間後、南極で環境状況を監視していた調査団が、地震と思われる現象を撮影していた。キャンプ付近の氷に生じた大きな亀裂にカメラを向け、その亀裂がさらに広がる様子を追っていると、遠くで氷に黒い線が走った。

この亀裂の発生は、アイス・ヴィジョン・サーヴェイヤーという低軌道衛星も、調査の一環として南極のおよそ四百キロメートル上空から撮影していた。この衛星が亀裂を撮影していなければ、マスコミもそれほど大騒ぎはしなかっただろう。たいていの場合、氷に亀裂が生じると巨大な氷山ができて海に流れていく。が、このときは、ただ亀裂が生じつづけるだけだった。衛星のモニターには、南に向かって何キロメートルも進んでいく亀裂が映っていた。監視センターで赤外線画像を分析してはじめてわかったことだが、内陸部や氷の表面からかなり深いところにも、同じような亀裂が何百とはいっていた。それらの亀裂は脅威的な速度で広がり、互いに繋がっていった。最初の画像が地球に届くと、より広範囲を撮影するよう監視カメラに指示が送られた。すると、亀裂が氷を縫うように走って絡み合い、まさに巨大な格子模様をつくっている様子が映し出された。そして、広範にわたる一帯（のちに、マンハッタン相当と判明）が完全に分裂し、巨大な氷山となって南極大陸から離れはじめた。

この事件は世界に大きな衝撃を与え、南極上空にオゾンホールが発見されて以来七十五年ぶりに、環境管理について真剣な議論が交わされることになった。科学者はいち早く、この南極氷床の分裂は従来の地震活動とはいっさい関係がなく、二〇二九年から続く激しい気温変動によるものであると発表した。

当初、どれほどの被害が出るのか誰にも予測できなかったが、多くの地質学者や地震学者が、南極一帯は非常に不安定な状態にあり、氷床のほかの部分もいつ分裂してもおかしくないと懸念の声をあげた。また彼らは、氷床の分裂により海水面が一メートル上昇し、世界中の沿岸地域が広範にわたって破壊されると警告した。幸い氷床の分裂は一地域にとどまり、南極大陸のほかの地域で起きることはなかったが、一世紀前から上昇を続けている海水面は、この生態学的惨事に大きな影響を受けた。一年後に発表されたところによると、その一年で海水面は五センチメートル上昇しており、その大半が一月二十二日に上がったとのことだった。この比較的小さな変動でさえ、オランダの沿岸地域に水害をもたらし、世界中の小さな島国は、以前にも増して深刻な問題を抱えることになった。

　科学者たちの警告は世論にも影響を与えた。地球温暖化は制御可能だと主張する人はほとんどいなくなり、地球の状況に対する懸念には根拠がないという声も聞かれなくなった。ゲルハルトが演説をおこなう前日に、アメリカで実施された世論調査によると、政府は環境問題を軽視していると答えた人は全体の十三パーセント、政府の環境対策は適切であると答えたのは四十三パーセント、わからないと答えたのは四十四パーセントだった。が、一週間後に同じ世論調査を実施したところ、結果はがらりと変わっていた。四十七パーセントが、政府は環境問題で立ち遅れていると考え、適切に対処していると答えたのはわずか十七パーセントだった。

　ゲルハルトは着実に前進した。三年も経たないうちに、ランゲル財団は主要産業国を説得して適正価格政策を採用させ、その実施を義務づける法律も制定させた。世界に向けて活動の開始を宣言してから約十年後の二〇六七年までに、海水から飲用水を抽出する技術も開発した。また、世界で最も貧しい二十の国に資金援助をおこなって、エネルギー源を石炭および核分裂から核融合に移行させた。さらには、世界各地におよそ七億本の木を植え、三百以上の絶滅種のクローン作成にも着手した。これらをはじめ、さまざまな偉業を認められ、二〇六八年ゲルハルトはノーベル平和賞を受賞した。

　驚嘆に値する功績のきっかけをつくったルディ・オガミも、ゲルハルトの右腕として、ノーベル平和賞を共同受賞した。ルディの弁護士としての経験は、彼らが権力者たちと渡り合いながら、国際フォーラム開催に向けて奮闘していた初期の頃、大いに役立った。そうするなかで、ルディはゲルハルトの親友となり、精神的な相談相手としても彼を支えた。

　当時の習慣に倣い、ゲルハルトも死ぬ時期と手段を自ら定めた。二〇九八年、八十二歳になったゲルハルトは、五年前から遺伝子治療の効かない神経系の奇病を患っており、生きることに疲れていた。三月十九日、ゲルハルトはトスカナにある自宅のガーデンルームにひとりで坐っていた。四十五年前の同日、彼はその部屋でルディのウェブサイトにはじめて出会い、人生を大きく変えたのだ。お気に入りの椅子に深く体をあずけ、ガヴァノール（ペントタールの派生品）を自らの体に注射し、静かな最期を迎えた。翌年、世界の人々は感謝の念を込めて、ゲルハルトを〝二十一世紀を代表する人物〟に選んだ。

## 宇宙探査の実現

### 二十世紀の宇宙開発

一九五七年、世界初の人工衛星スプートニク一号が打ち上げられて宇宙探査がはじめて現実のものとなったとき、空想好きな人々は、太陽系の探査や、月や火星への移住も時間の問題だと考えた。しかし、一九六九年にアポロが有人月面着陸を果たしたり、最新鋭の自動制御装置を搭載した宇宙探査機の一群が、太陽系の主な天体の詳細な情報をもたらしたりと、初期の宇宙計画が次々と展開されるうちに、宇宙探査に対する一般大衆の関心は眼に見えて薄らいでいった。また、人類が目指すべき道は宇宙にあると固く信じていた人々にとって、二十世紀最後の十年と二十一世紀最初の二十五年は、期待はずれとしか言いようがなかった。

アポロの月面着陸以降、宇宙探査に眼を向ける人は少なくなったが、進歩しつづける技術をもとに立てられた宇宙計画は、地球上のほとんどすべての人の生活に影響をおよぼした。直接・間接にかかわらず、一九六〇年代の宇宙開発競争のおかげで発展した産業は、二十一世紀までに全世界で何千万もの職を提供し、何千億ドルにものぼる歳入を生みだした。わかりやすい例としては、電気通信産業がある。これには携帯電話やインターネット事業も含まれるが、そのどちらも、冷戦時代に両陣営が開発した人工衛星の存在なしでは成り立たなかった。そのほかに宇宙の調査活動から多大なる恩恵を受けた経済活動としては、気象観測、鉱物資源探査、バイオテクノロジーおよび医療産業、材料調査などがある。さらに、軍事目的に開発された宇宙技術は、二〇二〇年の時点で千五百万の職を提供し、歳入はアメリカだけでも一兆ドルを超えたとされる。

　米国航空宇宙局(NASA)は、二十世紀最後の二十五年間、予算を削減されたにもかかわらず、技術開発に努めた。輝かしい日々が忘れ去られても、宇宙研究者たちは一心に仕事に取り組んだ。メディアや大衆が関心を示すのは、悲劇が起きたり、飛躍的な進歩があったりしたときくらいで、それもたいていは一時的な気まぐれでしかなかった。一九八六年にスペースシャトル、チャレンジャー号が空中で爆発し、七人の乗組員全員が死亡するという恐ろしい事故が起きたとき、メディアは大騒ぎした。また、一九九七年にパスファインダーが火星に着陸した際は、宇宙探査に対する人々の関心が、いっときではあるが戻ってきた。が、報道関係者がほかの事件ばかりに眼を向けているあいだも、科学者や技術者は辛抱強く地道に研究を続けていた。

　アメリカが月への競争に勝利できたのは、ＮＡＳＡが明確に定められた短期目標に焦点を合わせたからであり、そのための資金も充分あったからだ。しかし、二十世紀最後の二十五年、政治の後押しがなくなり、慢性的な資金難に陥ると、ＮＡＳＡは方針を変えて長期目標を設定し、そこに向かってゆっくりと慎重に進まざるをえなかった。長期目標のひとつに、地球を周回する恒久的な有人宇宙ステーションの開発および実現があった。

　ＮＡＳＡとロシア宇宙局が何十年もかけて開発した技術のおかげで、宇宙での生活状況は改善され、二十一世紀初め、軌道上に建設された国際宇宙ステーション(ISS)で、乗組員は長期間、比較的快適にすごすことができるようになった。科学者は、宇宙ステーションの乗組員から送られてきたデータをもとに、人間を火星やさらに遠いところへ送りこむ方法を模索した。宇宙ステーション建設を前提に建造されたスペースシャトルは一九八一年に打ち上げられ、たちまち宇宙計画の使役馬となった。この輸送機がなければ、大規模な宇宙ステーションを建築することも維持することもできなかっただろう。

国際宇宙ステーションは、わずかでも宇宙旅行に関心のある人たちを興奮させたが、それと同時に、宇宙探査の限界を示す存在でもあった。アポロ計画は一九七二年に終了し、人間が再度月面に降り立つまでには何十年もかかると考えられた。有人火星探査計画への期待はことごとく裏切られ、予定されていた打ち上げはたびたび延期された。が、宇宙科学者にとって有人探査は、宇宙に関する知識を広げるための主要手段ではなかった。二十世紀最後の数十年、小型で比較的安価な自動制御の惑星探査機を利用して、莫大な量の情報を得ることができた。二十一世紀にはいってからも、自動制御機での探査はそれまでと同じペースで続けられた。

火星には生命が存在する、あるいは存在していたかもしれないという期待感から、二十一世紀最初の二十年、その赤い惑星は自動制御機による探査の主たる対象となった。初期のミッションでは期待外れの結果に終わることも少なからずあったが、NASAは二〇一六年までに三機の探査機を送りだして火星のデータを収集し、その星にはかつて液体の水が大量に流れていたことや、地表のすぐ下に水の氷が大量に埋まっている場所が何カ所もあるという確たる証拠を入手した。二〇二一年、複数の研究所が、火星から持ち帰ったサンプルの成分を分析していたところ、化石がはっきりと確認された。かくして、火星探査の新時代が幕をあけることになった。

化石の発見により、地球以外の星にも生命が存在しうることや、かつては火星に生命が存在したことがはじめて立証された。アポロの月面着陸以来の大事件となったこの発見で、メディアは宇宙に多大なる関心を寄せ、アメリカ政府は火星探査に資金を投じることになった。二〇二六年一月、NASAは史上最大規模の科学プロジェクトとして、宇宙船ディスカバリー号（アーサー・C・クラークの『二〇〇一年宇宙の旅』に登場する火星探査船から名付けられた）の建造を発表した。組み立ては、国際宇宙ステーションに増築された区画でおこなう予定で、打ち上げは二〇三四年とされた。

## 二〇二〇年—地球型惑星の発見

一九九〇年代まで、太陽系の惑星以外に、恒星の周囲を軌道を描いてまわる惑星が存在する確たる証拠はひとつもなかった。理由は単純だ。地球から、最も近い恒星であるケンタウルス座プロキシマ星までの距離は、同じく地球から、太陽系で最も外側にある冥王星までの距離の七千倍である。はるかかなたの恒星をめぐる惑星を発見することなど、不可能と言ってもいいほど難しい。惑星は自ら光を放射せず、恒星の光をただ反射するだけだ。我々の太陽が放つ光は、いかなる惑星が放つ光よりも十億倍近く強く、そのため、存在があきらかになりつつあった〝太陽系外惑星〟は、当時の最も精巧な天体望遠鏡を使っても観測できなかった。

一九九四年、ふたりの天文学者アレキサンダー・ウオルスザンとデイル・フレイルによって、はじめて太陽系外惑星が発見された。彼らは、電波パルスを発する超高密度の崩壊星（超新星の残骸）であるパルサーを研究していた。そのパルサー（PSR1257＋12と命名された）からの電波パルスが三年の周期でどのように変化するかを調べた結果、軌道を周回して、重力の影響で崩壊星を〝ふらつかせ〟、その崩壊星が発するパルスを変化させる質量の大きい三つの惑星が存在するはずだ、と彼らは結論づけた。

多くの科学者は彼らの説に懐疑的で、ふらつきはパルサーのそばにあるほかの天体によっても起こりうると主張した。が、ウオルスザンたちの発見から十年のあいだに、系外惑星の存在を裏づける厖大な数の証拠が集められた。最初に発見された百あまりの惑星はすべて、相当な質量の巨大ガス惑星で、その多くが、太陽系の巨大ガス惑星である木星や土星をはるかにしのぐ質量を持っていた。この種の惑星は、巨大で、親星に重力の影響をおよぼすため最も発見されやすい。

こういった巨大惑星が存在するという事実は、太陽系の成立過程を説明するのに、その太陽系を理論のモデルにするしかなかった天文学者たちを当惑させた。巨大ガス惑星は、土星や木星のように、その星系の恒星からかなり離れた軌道上にしか存在できないと考えられていたが、恒星に非常に近い軌道を巨大ガス惑星がまわる星系が次々と発見された。

二〇二〇年、蟹座５５番星の軌道をまわる地球サイズの系外惑星が探知された。この蟹座５５番星という恒星は、地球からわずか四十一光年の距離にあり、年齢は我々の太陽とほぼ同じである。そのため、発見された惑星に生命が存在するのではないかと考える観測者もいた。が、その正否をあきらかにする証拠は、何十年ものあいだ、なんら得られなかった。

そのあいだにも、常に改良が加えられた探知技術と分析技術のおかげで、惑星探査科学は急速に進歩した。しかし、地球から遠く離れた小惑星をつぶさに調査するには、軌道上に専用の観測所が必要だった。それが可能になったのは、二〇一二年のことである。地球型惑星調査（ＥＴＰＳ）と呼ばれる計画が開始され、我々の太陽との類似性を基準に選んだ十万個の星に向けて、次々と探査機が打ち上げられた。天文学者はその探査機を利用して、軌道から星を観測できるようになった。

他の恒星を周回する惑星を発見するだけでも充分難しいことであり、そういった惑星に関する詳細なデータを集めるには、きわめて精緻な観測技術と最先端の科学技術が要求された。ＥＴＰＳ探査機で使用された観測技術は、相対測光法を基盤にしていた。探査機のまえを惑星が通過するときは、観測している恒星からの光は弱まる。その光が弱まるパターンを精密なコンピューター・プログラムを用いて総合分析すれば、調査している惑星の大きさや軌道の特徴を算出できる。

第一回ＥＴＰＳ探査は大成功を収めた。二〇一六年のミッション終了までに、地球から十光年―千光年離れた恒星を周回する二百以上もの地球型惑星が発見された。これはめざましい進歩だったが、発見されたわずかな惑星になんらかの生命体が存在するかもしれないという、ささやかな期待感をもたらしたにすぎない。残念ながら、当時の探査機では、生命体の有無を立証する確たる証拠は得られなかった。

二〇一九年と二〇二一年に打ち上げられたＥＴＰＳ２とＥＴＰＳ３は、二〇一〇年代に飛躍を遂げた技術の恩恵を受けていた。これらの探査機はさまざまな技術を採用しており、生命の存在が期待される地球型惑星に着陸することができた。また、ＥＴＰＳ１と似かよった方法で惑星表面の性質を調べるだけでなく、大気の綿密な調査も可能だった。十五年あまりのあいだ、期待と失望が幾度となく繰り返されたが、二〇三六年、ＥＴＰＳ３が驚くべき成果をもたらした。地球からわずか五十七光年のところにあるＨＲ５５８７Ａという恒星を周回する惑星が、次のような特徴を示していたのである。恒星から一億二千五百万キロメートルという、いたって平凡な軌道をめぐっている（地球の軌道は太陽から一億四千九百六十万キロメートルである）。直径は地球の一・一二倍。地表に液体の水が大量に存在する。平均気温は摂氏十五度。放射線の強度からすれば植物が存在するのは確実で、大気中の酸素、二酸化炭素、水、メタンの濃度もすべて、生命が存在できる範囲内である。が、最も注目すべき点は、その惑星（探査機を監視しているチームによってアルファという呼称がつけられた）をスペクトル分析したところ、比較的高濃度のオゾンが確認されたことだ。オゾンは地球の大気に存在する化学物質である。したがって、惑星アルファにも生命が存在しうるということはあきらかだった。

この発見は、十四年前に火星で化石が発見されたときよりも、より一層大きな反響を呼んだ。何世紀ものあいだ人類は、いつの日かほかの星で生命が発見されることを夢みてきた。そして、ＥＴＰＳ３探査機が、我々の太陽系からはるかかなたの別の星に生命が存在する証拠を見つけたのだ。この発見がなされた二〇三六年の時点で、火星探査計画は当初の予定からすでに二年遅れており、ＮＡＳＡの資金も底を尽きかけていた。天文学的に見れば、アルファは地球の裏庭にあるようなものだったが、当時の推進技術では、探査機がアルファに到達するのに一千年以上かかった。どう考えても、アルファの探査は現実的なものではなかった。このことを残念に思う人たちは、アルファまでの長い道程で厖大な量の情報が手にはいるではないかと主張したが、当時のＮＡＳＡ長官クウェンティン・シュワーブは、アルファ探査を検討しようとさえしなかった。そして、ＥＴＰＳによる発見からおよそ一年後、アルファに探査機を飛ばすという夢は、大いなるカオスによってことごとく打ち砕かれた。

しかし幸運なことに、物語はこれで終わらなかった。最終的に宇宙探査を変貌させることになる構想を持った若者が、このときすでに、人類を限られた狭い領域を越えた空間に送りだして真の宇宙時代の到来を促す科学技術の開発に取り組んでいたのだ。

## 宇宙開発の立役者

一九九七年にこの世に生を受けたジョージ・ノースブリッジは、生まれたときから特権を享受していたが、幼少時代は幸せとは言えなかった。父親のエドウィンは株式仲買人として成功し、莫大な富を手にしていた。母親のシャーリーはジョージが三歳になり、兄のオリヴァーが六歳の誕生日を迎える頃まで、快活で愛情ゆたかな女性だった。だが、夫が、以前から家族ぐるみでつきあっていた女性と熱烈な恋に落ちていると知ると、打ちのめされ、ときを経ずして鬱状態に陥り、酒に溺れるようになった。やがて、ふたりの息子の面倒もみられなくなり、少年たちは、ふたりの子守と三人の家庭教師の手にゆだねられた。

ノースブリッジ家は、ロンドンのナイツブリッジにある瀟洒な集合住宅に暮らし、週末は、ヘンリー・オン・テムズ近郊に広がる二十エーカーの森に囲まれた別荘ですごした。エドウィンは、手が離せない仕事があったり、何人もいる愛人の誰かしらの寝室に引き留められたりで、週末を家族とすごすことはめったになかった。

ジョージは物質的にはほぼ満足を得ていたものの、精神的には空疎な生活を送っていた。母親は内にこもり、息子たちにはほとんど関心を示さなかった。子守や家庭教師は時間が来れば帰ってしまい、真の仲間と言えるのは兄のオリヴァーだけだった。しかし、この関係も汚されてしまった——当の少年たちにではなく、父親によって。エドウィンはオリヴァーを褒めちぎり、溺愛していた。が、ジョージには注意も払わないことが多かった。エドウィンにとって、オリヴァーは一家の誉れであり、父親の跡を継いで、名門ノースブリッジ家をさらに繁栄させるにちがいない息子だったが、ジョージは夢ばかり見ている愚か者でしかなかった。

ジョージは兄を愛していたし、ふたりは互いに信頼しあっていた。根の優しいオリヴァーは父親の偏愛に困惑もしたし、悲しみもした。自分と弟の関係に父親の偏愛が割り込んでこないよう常に気をつかっていたが、それがかえってジョージを困らせたり、怒らせたりしてしまった。しだいにジョージは兄と口をきかなくなり、内向的になっていった。そして、自分だけの世界――学問と思索の世界――に慰めを見出した。彼は六歳のとき、宇宙探査に取りつかれ、学べるかぎりのことを学んだ。それゆえ幼い頃から、最先端の科学的概念に触れていた。二〇〇七年一月、十歳の誕生日を迎えたジョージは家庭教師に、オックスフォード大学でおこなわれた、当時世界最高の物理学者とされたアーノルド・シンガー教授の講演に連れていってもらい、さらには家庭教師がノースブリッジ家のコネを使って手はずを整えてくれたおかげで、講演後、教授本人に会うことができた。これは幼少時代の最高の出来事であり、歳をとっても忘れられない貴重な体験だった。順調なすべり出しだった二〇〇七年も、予想すらできなかった出来事が次々と起こり、一年が終わる頃には、すでにもろくなっていたノースブリッジ家は崩壊し、幼いジョージの人生は一変していた。

いつになく蒸し暑い日が続いたある八月の午後、オリヴァーとジョージは、自宅からほど近いハイド・パークでサッカーをしていた。いつものように子守のひとりがつき添っていたが、彼女は新聞を読んでいて、ジョージの蹴ったボールが公園の柵を越えて外の通りまで飛んでいったのに気がつかなかった。オリヴァーは、急いでボールを追いかけた。中央分離帯の茂みに引っかかっているボールを拾いあげて振り返ったとき、一瞬バランスを崩してよろめいてしまった。そこに、猛スピードのオートバイが突っ込んできた。

一部始終を見ていたジョージは、誰よりも早くオリヴァーのところに駆けつけた。最悪の事態が起きたのはわかっていた。オリヴァーはひどい状態だった。両腕も両脚も異様な角度にねじ曲がり、顔と頭はつぶれていた。オートバイに轢かれた上、頭をコンクリートの保護柱に叩きつけられたのだ。ジョージは震えながら、兄の体のまわりに広がる深紅の血溜まりを見つめていた。

その日の午後、ジョージの人生はがらりと変わった。兄の死で、たったひとりの真の友――自分に愛情を示してくれたたったひとりの人間――を失ってしまった。が、それは、ジョージが抱えることになる問題の始まりでしかなかった。母親は神経衰弱で入院し、父親は自分だけの沈黙の世界にこもってしまった。悲しみに打ちひしがれた十歳の少年は、使用人と子守の手にゆだねられた。

事態はさらに悪化した。オリヴァーの葬儀当日、自宅のドライヴウェイに黒い行列ができる頃、ここ数日は息子をまともに見ることさえできなかったエドウィンがジョージを書斎に呼び、オリヴァーが死んだのはおまえのせいだ、と面と向かって言った。おまえがボールを蹴って、おまえが兄にボールを取りにいかせたからだ、と。そして、葬儀が終わりしだい、スコットランドにある全寮制の学校にはいるよう言い渡し、学校が休みになっても会う気はないと告げた。

スコットランドの学校での一年め、ジョージは試験で満点に近い答案を提出し、ほとんどの科目で優等賞をとった。驚くほど熱心に勉強に取り組み、教師たちを感心させたが、両親からはなんの音沙汰もなかった。運動にも秀で、サッカーや短距離走で大活躍したほか、高跳びや幅跳びでは何度か優勝杯をものにした。そして、十七歳になると、何にも増して大切な賞――オックスフォード大学への奨学金――を獲得した。オックスフォードに憧れていたジョージが、とうとう最高の環境を手にいれたのだ。学業だけでなくスポーツにも長けていたことは、大学で輝かしい経歴を築くのに役立った。ほかの学生とも親しくつきあい、社交の場にも足を運んだが、勉強に影響が出ることはなかった。二〇一六年には、ケンブリッジ大学とのレガッタに漕ぎ手として出場し、優勝を飾った。二年後、卒業試験の物理学と数学で二科目最優等生に輝いたのち、世界で卓絶した研究機関である、ケンブリッジ大学の新キャヴェンディッシュ研究所で博士課程を歩みはじめた。

ここでふたたび、ジョージの人生は大きく変わることになる。彼はオックスフォード時代からずっと、ふたつのことを同時進行させていた。大学で求められる研究をすべてこなすかたわら、あまった時間を利用して、科学に関する独自の考えをノートに書きためていたのだ。ジョージにこのような別の一面があるのを知る者はおらず、彼が通常の履修課程に関係なく書いていたものを一語でも見た者はいなかった。が、ケンブリッジ大学で、ジョージは心から信頼して話ができる相手に出会った。それはベサニー・ジョーダンという、科学の分野では世界で最も権威のある地位――スティーヴン・ホーキングも就いていたことのあるケンブリッジ大学のルーカス記念講座教授職――にある教授だった。

二〇一八年にふたりが出会ったとき、ジョーダン教授は弱冠三十三歳だった。ジョージは大学史上最も前途有望な院生のひとりとして、わずか三人しかはいれない、教授が直接指導する課程を履修することになった。ふたりはすぐに打ち解け、ジョージは愛する兄を失って以来誰といても感じることのなかった心の安ぎを覚えた。やがて、ふたりの関係は師弟という枠を越え、友人から親友へ、そしてついには恋人へと発展した。

ふたりの関係に転機が訪れたのは、ジョージが自分のノート――十年以上にわたり、物理学のさまざまな観点について考え、それを書きつづったノートを、ジョーダン教授に見せたときだった。ページを繰りながら、ジョーダン教授はうなじの産毛が逆立つのを感じた。ジョージの推論は、世界中の科学者が認めている概念をはるかに越えるものであり、すべてが綿密かつ正確で、対立する概念がつけいる隙は一分もなかった。

ジョージの研究はその大半が、宇宙旅行に関するものだった。ノートには、宇宙船の設計図や推進システムが書き連ねてあった。宇宙空間で乗り物を推進させる当時の方法からすれば、どの説明も眼をみはるほど斬新で、筋道の通った数学的分析による裏づけもなされていた。最も驚くに値するのは、素粒子の相互作用を利用して宇宙船を光の速さの十パーセント近くまで加速させるエンジンの設計だった。

ジョーダンは、ジョージが並はずれて優秀な学生であることを、実際に彼と話をするまえから知っていたし、だからこそ、彼を直接指導してもいいと思ったのだ。が、ジョージの研究は驚嘆以外の何ものでもなく、ジョーダンは、彼の理論を最も有効に活用できる人々の眼をこの若者の才能に向けさせるという、またとない体験ができるのだと思った。

ルーカス記念講座教授職に就くまえ、ジョーダン教授はＮＡＳＡで上級研究員をしていた。ジョージのことを話す相手としてまっ先に思いついたのは、昔の上司であるＮＡＳＡの技術責任者アマンド・デミーロ博士だった。博士はベサニー同様、眼にしたものに驚き、興奮した。そして、一刻も早くジョージが博士のもとを訪れて、その研究をどのように活かすか、どのようにすればジョージの才能がいちばん活かされるかについて話し合えるよう、手はずを整えた。

春も終わりに近づいた頃、ジョージはベサニー・ジョーダンとともに、デミーロ博士のオフィスで、将来のことについて話し合った。その結果、博士過程を終了するまではＮＡＳＡの相談役を務め、それからアメリカに移ってパサデナのジェット推進研究所（JPL）で推進システム研究開発部門の上級研究員になることが決まった。

ジョージとジョーダン教授は、ノートのコピーをデミーロ博士に預け、ケンブリッジに戻った。続く二年間で、ジョージと教授の仲はより一層親密になった。二〇二一年十月、ふたりは婚約を発表し、その翌年の夏に結婚した。ベサニーは教授職を退いて、ジョージとともにＪＰＬに移った。

## ロボット搭載型宇宙船の開発

二〇二〇年代、ＮＡＳＡはロボットを搭載した宇宙船による惑星探査に力を注いでいた。ノースブリッジ夫妻は惑星探査プロジェクトの多くに直接かかわった。当然のことながら、ジョージは一日でも早く、自身が考案した最先端の推進技術を実地で試してみたかった。が、推進システムの理論を構築することと、実際につくることは別物である。設計の全工程は詳しくノートに書いてあったが、構想の実現を望むよりもまず、眼のまえに山積する現実的な問題にあたらなければならなかった。

パサデナでの最初の二年間、ジョージとベサニーは、委員会や小委員会、頻繁に開かれる政府高官との会合に何度も足を運び、〈ノースブリッジ・エンジン計画〉として知られるプロジェクトの初期段階に必要な比較的少額の資金提供をかけあった。ノースブリッジ夫妻は、まだ足を踏み出したばかりとも言えるこの時点から、懐疑的な政府高官や、若くて経験の浅いジョージを妬むライバル科学者双方からの数かぎりない偏見に打ち勝たなければならなかった。幸い、ふたりが自説を唱えたのは楽天の時代だった。野心的なプロジェクトへの多額の資金援助を得るには、うってつけの時代である。

二〇二〇年代の中頃には資金が調い、試作モデルを製造して設計の原理を試せる段階まで来たが、そこではじめて、構想の実現を妨げる大きな壁にぶつかった。そのエンジンは、あまりにも時代の先を行きすぎていたのだ。二十三世紀まで発見されるはずのなかった推進手段を思いついたようなものだった。人力や水車以外の動力がなかった十五世紀に、レオナルド・ダ・ヴィンチが戦車やヘリコプターを建造できなかったように、二十一世紀前半にはまだノースブリッジ・エンジンを製造できるだけの基礎基盤がなく、ジョージは自らの構想を実現させることができなかった。

ノースブリッジ・エンジンを稼働させるには、それ相応の強度と軽さを兼ね備えた新素材を開発しなければならなかった。気が遠くなるほど精密な設計に適した、いわゆるナノ部品をつくるには、当時はまだ存在していなかった画期的な製造技術が必要だった。さらに、エンジンの多くの部分は、ほぼ完全な真空状態の国際宇宙ステーションでつくるしかなかった。

ジョージとベサニーは、夢が実現するまでにはまだそうとう長い道のりがあることを、しぶしぶながらも認めるしかなかった。ノースブリッジ・エンジンは、理論から言えば完璧だったが、少なくともその時点では、実践となると不可能だった。ふたりにできたのは、ＪＰＬで研究を続け、プロジェクトに関わる技術上の問題をひとつひとつ片づけていくことだけだった。

二〇三二年、ノースブリッジ・プロジェクトとはなんら関係のないスウェーデンのある組織が、ナノ部品を製造する技術を開発し、その翌年にはカナダの研究者が、純粋な炭素から、エンジンの主燃焼室に使用できる強靭で軽量の新素材をつくりだす方法を考案した。ノースブリッジ夫妻の期待は高まった。しかし、プロジェクトの次の段階に取り組むために、資金集めを再開しようとした矢先、世界は大いなるカオスに呑みこまれた。

ノースブリッジ夫妻はほかの多くの人より、世界経済の混乱をうまく乗り切った。実際のところ、現代の歴史家が認めていることだが、結果的にカオスの惨禍は、ノースブリッジ・エンジンを世に出すのに強力な味方になった。二〇三九年、彼らは独自に研究機関を設け、エンジン開発を押しとどめている諸問題の解決にあたろうと考えた。コロラド州に四十エーカーの土地を購入して、研究所と住宅区画――全施設あわせてヘンリー牧場（ランチ）と名付けられた――を建築すると、一流の科学者を五十名ほど雇い、住宅も提供した上で、エンジンの開発に取り組ませた。

## 史上初の恒星間有人飛行

二〇五〇年、世界経済がなんらかのかたちで安定を取り戻した頃、ノースブリッジ・エンジンに立ちはだかっていた問題の多くはすでに解決されていた。プロジェクトは実現可能な段階までたどり着き、残るは資金の問題だけとなっていた。

ノースブリッジ夫妻が資本金を増やすために、政治家やＩＳＡ（二〇五一年にＮＡＳＡにとってかわった国際宇宙機関）と資金会議をはじめておこなってから五十年以上経った今から考えると、このふたりが世界有数の資産家たちのところにへつらいに行ったことなど、嘘のように思える。科学技術の面で、ノースブリッジ・エンジンはコンピューター以来の大躍進と言われている。地球近傍の宇宙探査に道をつけ、太陽系のはるかかなたにある恒星まで無人探査機を飛ばすことを可能にした。そして今、史上初の恒星間有人飛行が計画されている。

現在、ジョージ・ノースブリッジは伝説の人物となり、〝二十一世紀のアインシュタイン〟と称されることもある。多くの理論科学者や数学者とはちがい、彼は老いても貢献しつづけた。事実、二〇九五年には九十八歳にしてなお、ヘンリー・ランチでエンジンの改良に取り組んでいた。そして忘れてはならないのが、ベサニー・ノースブリッジの功績である。彼女もまた超一流の科学者だった。ジョージの理論を世に出しただけでなく、七十年近くものあいだ彼の片腕として尽力した（ベサニーは二〇八七年に百二歳で死亡）。ノースブリッジ・エンジンに付随する科学的な難問の解決でも、製造資金の調達でも、夫と同等の働きをした。ノースブリッジ・エンジンは、まさにふたりのエンジンであり、連帯と不屈の精神と非凡な才がうち立てた金字塔である。

## 宇宙をめぐるビジネス

二十一世紀最初の十年間、宇宙信奉者たちは、遅々として進まない宇宙探査に苛立ちを覚えていた。世界の主要国は急を要する経済問題の解決に追われて、宇宙探査に巨額の資金を投じるどころではなく、実際この時期に宇宙機関と呼べる組織を備えている国はほとんどなかった。そのため、宇宙族（宇宙に魅せられた人たちはこう呼ばれた）は、宇宙旅行を進歩させる手はいろいろあるではないかと不満をもらしていた。

二〇一二年には十二人の乗組員が長期滞在できるようになっていた国際宇宙ステーション（ISS）を例にあげる者もいたが、宇宙に関する国際協力はまだ歴史が浅かった。また、ＩＳＳはたしかにすばらしいが、資金や技術の問題で太陽系の定期探査や月への移住がはかどっていないことを考えると、絶賛するほどではないというのが世間一般の見方だった。が、宇宙族は、宇宙旅行を確実に押し進める手段がひとつだけあると考えた。冷戦よりもはるかに強力な刺激剤、それは宇宙の商利用だった。

二十一世紀初め、月での採掘は利益をもたらし、宇宙での人間の活動をさらに発展させる、と多くの人が信じていた。一九九〇年代頃からインターネット上に、月で採掘をしよう、小惑星から資源を得よう、火星で鉱物を採取しよう、といった提案が数多く見られるようになった。なかには、航空学の専門家が練りあげた見事な提案もあったが、それ以外は机上の空論としか言いようのないものばかりだった。

この誤った認識は、一九六〇年代後半に人間を月に送りこめたのだから、もう一度送りこんで、前回よりも多くのことをするくらいなんでもないではないか、という発想からきている。これに簡単に答えるとすればこうなる。一九六〇年代以降、宇宙工学は飛躍的に進歩しているが、月で採掘したり、小惑星で資源を採取したりすることは、ふたりの人間を月面に送り、数日間月面を歩かせてから地球に帰還させることと、比較にならないほど難しいのだ。

地球には乏しい物質が、月には豊富にある。チタニウム、コバルト、マグネシウムなどが大量にあり、白金属に属する非常に貴重な化学物質も存在する。しかし、これらの希少金属は地球と同様、鉱石に含まれている。鉱石を採掘して金属を抽出するには、地球上と同じ技術を要し、その工程には多大なエネルギーと大量の水が必要である。月には大気がなく、一九九四年に探査機クレメンタインが月の南極で氷のかすかな痕跡を発見してはいるが、水もまったくと言ってもいいほど存在しないため、地球のように沖積層や鉱床が形成されていない。また、豊富な希少金属の多くは、地表の塵中に点在する。月には絶え間なく隕石が衝突しており、その衝撃で跳ねあげられた巨礫がクレーター周辺に散乱し、状況をより一層難しくしている。

二十一世紀初めに、月での採掘計画を真剣に考えた人たちにとって、それらの問題は突き崩せない壁だった。技術的に難しいというわけではない。創意工夫を凝らせば、ハードルの多くは越えられる。問題は、費用をかけて金属を採取しても、まったく採算が合わないことだ。こういったプロジェクトには政府も科学調査機関も助成金を出さないため、資金は私企業から調達するしかなかった。が、何十億ドルも失う公算の大きいプロジェクトに、企業が関心を示すはずもなく、残念ながら、宇宙族の夢は二十一世紀末まで実現されることはなかった。

現実を受け入れようとしない頑固な宇宙族は、愚にもつかないアイデアをインターネットに載せつづけていたが、しだいに自分たちがどんなに望んでも状況は変わらないということを受け入れはじめた。それでもしばらくすると、宇宙族のなかでもより現実的な人間は、宇宙の商利用の別の道に眼を向けるようになった。当初、採鉱よりも宇宙開発の可能性を秘めていると考えられていた宇宙観光事業である。

**宇宙観光事業**

この方面には、二十世紀の終わりに、とある国立の宇宙機関がいち早く乗り出し、民間の顧客から収益を上げはじめた。一九九七年、ジーン・ロッデンベリイとティモシー・リアリーというふたりの著名人が、軌道上で遺骨をまく宇宙葬に参加したのをはじめ、二十一世紀初めには、豪胆で裕福な民間人数名が何百万ドルも支払って、自己資金で飛ぶ宇宙飛行士——〝宇宙旅行者〟——となった。この冒険旅行が実現したのは、NASAやヨーロッパ宇宙機構やロシア宇宙機構が巨額の報酬と引き替えに、技術を提供したからだ。実のところ、ロシア宇宙機構などは、国際宇宙ステーションの分担金を調達しようと、宇宙旅行者の獲得に積極的だった。

二〇一六年には、民間の打ち上げ会社が数社、操業を開始していた。顧客第一号は、アルバカーキ在住の女性実業家ヒラリー・ファーガソンだった。彼女が経営する小規模な遺伝子関連会社は、卵巣癌を治す遺伝子療法技術を完成させて収益をあげており、そのため彼女は、ロシア製の大陸間弾道弾を改良したロケットの建造に、四千万ドルの資金を提供することができた。テキサス州で六カ月間訓練を受けたのち、二〇一八年四月六日、ファーガソンはカリフォルニア州の発射場から飛び立ち、軌道を二周まわって、地球に無事帰還した。

ファーガソンの宇宙旅行は世界中にテレビ中継され、メディアは大騒ぎをした。続く二十年、多大な労力と何十億ドルもの個人資産が宇宙観光という新しい娯楽に注ぎこまれた。二〇三三年の時点で、三千人以上の人が宇宙での休暇を体験し、飛行料金は二十万ドルにまで下げられた。打ち上げ会社は一週間に一社の割合で増え、より安くより冒険的な旅行が提供されるようになった。

打ち上げ会社は、燃料補給や整備、乗客の乗降など、発射場での作業を簡略化し、時間を節約することで収益をあげた。推進システムも、スペースシャトル時代に比べて飛躍的に進歩していた。商用ロケットは、液体燃料と固体燃料を混ぜ合わせた推進剤で稼働させるハイブリッド・ロケット・エンジンを搭載していた。このエンジンは、旧型の液体燃料システムよりはるかに効率がよく、費用もかからなかった。

二〇二八年、ある果敢な宇宙族グループが、コンピューター関連の多国籍企業から資金援助を受け、スペースシャトルから廃棄された燃料タンクを利用して、史上初の〝宇宙ホテル〟を建設した。円筒形の巨大な燃料タンクは、ＮＡＳＡのシャトル・ミッションのたびに低地球軌道で廃棄され、最終的に大気圏に再突入して燃え尽きるまで放置される。宇宙ホテル第一号は、軌道上で二十四個のタンクを溶接してつくられた、とんでもなく原始的な代物だった。内部は非常に狭く、利用可能な科学技術も、一九九〇年代後半にソ連の宇宙ステーション、ミールに乗り込んでいた宇宙飛行士が享受していたものと大差なかった。が、眺望は他に並ぶものがないほどすばらしく、冒険心もこの上なくそそられる。大勢の資産家が大枚をはたいて宇宙ホテルに出かけたのも、うなずける話だ。

二〇三一年、《ニューヨーク・タイムズ》のウェブページに、次のような広告が頻繁に掲載された。

生涯最高の旅を
今年のヴァレンタイン・デイには、愛する人と宇宙へ行こう
最小限の訓練で、最大限のスリルを
インターギャラクティック・ホテルで、宇宙から地球を眺めよう
今なら破格のお値段で！

宇宙観光には非難の声も多かった。特に、ＮＡＳＡ長官のウェイン・ターナーは機会あるごとに批判のことばを口にし、いまに惨事が起きると警告した。事実、彼が言ったことは正しかった。二〇三三年六月十九日、以前から予見されていた惨事が、ついにオランダで起きた。

〈クンスト・トラヴェル〉という、多人数飛行専門の小さな旅行会社が、あるモジュール（母船から独立して行動できる小船）を開発した。そのモジュールは十二人の乗客が搭乗可能で、〈ドルフゲン・システムズ〉という民間ロケット建造会社が設計した新型ロケットの後部に積み込んで軌道まで運ばれ、そこで発射される。ゼーランドの片田舎にある発射場から、ロケットが打ち上げられて一分が経過した直後、メイン燃料タンクを固定していたボルトがゆるんでタンク内に吸い込まれ、爆発を引きおこした。ブラック・ボックスのデータから、乗客十二人と操縦士ふたりはほぼ即死だったことが確認された。が、悲劇は彼らの死だけで終わらなかった。事故が起きたとき、ロケットはロッテルダム郊外のおよそ二千キロメートル上空にあった。低高度で爆発したために、空中分解したロケットの大量の破片が、燃え尽きないうちに地上に到達してしまった。そのため、百五十軒以上の民家が破壊され、三百十一人の死者が出た。

クンストの惨事での犠牲者とともに、宇宙旅行の第一段階も息絶えてしまった。民間人が地球外へ旅するという構想が息を吹き返したのは、それから三十年後、国際宇宙機関が、営利産業を安全かつ宇宙

探査の促進に貢献するような形態に整えてからのことである。

## 宇宙旅行の復活

クンストの惨事からおよそ二十年後、国際宇宙機関(ISA)が設立されて、真の宇宙観光産業を発展させるよりよい基盤ができた。世界はカオスの打撃から立ち直り、ふたたび冒険を求める気運が高まっていた。世界を未曾有の経済不況に陥れた災禍が、この地球にいかに人間がひしめきあっているかを思い知らせたかのようだ。カオスの時代が終わってほどなく、宇宙観光は最良のときを迎えた。宇宙観光が復活を果たすのに、二〇五〇年代ほど適した時期はなかった。多くの人が宇宙旅行を望み、投入できる資金も蓄えられた。

NASAの後身であるISAもまた、総力をあげて宇宙探査と科学の発展に努めた。二〇六九年七月、百年前のアポロ十一号による人類初の月面着陸を記念して、インド、ロシア、スペイン、アメリカの宇宙飛行士、計四人がアームストロング号に乗りこみ、ふたたび月に向かった。長年の夢である有人火星探査計画は、依然として、研究者や宇宙族の願望リストの上位に位置していたが、常に問題が山積し、遅々として進まなかった。火星にはかつて生命が存在したという証拠が発見されたあと、NASAはその赤い惑星に探査機を飛ばす計画を立て、打ち上げを二〇三四年に定めた。が、それはあまりにも見通しが甘かった。予算超過と技術上の問題で打ち上げは二〇三七年に延期されたが、大いなるカオスの到来とともに予算が無きに等しいところまで削減されてしまい、計画はすべて白紙に戻った。

カオスが過ぎ去って、楽天主義と冒険精神に満ちた新たな時代が訪れると、火星へ旅するという構想が息を吹き返した。しかし進展を見たのは、ISAが人類をふたたび月に送り出してからのことだった。アポロ百周年記念月探査ミッションは、有人宇宙探査に対する大衆の関心を大いにあおり、二〇七〇年、一度は中止された火星探査計画が、三十年以上のときを経て再開された。しかし、打ち上げが予定されていた前年の二〇八〇年、新しい宇宙船を使用して地球軌道上で訓練をおこなっていた際に、乗組員七人が死亡するという事故が起き、火星計画に三年の遅れが生じた。ようやく二〇八四年になって、ニュートン号という一から設計し直された宇宙船が、地球の軌道を離れて火星へ向かった。

打ち上げは、二十一世紀初めには予想すらできなかったほど大幅に遅れたが、そのおかげで、はじめて火星に到達した有人探査機は、当初の予定よりもはるかに精巧なものになっていた。火星まで行くのに最低六カ月はかかると世紀初頭には言われていたが、ノースブリッジ・エンジンを搭載したニュートン号は、わずか十日足らずで赤い惑星にたどり着いた。

第一回のミッションは大成功を収めた。到達までの所要日数が大幅に短縮されたことで、その後のミッションが三十年前に考えられていたよりも容易になった。その結果、二十一世紀も残りあと数カ月になった頃（第一回のミッションからわずか十六年後）、火星に十二人の人間が常駐できる基地が建てられていた。

いっぽう、太陽系外での生命発見も忘れられてはいなかった。ノースブリッジ・エンジンは火星ミッションで役に立ったが、必要不可欠なものではなかった。が、宇宙船を光速の何分の一かの速度で推進させる技術がはじめて実用化されたことにより、地球外惑星の探査が現実味をおびてきた。二〇八〇年初めまでに、生命存在が確実視される十七個の地球型惑星が発見されていた。最も近い星は、S・12という恒星をまわる惑星ガンマ（HR5587A）で、地球からわずか十六光年の距離にある。二〇九九年、ヘンリー・ランチにあるジョージ・ノースブリッジ本部で設計された最新鋭の探査機ジョルダーノが、地球の軌道を離れてガンマへ向かった。到着は二一七九年の予定である。

この事業はISAの科学研究機関としての一面を表わしているが、カオスに続く新時代に、ISAが営利企業として運営されていたことも見落としてはならない。営利を追求したことで、ISAは宇宙観光業に携わる多国籍企業とまともに競い合うことになった。が、ISAにひとつ有利だったのは、国際協定により、民間企業が打ち上げをおこなう際は、地球の各地にあるＩＳＡ所有の発射場のいずれかを使用しなければならないと定められていたことだ。ここにきて、当座しのぎのロケットや近代化された大陸間弾道弾の時代は幕を閉じた。

ＩＳＡの科学者は宇宙探査だけでなく、中国やドイツのチームと協力して、極超音速の大陸間旅客機の開発に取り組んでいた。二〇六九年三月、超音速旅客機コンコルドがはじめて飛んでから一世紀後、世界初の大陸間パラボラ・エアライナー、ルーズベルトの処女飛行が世界中のニュースをにぎわせ、高速で世界を駆けめぐる新時代の到来を告げた。ルーズベルトは垂直の離着陸が可能で、急角度で上層大気まで上がり、放物線を描きながら地上に戻ってくる。また、核融合エンジンを搭載しているため、ニューヨーク—シドニー間を九十分で航行できる。現在、大陸間パラボラ・エアライナーは運賃も安く気軽に旅行ができるため、先進諸国の誰もが利用する最も一般的な国際輸送システムになっている。

地球軌道やその先への旅に関しても、ＩＳＡの関与と、二〇二〇年代から三〇年代にかけて訪れた宇宙旅行の第一波以降飛躍的に進歩した科学技術のおかげで、革命が起きていた。二〇五四年、ある多国籍複合企業が、老朽化した国際宇宙ステーションを購入してホテルに改造し、五年後には最初の観光客を迎え入れていた。また、二十一世紀末には、冒険好きな宇宙旅行者たちが、月の南極付近に建設されたジオデシック・ドーム（三角形の枠を組み合わせてつくられた軽量で堅固なドーム）の村に一週間ほど滞在して、月面での採掘を愉しめるようになった。

しかし、地球近傍の宇宙観光に関して最も注目すべき進歩といえば、二〇八〇年代なかばに、実用可能な宇宙エレベーターが建造されたことだろう。二十世紀の終わりに、宇宙工学者や科学関連のライターがはじめて宇宙エレベーターの構想をとなえたとき、大方の人がそのようなものは空想の世界の話でしかないと考えたが、今では一日に何千人もの人が利用するようになっている。

原理は単純である。軌道まで上がるのに費用のかかるロケットを利用しなくても、二百五十キロメートルほどのケーブルを用意できさえすれば、地上数キロメートルに位置するエレベーター・ドックと軌道上のホテルとのあいだで、旅客用モジュールを搬送することができる。旅行者は従来の航空機でドックまで行き、そこからエレベーターで固定軌道にある無重力のホテルやワークステーションまで上がる。

このような設備を建造するには、厖大な量の技術的難問を解決しなければならず、二十世紀末には宇宙族でさえもが、宇宙エレベーターは夢物語でしかないと考えていたのも無理はない。この装置を開発する上での最大の関門は、ケーブルが自重で壊れないようにするにはどうすればいいかということだった。旅客モジュールを搬送できるだけの強度を持った二百五十キロメートルのケーブルをつくるところを想像してもらえれば、何が問題かおわかりだろう。必要なだけの軽さと強度を兼ね備えた素材とは、いったい何か。

それに対する答えは、二〇五〇年代、ヘンリー・ランチでノースブリッジ・エンジンの開発にあたっていたチームが見出した。彼らは、カーボン・ナノチューブと呼ばれる不安定化学種の利用法を研究していた。この化学物質は結合させると、信じられないほど強く結びつく。長いケーブルをつくるには最適の素材である。しかし、すばらしい化学合成物が開発されたものの、宇宙エレベーターに利用できるまでになるには三十年近くかかった。

宇宙エレベーターの試作品第一号は、ケーブルが百五十キロメートルしかなく、ガラパゴス諸島と低軌道に位置する小型宇宙船をつなぐものだった。この試作品は最終テストの段階で、ケーブルが切れて太平洋に落下した。

この事故でプロジェクトは二年遅れたが、貴重な教訓を数多く得られた。二十一世紀末、宇宙エレベーターは人間や貨物を地球の軌道へ送る最も一般的な輸送手段になった。輸送費もロケットを飛ばすより格段に安く、宇宙ステーションや商用プラットフォームの建造も一層容易になった。ＩＳＡの報告によると、二〇九五年までに、最低二十人の乗組員が常駐する有人宇宙ステーション二十七個と、ヒルトン、リッツ、ザンジバル計三軒のホテルを含む十四個の商用プラットフォームが建造されていた。が、真の宇宙時代はまだ始まったばかりである。

# おわりに――21世紀は20世紀より幸福な時代だったか?

アメリカ西海岸にある大学で最近おこなったセミナーで、興味深い質問を受けた。二百人ほどが集まった講堂のうしろのほうに坐っていたセアラという名の若い学生は、その場に立ち上がると、壇上にいる私に向かってシンプルな質問をした。「今の人は百年前の人よりも幸福だと思いますか?」

そのときは自信を持って答えた。幸福だ、と。統計には、寿命が延びたこと、健康に生きられるようになったことがはっきり現われている。個人差についての許容範囲の幅は、どの基準を見ても、かつてないほど大きくなっている。余暇も増えた。技術の発達でつまらないことをやる必要がなくなった。移動や通信も格段に便利になっている。必要な情報が必要なときに手にはいるようになった。百年前の人々には想像もつかないほどすばらしい素材が開発されている。

しかし、百年前より幸福になった人々は、全世界の人口のなかでどれくらいの割合を占めているのだろう? 正直、私にはわからない。あのセミナー以来、私はこの問題をできるだけ大きな視野で捉えるようにしている。歴史を研究する人間として、歴史の流れはすべての人々が幸福になる方向に向かっていると確信できるだろうか?

この百年、これだけの進歩を遂げたにもかかわらず、二一一二年の社会にはまだいくつかの大きな問題が残されている。その筆頭にあげられる何よりも重大な問題は、富の分配に関するものだ。先進国の人々はすでに高水準の生活を享受しているが、それと同じ星で、豊かさとは無縁の暮らしを営んでいる人々が優に十億(うち四億は子供)は残っている。国連は、基本的人権に関する声明のなかで、地球上のすべての人々に対して食糧、衣料、住宅、教育、医療についての権利を保障している。しかし、その国連が二一一〇年に発表した統計によると、世界の人口の十四パーセント、世界の子供の十八パーセントが、ここに謳われている権利の少なくともひとつを侵害された状態で暮らしている。

これらの権利が最も侵害されているのはもちろん、アフリカの人々だ。最近になって多少の改善が見られたとはいえ、アフリカの貧困は世界に暗い影を投げかけたままになっている。人類はさまざまな奇蹟を起こしてきた。しかし、地球に暮らす人類すべてに生活に必要なものが行き届くシステムを完成させないかぎり、それを真の文明化と呼ぶわけにはいかない。

重大な問題のふたつめは環境問題だ。ゲルハルト・ランゲルは、二十一世紀の環境問題へのその献身的な取り組みで、人類に大きな恩恵をもたらした。彼は、この先何世紀ものあいだ効力を失うことのない方針を決定するうえで、偉大なリーダーシップを発揮した。しかし、彼が決めた方針は、すべての国に採用されたわけではない。アメリカと中国は採用を見送っている。そして、ランゲルがこの世を去ってからというもの、環境保護運動には有能なスポークスマンがいない状態が続いている。ここ八年の世界環境監視協会の年次報告書を見ると、私たちが暮らす惑星の状態は著しく悪化していることがわかる。どうやら、環境問題の解決をめぐる政府間調整でのつまずきが、現在の環境を孫の世代に伝えることを難しいものにしてしまったようだ。

私たちの幸福を脅かす三つめの重大な問題は、領土問題にある。現在、最も大きな力を持つ国は中国だ。領土の大きさも、経済的な豊かさも、活力も、かつての強国アメリカを凌ぐようになった。しかしながら、アメリカの同盟国(特に、ドイツ、イギリス、フランス)は、中国が緩やかな同盟を結んでいるアジアの国々を、その資産総額でわずかに上まわっている。そのために、世界情勢のバランスはなんとか保たれ、ふたつの連合の平和的な共存が続いている。

歴史的に見て、戦争がまったくなかった時代区分は存在しない。アショカ・クマールの献身とたゆまぬ努力のおかげで核兵器は廃絶されたものの、今、この二大勢力のあいだに大きな戦争が起きれば、それはまちがいなく想像を絶する悲惨なものになるだろう。いずれの勢力も防衛費に大金をつぎ込み、互いの動きに眼を光らせている。ふたつの軍事大国のあいだに平和を約束しようという歩みよりの姿勢が見られないのも気になるところだ。

今なら、セミナーでセアラに迷わず答えられることがある。資料こそないが、ひとつだけ自信を持って言えることがある。二十一世紀には、世界のほとんどの人々が幸福になる可能性が大幅に拡大された、ということだ。これは、歴史的に大きな進歩と見てまちがいないだろう。

二十一世紀はすでに歴史の一部になっている。チャールズ・ディケンズのことばを借りれば、「最良の時代にして最悪の時代だった」ということになる。二十一世紀の発展を支えたのは人々の心だった。アショカ・クマールの不屈の勇気、ジョージ・ノースブリッジ、コスタ・スタキス、デミス・スタキス、ワン・フェイの才気、そして、ベニータ・コルデロやゲルハルト・ランゲルの構想力だった。が、それと同じ時代に、核ミサイルの応酬で七百万人が命を落とした一日があり、歴史上最大の不況に全人類が苦しんだ十年があった。

しかし、全体を見渡せば、二十一世紀は進歩の世紀だった。人類の計りしれない知性は、私たちの日々の生活を変え、私たちが幸福を追求できる社会をもたらした。そうだ、セアラ、今の人々は百年前の人々よりずっと幸福だ。そしてその幸福は、その百年を生きた何十億もの人々が、自分の子供に、自分の孫に、よりよい世界を残そうとした努力の賜物にほかならない。

# 21世紀年表

天の時代（2025～2035）

| | 国際 | 経済 | 社会・文化・科学 |
|---|---|---|---|
| 2001 | 全米同時多発テロ | | |
| 2003 | イラク戦争 | | |
| 2010 | | | 地球の平均気温が百年前より0.9度上昇 |
| 2011 | アフリカ大飢饉（～14） | | 中国でクローン人間誕生 |
| 2012 | インド軍、カシミールから撤退 | | 太陽系外の地球型惑星調査計画開始 |
| 2015 | | | DNA分析の完全自動化 |
| 2016 | アメリカ大統領選 | | |
| 2017 | インド・パキスタン戦争勃発<br>両国による核ミサイルの応酬<br>カシミールの分離独立 | | 民間のロケット打ち上げ会社が操業を開始 |
| 2018 | | | HIVワクチンの開発 |
| 2019 | | | 個人の遺伝子特性データ配付の自由化 |
| 2020 | | ダウ平均、年11%の上昇（～35） | 地球型惑星の発見 |
| 2023 | 日本、中国に軍事協力の申し入れ | | |
| 2025 | | | 脅威のコンピューター・ウイルス流行 |
| 2031 | 世界の総人口が百億を突破 | インターネット投資によるミクロ経済革命の進行 | 二百種以上の癌が完全予防可能に |
| 2034 | | | 遺伝子操作ベビーの誕生 |
| 2035 | | | |

## 混沌(カオス)の時代 (2036~2052)

| 年 | | | |
|---|---|---|---|
| 2036 | イギリス、大規模テロ攻撃<br>日本、南京事件を謝罪<br>アフリカ大飢饉(~38) | 世界市場で株価の急落<br>銀行の破たん、企業の倒産相次ぐ<br>大型ハリケーン襲来により、一五〇〇億ドルの被害 | クローン人間の老化阻止法の発見 |
| 2037 | シアトル大地震、六千人以上が死亡<br>中国軍による台湾占拠 | 北米で25%以上の消費支出低下、大規模レイオフ開始 | |
| 2038 | アフリカで〝水戦争〟勃発 | 北米の失業率10%、EUは15%に | |
| 2040 | ドイツ、国内の外国人を本国送還することを決定 | | |
| 2042 | ドイツ、EU脱退 | | |
| 2043 | | スウェーデンで飢餓救済税が施行 | |
| 2045 | | 汎アメリカ経済会議開催 | |
| 2046 | | | 癌の治療法発見 |
| 2049 | | | 新ドラッグの爆発的流行 |
| 2050 | | | アメリカで年金の全額支給年齢が七十六歳に引き揚げ |
| 2051 | ドイツ、EU復帰 | | |
| 2054 | 南極氷床の分裂 | | ワールドカップ・サッカーでアメリカが初の決勝進出 |
| 2098 | 上海万国博覧会開催 | | |
| 2099 | | | 深宇宙探査機の打ち上げ |
| 2100 | | | 火星に常駐用の基地建設 |

# 訳者あとがき

世の中、先取りの時代。歴史を先取りしようという人物が現われてもさほどの不思議はないのかもしれない。

誰よりも早く21世紀を歴史にしてしまおうと考えたふたりの男――ジェントリー・リーとマイクル・ホワイト――の共同執筆で生まれた『22世紀から回顧する21世紀全史』*A History of the Twenty-First Century* は、出版まえから映画化やテレビ化の話が多数持ち上がる話題作となっているが、ここにその日本語版を紹介する運びとなった。

世界中のメディアの注目を集める本書の魅力は、なんといっても、作品全体を支える二種類のリアリティにある。ひとつは著者の豊かな専門知識に裏打ちされたリアリティ、もうひとつは斬新な設定によって作り出されたリアリティだ。特に後者の意外性は特筆に価する。21世紀を展望するという話は特に目新しいものではないが、そこに〝22世紀の歴史家による21世紀の回顧〟という設定をあてはめるのは、はじめての試みではないだろうか。

〝歴史書〟の体裁をとる本書には、たとえば、夢のテクノロジーといった〝明〟の部分ばかりでなく、悲惨な核戦争や苛烈な経済危機といった、〝暗〟の部分――わが日本にも過酷な運命が待ち受けている――についても、多岐にわたって大胆に描かれている。著者は、歴史書というスタンスに徹することで、〝フィクションのなかのノンフィクション〟という、ちょっとおどけた二重構造のバランスを取りながら、巷に溢れる不吉な予言本との距離を保とうとしている。暗い出来事の描写のなかに著者の遊び心を感じていただければ、訳者として、何よりのさいわいである。

とはいえ、最大の読みどころは〝明〟の部分、つまり、22世紀に向かって進化を続けるテクノロジーにあるような気がする。本書に紹介されている夢と浪漫に満ちた科学技術の数々は、あのドラえもんも形無し――かどうかは定かではないが、想像力を刺激してくれること請け合いである。

余談だが、くだんの〝ネコ型ロボット〟が誕生したのは、なんでも、この『21世紀全史』が書かれたのと同じ、二一一二年なのだそうだ。偶然とすれば、なかなか興味深い一致ではないだろうか。

肝心なことがあとまわしになってしまった。ここで著者ふたりの興味深い経歴を紹介することにしよう。

ジェントリー・リーは、南北戦争で南軍を率いたリー将軍の六代めの子孫として一九四二年に生まれた。一九六三年にテキサス大学で文学士を、ついで一九六四年にマサチューセッツ工科大学で理学修士を取得したあと、マーシャル奨学金を得てスコットランドのグラスゴー大学に一年間在籍した。一九六八年から一九七六年にかけては、火星探査機ヴァイキングの打ち上げに尽力し、一九七七年から一九八八年にかけては、木星探査機ガリレオの計画で中心的な役割を果たした。現在も、カリフォルニア州パサデナにあるジェット推進研究所で、火星探査機ローヴァーや火星偵察機オービターをはじめとする無人探査機のミッションに携わっている。また、一九七六年から一九八一年までは故カール・セーガンの片腕として、エミー賞やピーボディ賞に輝いたことのある、テレビの科学ドキュメンタリー・シリーズ《コスモス》の制作にも関わった。

そして一九八八年、SF界の大御所アーサー・C・クラークとの共著『星々の揺籃』*Cradle*（早川書房）

で作家としての一歩を踏み出した。その後、未知の宇宙船〈ラーマ〉をめぐるファーストコンタクトもののヒットシリーズ『宇宙のランデヴー』の第二作から第四作*Rama II*, *The Garden of Rama*, *Rama Revealed*（邦訳はすべて早川書房）を、ひきつづきクラークと共同で上梓した。また単独でも、*Bright Messengers*, *Double Full Moon Night*, *The Tranquility Wars* 計三作のSF小説を著している。

そのほか、一九九五年から一九九九年にかけては、ロール・プレイング・ゲーム〈ラーマ〉の設計や、太陽系に関する百科事典 *Exploring the Planets* のＣＤ‐ＲＯＭの編纂を手がけ、一九九九年から二〇〇一年にかけては、space.com のコラムを担当していた。また、宇宙や科学についての講演も世界各地で精力的におこなっている。

いっぽうイギリス出身の著者マイクル・ホワイトは、十代の頃からポップミュージックに熱中し、一九八〇年代にはトンプソン・ツインズのメンバーとして活躍していた。（当時をつづった*Thompson Twin: An '80s Memoir*が二〇〇〇年に出版されている）しかし、音楽だけでなく執筆にも関心を持っていたホワイトは、トンプソン・ツインズを脱退したあと、一九九一年に作家への転身をはかった。ジョン・グリビンとの共著である処女作『スティーヴン・ホーキング――天才科学者の光と影』*Stephen Hawking: A Life In Science*（早川書房）は世界的なベストセラーとなり、その後もニュートンやダ・ヴィンチ、アインシュタイン、ダーウィン、アシモフなどの伝記をはじめ、二十作以上の作品を手がけている。また、科学者の競合関係を描いた*Rivals: Conflict as the Fuel of Science* は、二〇〇二年、科学関連の書籍に与えられる権威ある賞のひとつアヴェンティス賞の候補に挙げられた。彼が評伝で扱う人物は科学者にとどまらない。二〇〇一年にはトールキンの伝記も上梓している。

現在、ホワイトはオーストラリアのパースに拠点を移して作家活動をおこなっている。興味のある向きは、氏のウェブサイト michaelwhite.com.au をご覧いただきたい。

本書の訳出にあたっては多くの方々のお世話になった。とりわけ、翻訳家の田口俊樹氏の激励と、アーティストハウス書籍編集部の川上純子氏の敏腕がなければ、作業は今も暗礁に乗り上げたままになっていたことだろう。この場をお借りして、心よりの御礼を申し上げたい。

二〇〇三年九月

高橋知子、対馬妙

# 22世紀から回顧する21世紀全史

2003年10月31日 初版発行

著者　ジェントリー・リー、マイクル・ホワイト
訳者　高橋知子、対馬妙
発行者　河村光庸
発行所　株式会社アーティストハウスパブリッシャーズ
〒150-0002　東京都渋谷区渋谷1-1-8　青山ダイヤモンドビル
電話　03-3499-2981（編集）
http://www.artisthouse.co.jp

発売元　株式会社角川書店
〒102-8177　東京都千代田区富士見2-13-3
電話　03-3238-8521（営業）
振替　00130-9-195208

カヴァー・デザイン　スタジオ・ギブ
カヴァーＣＧ　Rocket FARM
本文レイアウト
組版　谷　敦
印刷・製本　凸版印刷株式会社

落丁・乱丁本はお取り替えいたします。

定価はカバーに表示してあります。

ISBN4-04-898145 -5